Anna Baron
Forest

Impressum

Alle Rechte bei A. Baron
Copyright © 2023

A. Baron
c/o Impressum-Service Dr. Lutz Kreutzer
Hauptstraße 8
83395 Freilassing
autorin@abaron-thriller.com

Danke an meinen wunderbaren Lektor, der mich mit seinen Anmerkungen immer zum Lachen bringt.
Lektorat by Michael Lohmann, www.worttaten.de
Buchsatz by Elsa Rieger, www.elsarieger.at
Coverdesign und Umschlaggestaltung by Beti Bup
www.thebookcoverdesigner.com

Die Deutsche Nationalbibliothek verzeichnet diese Publikation in der Deutschen Nationalbibliografie.

Veröffentlicht über Bookmundo
Gedruckt in Deutschland

ISBN: 9789403706450

Ich stelle mir gern vor, wie ich dich, den Leser – mit all deinen Sorgen, Krankheiten, Ängsten und Problemen – an die Hand nehme und mit dir Abenteuer erlebe. Mit dir eintauche in fiktive Welten und ich dich, solange du diese Welten mit mir erlebst, von allem ablenken kann. Jeder braucht Verschnaufpausen vom Alltag und Entspannung, um Kraft zu tanken.
Ich möchte durch mein Schreiben einen Beitrag dazu leisten.
Meine Vision ist es, dich, du Freund des Nervenkitzels, zu berühren, dich zu fesseln und dir spannende Momente zu schenken. Ich will eine Verbindung zu dir aufbauen, wenn du dich auf diese Reise mit mir einlässt.

Entfliehe dem Alltag, lehne dich zurück und genieße den Nervenkitzel. Willkommen zu deiner Thriller-Therapie!

Erfahre mehr über die Autorin und ihre Werke:
www.abaron-thriller.de

Das Buch ist für meinen Mann, der mich stützt, wenn ich strauchle. Der mich trägt, wenn meine Kräfte mich verlassen. Der immer an meiner Seite steht. Reiti, du bist mein Fels.

Anna Baron

Forest

Psychothriller

Inhaltsverzeichnis

Er hat etwas von einem Freak

Als Kian das erste Mal vom Forest hörte, stand er hinter der Theke und ließ das Glas, das er gerade polierte, fallen. »So eine Scheiße!«, murmelte er und kehrte die Scherben zusammen. Als er sich wieder aufrichtete, kippte die Welt für einen Moment von einer auf die andere Seite und er musste sich am Tresen festhalten. Was war nur los mit ihm? Seit Tagen hatte er immer öfter das Gefühl, sich bei Sturm auf einem schwankenden Schiff zu befinden. Lag es am Whisky? Er schüttelte seinen Kopf. Bestimmt nicht. Er trank seit zwanzig Jahren Alkohol und von Schwindelgefühlen war er bislang immer verschont geblieben.

»Hey, Junge! Unser Bier ist schon wieder verdunstet!«, rief Larry und holte ihn zurück in die Gegenwart.

Larry und seine drei Kumpel kamen zusammen auf circa dreihundert Jahre Lebenszeit, dennoch brachen sie jedes Mal in raues Gelächter aus, wenn Larry diesen Spruch brachte. Kian lächelte, zapfte jedem von ihnen ein Neues und ließ sie nacheinander über die Theke schlittern, um dem Herrenquartett ein weiteres Lachen zu entlocken. Wie immer wurde er nicht enttäuscht.

»Hey-o, Kian! Bring uns vier Große und vier Kurze!«, brüllte Calum durch den Raum. Die Männer am Tisch johlten und schlugen mit den Fäusten rhythmisch auf die Tischplatte.

Kian brachte ein halbes Lächeln zustande, schüttelte den Kopf und ging mit der Bestellung zu ihnen. Er klopfte Rudy und Stan auf die Schulter, begrüßte Frank, indem er kurz die Hand hob, und nickte Calum zu.

Calum, Frank, Stan und Rudy waren jeden Tag hier. Wenn es nichts zu tun gab, saß er manchmal bei ihnen und sie spielten Karten. Eigentlich waren sie ganz in Ordnung, auch wenn sie ihn stark an seine Freunde in Glasgow erinnerten. Diese Freunde, die er seit

11

sechs Jahren nicht mehr gesehen hatte, nämlich seitdem er aus Glasgow geflohen war. Tja, Geschichte wiederholte sich, nicht wahr?

Auf dem Rückweg hinter den Tresen fiel ihm ein Mann auf, der ganz am Ende der Theke saß. Kian kniff die Augen zusammen. Woher hatte der Typ das Bier, das vor ihm stand? Er hatte es ihm definitiv nicht gezapft. An diesen Mann hätte er sich erinnert. Dessen Gesicht wirkte grau und seine Haut sah merkwürdig ausgeleiert aus. Alles hing ein wenig herunter. Seine unteren Augenlider, seine Mundwinkel, die Haut unter seinem Kinn und seine Wangen.

Kian ging hinter dem Tresen auf ihn zu, verschränkte seine Unterarme auf dem zerkratzten und nachgedunkelten Holz und deutete mit seinem Kinn auf das Bier, das vor dem Fremden stand. »Ihr Pint. Ich hab's nicht gezapft.«

Was roch hier so streng? Um den unangenehmen Geruch zu überdecken, zündete er sich eine Zigarette an und blickte wieder auf den Fremden.

Eine Antwort blieb aus. Stattdessen trank der Kerl einen großen Schluck und starrte Kian an. Der Typ hatte etwas von einem Freak. Er war anders als alle Pub-Besucher, die Kian bislang im O'Reilleys gesehen hatte. Er trank und das Bier rann ihm die Mundwinkel hinab. Als er sein Glas abstellte, leckte er sich weder über die Lippen noch wischte er sich über den Mund. Sein Kinn glänzte und eine Mischung aus Speichel und Bier tropfte ein, zwei Mal auf den Tresen.

Kian löste die Arme von der Theke und trat einen Schritt zurück. Er zog die Augenbrauen zusammen und seine Oberlippe hob sich auf einer Seite.

Der andere starrte immer noch, und zwar ohne zu blinzeln. Kian spannte sich an. Seine Hände ballten sich zu Fäusten und sein Atem wurde flach. Die Beine stellte er leicht auseinander, ein Fuß weiter vorn, um einen festen Stand zu haben. Sein Körper war bereit zu kämpfen, sein Kopf hinderte ihn jedoch daran. Noch. Warum nahm er diesen stummen Gast als Bedrohung wahr? Er wirkte nicht gerade kräftig. Vielleicht lag es an dem ungewöhnlichen Aussehen des Fremden.

Er schien keine Augenbrauen oder Wimpern zu haben und die feuchten Lippen waren dick und wulstig.

»Scheiß drauf!«, sagte Kian und wandte sich ab. Er wollte unbedingt aus dem Dunstkreis dieses Mannes heraus. Das Unangenehme abschütteln und den Kerl ignorieren. Er atmete tief ein und langsam aus. Lockerte die Schultern und trank einen kräftigen Schluck Whisky. Nun galt seine Aufmerksamkeit den zwei Männern, die vor der Theke saßen. Er stellte, wie geordert, eine Runde Whisky und zwei Flaschen Bier vor ihnen ab.

Der Braunhaarige dankte Kian mit einem Fingerzeig und wandte sich an seinen Sitznachbarn. »Slàinte, mein Freund. Ich trink auf dich!« Er schlug dem Schwarzhaarigen kräftig auf die Schulter. Der grinste, hob sein Glas und stieß mit seinem Freund an.

Kian nahm einen großen Schluck von seinem Whisky und zündete sich eine Zigarette an. Ein Gast im Polohemd, der an der Theke saß, schaute auf die Zigarette, dann auf ihn, zog seine Mundwinkel nach unten und setzte an zu sprechen. Kian verlagerte sein Gewicht auf seine Unterarme, die er auf dem Tresen ablegte. Er drehte seinen Kopf in Richtung des Mannes, starrte ihn an und sog dabei demonstrativ Rauch in seine Lunge. Der Mann schloss seinen Mund und schaute weg. Kian sah, wie sich sein Kehlkopf bewegte, als er schluckte. Er wusste, welche Wirkung er auf andere haben konnte, wenn er es darauf anlege. Dafür brauchte er keine Worte. Es hatte lange gedauert, bis es ihm gelang, durch reine Körpersprache in Kombination mit einem kalten Blick, eine Drohung auszustoßen.

Das Rauchen war hier verboten, aber das scherte ihn nicht. Er verachtete es, wie die Regierung alle konditionierte und damit Erfolg hatte. Seine Gäste verließen brav das warme Pub, um zu rauchen. Entweder wusste sein Chef nichts davon, dass er das Verbot umging, oder es kümmerte ihn nicht.

Der Schwarzhaarige stellte sein Glas ab und fuhr sich durch die Haare. Der Typ sah aus wie ein Cowboy, mit seinem roten Halstuch im Westernstil und dem Dreitagebart.

»Zurück zum Thema. Mein Arbeitskollege Gus, der Typ aus der Lohnbuchhaltung, hat erzählt, es war der krasseste Trip seines Lebens! Jax, ich sag's dir! Es hat ihn total umgekrempelt. Ich schwöre. Ich hab es gesehen.«

»Aha. Und das interessiert mich, weil?«»Jax stieß dem Cowboy den Ellenbogen in die Seite und deutete mit dem Glas in der Hand vage in eine Richtung.»Das da interessiert mich viel mehr. Vince, siehst du die Blonde da hinten?«

Vince, der Schwarzhaarige und Kian reckten den Hals, um nach der Blonden Ausschau zu halten. Es war die Frau, der er schon vor einer halben Stunde ein Half Pint gezapft hatte. Ihr Glas war nicht einmal zur Hälfte geleert. Das Bier musste mittlerweile warm sein. Wahrscheinlich wartete sie nur darauf, dass ein edler Spender sie mit einem neuen Drink versorgte. Sie schaute von ihrem Platz an einem der Tische in ihre Richtung und lächelte.

»Ich seh sie«, sagte Vince.

»Einen von uns beiden zieht sie gerade mit den Augen aus und ich möchte zu gern wissen, wer von uns es ist.«Jax trank seinen Whisky leer und kniff die Augen zusammen.

»Auch noch was?«

»Aye«, sagte Vince.

Kian schenkte nach.

»Danke, Sportsfreund.«

Die Gläser der Männer klirrten aneinander. Jax wandte sich seinem Freund zu und legte seine Unterarme auf die Theke.

»Was ist jetzt mit der Blonden?«

»Ne, lass mal. Kein Interesse. Ich muss dir vom Forest erzählen.«

Jax lachte, schlug sich auf die Schenkel und warf seinen Oberkörper zurück.

»Du bist echt ein Spinner, Mann. Alles klar. Okay. Dann erzähl mal. War da irgendein Bootcamp oder so? So ein Survival-Ding?«

»Ne, nix Vergleichbares.« Vince beugte sich zu seinem Freund, als verrate er nun ein Geheimnis.

Kian bemerkte, dass auch er sich nach vorn beugte, und korrigierte schnell seine Haltung.

»So 'nen Trip erlebt man nur ein Mal im Leben, hat er gesagt. Ich hab ihn kaum wiedererkannt. Total abgefahren. Gus war Typ Versicherungsvertreter. So einer mit Bügelfalten in der Hose. Verkniffener Mund und steifer Gang, als würde der immer fest die Arschbacken zusammenkneifen. Der hatte sogar getönte Gläser an seiner Brille, die er hoch und runter klappen konnte. Totale Niete halt. Und dann hat er mich nach seinem Urlaub in der Kantine angesprochen und Alter! Ich wusste erst nicht, wer da vor mir stand! Die Klamotten waren lässiger, die hässliche Brille weg, aber das war nicht alles. Er hat größer gewirkt und breiter. Irgendwie Alpha-mäßiger! Nen Typ auf Augenhöhe. Ich frag so, was mit ihm passiert ist, und er so, der Forest. Der wär ihm passiert. Aber er hätte so 'ne Art Redeverbot, was dort passiert sein soll oder so. Es gibt da 'ne Legende, hat er gesagt und dass der Forest hier in Schottland ist. Mann, die Veränderung war so krass, da hab ich versucht, was über den Forest rauszufinden. Ich hab nach Life-change-Mist gesucht. Hat 'ne Weile gedauert, aber ich bin da auf was gestoßen. Wenn die Legende stimmt, musst du nur 'ne Woche da drin verbringen und bist ein anderer Mann.«

Jax schnaubte und schüttelte den Kopf.

Vince' Tonfall war verschwörerisch.»Hätt ich nicht mit eigenen Augen gesehen, was der Forest mit Gus gemacht hat, hätt ich es auch nicht geglaubt.«

Kians Interesse war geweckt. Sein Drink stand vergessen vor ihm, seine Zigarette war längst zu einem Stängel grauer Asche heruntergebrannt. Es war das Wort Veränderung, das ihn elektrisierte. Jeder verdammte Tag in seinem Leben war ein Kampf und er hatte die Schnauze voll davon.

Er brauchte eine Veränderung, doch er wusste nicht, was genau sich verändern musste. Manchmal fühlte er sich ganz okay, aber oft wollte er einfach nur weg. Verschwinden. Fort von all den Menschen, von Regeln, Verurteilungen und Enttäuschungen. Überraschend intensiv brandete nun ein Gefühl in ihm auf, das er nicht einordnen konnte. Sein Herzschlag beschleunigte sich. Etwas zog an ihm und nahm ihm den Atem. War es Sehnsucht? Verzweiflung? Er wusste es nicht. Automatisch setzte er eine neutrale Miene auf, sodass nichts von innen nach außen drang. Was sahen die Menschen, wenn sie ihn jetzt anschauten? Einen leeren Blick? Ein maskenhaftes Gesicht? Gott, er wollte lieber nicht darüber nachdenken. Es war egal. Whisky half, wenn er aufgewühlt war. Zumindest, wenn er ihn in ausreichender Menge konsumierte. Er leerte sein Glas und schenkte sich nach.

Jax kniff die Augen zusammen und sah zu Vince.»Ist das jetzt dein Ernst? Du hast vom Wunderland gelesen. Von einer Art Zauberwald. Und du hast die Scheiße geglaubt? Fuck, was ist los mit dir! Du hast Probleme, schon klar. Aber lass dich doch nicht verarschen, Mann! Vor einem halben Jahr hättest du diesen Typen ausgelacht und fertiggemacht.«

»Das hat mit meinen Problemen nix zu tun! Überhaupt nix! Es geht mir am Arsch vorbei, was du denkst. Ich hab's gesehen, ich hab's gelesen und bei Gus hat's funktioniert. Es hat funktioniert, Jax. Die Legende ist wahr!«

»Bullshit, Mann!« Jax zog die Augenbrauen zusammen und donnerte seine Bierflasche auf den Tisch.

Kian zündete sich eine weitere Zigarette an. Gut, dass er heute kaum zu tun hatte. Das Gespräch, das er verfolgte, war die erste Unterhaltung seit Langem, die ihn nicht kaltließ. Komisch, denn es gab nicht mehr viel, an dem er Interesse hatte. Warum regte Jax sich so auf? Es gab so viel Unerklärliches auf der Welt. Die Natur war doch nichts anderes als pure Magie. Fluoreszierende Fische, Tiere, die aus Eiern schlüpften, die Jahreszeiten, das …

»Hey, Junge!« Larry riss ihn aus seinen Gedanken.»Lass mal die Luft aus den Gläsern.« Gelächter vom Herrenquartett.

Kian gab ein Handzeichen, dass er verstanden hatte, und begann zu zapfen. Er war froh, dass von ihm erwartet wurde, die Half Pints über die Theke schlittern zu lassen, so musste er nicht seinen Posten verlassen und konnte dem Gespräch zwischen Jax und Vince weiter zuhören. Er hatte nur einen kleinen Teil verpasst.

Jax Tonfall klang beschwichtigend.»… ehrliche Meinung vertragen. Beruhig dich, okay? Ich wollte nur sagen, erzähl mir keinen Mist von irgendeinem Wald, in dem irgendein Loser eine gute Fee getroffen hat. Das ist einfach Bullshit!«

Kian spannte sich an. In ihm regte sich Antipathie Jax gegenüber. Wieso? Ihm konnte es herzlich egal sein, was dieser Typ dachte. Trotzdem, dessen Ignoranz regte ihn auf. »Weißt du, was? Leck mich, Jax!« Vince hatte seinen Ellenbogen auf der Theke abgestellt und deutete mit dem Zeigefinger auf seinen Freund. »Du weißt nicht, was es mich gekostet hat, all den Dreck hinter mir zu lassen. Du hast keine Ahnung! Wenn du mir nicht glaubst, schön. Aber versuch bloß nicht, mich als Idioten hinzustellen. Halt einfach deine Fresse und vergiss es, okay?«

Vince trank sein Bier aus, dann seinen Whisky, stand auf und ging in Richtung Ausgang.

»Alter! Komm schon. Bist du jetzt echt beleidigt?«, rief Jax. Dann schüttelte er den Kopf. »Dass der Kerl auch so schnell Pussyschmerzen kriegt.« Jax stand auf und ging ihm hinterher.

Erst jetzt fiel Kian auf, wie verkrampft seine Nackenmuskulatur war. Links und rechts des Halses machten sich stechende Schmerzen bemerkbar. Er ließ seine Schultern kreisen, als er plötzlich Stuhlrücken und lautes Gejohle wahrnahm. Seine sogenannten Freunde benahmen sich mal wieder daneben und es war Zeit einzugreifen.

Er hatte vor einer halben Stunde die letzte Runde ausgerufen. Die nächste Schicht hatte Ally. Deshalb gab er sich Mühe, alles besonders sauber zu hinterlassen. Für sie füllte er auch die Getränke wieder auf und wechselte die Bierfässer. Ally war süß, er mochte sie.

Nachdem alles erledigt war, sah Kian sich um. Das Pub war nahezu leer. Am Tresen saß nur noch der Typ mit dem Sabberproblem. Sein Glas war immer noch voll. Egal. Er war froh, wenn dieser gruselige Typ weg war.

»Mister, wir schließen gleich.« Keine Reaktion. Kian räusperte sich und rollte wieder mit den Schultern. »Ich möchte Sie bitten, zu gehen.« Nichts. Er sah ihn nicht einmal an. Vielleicht hatte er Probleme mit den Ohren, war vielleicht sogar taub. Kian berührte ihn an der Schulter. »Zeit zu gehen, mein Freund.«

Anfangs nahm Kian keine Bewegung seines Gegenübers wahr. Doch langsam, Zentimeter für Zentimeter drehte er den Kopf in Kians Richtung.

Scheiße! Dieser Kerl verursachte ihm Gänsehaut. Kian entfernte sich ein Stück von ihm, war aber nicht in der Lage, den Blick abzuwenden. Der andere war immer noch dabei, seinen Kopf zu drehen, und Kian presste die Lippen zusammen. Das Atmen fiel ihm schwer, immer schwerer. Er musste seine Starre abschütteln! Er durfte diesem seltsamen Mann auf keinen Fall in die Augen schauen! Leere in seinem Kopf, Schwindel, der ihn schwanken ließ. Panik schlug über ihm zusammen. Mit größter Mühe riss er sich von dem Anblick des Mannes los und stürmte in den Küchenbereich hinter dem Tresen. Hier war alles dunkel, die Küche war abends nicht besetzt. Er lehnte sich gegen die gefliese Wand. Sie war angenehm kühl an seinem Rücken. Sein Atem kam in keuchendem Stößen. Schweiß lief ihm am Rücken hinab. Was war da gerade geschehen? Warum rannte er weg wie ein Streber vor dem Klassenrowdy? Scheiße, warum war er überhaupt so angespannt? Er dehnte seine Nackenmuskulatur, indem er den Kopf erst zu einer Seite, dann zur anderen drehte. Los jetzt. Er sollte da rausgehen und seine Autorität spielen lassen. Sein Arm hatte sich bereits gehoben, um die Schwingtür aufzudrücken, da hielt er inne. Einatmen, Ausatmen und los.

Der gruselige Typ war gegangen.

Alle waren gegangen.

Kian war allein.

Auf dem Weg nach Hause tobten unterschiedliche Gefühle in ihm. Ausnahmslos alle waren schlecht. In seinen Ohren rauschte es. In rasender Geschwindigkeit flogen die Gedanken durch seinen Kopf und keinen konnte er festhalten.

Das scharfe Stechen in der Brust kannte er. Dass es ihm die Kehle zuschnürte, kannte er. Die geballten Fäuste und sein Tempo, in dem er ging, so als wäre jemand hinter ihm her, das alles war ihm bekannt und genauso fühlte er sich. Als wäre die ganze Welt hinter ihm her.

Er wartete nur auf einen Kerl, der Streit mit ihm anfing und dem er mächtig was aufs Maul geben könnte.

Seine Gedanken kamen zur Ruhe. Kian grinste für einen Augenblick, als er an einige seiner Pub-Besuche mit seinen alten Kumpels dachte. Er hatte damals in Glasgow gelebt und die Jungs dort waren nicht zimperlich gewesen; und sie hatten alle eine recht kurze Zündschnur. Die Folge davon war, dass es öfter zu Prügeleien kam. Das hatte Kian immer gemocht, denn jeder Streit war danach vergessen. Doch das war Vergangenheit. Vor sechs Jahren hatte er sich ein neues Leben aufgebaut. Hatte seinem Heimatdorf den Rücken gekehrt und war fortgezogen. Nun wohnte er an der fast nördlichsten Spitze Schottlands. Nach seinem Umzug hatte er sich mit jedem Tag befreiter gefühlt. Er hatte sich ausbilden lassen und arbeitete die letzten Jahre als Rettungssanitäter. Bis vor vier Wochen. Verdammt! Er hatte sich geschworen, es nicht zu versauen. Nicht einen einzigen Tag hatte er gefehlt auf der Arbeit. Dieser Job hatte den Teufelskreis durchbrochen, in dem er bis dahin gefangen war. Doch er wurde gefeuert. Einfach, weil er seine Arbeit gemacht hatte. Die Arbeit als Rettungssanitäter hatte er geliebt. Hatte dafür gebrannt! Nahm jede Extraschicht an, arbeitete an Feiertagen und Wochenenden und entlastete die Kollegen, die Familie hatten, wo er nur konnte. Und verdammt, er war gut in diesem Beruf. Es war mehr für ihn gewesen, als nur eine Tätigkeit, um Geld zu verdienen. Es hatte ihm das Gefühl gegeben, etwas Bedeutsames zu tun. Etwas, das ihm Halt gab. Diese Aufgabe hatte seinem Leben einen Sinn verpasst.

Es war für ihn kaum zu ertragen, an seine Kündigung zu denken. Es riss ihn mit sich in die Tiefe.

Er war fassungslos, dass nun mehrere Ermittlungsverfahren gegen ihn liefen. Sein angeblich untragbares Verhalten hatte ihm drei Klagen eingebracht. Drei! Nun hatte er nicht einmal mehr ein einwandfreies Führungszeugnis. Das hieß, er konnte sich jeden Job abschminken, der auch nur entfernt etwas Soziales an sich hatte. Kian blieb stehen, um sich eine Zigarette anzuzünden. Klar war er froh, die Arbeit in der Bar bekommen zu haben. Überhaupt einen Job zu haben, aber es schmeckte bitter.

Mit ausladenden Schritten stapfte er weiter. Die kühle Abendluft tat gut auf seiner glühenden Haut.

Wenn er doch nur abhauen könnte. Einfach verschwinden, ohne irgendjemandem zu sagen, wohin er gehen würde. Er stellte sich jeden Tag die Frage, warum er es nicht einfach tat, und jeden Tag gab er sich die Antwort darauf. Mit seinem Geld würde er nicht weit kommen. Was konnte er also tun? Nichts anderes als weiterzumachen.

Bevor er zu Hause auf Helen traf, ließ er ein paar Mal seine Schultern kreisen und schob seine Gefühle zur Seite. Schluckte gegen die Enge in seinem Hals an, massierte kurz seinen steinharten Nacken, bewegte seinen verkrampften Kiefer hin und her, bis es nicht mehr knackte und schüttelte seine Arme aus. Vielleicht sollte er …

Hinter sich nahm er ein Schlurfen wahr. Automatisch drehte er sich um und hielt die Luft an. Was zur Hölle machte dieser Freak hier? Im Schein der Straßenlaterne wirkte der seltsame Mann aus dem Pub wie eine Horrorgestalt aus einem Film. Seine hängenden Hautfalten warfen Schatten und seine Augen wirkten blutunterlaufen. Er sagte nichts, verzog auch keine Miene, aber schlurfte weiter auf Kian zu und starrte ihn an. All seine Wut, die er gerade mühsam versuchte wegzudrängen, brach wieder über ihn ein. Was wollte der Penner von ihm? Was wollte die ganze Welt überhaupt von ihm? Warum ließen alle ihn nicht verdammt noch mal in Ruhe? Ihm zitterten die Hände vor Anspannung, als er seinen Schlüssel ins Türschloss schob und durch einen schmalen Spalt in den Hausflur trat. Einen Behinderten zu schlagen, sollte nicht auch noch auf der Liste seiner Missetaten stehen.

Er zog die Tür hinter sich zu. Sein Herz stolperte plötzlich und alles drehte sich um ihn, sodass er sich mit dem Hintern an die Hauswand lehnte und abwartete, die Hände auf die Knie gestützt. Schmerz schoss ihm hinter die Stirn. Er hatte das Gefühl, sein Kopf stünde kurz vor dem Platzen. Langsam, eine Hand auf die Stirn gelegt, richtete er sich wieder auf. Er trank zu viel. Gegen den Durst meist Bier und für den Rausch am liebsten Whisky. Sein Körper schlug seit einiger Zeit Alarm und langsam konnte Kian es nicht mehr ignorieren. Vielleicht sollte er zum Arzt gehen.

»Helen, ich bin zu Hause!«

Kian warf die Tür hinter sich zu und hängte seine Jacke auf.

»Wird auch Zeit!«, hörte er Helen rufen.

Kian schlängelte sich durch den schmalen Flur, in dem links und rechts an der Wand Kommoden und Regale standen. Auf ihnen standen unzählige Katzenfigürchen, Teller mit Katzenbildern, Stofftiere – natürlich alles Katzen und gerahmte Katzenfotos. Er hatte sich mittlerweile daran gewöhnt, aber von Anfang an fühlte er sich unwohl in dieser Wohnung. Doch sagen konnte er nichts. Er war schließlich bei Helen eingezogen und da hatte sie das meiste von dem Zeug schon gehabt. Alles war altbacken, muffig und wirklich schräg. Die Wände im Flur waren von einem grellen Gelb, im Wohnzimmer Giftgrün und im Schlafzimmer war alles in Orange und Lila gehalten. Riesige, billige Poster hingen an allen Wänden. Sie zeigten Sonnenuntergänge, Blumenwiesen und Katzenköpfe. Ihm war es egal. Er brauchte nur einen Ort, an dem er schlafen konnte.

Helen hatte in ihm einen Helden gesehen, als er noch Notfallsanitäter war. Was sie jetzt in ihm sah, konnte Kian nicht einschätzen.

Sie lag mit einer Gesichtsmaske, Gurkenscheiben auf den Augen, weißen Handschuhen und weißen Socken auf der durchgelegenen braunen Couch.

Also war heute das komplette Programm dran, mit Feuchtigkeitscreme auf Händen und Füßen. Sie steckte seit einigen Wochen wirklich viel Zeit in ihre Pflege. Ging regelmäßig zur Sonnenbank, ließ ihre Nägel machen und versuchte gerade, abzunehmen. Kian verstand nicht, warum sie auf einmal solche Dinge wichtig fand. Auf dem Couchtisch standen eine leere Flasche Prosecco und ein halb gefülltes Glas. Er schnappte es sich und trank es leer.

»Hey. Wie war dein Tag?« Kian küsste sie auf ihr rötliches Haar, das sie zu einem Zopf trug, schnappte sich als Nächstes die Flasche Wasser, die auf dem Couchtisch stand und trank sie in einem Zug leer.

»Der Tag war okay. So wie jeder Tag. Was fragst du immer so blöd? Die Kippen sind alle. Ich hoffe, du hast noch welche.«

Schweigend zündete er zwei Zigaretten an und steckte ihr eine zwischen die Lippen.

»Bin noch mit paar Leuten was trinken gewesen. Supertoll war's da. Kannste mich ja hin ausführen. Dave sagt, ich bin 'ne schottische Schönheit und tät's wirklich verdienen, da öfter hinzugehen. Hat er gesagt.« Helen zog an ihrer Zigarette. Sie beherrschte die Kunst, rauchen zu können, ohne ihre Hände zu benutzen.

Kian trat von einem Bein auf das andere. Seine Brust wurde enger und er räusperte sich. Sein Blick glitt zum schrecklich gelben Flur. Er sah sich, wie er zurück zur Haustür ging, sie öffnete und … Helen nahm sich die Gurken von den Augen und sein Blick glitt zurück zu ihr. Zu dieser Frau, zu der er nicht passte, die aber immerhin da war. Ihre Lippen bewegten sich, er hörte ihre meckernde Stimme, doch er nahm nicht wahr, was sie sagte. Gedanklich kehrte er zurück ins O'Reilleys. Hörte vom Forest und spürte eine innere Unruhe, die er in ihrer Intensität das letzte Mal in Glasgow gespürt hatte.

»Na, is egal. Ich will noch 'ne Flasche Prosecco.« Sie legte sich zurück und schaltete den Fernseher an. Irgendeine Sitcom.

Kian schloss die Augen. Warum waren Helen und er eigentlich zusammen? Sie waren so unterschiedlich in einfach allem.

Anfangs hatten sie viel Sex gehabt, was klasse war. Nun passierte nichts mehr. Er wollte nichts mehr von ihr, wusste nicht einmal, ob er sie noch mochte. Doch mit ihr war er nicht allein.

Fuck, war er ein Scheißkerl! Wäre er ein anständiger Mann, würde er seine Sachen packen und gehen. Aber er konnte sich zu dieser Entscheidung nicht durchringen.

Der Sanitäter

Kian trank seinen Kaffee am liebsten schwarz mit einem Schuss Whisky darin. Es war zwar erst gegen zwölf Uhr am Mittag, aber das war das einzig Großartige an seinem neuen Job. Es wurde geradezu von ihm erwartet, zu trinken. Warum sollte er also nicht schon vorglühen?

Er stand vor dem Küchenfenster mit den hässlichen Blumenaufklebern, ließ sich von der Sonne wärmen, trank einen Schluck, genoss den Geruch und das Aroma seines Spezialkaffees und dachte an seine Beziehung mit Helen.

Er trank noch einen Schluck Kaffee und zündete sich eine Zigarette an. Warum zog sie eigentlich keinen Schlussstrich? Was hielt sie in dieser traurigen Beziehung? Hitze stieg ihm in den Kopf und er fing an zu schwitzen. Allein der Gedanke daran, dass sie ihn auf die Straße setzen könnte, war beängstigend und erleichternd zugleich.

Kian schenkte sich nach, halb Kaffee, die andere Hälfte Whisky. Dann zündete er sich die nächste Zigarette an der alten an. Mit seinen gegensätzlichen Gefühlen kam er nicht klar. Was sollte er tun? Bleiben? Beklemmung überfiel ihn. Er stützte sich schwer auf der Arbeitsfläche ab und schloss die Augen. Gehen? Er riss die Augen wieder auf und fand das Stakkato beängstigend, in dem sein Herz nun schlug.

Wenn Helen einen anderen finden würde, dann gab es wenigstens einen wirklichen Grund zu gehen. Wäre dieser Dave nichts für sie? Der Moment, in dem er die Sonne und seinen Kaffee genossen hatte, war vorbei. Er leerte in einem Schluck seinen Becher, behielt ihn in der Hand und blickte ins Nichts.

Er wollte hier weg. Brauchte eine Auszeit! Kian fuhr sich durch seine Haare. Wäre es nicht schön, irgendwo abgelegen und einsam mit ein paar Tieren – Hunden, nicht Katzen – in der Natur zu leben?

Das wäre ein Konzept, das ihm sehr gefallen würde. Doch dafür bräuchte er Geld. Im Pub verdiente er nicht genug. Kian konnte nicht mehr zählen, wie oft er schon darüber nachgedacht hatte, wie es schlussendlich zu seiner Kündigung in seinem vorherigen Job gekommen war. Zuverlässig spulten sich die Ereignisse erneut in seinem Kopf ab.

Es fing damit an, dass er vor einem Jahr bei einem Einsatz an eine Kreuzung kam. Zusätzlich zu dem blauen Warnlicht des Krankenwagens schaltete Kian das Martinshorn ein und fuhr zügig weiter. Ein Mann stand an der Ampel und Kian rauschte an ihm vorbei. Dieser Mann erhob zivilrechtliche Klage gegen ihn. Er behauptete, dass er sich durch das plötzliche Einschalten des Warnsignals so erschreckt habe, dass er auf die Straße getaumelt sei und angefahren worden war. Der Rechtsstreit dauerte an und Kian fragte sich, ob er jemals zu einem Ende kommen würde. Die Presse hatte sich auf diese Story gestürzt, sodass sich die Lokalpolitiker verantwortlich sahen, zu reagieren. Sie hatten ein Schreiben an die Rettungsleitstelle geschickt, dass Notärzte und Rettungswagenfahrer achtsamer im Umgang mit dem Martinshorn umzugehen haben und dieses nur einsetzen, wenn es unumgänglich war. In dieser Situation war es eindeutig unumgänglich gewesen! Diese Doppelmoral stieß ihn ab. Zu Recht erwarteten Patienten eine schnellstmögliche Versorgung. Gleichzeitig aber verklagten ihn Leute, wie der Idiot an der Ampel dafür! Er hätte niemals gedacht, dass sein Arbeitgeber, die Notservicestelle North Division, ihm in den Rücken fiel. Anstatt ihm Rückendeckung zu geben, hielt sich die Leitstelle zurück und ließ das Verfahren weiterlaufen, ohne Stellung zu beziehen. Kian hatte bei dem Vorfall einzig im Blick gehabt, den in Gefahr schwebenden Patienten schnellstmöglich in ein Klinikum zu bringen. Das war schließlich sein Job, Herrgott noch mal. Seine Hände zitterten vor Anspannung und Wut, als er sich Whisky nachschenkte. Was ihm aber beruflich das Genick brach, war der Vorfall vor vier Wochen.

Da war er zu einem Autounfall gerufen worden, bei dem eine Fußgängerin zu Schaden gekommen war. Die Frau lag auf der Straße.

Unter ihr hatte sich eine Blutlache gebildet und am Unfallort herrschte Chaos. Die Polizisten versuchten, die neugierige Menschenmenge zurückzudrängen, und sperrten die Straße. Ein Mann hockte neben der Verletzten und brüllte unverständliche Wörter. Kian holte einen Sichtschutz aus dem Wagen und bat seinen Kollegen darum, die Frau abzuschirmen. Dann versuchte er, herauszufinden, wo genau die Dame verletzt war und wie schwer. Sie zitterte am ganzen Leib, reagierte nicht auf Ansprache, ihre Augen waren aufgerissen, Atmung und Herzschlag waren vorhanden, jedoch viel zu schnell. Sie stand unter Schock durch den Blutverlust und den Unfall. Kian forderte einen Notarzt an, schilderte den vorliegenden Sachverhalt und bat um die Genehmigung, Morphium verabreichen zu dürfen, ein starkes Schmerzmittel, das gleichzeitig das Bewusstsein dämpfte.

»Haben Sie eine Anästhesiepflegeausbildung?«

»Nein, aber ich …«

»Dann warten Sie, bis ich am Unfallort bin.«

Der Notarzt hatte aufgelegt. So ein Penner!

»Wie heißt sie?«, wandte sich Kian an den schreienden Mann, der hinter ihm stand, erhielt aber keine Antwort. Er wollte einen Zugang für eine Infusion legen, fand jedoch keine Vene und entschied sich für einen Zugang über den Schienbeinknochen. Wirkstoffe gelangten über das gut durchblutete Knochenmark recht schnell in den Körper.

Der Kopf und das rechte Bein wiesen sichtbare Verletzungen auf. Während Jack, Kians Kollege, Druckverbände anlegte, um den Blutverlust zu minimieren, fing Kian an, die Hose am linken Bein der Frau aufzuschneiden.

Der brüllende Mann riss Kian an der Schulter zu Boden. »Was machen Sie da, Sie Arschloch!«, schrie er. »Finger weg!«

Kian richtete sich wieder auf.

»Sir, ich muss an den Unterschenkel kommen, um eine Infusion zu legen. Sie steht unter Schock und braucht Flüssigkeit. Es ist lebenswichtig. Verstehen Sie? Bitte, lassen Sie mich meine Arbeit tun. Kennen sie den Namen der Frau?«

»Sie Scheißkerl! Helfen Sie ihr doch! Machen Sie was!«

Das hatte Kian vorgehabt.

Wo blieb denn der Notarzt? Der Zugang war gelegt, eine Infusion zur Kreislaufstabilisierung lief. Dennoch, wenn der Schock nicht schnell behandelt wurde, drohte ein Herz-Kreislauf-Versagen. Er verabreichte ihr ein mittelstarkes Schmerzmittel, von dem Kian wusste, dass es nicht ausreichen würde. Was aber das Einzige war, das er ohne Genehmigung des Arztes verabreichen durfte. Die Frau stöhnte. Der aufgebrachte Mann wurde mittlerweile von Jack davon abgehalten, ständig an Kian herumzuziehen und zu zerren. Er musste ebenfalls unter Schock stehen.

»Ist das der Ehemann?«, fragte Kian einen vorbeilaufenden Polizisten und deutete mit dem Kinn in die entsprechende Richtung.

»Ja. Der Ehemann heißt Kurt Fisher. Sie heißt Maggie.«

»Danke«, sagte Kian. »Maggie, hören Sie mich? Wenn Sie mich verstehen, drücken Sie bitte meine Hand.«

Ganz leicht spürte Kian den Händedruck.

»Sehr gut, Maggie. Sie hatten einen Unfall und wir warten auf den Arzt. Haben Sie Schmerzen, Maggie? Wenn Sie Schmerzen haben, drücken Sie bitte meine Hand.«

Der Griff um seine Hand wurde klammernd.

Kian überlegte fieberhaft. Maggie brauchte etwas Stärkeres gegen die Schmerzen, wie er es schon dem Notarzt gesagt hatte, und das durfte er ihr nicht geben. Es war ein Witz! Schließlich arbeitete Kian seit sechs Jahren im Rettungsdienst und bis auf wenige Ausnahmen hatte er immer die Genehmigungen der Notfallärzte zu den von ihm vorgeschlagenen Maßnahmen bekommen.

Maggie stöhnte lauter. Ihr Atem kam in hektischen Stößen, sie war grau im Gesicht.

Verdammt noch mal! Wo war der Notarzt?

Maggie schrie laut auf und wollte nicht mehr aufhören zu schreien. Kian stellten sich die Nackenhaare auf.

»Was machen Sie mit meiner Frau? Was tun Sie ihr an?«

Kian schloss die Augen. Scheiß auf den Notarzt! Die Frau brauchte Hilfe. Jetzt.

»Maggie, ich hole Ihnen etwas gegen Ihre Schmerzen, okay? Ich bin gleich wieder da.« Er holte, trotz Verbots, eine Fertigspritze aus dem Koffer im Rettungswagen und wollte Maggie gerade das Schmerzmittel durch den von ihm gelegten Zugang verabreichen, als er abermals gepackt und weggezerrt wurde.

Der Ehemann hatte sich losgerissen und stürzte sich auf Kian. »Was machen Sie da! Was geben Sie meiner Frau? Sie dürfen nicht ...«

Weiter kam Mister Fisher nicht, denn Kian schlug zu, um endlich seine Arbeit machen zu können.

Rückblickend sah er ein, dass er einen Fehler gemacht hatte. Er hätte Mister Fisher nicht schlagen dürfen. Doch er bereute nicht, Maggies Schmerzen gesenkt zu haben. Die Konsequenz war, dass weitere zwei Verfahren gegen ihn liefen. Eines wegen Überschreitung seiner Kompetenzen und Verstoß gegen das Betäubungsmittelgesetz und eines wegen Körperverletzung. Beruflichen Selbstmord nannte man das. Es lebe das britische Rechtssystem!

Im Pub ging es zumindest nicht um Leben und Tod. Nach Feierabend machte er sauber, schloss ab und konnte abschalten. Genau so wollte er es haben. Wozu sollte er sich ein Bein ausreißen, um anderen zu helfen? Die Menschen wurden immer undankbarer. Anstatt erleichtert darüber zu sein, dass es Sanitäter gab, die dreihundertfünfundsechzig Tage im Jahr und vierundzwanzig Stunden am Tag ausrückten, um zu helfen, hagelte es Beschwerden und Klagen. Die bodenlose Ungerechtigkeit zermürbte ihn. Machte ihn krank. Vielleicht war es ja ganz gut, dass er gefeuert wurde. Manchmal dachte er darüber nach, sich wieder einen Job zu suchen, der ihn ausfüllte. Aber welcher Job konnte das sein? Er wusste es nicht. Vielleicht ergab sich ja irgendwann etwas. Fürs Erste war er zufrieden.

Haben Sie viel Stress?

»Oh, wooow. Kian, du siehst echt zum Kotzen aus. Ist alles okay?« Noah saß an ihrem Stammtisch im Pub und Kian ließ sich neben ihm auf einen Stuhl fallen, nachdem er Calum und die anderen mit einem Winken gegrüßt hatte. Noah war sein bester Freund und er hatte sich diesen Status verdient.

»Hi, Noah. Was soll ich sagen? Ich würde das Kompliment ja gern zurückgeben, aber verdammt! Dir scheint die Sonne ja quasi aus dem Arsch!«

Noah grinste. »Tja, entweder man hat es oder man hat es nicht.«

Kian suchte Blickkontakt mit Cheryl, die heute hinterm Tresen stand und hob drei Finger.

»Jetzt im Ernst, Kian. Du bist blass, hast Augenringe und scheinst immer weiter abzunehmen. Was ist los?«

Kian seufzte. »Keine Ahnung. Irgendwie läufts schlecht für mich in letzter Zeit.«

Cheryl brachte drei Biere.

»Drei? Erwarten wir noch jemanden?«

»Nein. Das ist für mich. Ich kann literweise trinken und hab trotzdem Durst. Das ist echt Mist. Vor allem nachts.« Kian setzte an und trank das erste Pint in einem Zug leer. »Dann die ganzen Muskelkrämpfe. Kopfschmerzen, Schwindel. Nicht schön. Ganz und gar nicht.«

Noah sah ihn an. Für einen Moment herrschte Stille.

»Und was sagt Helen?«

»Wozu?«, fragte Kian.

»Zum Beispiel dazu, dass du aussiehst wie ein Zombie.«

»Nichts. Natürlich nicht.« Kian nahm einen weiteren großen Schluck.

»Ich kann mich nur wiederholen. Mach Schluss mit ihr. Zieh aus. Sie hat noch nie zu dir gepasst und wird es auch nie.«

»Ich weiß.« Kian stand auf, ging zur Theke und kam zurück mit zwei Tumblern und einer Flasche Whisky.

Die Freunde standen auf der Straße, klopften sich gegenseitig auf die Schulter und lachten darüber, wie sehr der jeweils andere torkelte. Dann wurde Noah ernst. »Kian. Du gehst zum Arzt! Versprich es mir! Versprichst du es mir? Kian, schau mich an!« Noah wedelte mit der Hand vor Kians Gesicht herum, bis dieser ihn ansah. »Versprich es.«

»Ja, ja. Versprochen.«

»Meld dich, okay?«

Kian hatte bereits eine Urinprobe abgegeben, ihm wurde Blut abgenommen und nun saß er im Sprechzimmer des Arztes, um seine Beschwerden zu schildern. »Also, ich hab Muskelkrämpfe. Hauptsächlich in den Beinen. Manchmal auch in einer Hand. Dann ständige Kopfschmerzen, die manchmal echt heftig sind. Mir wird auch schnell schwindelig und ich könnte den ganzen Tag nur trinken. Der Durst hört nie auf.«

»Mister McGreedy, seit wann haben Sie diese Beschwerden?«

»Puh, ich glaub so seit vier oder fünf Wochen. Irgendeine Ahnung, was nicht stimmt?«

»Nun, Ihr Puls ist unregelmäßig und Sie leiden unter Tachykardie. Ihr Herz schlägt viel zu schnell. Haben Sie viel Stress?«

Kian lachte auf. »Das kann man wohl sagen.«

»Nun. Natürlich spielt Stress eine große Rolle bei den meisten Beschwerden. Der Körper sagt einem meist deutlich, wenn man kürzertreten muss. Das Langzeit-EKG und Ihre Blutprobe werden uns schlauer machen. Je nach Befund können wir dann weitere Untersuchungen planen. Sie kommen morgen wieder, dann befreien wir Sie vom EKG und ich melde mich innerhalb von vier Tagen bei Ihnen.«

Drei Tage später, es war ein warmer Sommertag und Kian hatte es sich auf dem Balkon gemütlich gemacht. Heute hatte er die Spätschicht und musste erst in vier Stunden zur Arbeit aufbrechen. Er genoss seinen Kaffee spezial und rauchte, als sein Telefon klingelte.

»Mister McGreedy? Doktor Darren hier. Haben Sie einen Moment Zeit?«

»Klar, Doktor, schießen Sie los.«

Nach dem Telefonat legte Kian sein Handy in Zeitlupe auf den Tisch. So eine verdammte Scheiße!

Am Montag, vier Tage nach seinem Arztbesuch, lief Kian auf der Veranda auf und ab. In der einen Hand sein Handy, in der anderen eine Zigarette. Sollte er sich Helen anvertrauen oder nicht? Nein. Er würde es nicht tun. Noah hatte recht. Helen war nicht die Frau, die er in dieser Situation gern an seiner Seite gehabt hätte. Über kurz oder lang musste er eine Entscheidung treffen, was ihre Beziehung anging.

Doch jetzt ging es um etwas anderes. Er wollte darüber reden. Musste darüber reden. Sein verdammtes Herz machte schlapp und das machte ihm Angst.

Was war mit seinem Vater? Er atmete tief durch und drückte seine Zigarette aus. Es war lange her, seitdem er mit ihm gesprochen hatte. Vielleicht war jetzt die Zeit gekommen, alte Verletzungen zur Seite zu schieben.

»Hey, Dad.«

»Hm? Wer ist da?« Die Stimme klang tief, kratzig und barsch.

Kians Herzschlag beschleunigte. »Kian. Erinnerst du dich?« Mist, er wollte nicht sticheln.

»Hm. Und? Was willst du?« Abweisend und kalt hörte er sich an.

Kians Hände zitterten leicht, als er sich eine neue Zigarette ansteckte. »Ich bin krank und dachte, das solltest du wissen.«

»Weißt du, Kian, bei dir ist immer alles gleich so dramatisch. Spuck's aus. Ist es Tripper?« Er lachte bellend.

Kian presste die Zähne zusammen. Jetzt wusste er wieder, warum er seinen Vater hasste.

»Ich hätte dich nicht anrufen sollen. Mein Fehler.« Er legte auf.

»Verdammt!« Kian trat gegen die Balkonbrüstung aus Beton und raufte sich die Haare. Sein Vater interessierte sich einen Dreck für ihn, er hatte es nur vergessen.

Kian schluckte. Warum enttäuschte es ihn überhaupt noch, wenn es kaum einen interessierte, was in ihm vorging? So oft schon hatte er versucht, bewusst keine Erwartungen an andere mehr zu haben. Und trotzdem schlich sich die Hoffnung immer wieder bei ihm ein, dass es auch mal anders sein könnte.

Er stützte sich mit den Händen auf der Brüstung auf und schaute auf die Straße. Es dauerte eine Weile, bis er den Mann wahrnahm, der dort unten stand. Seine Hände verkrampften sich um das Geländer. Er spürte deutlich, wie eine Ader an seiner Schläfe pochte. Es war der gruselige Mann aus dem Pub, der, den Kopf in den Nacken gelegt, zu ihm auf starrte. Sein Gesicht sah aus, als schmelze es. Die Augen dunkle, runde Kugeln.

Kian wollte etwas rufen, ihn fragen, was er von ihm wollte, doch er brachte keinen Ton hervor. Etwas presste ihm die Luft aus den Lungen. Er zog die Schultern hoch und trat einen Schritt zurück. Sein Gesicht fühlte sich taub an. Schwindel überkam ihn und er stolperte zurück in die Wohnung und ließ sich auf die Couch fallen. Nach und nach beruhigte er sich. Scheiße, was war das denn? Ein Blick durch das Fenster zeigte ihm, dass der Typ nicht mehr da war.

Sein Telefon klingelte. Kian zuckte zusammen. »Helen?«

»Nicht ganz, du musst mit mir vorliebnehmen. Hör zu, Alter, ich kann heute Abend nicht ins Pub. Glenda und ich haben Jahrestag. Hab ich ganz vergessen. Zum Glück hat sie was Entsprechendes in ihrem Status gepostet, sonst hätte sie mir heute Abend die Eier geröstet.« Noah lachte. »Aber was ist mit dir? Schon beim Arzt gewesen? Ich hab gar nichts von dir gehört.«

»Jep, ich war beim Arzt. Alles im grünen Bereich so weit.«

»Puh, ein Glück. Hoffentlich klärt sich die ganze Gerichtsscheiße, mit der du dealen musst, auch bald.«

»Bestimmt. Bestell Glenda Grüße von mir und lass dir was einfallen! Sie hat's verdient.«

»Hat sie. Dann mach's mal gut.«

»Mach's besser.«

Kian legte auf. Verdammt! Er hatte Noah angelogen. Nichts war im grünen Bereich. Warum war es nur so schwer geworden, offen miteinander zu sprechen?

Ein Blick auf die Uhr verriet Kian, dass es Zeit war für einen Drink. Als er sich wieder hingesetzt hatte, sah er einen Mann mit einer getönten Brille über die Straße gehen. Sofort schoss ihm das Gespräch zwischen Jax und Vince durch den Kopf. Der Arbeitskollege von Vince, der diese komische Brille getragen hatte und im Forest gewesen war. Kian setzte sich aufrechter hin. Die Geschichte hatte ihn fasziniert. Er hörte Vince in seinen Gedanken. Seine Stimme, die so eindringlich geklungen hatte, als er »Die Legenden sind wahr« sagte.

Kians Bein wippte, er schloss die Hände zur Faust und öffnete sie wieder.

Die Legende

Der Forest war hier in Schottland für ihn also erreichbar. Eine Legende rankte sich um ihn und Legenden entstanden nicht von ungefähr. Sie hatten einen wahren Kern. Hatte er nicht schon zahllose Berichte und Artikel gelesen, über angeblich verfluchte Orte, heimgesuchte Häuser, unerklärliche Phänomene, Heilstätten, Kraftorte und sonstige Mysterien? Ja, das hatte er. Seiner Meinung nach gab es unterschiedliche Energien in der Welt, die sich an bestimmten Orten konzentrierten. Vielleicht lohnte es sich, etwas mehr über den Forest herauszufinden. Wäre es nicht fantastisch, wenn er in den Forest gehen würde, um die Legende zu erkunden? War es nicht eine Chance, etwas Neues auszuprobieren? Wer wusste schon, ob es nicht wirklich etwas darin gab, dass sein Leben zum Positiven wenden konnte? Was hatte er zu verlieren? Nichts! Er war am Ende mit seinem Latein. Wollte herauskommen aus der Abwärtsspirale. Er hatte alles getan, was in seiner Macht stand. Vielleicht war es nun an der Zeit, das Schicksal herauszufordern? Die Idee, in den Forest zu gehen, berauschte ihn. Das erste Mal seit Wochen schöpfte er wieder Hoffnung. Die Natur konnte heilsam sein, hatte das nicht sogar Doktor Darren gesagt? Er solle Stress vermeiden und in die Natur gehen.

Er trank einen halben Liter Wasser und atmete tief durch. Kian spürte, wie seine verkrampften Muskeln weicher wurden bei dem Gedanken an ein oder zwei Wochen im Wald. Er rieb sich die Hände und nahm sich vor, nach seiner Schicht mit seiner Recherche zu beginnen.

Als er nach Hause zurückkehrte, kam es ihm gelegen, dass Helen schon im Bett war. So konnte er sich ganz auf seine Suche konzentrieren. Er fuhr seinen Laptop hoch und startete. Er tippte *Forest Schottland* in das Suchfenster ein und erhielt zahllose Treffer.

Klar, hier gab es viele Waldgebiete. Ein paar Zeitungsartikel berichteten über Vermisstenfälle, andere sogar über Mord. Aber ob diese Berichte mit dem Forest zu tun hatten, den er suchte, wusste er nicht. Es konnte schließlich jeder Wald gemeint sein.

Unter den Suchbegriffen *Wald, Legende* fand er zahllose Berichte. Über Bigfoot. Über einen Geisterwald. Über einen Einsiedler, der sich siebenundzwanzig Jahre in einem Wald versteckt hatte. Über den Wald von Blair. Über die gruseligsten Wälder der Welt.

Er lehnte sich zurück und schüttelte den Kopf. Er musste die Suche eingrenzen. Kian versuchte es mit *Wald, Legende, Schottland, eine Woche.* Hier tauchten nur Reiseberichte auf. Von einer Legende war nichts zu lesen. Verflixt. Was hatte Vince gesagt? Er hatte etwas über den Forest im Internet gefunden. Also musste es Informationen geben. Im Grunde genommen konnte dieser Wald überall sein, Wälder gab es hier mehr als genug.

Nächster Versuch. *Wald, Legende, Schottland, verändert Menschen.* Nichts.

Nachdem er eine Kanne Kaffee aufgebrüht hatte, machte er weiter. Das erste Mal seit Langem trank er seinen Kaffee pur.

Er klickte sich durch Seiten und Reiseberichte, las Legenden und Sagen, fand Verschwörungstheorien und allerlei Hokuspokus. Seine Augen fühlten sich trocken an und juckten. Die Abstände, in denen er gähnte, wurde immer kleiner.

Er rieb sich das Gesicht und …

Dann stieß er auf einen Text, der ihn schlagartig wieder wachrüttelte. Kian beugte sich näher in Richtung Bildschirm und las konzentriert die Einträge aus einem Forum über unheimliche Orte.

Dunkelelf: ... *Sie wollen nicht, dass über die Legende berichtet wird. Scheiße, wenn der Forest nicht so tierisch weit weg wäre, wär ich schon längst dort gewesen. Muss echt heftig sein, was da abgeht.*

MissMaryanne04: *Woher willst du das wissen ich denke keiner redet drüber? welche legende?*

black_panther: *Mein Kumpel hat mir was geschickt vom Forest. Überall hängen Warnschilder und so. Richtig creepy stuff.*

black_panther teilt Inhalte. Keine sichere Seite. Trotzdem Anzeigen? Kian klickte auf Ja.

Er sah Bilder mit dicht stehenden Bäumen. Dicke und dünne Stämme, abgeplatzte Rinde, verdrehte Äste, Wurzeln, die teils überirdisch verliefen und eine Menge Warnschilder, die den Wanderer veranlassen sollten, umzukehren.

No Trespassing, Dead End, Last Chance to Quit.

Kian bemerkte, dass es keinen Weg oder Trampelpfad gab. Die Schilder hingen auf engem Raum mitten in unwägbarem Gelände. Ein Schauer rieselte von seinem Nacken ausgehend über seine Arme. Die Härchen stellten sich auf. Sein Herz schlug schneller. Diese Fotos schufen eine bedrohliche Atmosphäre und genau das weckte sein Interesse. Er hatte den Forest gefunden.

Er sah sich mitten in dieser Wildnis campen. Er würde eine gute Ausrüstung brauchen. Und Urlaub, tja. Das würde knifflig werden, denn er arbeitete erst kurz im ›O'Reilleys‹. Als er bemerkte, wie seine Gedanken abdrifteten, konzentrierte er sich wieder auf die Einträge im Forum.

Bigboohoo: *Spuk, Dämonen, Hexen. Findest du alles im Forest. Selbstmörder. Da soll einer leben, der komplett irre ist. Selbst mir zu abgefuckt.*

Godessofthenight666: *@black_panther war dein Freund da? Ich will hin. Any tips?*

Vader35Darth: *Ich war da. Keine Wege. Alles sieht gleich aus. Super Trip. Aber nichts passiert.*

FFFCMX: *@bigboohoo Was heist hier einer? Der Forest ist dafür da. Da sind Menschen, die irre geworden sind. Die verstecken sich da. Weiß doch jeder. Wer weis wieviele schreiende Irre da rumlaufen?*

Kian raufte sich die Haare. Keiner schrieb über das, was er wirklich wissen wollte. Wo? Wo war dieser Wald? Da! Ein Anhaltspunkt!

Dunkelelf: *@Vader35Darth Dann warst du nicht weit genug drin. Du musst auch im richtigen Abschnitt sein. Bist du an der Kreuzung A107 und B916 über die Brücke gegangen? Durch die Lücke in der Mauer? Durch die Schlucht? Alter, du warst sonst nur im Naturschutzgebiet.*

35

Nicht im Forest. @MissMaryanne04 Die Legende: Wer in den Forest geht, in den RICHTIGEN Abschnitt (@Vader35Darth!) und es sieben Nächte dort aushält, kommt wieder raus mit völlig anderen Werten, anderem Denken, anderer Persönlichkeit. Allerdings nicht jeder. Der Forest sucht sich aus, wen er verändert.

Kian spürte, wie er den Rücken straffte. Aufregung überfiel ihn. Positive Aufregung. Das war genau das, was er brauchte. Die Planung eines solchen Trips würde ihn ablenken können. Der Forest würde ihm guttun. Er konnte nicht allzu weit weg sein. Von den Bundesstraßen hatte er schon gehört. Er rief eine Umgebungskarte auf und fand nach kurzer Zeit die Kreuzung und, nachdem er herangezoomt hatte, auch die Brücke. Beides grenzte an den Ripley Nature Reserve, ein riesiges Naturschutzgebiet.

Ihm wurde flau im Magen. Er stand auf, setzte sich wieder und wusste nicht, wohin mit seiner Energie. Okay. Gut. Er wusste, wo sein Trip starten konnte, um in den Forest zu kommen. Wie groß war die Entfernung von Lochinver aus? Mit dem Auto waren es gerade mal knappe fünf Stunden.

Am liebsten hätte er sich sofort auf den Weg gemacht. Er würde ein Abenteuer erleben und Kraft tanken können. Es würde ein Selbstfindungstrip werden. Seine letzte Hoffnung auf Heilung. Auf Veränderung. Die Energien aufnehmen und sehen, was er für sich mitnehmen konnte. Er fuhr sich durchs Haar. Was genau ihn dort erwarten würde, wusste er nicht, doch er würde es herausfinden. Er musste es herausfinden.

MissMaryanne04: *Ich glaub das ist alles schwachsinn das hat sich irgendwer ausgedacht dass da ein spukwald ist was soll das ist ja auch bequem wenn man nichts erlebt dann wollte der forest nicht so halten sich lügen.*

MrDickPic: *@Dunkelelf Es heißt, nach sieben Nächten im Forest erkennt dich kein Arsch wieder. Weird. Du kommst raus als eine andere Person!*

black_panther: *Wenn du Glück hast. Schon mal von der Frau gehört, die da auf mysteriöse Weise gestorben ist? Und ihr Mann hat danach auch nicht mehr lang gelebt.*

MissMaryanne04: *Zufall.*

Hellboy1508: *Ich hab im Darkside Forum davon gelesen. Ist an den Gerüchten was dran? Die Schreie, die sie vor ihrem Tod gehört hat. Könnte 'ne Banshee gewesen sein.*

Bigboohoo: *Möglich. Weiß nichts von Schreien. Nur dass die Organe weg waren.*

Mmmerlin: *Im Forest denkt man, es beobachten einen die Bäume.*

Godessofthenight666: *Historisch wurden da Alte und Kranke ausgesetzt. Tiere auch.*

Seine Haut kribbelte und er begann zu schwitzen. In der Küche holte er sich eine Flasche Wasser und trank sie halb leer.

Kian hatte als Kind schon eine ausufernde Fantasie gehabt und interessierte sich für Grusel, Horror oder Thriller. Wenn er so etwas wie gerade las, spulte sich ein Film vor seinem inneren Auge ab und er liebte den Nervenkitzel, den er dabei empfand. Es gab Phänomene, die nicht erklärt werden konnten. Machte so etwas nicht das Leben erst richtig spannend? Sei es, dass jemand eine Vorahnung hatte und das Flugzeug, das später abstürzte, nicht bestieg oder dass Uhren zu genau der Zeit stehen blieben, in der ein geliebter Mensch starb. Kian hatte in seiner Teenagerzeit ein Buch gelesen, in dem es um Nahtoderfahrungen ging, was ihn sehr beeindruckte. Es gab ein Leben nach dem Tod und es gab unerklärliche Phänomene. Im Grunde genommen war alles möglich.

Glaubte er, dass es im Forest nicht mit rechten Dingen zuging? Wäre möglich. Wollte er hin, um selbst einmal Erfahrungen zu machen, von denen er bisher nur gelesen hatte? Und wie! Würde er Helen fragen, ob sie mitkäme? Auf keinen Fall.

Ich mach Schluss, Helen. Ich gehe

Direkt am nächsten Tag rief Kian Mister O'Reilley an.

»Was gibt's?«

»Sir, ich wollte Sie bitten, mir ein paar Tage Urlaub zu geben. Ich habe gesundheitliche Probleme und … also ich arbeite ja erst seit Kurzem für Sie und ich würde nicht fragen, wenn es nicht wirklich wichtig w …«

»Lässt du mich auch was sagen oder soll ich den Hörer besser 'ne halbe Stunde auf den Tisch legen, bis du zum Ende gekommen bist?«

»Nein, Sir.«

»Pass auf. Du bekommst deinen Urlaub. Seit du für mich arbeitest, sind die Schlägereien auf null zurückgegangen. Hauptsache, du kommst zurück. Dein Urlaub ist natürlich unbezahlt. Wer nichts tut, bekommt auch nichts. Alles klar? Von wie viel Urlaub sprechen wir?«

»Von zwei Wochen.«

»In Ordnung. Mein Neffe kann für dich übernehmen, solange du weg bist.«

»Danke, Mister O'Reilley. Da wäre noch etwas …«

Als er auflegte, war er zufrieden. Er hatte ab sofort Urlaub. Und auch, was danach kam, hatten sie geregelt. Seine Gedanken wurden durch ein heftiges Schwindelgefühl unterbrochen, bei dem er froh sein konnte, bereits zu sitzen. Er trank den Rest Wasser und wartete, bis es ihm wieder besser ging.

Dann schrieb er Noah, dass er zwei Wochen Urlaub machen würde und sich spätestens danach bei ihm meldete – und ging einkaufen.

Kian hatte Helens Lieblingsspeise gekocht. Es war simpel, sie liebte Hackbraten mit gestampften Kartoffeln und Gurkensalat. Er wollte ihr nach dem Essen sagen, was ihn beschäftigte und was der Arzt gesagt hatte. Danach würde er ihr von seinem Urlaub und seinen Plänen erzählen. Es war Zeit, eine Entscheidung zu treffen. Er hatte nicht vor, zu ihr zurückzukommen, und das musste sie wissen. Nach seinem Trip in den Forest würde er ins Krankenhaus gehen und sich danach irgendwo ein Zimmer nehmen. Irgendetwas würde sich schon ergeben.

Doch als Helen nach Hause kam, war sie wie immer kurz angebunden. Er war ihr ins scheußliche Schlafzimmer gefolgt und sah ihr dabei zu, wie sie Hose und Shirt ablegte und in ihrem Schrank herumwühlte.

»Was machst du da?«, fragte er.

»Ich such das Wickelkleid mit den Rosen drauf. Ah, da ist es ja.«

»Warum?«

»Ich treff mich mit wem. Muss gleich wieder los.«

»Ich habe gekocht. Hackbraten. Helen, lass uns zusammen essen. Ich muss dir ein paar Dinge sagen.«

»Du bist süß, Süßer. Aber geht nicht. Vielleicht morgen.«

Kian ballte die Fäuste und öffnete sie wieder. Sollte er sie einfach gehen lassen? Er dachte an den Forest. An sein Abenteuer. An das Leben, das er führen wollte. Ein neuer Versuch. Er griff nach ihrem Handgelenk, als sie an ihm vorbeigehen wollte.

»Helen. Warte bitte.«

»Sorry, Süßer, ich muss jetzt los.« Sie löste sich von ihm und betrat den Flur.

Kian spürte einen Ball aus heißer Energie in seiner Brust.

Wenn sie keine Lust mehr auf diese Beziehung hatte, sollte sie endlich Schluss mit ihm machen. Sie führte doch bereits ein Leben, als wäre sie Single. Er presste seine Zähne aufeinander. Ein Krampf verformte seine Hand zu einer Klaue. Himmel, tat das weh!

Sie marschierte an ihm vorbei und ließ ihn einfach stehen. Er kam sich vor wie ein Idiot. Damit war nun Schluss. Sie konnte ihn mal.

An der Tür warf sie ihm eine Kusshand zu und war weg.

Das reichte. Er stand auf, schnappte sich den Haustürschlüssel und nahm die Verfolgung auf. War er ein Spinner? Er stalkte sie.

Betrat er damit einen Weg, den er besser hätte meiden sollen? Konnte überhaupt etwas Gutes dabei herauskommen, wenn er sie beschattete? Garantiert nicht und dennoch brauchte er eine letzte Gewissheit, bevor er ging.

Auf der Straße war nicht viel los, deshalb hielt er einen großzügigen Abstand zu Helen. Warum waren sie noch ein Paar? Warum wohnte er noch mit ihr zusammen? Was gaben sie sich denn noch gegenseitig?

Das Gute war, er musste nicht viel packen, wenn er auszog. Alles passte in einen Koffer. Den Rest seiner Sachen hatte er eingelagert. Sein Körper fühlte sich bleischwer an, nur sein Herz pochte heftig und schnell gegen seinen Brustkorb.

Himmel, wohin ging sie? Sie stöckelte mit schwingenden Hüften die Straße entlang. Dann hatte sie ihr Ziel erreicht. Er trat näher und spähte von einem Hauseingang aus um die Ecke. Sie blieb bei »Scot's Bistro« vor einem Mann stehen. Groß, schlaksig, Anzugträger, gegeltes blondes Haar. Helen senkte den Kopf.

Der Mann baute sich vor ihr auf.»Nun?«, sagte er.

»Guten Abend, Sir.« Helen antwortete in einem Tonfall, den er nie zuvor bei ihr gehört hatte. Sie klang schüchtern, hielt den Kopf weiter gesenkt.

Was zur Hölle war hier los?

»Wirst du sitzen können? Oder tut dein Arsch noch zu weh?«, raunte der Mann und strich ihr eine rote Haarsträhne hinter das Ohr.

Kian riss die Augen auf. Wenn hier das abging, was er dachte, dann …

»Er tut weh, aber ich werde sitzen können, Sir.«

Kian hatte das Gefühl, gleich kotzen zu müssen. Er zog seine Augenbrauen zusammen und biss fest die Zähne aufeinander.

Ohne etwas zu sagen, schob der Typ eine Hand unter Helens Kleid zwischen ihre Beine und sog scharf die Luft ein.»Schon so feucht.« Er zog die Hand wieder hervor, hielt sie ihr hin und sie ergriff sie.»Komm, ich hab Hunger.« Damit zog er sie durch die Tür ins Innere des Bistros. Es wurde still auf der Straße.

Kian merkte erst, dass er die Luft angehalten hatte, als sein Brustkorb zu schmerzen begann. Als er weiter atmete, legte sein Herz einen Sprint ein, sein Kopf schien zu explodieren und er hätte Helen den Hals umgedreht, hätte sie jetzt vor ihm gestanden. Kian war heiß, dann kalt. Sein Nacken schmerzte, seine Zähne mahlten. Was sollte er tun? Sie konfrontieren? Dem Typen die Hölle heißmachen? Ihm oder ihr die Fresse polieren?

Moment. Er hatte die Gewissheit, die er gesucht hatte. Er konnte gehen. Scheiß auf Helen und ihren Marquis de Sade. Er würde abhauen, er brauchte sie nicht. Er wollte sie schon lang nicht mehr, wie er zugeben musste. Er fühlte Hass. Nicht auf Helen, sondern auf sich selbst. Die zwei Jahre, in denen sie zusammen waren, hatten ihn Nerven gekostet. Warum war er geblieben, obwohl er sich permanent unwohl gefühlt hatte? The devil you know ... schoss ihm durch den Kopf. Plötzlich stellte er alles infrage. Seine Entscheidungen, seine Gefühle, seinen Menschenverstand.

Sein Kopf war leer, als Helen am späten Abend zurückkam und an ihm vorbeiging, ohne ihn oder die Reisetasche, die neben ihm stand, eines Blickes zu würdigen.

»Hallo, Süßer. Ich bin todmüde. Ich hau mich hin.«

»Ich mach Schluss, Helen. Ich gehe.« Kian hielt die Luft an.

Helen blieb stehen, drehte sich aber nicht zu ihm um. Wenige Augenblicke später hob sie die Hand, zeigte ihm den Mittelfinger und ging weiter, ohne ihn noch einmal anzusehen.

Kian war heiß, dann kalt. Sein Nacken schmerzte. So ging es also zu Ende? Seine Zähne mahlten. Er hatte zwei Jahre zusammen mit dieser Frau gewohnt. Wie hatte er das ausgehalten? Wie blind war er gewesen? Plötzlich fühlte er sich erbärmlich. Er musste hier raus.

Kian war losgefahren. Langsam breitete sich warm und angenehm Zufriedenheit in ihm aus.

Er hielt sich in Richtung Nationalpark, und als er das Gefühl hatte, genug Abstand zwischen sich und seine Ex gebracht zu haben, suchte er sich ein Motel.

Sein Zimmer war schön. Die Wände bestanden aus einer Holzverkleidung, es sah aus, als seien Petroleumlampen in den Räumen die Lichtquellen. Bettwäsche und Handtücher dufteten frisch gewaschen, das Essen war gut gewesen und nun lag Kian auf seinem Bett, den Hinterkopf auf seine verschränkten Hände gelegt und dachte nach.

Er spürte in aller Deutlichkeit, dass er Ruhe brauchte. Sein Kopf, sein Gemüt, seine Nerven, seine Seele, brauchten einfach nur Ruhe. Er öffnete die Karte des Naturschutzgebiets auf seinem Handy. Es lag ganz im Westen. Das Areal war riesig und von allen Seiten zugänglich. Kian suchte die Bundesstraßen, die Brücke und die Schlucht. Die befanden sich in südwestlicher Richtung.

Vorfreude packte ihn. Morgen würde es losgehen. Er würde nicht nur in ein Abenteuer aufbrechen, er würde dort gewiss auch keinem Menschen begegnen. Das Gebiet war groß genug dafür.

Er legte das Handy neben sich und schaute an die Decke. Sein Körper war vollkommen entspannt. Keine Menschen um ihn herum. Er lächelte. Nur er und die heilende Kraft der Natur. Nur er und die düstere Legende. Eine Zeit lang allem entfliehen. Nicht nachdenken. Sein Ding machen. Ohne Kompromisse. Ohne Nörgelei.

Ob er wohl irgendetwas dort spüren würde? Kian griff wieder zum Handy und suchte nach Ergebnissen zu Kraftorten.

Kraftorten wird eine meist positive psychische Wirkung nachgesagt. Beruhigung, Stärkung und Bewusstseinserweiterung sind an diesen Orten möglich. Man geht davon aus, dass unterirdisches Wasser die elektromagnetischen Felder unseres Körpers beeinflussen. Dadurch können Halluzinationen, Visionen oder andere ungewöhnliche Körperwahrnehmungen entstehen.

Glaubte er daran? Zumindest tat er es nicht als Unsinn ab. Wenn es positive Kraftorte gab, dann musste es auch negative geben. Auf was genau er im Forest stoßen würde, war er gespannt.

Kian kehrte nach seinem Einkauf ins Motel zurück. Als er ankam und den großen neuen Rucksack abstreifte, war er durchgeschwitzt, aber sehr zufrieden.

Draußen war es heiß und die Aufregung tat ihr Übriges. Dass das starke Schwitzen auch ein Symptom seiner Krankheit war ... daran wollte er nicht denken. Bevor er duschte, sah er sich seine neuen Sachen an. Der Rucksack hatte Übergröße. Eingerollt und unter dem Rucksackdeckel eingeklemmt, ragte eine Isomatte zu beiden Seiten heraus. Der leichte Schlafsack hielt angeblich bei Kälte warm und kühlte, wenn es heiß war. Wie das funktionieren sollte, war Kian ein Rätsel, aber was wusste er schon? Eine Cargohose hatte er gekauft. Die vielen Taschen waren beim Camping von Vorteil. Er würde sein neues Jagdmesser, eine Karte des Gebiets und ein Feuerzeug dort verstauen. Ein dünnes Regencape, ein selbst entfaltendes Wurfzelt für eine Person und eine Plane mit Ösen sowie dicke Nylonschnur hatte er gekauft. Sollte es regnen, wenn er auf Erkundungstouren war, würde er sich einen Unterschlupf bauen können. Ein Erste-Hilfe-Kasten mit Desinfektionsspray, Pflastern, Verbandsmaterial und Wundsalbe hatte er sich zusammengestellt. Dazu kamen Insektenspray, ein Campingkocher plus Gaskartuschen, Besteck, ein Kunststoffteller und Becher, eine Isolierflasche und Wanderschuhe. Es konnte losgehen.

Kurz nach Sonnenaufgang saß Kian in seinem Auto und fuhr in westlicher Richtung zur Halbinsel und dem National Nature Reserve. Ungefähr vier Stunden Fahrt lagen vor ihm – eine Lunchbox mit Sandwiches neben ihm, dazu eine Flasche Wasser und ein Thermobecher mit Kaffee. Kian lächelte. Seitdem er aufgebrochen war, fühlte er eine innere Ruhe, die er seit ... er konnte sich nicht mehr erinnern, wann er jemals innerlich ruhig gewesen war. Dass er nicht aufgewühlt war, ließ ihm Raum für Freude. Jetzt lachte er laut heraus. Er konnte tatsächlich Freude empfinden! Sein Herz pochte gleichmäßig, aber kräftig in seiner Brust, in seinem Bauch kribbelte es, er hatte das Gefühl Bäume ausreißen zu können! Der Trip war die beste Idee, seit er von zu Hause fortgezogen war.

Seine Brote waren aufgegessen, der Kaffee und das Wasser leer und er hatte zwei Mal angehalten, um auf einem Rastplatz zur Toilette zu gehen.

Kian bog auf den Parkplatz des National Nature Reserve ab, der rund um die Uhr geöffnet hatte und parkte. Der Weg bis zum Eingang des Forest würde circa zwei Stunden dauern. Kian hatte sich zur Sicherheit die Wegbeschreibung aufgeschrieben, falls sein Handy in der Schlucht keinen Empfang hatte.

Still saß er da, die Hände am Lenkrad, den Sicherheitsgurt noch angelegt und starrte geradeaus. Die Vorfreude war gewichen, jetzt machte sich Beklemmung in ihm breit. Was war los? Er horchte in sich hinein, fand aber keine Antwort. Das Unwohlsein verstärkte sich zu Angst, die in seiner Brust flatterte.

Er hatte sich so gefreut und jetzt boykottierte er sich selbst. Was war er nur für ein Idiot! Kian schwindelte und sein Atemrhythmus kam aus dem Takt, sodass er Seitenstiche bekam. Er beugte sich nach vorn, um seine Stirn auf das Lenkrad zu legen. Ruhig Blut. Nicht nachdenken. Handeln!

Kian löste den Gurt, stieß die Autotür auf und stieg aus. Neben seinem Wagen blieb er stehen, sah sich um und konzentriere sich auf die friedliche Atmosphäre. Die Sonne schien warm auf ihn herab, Vögel zwitscherten, die Luft roch klar und nach dem würzigen Duft der Tannen und Bäume. Es war wirklich schön. Ein Eichhörnchen flitzte über den Weg und Kian lächelte. Die Angst war verflogen. Er öffnete den Kofferraum und wechselte seine Sneaker gegen Wanderschuhe. Dann schnallte er sich den Rucksack auf den Rücken, verschloss das Auto und ging auf den breiten Weg des Waldes zu, der den Eingang zum Naturschutzgebiet markierte. Bevor er eintrat, hielt er ein weiteres Mal inne und schaute sich um. Menschen spazierten an ihm vorbei und verschwanden hinter einer Biegung, die der Weg machte. Hunde, Kinder, Paare, Familien, es wimmelte nur so vor Menschen und das, obwohl es ein gewöhnlicher Wochentag war und dazu früh am Morgen.

Er warf noch einmal einen Blick auf die Karte in seinem Handy. Danach folgte eine letzte Bestandsaufnahme. Hatte er an alles gedacht? Feuerzeug und Zigaretten? Er klopfte sich auf das rechte Hosenbein. Taschenmesser? Ein Tätscheln auf das Linke. Wegbeschreibung? Die hatte er im Rucksack verstaut.

Er atmete tief ein und stieß die Luft langsam durch den Mund wieder aus. Es war so weit. Sein Abenteuer begann. Nicht mehr lang und er wäre endlich allein.

Doch er zögerte. War es eine Vorahnung, die ihn bremste? Kian schüttelte über sich selbst den Kopf. Was für eine Vorahnung sollte das sein? Er setzte den Rucksack wieder ab und holte einen Flachmann aus einer der Seitentaschen heraus. Bereits die ersten Schlucke beruhigten ihn; sie flossen mit einem leichten Brennen durch seine Kehle. Er beschloss, noch eine Zigarette zu rauchen und dann loszugehen.

Langsam entspannte er sich. Wirklich schön war es hier. Noch war der Weg breit und die Abstände zwischen den Bäumen groß. Unzählige Wege zweigten vom Hauptweg ab, führten durch Farn-Dickicht und an anderen Pflanzen vorbei. Er folgte weiter dem Pfad, um nach kurzer Zeit das Waldstück wieder zu verlassen. Nun kam er zu der Kreuzung, hinter der die Brücke lag, die er überqueren musste. Kein Mensch zu sehen. Kein Motorengeräusch, das auf Verkehr in der Nähe deutete, zu hören. Perfekt. Es war heiß, als er aus dem Schatten der Bäume trat. Die Sonne hatte bereits Kraft. Seine Schritte klangen dumpf, als er die Holzplanken der Brücke betrat. Der Fluss rauschte unter ihm und Kian schlug hin und wieder nach einem Moskito.

Hinter der Brücke verliefen links und rechts der Straße zwei halbhohe Mauern aus aufeinandergestapelten Steinen. Unkraut spross dazwischen hervor. An einer davon musste es eine Lücke geben, durch die er gehen musste. Schnell fand er sie auf seiner rechten Seite. Davor blieb er stehen. Diese Lücke war eher ein Spalt. War er hier richtig oder gab es anderswo eine bequemere Möglichkeit, um auf die andere Seite zu kommen?

Kian war mehrmals hin und her gegangen. Es gab nur den einen Spalt. Darüber zu klettern, war nicht möglich, da die Steine nur lose aufeinanderlagen. Dann los.

Er warf seinen Rucksack auf die andere Seite, zog den Bauch ein und quetschte sich in den kleinen Zwischenraum. Mit einem kräftigen Ruck stieß er sich mit dem linken Bein ab. Gleichzeitig warf er sich nach rechts und stolperte hinter die Mauer. Einzelne Steine hatten sich aus dem Spalt gelöst und fielen zu Boden. An Bauch und Rücken brannte die Haut. Sie war garantiert aufgeschürft. Er klopfte sich den Staub von der Kleidung und registrierte, dass die Aufregung zurückkam. Eine positive Aufregung.

Nach einer weiteren halben Stunde Fußmarsch war er in Schweiß gebadet. Die Sonne brannte auf ihn herab und er hoffte, dass er bald in den Schatten käme. Die Zunge klebte ihm am Gaumen. Die Lippen blieben an den Zähnen haften. Seine Schleimhäute trockneten aus, weil er durch den Mund atmete. Immer wieder trank er in kleinen Schlucken – und zwar Wasser, keinen Whisky, obwohl er danach brannte. Aber Alkohol würde seine Schleimhäute weiter austrocknen. Bis er die Flasche an einem Bach wieder auffüllen konnte, musste er mit dem auskommen, was er hatte.

Er konnte es kaum erwarten, den Forest zu erreichen. Nicht nur, weil es dort Schatten gab, sondern auch, weil er neugierig war, warum Menschen diese Geschichten über den Forest erzählten. Er schien ein Kraftort zu sein, und wenn es irgendwo dort negative Energien gab, gab es bestimmt auch positive und er würde davon profitieren können. Auch ganz allgemein sehnte er sich danach, die beruhigende Wirkung der Natur zu spüren. Im Wald wäre es möglich, zur Ruhe zu kommen und seine innere Balance zu finden, davon war er überzeugt.

Kian grinste. Selbst sich gegenüber versuchte er, die Hoffnung verstandesmäßig einzuordnen, die er in den Forest setzte. Wenn er ehrlich zu sich war, wollte er die Veränderung, die die Legende versprach. Ja, verdammt, er glaubte daran, dass es möglich war!

Hinzu kam, dass wichtige Entscheidungen anstanden. Bei seinem Trip würde er genug Zeit haben, über alles nachzudenken. Sein Bauch krampfte sich zusammen, wenn er daran dachte, was ihm nach dem Urlaub bevorstand. Er schob den Gedanken weg. Noch war nicht die richtige Zeit dafür. Er brauchte Ruhe und jetzt war es erst einmal wichtig, zum Ziel zu gelangen.

Er bog um eine Kurve und stand vor einer steilen, langen Treppe, die nach unten führte. Von seinem Standort aus konnte Kian keinen

Pfad erkennen. In der Ferne glitzerte der Fluss, der zwischen hochragenden Felswänden hindurchfloss. Die Schlucht. Endlich. Bevor er sich an den Abstieg machte, trank er den Rest des Wassers aus und verstaute die Flasche in seinem Rucksack. Dann stieg er die unebenen, hohen Stufen hinab. Geröll löste sich unter seinen Füßen und feuchtes Moos ließ den Abstieg zu einer Schlitterpartie werden. Die Stufen waren feucht und glitschig. Er stützte sich an den Felswänden ab, die immer dichter an ihn rückten. Bei Regen wäre es unmöglich, unbeschadet hier herabzusteigen. Schweiß lief ihm über das Gesicht und ließ seine Augen brennen. Die Stufen wurden schmaler und hörten bald darauf auf.

Bisher hatte er gerade mal ein Drittel des Abstiegs geschafft, als es heikel wurde. Kian schob sich in kleinen Schritten weiter. Hin und wieder rutschte er ab; Kian bekam jedes Mal Herzrasen, wenn es passierte. Es war beklemmend hier zwischen den Felsmassiven. Dünne Drahtseile waren an ihnen befestigt, boten ihm aber nur trügerische Sicherheit, da sie weit durchhingen. Dennoch hielt er sich an ihnen fest. Seine Beinmuskeln standen kurz vor einem Krampf, er war vom Hals bis zu seinen Füßen angespannt. Hier gab es keine Möglichkeit zum Verschnaufen, dafür war der Abstieg zu steil. Er musste weiter. Er konzentrierte sich nur auf den jeweils nächsten Schritt.

Sein Fuß glitt aus. Der Rucksack zog ihn nach hinten und er landete auf seinem Rücken. Ein paar Meter rutschte er weiter und stoppte dann. Für einen Moment wagte er nicht, sich zu bewegen und bemühte sich, seine schnelle Atmung zu beruhigen. Himmel! Er schwitzte und der Puls pochte in rasendem Rhythmus in seinem Hals. Wie sollte er jetzt wieder aufstehen, ohne direkt weiterzurutschen?

Mit dem schweren Rucksack auf dem Rücken, keiner sicheren Haltemöglichkeit und dem rutschigen Fels unter ihm hatte er kaum eine Chance. Vorsichtig schlüpfte er aus den Trageriemen des Rucksacks, sodass er zwar noch auf ihm lag, aber sich ohne sein zusätzliches Gewicht aufrichten konnte. Er zog am Seil, das an der Felswand angebracht war und testete, wie weit er es belasten konnte.

Zumindest riss es nicht sofort aus seiner Verankerung. Er drehte sich auf die Seite und drückte sich mit einem Arm nach oben, während seine andere Hand das Seil umfasste, damit er sich hochziehen konnte.

Geschafft. Er stand. Langsam griff er hinter sich nach seinem Rucksack, packte ihn und hängte ihn sich über eine Schulter, als sich das Seil ein kleines Stück aus der Verankerung löste. Der schwere Rucksack drehte sich mit Schwung nach vorn und brachte ihn so aus dem Gleichgewicht. Instinktiv befreite er sich von ihm und packte mit beiden Händen das Seil, um sich abzufangen. Sein Rucksack fiel polternd in die Tiefe. O Mann! Das war knapp gewesen! Nichts wie runter von hier.

Endlich hatte er es geschafft. Dieser Abstieg war sogar für seinen Geschmack etwas zu viel Abenteuer. Er hatte Durst.

Wo war sein Rucksack? Die Suche war schnell beendet, der Rucksack war in der Nähe des Flusses gelandet. Kians Schultern sanken herab. Glück gehabt, denn es wäre eine Katastrophe gewesen, wäre er im Fluss gelandet. Dort befand sich alles, was er brauchen würde. Auch sein Handy und die Wegbeschreibung. Er nahm die Flasche heraus, füllte sie am Fluss und trank sie leer. Nachdem er sie erneut gefüllt hatte, sah er zu dem Weg, den er gerade heruntergekommen war.

Kian fragte sich, wie er zurückkommen sollte. Diesen steilen Aufstieg würde niemand schaffen, egal, wie sportlich er wäre. Hoffentlich gab es noch eine andere Möglichkeit, zurück zum Parkplatz zu kommen. Ein Schluck aus dem Flachmann und eine Zigarette später setzte er seinen Weg fort.

Machen Narben einen Mann nicht interessanter?

Nach wenigen Minuten Fußmarsch trat er zwischen den Felsen hervor und atmete auf. Wie beengend es in der Schlucht gewesen war, fiel ihm erst jetzt richtig auf.

Ihm war, seitdem er die Brücke überquert hatte, keine Menschenseele mehr begegnet. Jetzt jedoch hörte er Rapmusik aus der Ferne, die lauter wurde, je weiter er ging.

Seine Armhaare stellten sich auf, ohne dass er die Ursache dafür kannte. Vielleicht lag es daran, dass die Geräusche überhaupt nicht passten zu der Umgebung und der Einsamkeit, die bisher geherrscht hatte.

Der Weg machte eine scharfe Biegung und er sah drei Teenager neben dem Weg auf der Wiese sitzen. Die Musik kam aus einer kleinen Box, die neben ihnen stand. Als er näher kam, sah er, dass sie älter waren als gedacht: Junge Frauen Anfang zwanzig, schätzte er, und irgendetwas stimmte mit ihnen nicht. Alle drei hatten den Kopf in seine Richtung gedreht, saßen ohne jede Regung da und schauten ihm entgegen.

Ein ungutes Gefühl packte ihn. Es gefiel ihm nicht, dass er keine Ahnung hatte, warum er plötzlich so angespannt war. Die Situation nicht einschätzen zu können, irritierte ihn. Während er den Frauen näher kam, war es, als trete er in ein elektromagnetisches Feld, das ihn unter Spannung setzte. Er hielt die Luft an und richtete sich auf.

Als eine von ihnen aufstand, geriet er in Alarmbereitschaft und beschleunigte seinen Schritt.

»Wohin, Daddy? Machst du einen Altherrenspaziergang?« Die Frau, die zuerst aufgestanden war, wickelte sich den Zopf ihres brünetten Haares um den Zeigefinger und verstellte ihm den Weg. Ihre Freundinnen bauten sich neben ihr auf. Eine von ihnen starrte ihn mit einem wütenden Gesichtsausdruck an. Sie hatte Würgemale am Hals, einen Kratzer, der über die ganze Wange verlief und kleine rote Punkte um die Augen herum. Es sah gruselig aus. Ihre Stimme klang heiser.»Was glotzt du so? Fass mich ein Mal an und du bist tot!«

Die Brünette streichelte ihrer Freundin über den Rücken, ohne ihn aus den Augen zu lassen.»Lucy, ganz ruhig. Er wird dir nichts tun.« Kian hörte ein Summen in den Ohren. Was ging hier vor? Was wollten die Frauen von ihm? Er versuchte, an ihnen vorbeizugehen, doch immer wieder stellten sie sich vor ihn. Kian mahlte mit den Zähnen. Was sollte das?

»Das hier ist ein wirklich heißer Daddy, siehst du, Lucy? Aber … bist du stumm?« Die Anführerin drehte sich zu ihren Freundinnen und deutete mit dem Daumen auf ihn.»Daddy will nicht mit uns sprechen.« Dann sah sie ihn an. Ihre Stimme wurde schneidend und jedes ihrer Wörter unterstrich sie mit einem Stoß vor seine Brust.

»Ich! Hasse! Unhöflichkeit!«

Kian schnappte nach ihrem Handgelenk und schleuderte ihre Hand zur Seite.

Die Stimme der Frau änderte sich wieder. Jetzt klang sie einschmeichelnd.»Du bist aber stark, Daddy. Ich bin Maren. Das sind Rhona und Lucy. Was hast du uns denn Schönes mitgebracht, Daddy?« Sie fuhr mit ihrem Zeigefinger über Kians Brust, die sich plötzlich wie versteinert anfühlte. Abermals wischte er ihre Hand zur Seite.

Ihm wurde schwindelig. In seinen Ohren pochte es dumpf. Sein Kopf zersprang fast und die Muskeln seiner Waden verspannten sich. Oh, bitte nicht jetzt! Diese Anfälle hatte er öfter in letzter Zeit, aber gerade jetzt, in diesem Moment konnte er keinen gebrauchen. Kian hielt sich den Kopf und stolperte rückwärts. Dieser Schmerz! Es war so schlimm, dass er kaum Luft holen konnte und sie viel zu lang anhielt, was das dumpfe Gefühl in ihm noch verstärkte. Er hörte das Rauschen des Blutes in seinen Ohren.

Er spürte Hände, die ihn nach unten drückten, bis er mitten auf dem Weg saß. Das Gewicht auf seinem Rücken war plötzlich weg und er wurde an den Schultern in eine liegende Position gedrückt. Endlich bekam er wieder Luft. Tief sog er sie ein und sein Blickfeld lichtete sich. Die Frauen hatten seinen Rucksack genommen und leerten ihn aus. Dabei johlten sie und steckten alles ein, was sie brauchbar fanden.

Seine Bewegungen waren langsam und vorsichtig, als er sich aufrichtete, um aufzustehen. Sollte er sein Messer ziehen und die drei bedrohen? Nein, das konnte ziemlich aus dem Ruder laufen. Maren riss ihren Kopf herum und starrte ihn an. Er ließ sie nicht aus den Augen, als er sich erhob. Etwas stimmte mit diesen Frauen nicht. Sie waren nicht nur Kleinkriminelle. Die Augen der Anführerin glänzten, als habe sie Fieber. Von allen ging etwas Böses und Gewaltbereites aus.

Maren schlenderte zu ihm und legte ihren Kopf schief.»Daddy, bleib doch noch ein bisschen.«

Er blickte an ihr vorbei und sein Körper spannte sich an. Maren folgte seinem Blick. Im Hintergrund zerbrachen Lucy und Rhona sein Campinggeschirr, zündeten den Campingkocher an, sprühten Insektenspray in die Flamme und fingen an, sein Regencape zu schmelzen.

»Verdammt!«, schrie er. Seine Augen waren aufgerissen. Wie ein Quarterback tackelte er Maren und rannte auf die anderen Frauen zu. Während eine ihm ein Messer entgegenstreckte, um ihn auf Abstand zu halten, verlor Kian die andere aus dem Blick. Er spürte einen schrillen, stechenden Schmerz an der Seite seines Kopfes, dann knickten seine Beine ein und er kniete im Staub. Eine hatte einen Knüppel in der Hand, an dem Blut klebte. Diesen Knüppel benutzte sie nun, um den Gaskocher kaputt zu schlagen.

Maren ging zu ihm, nahm sein Kinn in die Hand und den Augenkontakt mit ihm haltend, schnipste sie in Richtung der anderen. »Lucy, Messer her!«

Er schlug ihre Hand weg.»An deiner Stelle würde ich mir jetzt sehr gut überlegen, was ich mache.« Kians Kopf schmerzte höllisch und das fachte seine Wut an.

»Blablablabla …«

Maren rollte mit den Augen und nahm das Messer entgegen. »Ausziehen!«, sagte sie.

Kian spuckte vor ihr aus und stellte ein Bein auf, um sich hochzustemmen. Maren trat ihm heftig gegen den Spann und sein Bein rutschte nach hinten weg.

»Zieh! Dich! Aus! Ich schwöre, ich sag es dir nicht noch einmal.« Das Messer näherte sich seinem Gesicht.

Das Kichern der anderen wuchs sich zu einem Lachen aus, als Kian sein Shirt auszog. Ein Schweißfilm überzog seinen Körper, er hatte das Gefühl, seine Haut würde verglühen.

»Yammi. Hat dir schon mal jemand gesagt, wie heiß du bist, Daddy? Aber … heißt es nicht immer, Narben machen einen Mann interessanter? Was meint ihr, chicas? Machen wir Daddy ein bisschen interessanter?«

»Lass mich das machen, Maren, bitte.«

Bevor Maren darauf antworten konnte, warf Kian sein Shirt in Marens Gesicht, holte mit seinem Kopf nach hinten aus, schleuderte ihn wieder nach vorn und donnerte seine Stirn gegen ihren Kopf. Sie ließ das Messer fallen. Eine ihrer Freundinnen wollte es packen, doch er war schneller.

»Ich würde sagen, ihr verschwindet jetzt besser«, presste Kian hervor und hielt das Messer vor sich.

Keine rührte sich. Sie starrten entsetzt auf Maren, der das Blut aus der Nase lief und durch ihre Finger quoll, die sie vor ihr Gesicht gelegt hatte.

»Haut ab!«, brüllte er aus voller Kehle und es kam Bewegung in die Frauen.

Sie liefen in Richtung Schlucht.

»Das nächste Mal machen wir dich fertig, Daddy! Mach dir schon mal Gedanken darüber, wo wir das Messer zuerst ansetzen«, rief Maren über die Schulter. Dem Näseln nach zu urteilen, war ihre Nase ziemlich zugeschwollen.

Endlich entfernte sich das Geschrei der Frauen.

Kian stand auf, warf das Messer weg und zog sich sein Shirt wieder an. Verdammt! Sein Anfall war vorbei, jetzt spürte er nur noch die Wunde an seinem Kopf, wo der Knüppel ihn getroffen hatte und das Pochen hinter der Stirn wegen des Kopfstoßes gegen Maren.

Er schaute sich um. Sein Proviant lag zertreten am Boden. Sein Handy und seine Wasserflasche hatten sie mitgenommen. Sein Regencape war nun unbrauchbar, aber sein Zelt, die Isomatte und den Schlafsack packte er wieder ein. Sein Erste-Hilfe-Kasten war glücklicherweise unberührt geblieben. Kurz, aber laut schrie er seine Wut hinaus. Menschen waren Abschaum. Kian war erleichtert, als er den Deckel des Flachmanns aufschraubte. Gut, dass er ihn in eine seiner tiefen Hosentaschen gesteckt hatte.

Himmel, waren das gestörte Frauen! Sie hatten eine bösartige Ausstrahlung oder hatte er es sich nur eingebildet? Kian schnaubte. War das nicht total egal? Er ging weiter und kämpfte mit einem unguten Gefühl. Dann blieb er stehen. Diese blöden Weiber! Wut wallte in ihm auf. Er hatte noch das Zelt als Unterschlupf, aber was sollte er essen?

»Scheiße, scheiße, scheiße!«, rief er aus voller Kehle.

Er musste sich beruhigen! Sein Blutdruck, der fühlbar gestiegen war, verschlimmerte seine Kopfschmerzen. Okay, es war ein verdammt mieser Einstieg, aber er würde seinen Ausflug nicht abbrechen! Er würde improvisieren müssen. Es war nicht das Ende der Welt.

Nach einer halben Stunde begann vor ihm endlich der Wald.

Er ging hinein. Es gab keinen Weg, dem er folgen konnte. Hier standen die Bäume dicht an dicht und nach kurzer Zeit hatte der Wald ihn verschluckt. Als er sich umdrehte, sah er schon den Ausgang nicht mehr. Kian nahm sein Messer heraus, zog es aus dem Futteral und schnitzte ein Kreuz in die Rinde eines Baumes. So bewegte er sich weiter und hielt in regelmäßigen Abständen an, um seinen Weg zu markieren. Es war auf Dauer nicht leicht, über die Ranken und Wurzeln zu steigen, die den ganzen Boden bedeckten. Er musste seine Beine weit dafür anheben und oft landete er in einer Sackgasse, wenn er auf dichtes Dickicht stieß, das er nur umrunden konnte. Aber es war egal. Die Ruhe tat ihm ebenso gut wie die Einsamkeit hier. Der Forest war wunderschön! Dieser wilde und ursprüngliche Wald hatte einen ganz eigenen Zauber. Er half ihm, in kürzester Zeit alle negativen Gefühle loszulassen. Er wollte seinen Trip genießen. Falls es Probleme gab, konnte er schließlich jederzeit zurückgehen.

Sobald er diesen Gedanken zu Ende gedacht hatte, schloss sich nahtlos ein keckerndes Geräusch an, das durch den Wald hallte. Es klang in seinen Ohren wie ein Lachen, das Gänsehaut bei ihm auslöste.

Hier herrschten dämmrige Lichtverhältnisse. Hoch über seinem Kopf schlossen sich die Baumkronen zu einer dichten Decke. Es wehte kein Wind. Die Blätter raschelten nicht, kein Vogel zwitscherte. Kian blieb stehen. Schaute sich um. Lauschte. Es war gespenstisch still und er genoss es. Die Stille beruhigte ihn. Er sog den Duft des Waldes ein und ging langsam weiter durch die wilde Natur.

Als Kian an einem umgestürzten Baum vorbeiging, sah er, dass ein Mann dahinter kauerte, und zuckte zusammen.

Kian und er erschreckten sich gleichermaßen. Seine Augen huschten über die zusammengekauerte Gestalt. Der Mann trug ein Karohemd und eine Cordhose mit Flicken auf den Knien. Blut sickerte ihm aus der Nase. Das Rot ergab einen starken Kontrast zu seiner Blässe. Schüttere graue Haare fielen ihm strähnig auf seine Schultern. Oh, verdammt. Er wollte Abstand zu anderen Menschen haben, doch ignorieren konnte er den Fremden nicht. Er war verletzt.

Kian hockte sich vor ihn und kniff die Augen zusammen. »Alles in Ordnung, Amigo? Was ist passiert?«

»Schschsch! Leise. Nicht so laut.« Der Mann riss seine Augen auf, sein Blick huschte von links nach rechts und er hielt sich den Zeigefinger vor die Lippen.

Kian fühlte sich an Horrorfilme erinnert, in denen eine Szene im Wald exakt so anfangen konnte wie diese hier. Unbehagen machte sich in ihm breit und er blickte sich um. Außer Bäumen, Farn, Wurzeln und Büschen war nichts zu sehen. Dennoch senkte er die Stimme. »Ich kann nichts sehen. Ich glaube, wir sind allein. Was ist passiert? Wurdest du überfallen?« Kian wühlte in seinem Rucksack nach dem Erste-Hilfe-Kasten, nahm ein paar Mullkompressen heraus und gab sie dem Fremden.»Hier, für deine Nase.« Der Mann nahm sie und drückte sie sich unter die Nase. Er nickte, verzog aber gleich darauf das Gesicht und fasste sich an den Hinterkopf. Diese Geste erinnerte Kian an den Überfall, den er selbst gerade erlebt hatte.»Ich hab was auf den Kopf gekriegt! Und als ich lag, kamen die Tritte. Mein lieber Schwan! Mir tut alles weh. Kann nicht aufstehen. Oh, meine Rippen!« Der Mann griff nach einer Feldflasche neben ihm und trank einen Schluck.

Kian biss die Zähne zusammen. Was für ein Arsch tobte sich an diesem klapprig wirkenden Mann aus? Er hatte sicherlich nichts gegen einen fairen, gleichberechtigten Kampf. Doch Halbstarke, die sich nicht trauten, sich jemanden auf Augenhöhe zu suchen, waren ihm zuwider.

Er streckte dem Mann seine Hand entgegen.»Komm hoch. Ich bin Kian.«

Der andere ergriff sein Handgelenk und ließ sich auf die Füße ziehen. Er stöhnte und verzog das Gesicht. Aber immerhin stand er nun aufrecht, wenn auch ein bisschen schwankend. Er nickte. »Coby.«

Kian war keine halbe Stunde im Forest unterwegs und traf schon auf einen anderen Menschen. Verdammt. Vielleicht hatte er sich ein ganz falsches Bild gemacht. Vielleicht wimmelte es hier vor Menschen.»Ich habe nicht damit gerechnet, auf irgendjemanden zu treffen. Geht es?«

»Ja, ja. Kam nur nicht vom Boden hoch.«

Kian schaute sich um.»Sag mal, Coby, sind wir hier im Forest? Also diesem Teil des Nature Reserve, um den sich Legenden ranken? Schon mal davon gehört?«

»Ja, der Forest. Du bist richtig. Genauso richtig wie ich. Oder genauso falsch. Ist Ansichtssache. Aber gut, dass wir jetzt zu zweit sind.«

Kian schüttelte den Kopf.»Pass auf, wenn du so weit okay bist, muss ich weiter. Und zwar allein. Ich bin gerade erst gekommen. Ich hab in regelmäßigen Abständen Kreuze in die Baumstämme geschnitzt. Wenn du zurückwillst, geh einfach in diese Richtung und halte nach den Markierungen Ausschau.« Er deutete mit ausgestrecktem Arm die Richtung an, »dann kommst du raus.«

Coby runzelte die Stirn. »Du bist hier allein nicht sicher! Genauso wenig wie ich! Oder irgendwer sonst! Junge, ich brauch deine Hilfe.«

Kian spürte die wachsende Anspannung, die als Knoten in seinem Bauch begann, seinen unteren Rücken versteinern ließ und sich langsam nach oben ausbreitete. So fing es immer an, wenn er zwischen zwei Stühlen stand. Er brannte darauf, allein zu sein. Endlich. Nichts wünschte er sich mehr. Er wollte sich mit allen Sinnen auf diesen Wald einlassen und das wäre unmöglich in Begleitung. Doch konnte er Coby in seinem Zustand wirklich sich selbst überlassen? Er hatte ihn um Hilfe gebeten! War er in der Lage, sich dem zu entziehen?

Kian traf eine Entscheidung. Das Atmen fiel ihm plötzlich schwer. Es war, als sei die Luft dickflüssig und zäh, sodass es ihn Anstrengung kostete, sie in seine Lunge zu ziehen. »Es tut mir wirklich leid, dass du überfallen wurdest. Wahrscheinlich wäre es besser für dich, deinen Trip abzubrechen und nach Hause zu gehen. Ich wünsch dir alles Gute.«

Coby blickte zu Boden. »Du hast keine Ahnung, wie gefährlich es hier ist, Junge.«

Kian zog die Augenbrauen zusammen und wartete darauf, dass Coby weitersprach. Doch das tat er nicht.

»Wenn du glaubst, dass es hier so gefährlich ist, warum bist du dann hier?«

In Cobys Augen schien ein Feuer zu leuchten, als er Kian, mit nach vorn geschobenem Kopf ansah. »Weil ich an die Legende glaube«, flüsterte er.

Kian schluckte. »Ja, die Legende. Verstehe. Ich glaube, jeder sollte auf seine eigene Suche gehen hier im Forest. Deshalb sorry, Coby, ich mach mich lieber allein auf den Weg.«

Coby sah wieder zu Boden und sagte nichts.

Verdammt, er fühlte sich schlecht.

Seine Beine bewegten sich nicht einen Zentimeter, obwohl er weitergehen wollte. Ihm blieb nicht mehr viel Zeit, denn er hatte weder Vorräte noch Wasser. Das bedeutete, er musste die nächsten Stunden gut nutzen, wenn er der Legende und den eventuellen Energien nachspüren wollte.

»Mach langsam und halte nach meinen Markierungen Ausschau, okay?«, sagte Kian.

Cobys Schultern sanken herab. Auch jetzt antwortete er nicht.

Kian trat von einem Bein auf das andere. Dieser Fremde war nicht sein Problem! Coby war schließlich erwachsen, verdammt noch mal!»Na, dann mach's gut, Amigo. Ich muss weiter.«

Kian ging los. Gewissensbisse nagten an ihm. Er war Notfallsanitäter und schickte einen verletzten Mann einfach seiner Wege. Er atmete laut und langsam aus. Nein, er war kein Sanitäter mehr. Er war nur ein Barkeeper, der Urlaub machte. Der ein paar Erinnerungen sammeln wollte. Der endlich allein sein wollte. Diese Zeit für sich brauchte! Also schüttelte er sein ungutes Gefühl ab und ging etwas zügiger mitten hinein in die düstere Wildnis.

Kian schlug sich durch das Unterholz, was gar nicht so einfach war. Seine Kleidung blieb an Gestrüpp hängen, teilweise stolperte er über große, bucklige Baumwurzeln, die den ganzen Waldboden durchzogen. An ihm klebten Kletten und um seinen Kopf schwirrten Moskitos. Er hatte Durst und sein Mund war trocken. Immer noch markierte er regelmäßig die Bäume. Er blieb stehen und lauschte. Da war ein Rauschen. Weit entfernt, aber wahrnehmbar. War es Wasser? Möglich. Aus welcher Richtung kam es?

Kian drehte sich ein Mal um sich selbst und war sicher, dass das Geräusch von rechts kam. Also wandte er sich in die entsprechende Richtung und wollte weitergehen, als er abrupt wieder stehen blieb. Ein Schauer lief ihm über den Rücken. Er fühlte sich ähnlich elektrisiert, wie es bei der Begegnung mit dieser Mädchengang gewesen war. Er spähte ins Unterholz, sah aber nichts. Ihm war unwohl, aber das faszinierte ihn. Tatsächlich fühlte er eine starke negative Energie, die ihm auf seinem bisherigen Weg noch nicht aufgefallen war.

Er hatte es geschafft. Das hier war definitiv der Forest. Er wusste, dass Menschen intuitiv die Atmosphäre und Ausstrahlung eines neuen Ortes spüren konnten. Manchmal entstand sofort ein Wohlfühlen oder Unbehagen. Die erste Wahrnehmung, das Bauchgefühl, sagte immer die Wahrheit. Faszination hin oder her, sein Bauchgefühl sagte ihm, dass er hier schleunigst verschwinden sollte.

Er erinnerte sich an den Artikel über Kraftorte, den er gelesen hatte. Was war auf dem Fleckchen Erde, auf dem er stand, wohl geschehen? War hier jemand gestorben? Lag unter ihm einfach eine Wasserader, die seinen Körper durcheinanderbrachte? Seine Lungen fühlten sich an wie zusammengepresst. Seine Zähne mahlten, sein Atem beschleunigte sich.

Er setzte sich wieder in Bewegung, aber das schlechte Gefühl blieb. Schnell, er musste weg aus dieser merkwürdigen Zone! Hier war er nicht sicher. Diese unsichtbare Gefahr setzte ihm mehr zu, als wenn er gewusst hätte, was für eine Bedrohung hier lauerte.

Endlich! Auf einen Schlag ging es ihm besser. Sein Atem strömte tief und frei in ihn hinein, seine Muskeln entspannten sich. Kian blickte sich um. Nichts zu sehen. Langsam drehte er sich wieder um und ein Lächeln breitete sich in seinem Gesicht aus. Krass, er hatte es gespürt! Hier gab es Dinge, die er mit seinen Sinnesorganen nicht wahrnehmen konnte. Das bedeutete, dass es ebenso möglich war, auf ein positives Feld zu stoßen. Dort würde er dann sein Lager aufbauen und Kraft schöpfen. Solange er etwas zu trinken bekam, konnte er gut und gern einen Tag auf das Essen verzichten. Jetzt musste er erst einmal den Fluss finden, der durch das Gebiet floss.

Er näherte sich. Das Rauschen wurde lauter und Kian fing an zu traben. Seine Zunge klebte am Gaumen, die Lippen an den Zähnen. Er hustete, weil die Trockenheit seine Kehle reizte.

Aus den Augenwinkeln nahm Kian eine Bewegung wahr, der er jedoch keine Beachtung schenkte. Er musste zum Wasser. Er musste trinken.

Er hatte den Fluss gefunden. Endlich! Er legte sich am Ufer auf den Bauch und schöpfte sich Wasser in den Mund.

Es toste und wirbelte, sodass feiner Sprühregen ihn umhüllte. Es war herrlich. Mit dem Unterarm wischte er sich über den Mund, richtete sich auf und zuckte vor Schreck zurück.

Coby stand schweigend da und sah aus, als erwarte er etwas von ihm. Nein, danke. Er hatte keinen Bedarf, den Samariter zu spielen. War der Typ ihm gefolgt? Es musste so gewesen sein. Es machte ihn wütend, dass der Mann seinen Wunsch allein zu sein, nicht respektierte. Tja, wer hatte schon jemals seine Wünsche respektiert. Kian nickte ihm knapp zu, ging an ihm vorbei und marschierte immer am Fluss entlang.

»Warte!« Coby stolperte hinter ihm her.

Kian versteifte sich, ballte die Hände zu Fäusten, blieb stehen und sah sich die traurige Gestalt vor ihm an. »Mann, du gehst mir echt auf den Sack.« Er musterte Cobys Gesicht und zwang sich zur Ruhe. So wie der andere aussah, hatte er eine harte Zeit hier im Forest. »Ist nichts gegen dich, okay? Ich will einfach nur weitergehen, und zwar allein.«

Coby sah auf seine Fußspitzen. »Tja, ist aber mächtig gefährlich hier. Hab ich dir nicht gesagt, es ist besser, zu zweit zu sein? Das hab ich doch.«

Kian wollte sich nicht weiter mit Coby auseinandersetzen. Er wollte sich die perfekte Stelle suchen, an der er zelten konnte.

»Du könntest schon längst wieder draußen sein, verdammt. Mein Tipp, wenn du hier nicht allein sein willst, dann geh zurück. Ich muss jetzt weiter.«

Er ging weiter und hörte eilige Schritte hinter sich.

»Wird bald dunkel sein. Bleiben wir oder gehen wir zurück?«, fragte Coby.

Kian wirbelte herum. »Was zur Hölle verstehst du nicht an dem, was ich gesagt habe? Lass mich in Ruhe!« Kian legte an Tempo zu und ging weiter. Hinter sich hörte er es rascheln.

Das konnte doch nicht wahr sein! Selbst im Forest zählten seine Wünsche einen Dreck. Was wollte Coby von ihm? Seine Frustration wuchs, was seinen Ärger weiter steigerte. Er wollte diese miesen Gefühle hier nicht haben.

Er suchte nach Harmonie und Balance! Durchatmen. Tief und langsam. Dann ließ er den Blick durch den Forest schweifen. Es war tatsächlich schon etwas dunkler geworden. Hier im Wald würde er bald nichts mehr sehen können. Vielleicht war es besser, die Tour jetzt abzubrechen und sich ein Motel zu suchen. Morgen konnte er eine neue Wasserflasche kaufen und auch alles Weitere, was diese irren Frauen zerstört hatten. Dann würde er schnurstracks zurückkehren und endlich die Abgeschiedenheit genießen können.

»Okay, Coby.« Kian sah ihn an und schüttelte den Kopf. »Wir machen uns jetzt auf den Weg zurück. Bevor wir losgehen, lass mich eines klarstellen. Du siehst nicht gerade belastbar aus. Deshalb gehe ich vor und treffe die Entscheidungen, klar?«

Coby nickte so heftig, dass seine flusigen Haare flogen. Ein Lächeln breitete sich auf seinem Gesicht aus.

»Ich bin nicht interessiert an Gesprächen und hasse Small Talk. Also quatsch mich besser nicht an.«

»Verstanden.«

Die Männer setzten sich in Bewegung. Kian hielt Ausschau nach den Kreuzen, die er in die Stämme geritzt hatte. Den ersten Baum hatten sie bereits passiert.

»Und du? Glaubst du daran, dass der Forest … also, dass er Kräfte hat?«, fragte Coby.

Kian blieb stehen und legte seinen Kopf in den Nacken. Der Typ hielt es keine fünf Minuten durch, ohne etwas zu sagen. Aber seine Frage war interessant. Er ging weiter.

»Ich glaube an unterschiedliche Energien. Manche haben eine positive Wirkung, andere eine negative. Es ist spannend, an Orte zu gehen, über die man düstere Legenden erzählt. Denn die Menschen spüren dort etwas.«

Coby nickte und bemühte sich, mit Kian Schritt zu halten.

»Ja. Sie spüren was. Spürst du was?«

»Coby, kannst du bitte mal die Klappe halten?«

»Kann ich. Mal mehr, mal weniger.«

Wir müssen weg hier!

Kian schlug mit der flachen Hand auf den Baumstamm vor sich. Sie hatten sich verlaufen, verdammter Mist! Fast eine Stunde lang waren sie jetzt unterwegs und er hatte sich immer an den Kreuzen in der Rinde orientieren können. Aber nun hatte er keine Markierungen mehr gesehen – und das schon seit geraumer Zeit. Die Dämmerung hatte eingesetzt und ihm kam es so vor, als würde er seine Umgebung nur noch verpixelt sehen. Sein Frust wuchs. Es hatte sich mal wieder alles gegen ihn verschworen.

»Und jetzt?«, fragte Coby.

»Und jetzt? Tja. Wie es aussieht, sind wir am Arsch! So ein verdammter Mist! Jetzt können wir genauso gut eine Münze werfen, um zu entscheiden, in welche Richtung wir gehen. Ich habe nämlich keine Ahnung, wo wir hinmüssen.«

»Sollen wir da lang gehen?« Coby deutete in eine Richtung. »Oder da lang? Oder …«

»Herrgott! Lass mich einen Moment nachdenken, okay?«

Kian drehte sich langsam um die eigene Achse und hielt die Luft an. Alles sah gleich aus. Vor ihm, neben ihm, hinter ihm. Sein Herz schlug schneller. Wie sollte man hier nicht die Orientierung verlieren? Es konnte gefährlich werden, wenn sie unbeabsichtigt immer tiefer in den Forest hineinliefen. Aber sie konnten auch nicht einfach hier stehen bleiben.

»Coby, hast du ein Handy?«

»Ja. Warum?«

Kian seufzte und schloss für einen Moment die Augen. »Kannst du es mir bitte geben?« Er streckte die Hand aus.

»Geht nicht. Wurde mir vorhin geklaut.«

Am liebsten hätte er den Idioten geschüttelt! Langsam strapazierte der Kerl enorm seine Nerven. Ohne ein weiteres Wort ging Kian los. Jede Richtung konnte die richtige sein. Oder die falsche.

Das würden sie nun herausfinden. Er markierte die Bäume mit einem Pfeil in die Richtung, in die sie gingen. Nach kurzer Zeit kam der Schwindel zurück. Seine Waden krampften. Er verzog das Gesicht und setzte sich auf den Boden, um seine Muskeln zu massieren, und zog langsam seine Zehen in Richtung Schienbein.

»Kian«, flüsterte Coby und hockte sich neben ihn. »Mir geht's nicht gut. Überhaupt nicht. Geht's dir gut?«

Er zupfte ihn am Ärmel.

»Nein.« Es ging ihm ganz und gar nicht gut. Körperlich lief nichts mehr rund. Aber da war noch etwas anderes. Kians Oberlippe zuckte nach oben, seine Wangen waren angespannt. Hier saß er mit einem Typen, den er weder kannte, noch dabeihaben wollte, und schaffte es nicht, ihm zu sagen, dass er sich vom Acker machen sollte. Nichts bekam er auf die Reihe! Hatte sein Leben nicht im Griff! Er landete immer wieder am Boden, denn da gehörte er hin. Strampelte sich ab, bemühte sich, ein besseres Leben zu führen, alles lächerliche Versuche! Das Universum musste sich köstlich über ihn amüsieren. Er war ein Nichts.

Hitze flutete ihn. Sein Selbsthass fraß ihn auf. Dieses beschissene, beschissene Leben bestand aus Treibsand und verschlang sie letzten Endes alle. Dann kroch Furcht durch seinen Körper und setzte sich in seiner Kehle fest. Sie hatten sich verlaufen. In einem riesigen Waldgebiet! Kian schluckte und begann zu schwitzen. Ihm wurde schwindelig, er keuchte. Furcht und Selbsthass vermischten sich zu einem Cocktail, der ihm den Magen hob. Er ließ sich nach vorn auf alle viere fallen und erbrach sich.

Sobald sein Würgen nachließ, stand er auf und zog Coby am Ärmel. »Komm, wir müssen weitergehen. Wir müssen weg hier.« Er war so beschäftigt damit, seine Gefühle zu kontrollieren, dass er nicht sagen konnte, wie es Coby ging.

Obwohl es mittlerweile sehr kühl geworden war, schwitzte Kian weiter. Er kämpfte darum, sich aufrecht zu halten. Am liebsten hätte er sich auf dem Boden zusammengerollt. Ihm kam es vor wie eine Ewigkeit, als die Wucht seiner Gefühle abnahm und schließlich versiegte. Gott, war er müde!

Coby war ungewohnt ruhig und Kian sah, wie blass er war. Zusammen stolperten sie durch den Wald, hielten sich an Bäumen fest und mussten bald innehalten und verschnaufen. Es kam Kian so vor, als atmete er unter einer dicken, leicht modrigen Decke und die Luft hinterließ einen bitteren Geschmack in seinem Mund. Die sich ändernden Sichtverhältnisse nahmen ihm jegliche Orientierung. Alles sah fremd und unheimlich aus im schwindenden Licht. Und wenn es gleich dunkel war? Richtig dunkel? Wenn völlige Schwärze herrschte? Erneut kroch Angst in seine Glieder. Sie mussten Schutz suchen. Wer weiß, was für Tiere in diesem merkwürdigen Wald herumschlichen? Die zunehmende Dunkelheit machte ihn glauben, dass im Forest alles passieren konnte, wenn die Nacht anbrach. Dass auch seltsame Spukgestalten und Fabelwesen seinen Weg kreuzen könnten oder albtraumartige Tiere mit Reißzähnen. Vielleicht auch einfach nur eine Horde Irrer, die sich hier versteckte. Dass der Waldboden aufbrechen und ihn hinabziehen könnte. Überall konnte etwas lauern und er …

Kian fuhr zusammen. Direkt hinter sich hatte er was gehört und gespürt, dass etwas sein Bein gestreift hatte.

»Was ist los?«, raunte Coby.

Kian schluckte seinen Schrecken herunter. »Nichts. Wir suchen uns jetzt einen Ort, an dem wir die Nacht verbringen können. Heute finden wir hier nicht mehr raus.«

»Jesses. Das ist nicht schön.«

Nein, das war es nicht. Er fühlte sich aufgewühlt und verletzlich und alles drängte ihn danach, wegzulaufen. Dieser Wald war wirklich unheimlich. Sollte er die Taschenlampe aus seinem Rucksack holen? Nein. Es war besser, wenn sich die Augen an die Lichtverhältnisse anpassten. Die Taschenlampe erhellte nur einen kleinen Teil vor ihnen, dafür würde sie sie für alles andere blind machen.

Er schaute sich um, dann riss er an einem dicken Ast, der von Ranken umschlungen auf dem Boden lag. Den schwenkte er vor sich her, während er weiterging. Die Bäume standen hier so dicht, dass es nicht unwahrscheinlich war, in der Dunkelheit gegen einen Baum zu laufen.

Er versuchte, so gut es ging, seine Umgebung auszumachen. Im Zickzack liefen sie durch den Forest. Kian ging es mittlerweile nicht mehr nur darum, ein halbwegs geschütztes Plätzchen für sie zu finden, sondern hauptsächlich darum, in einen Teil des Forest zu kommen, an dem er wieder frei atmen konnte. Er tastete den Boden ab – mit Augen und Knüppel. Je weiter die Dunkelheit voranschritt, desto größer wurde seine Beklemmung.

Um ihn herum knarrten die Bäume. Kian fasste sich in den Nacken. Eine Gänsehaut hatte sich dort gebildet. Lauerte jemand hinter einem Baum im Unterholz? Er warf einen Blick über die Schulter. Sie waren nicht allein in diesem Teil des Waldes, oder doch? Wovor hatte er solche Angst? Er begann, Gesichter in der Borke der Bäume zu sehen. Die Augen dunkle Löcher, Münder zu stummen Schreien aufgerissen. Verzerrte Formen, denen sein Gehirn Leben einhauchte. Kian schüttelte den Kopf. Was passierte gerade mit ihm? Ein kurzer Blick zu Coby reichte, um festzustellen, dass er ebenfalls etwas spürte. Seine Augen schienen riesengroß, er hielt sich dicht an Kian. Und er hielt den Mund.

Kians Brust schmerzte, schwarze Flecken tanzten vor seinen Augen, sodass er stehen blieb und sich vornüberbeugte. Ging der Mist denn gar nicht vorbei? Er durfte nicht in Panik geraten. Er musste nur einen Moment verschnaufen. Er richtete sich auf und holte langsam und tief Luft. Um sich herum erkannte er nur noch Schemen. Ein trockener Zweig brach in ihrer Nähe und Coby klammerte sich an seinen Arm. Etwas näherte sich ihnen. Ob es ein Mensch war, wusste er nicht. Es fühlte sich an, als schnüre ihm jemand die Luft ab. Sein Hals wurde eng. Wieder ein Knacken. Dann ein Rascheln.

Ein Wind kam auf und brachte einen Geruch nach Verwesung mit sich. In diesem Moment wusste er, dass sie in Lebensgefahr schwebten. Er spürte es. Die aufgerichteten Haare seines Körpers verrieten es ihm.

»Komm! Weg hier!« Er nahm Coby beim Handgelenk und sie rannten los. Schnell kamen sie nicht voran, da sie unentwegt stolperten. Doch die Angst trieb sie an. Ließ sie immer wieder aufstehen und weiter rennen. Als hätten sie sich abgesprochen, blieben beide zur selben Zeit stehen. Der einzige Laut, den Kian wahrnahm, war sein keuchender Atem. Sein Herz raste und seine Lunge tat weh. Coby hielt sich die Seite und drehte den Kopf in eine Richtung, dann in eine andere.

»Es hat aufgehört«, murmelte Coby.

Kian sah ihn mit zusammengezogenen Augenbrauen an. »Was hat aufgehört? Ich mein, hier fühlt es sich anders an. Besser. Aber was zum Teufel hat aufgehört?«

Coby sah ihn an. »Es hat einfach aufgehört, mich traurig zu machen.«

Kian nickte. Es war verrückt, aber er wusste genau, was Coby meinte. Es war, als wären sie durch eine unsichtbare Tür gegangen und vom Schatten ins Sonnenlicht getreten, obwohl es mittlerweile ziemlich dunkel war. Er atmete tief ein, lockerte seine Muskeln und konnte sich nicht erklären, warum er vor wenigen Minuten so in Panik geraten war. An seine Gefühle davor wollte er lieber gar nicht denken.

»Komm. Suchen wir uns einen Platz, an dem die Bäume nicht so dicht stehen. Es wird Zeit.« Sein rechter Knöchel schmerzte bei jedem Schritt, und er fragte sich, was passiert wäre, wenn er sich ernsthaft verletzt hätte. Sie hatten kein Handy. Er hatte keinem gesagt, wo er hin wollte. Keiner würde ihn hier finden können. Wenn er stürzte, sich etwas brach oder auch nur verstauchte, konnte er keine Hilfe rufen. Coby könnte versuchen, aus dem Forest zu kommen, um Hilfe zu holen, aber er setzte lieber keine Hoffnungen in ihn. Er schüttelte seine Gedanken ab und registrierte, dass der Forest zum Leben erwachte. Aus jeder Richtung, von allen Seiten drangen Geräusche zu ihm. Ein Rascheln, ein Knacken, ein Huschen. Und doch fühlte es sich nicht bedrohlich an, so wie gerade.

Coby schrie auf und Kian zuckte zusammen.

»Was ist los?«, fragte Kian.

»Irgendwas hat mich am Kopf berührt«, brüllte Coby und drehte sich um die eigene Achse. Mit beiden Händen fuhr er sich immer wieder durch sein schütteres Haar. »Da ist was auf meinem Kopf. Was ist es? Kannst du was sehen?« Er schüttelte sich.

»Halt still! Wie soll ich denn sonst nachschauen?« Nun holte Kian doch die Taschenlampe heraus, knipste sie an und inspizierte Cobys Kopf.

»Da ist nichts.«

»Oh, du liebe Güte! Ich will nach Hause! Das will ich wirklich! Nach Hause!«

»Hey, du darfst nicht die Nerven verlieren, klar? Fühlt es sich hier nicht viel besser an als im Waldstück gerade?«

Coby stand da wie festgefroren und hatte seine Schultern an die Ohren gezogen, nickte aber. Kian legte ihm eine Hand in den Rücken und schob ihn vorwärts. Er spürte, dass Coby zitterte, und konnte es verstehen.

»Hier können wir bleiben.« Kian stellte seinen Rucksack neben den riesigen Wurzeln eines umgestürzten Baumes ab. Sie waren fast mannshoch und boten guten Schutz, da sie zumindest nicht von hinten angegriffen werden konnten. Er packte sein Pop-up-Zelt aus, das sich von selbst auseinanderfaltete. Er fixierte die Seiten am Boden, legte seine breite Isomatte hinein und rollte seinen Schlafsack darauf aus. »Hier ist wenig Platz, kann man nicht ändern. Den Schlafsack teilen wir uns.«

»Danke.«

Coby zog aus einer tiefen Tasche seiner verdreckten und in Mitleidenschaft gezogenen Tunika eine Tupperdose. Kian staunte. Es war ihm nicht aufgefallen, dass Coby, außer seiner Feldflasche, irgendetwas mit sich herumtrug. Er packte in dicke Scheiben geschnittene Salami und gewürfelten Käse aus und reichte Kian etwas davon.

»Was machst du eigentlich, Junge?«

»Wie, was mache ich?«

»Na du musst doch was tun, damit du was zu beißen hast. Oder auch nicht. Manche tun da nichts.«

»Ich arbeite in einem Pub.«

»Oh, in welchem?«

»›O'Reilleys‹«

»Aha. Kenn ich nicht. Da, wo du wohnst?«

Kian seufzte. »Ja.«

»Aha.«

Nach dem Essen tranken sie beide die Feldflasche leer und legten sich hin. Coby war still geworden und Kian hoffte auf eine einigermaßen erträgliche Nacht.

Die Kälte vom Boden drang, trotz der Matte, bis in seine Knochen. Obwohl er regungslos bleiben wollte, um nicht auf sie aufmerksam zu machen, raschelte es unentwegt, da er vor Kälte zitterte. Seine Augen geschlossen, lauschte er in die Nacht. Sein Gehör schien geschärft. Er hörte kleine, schnelle Schritte direkt an sich vorbeilaufen. Es hörte sich an, als würde ein Kind durch das Laub rennen. Eine Gänsehaut breitete sich auf seinem ganzen Körper aus. Natürlich lief hier kein Kind in der Nacht durch den Forest. Es war irgendetwas anderes. Sosehr er sich das auch sagte, blieb das Bild vor seinem inneren Auge bestehen. Überall war Bewegung. Ein Schrei aus der Ferne ließ ihn zusammenzucken. War das ein Tier? Ein Vogel? Eine Frau? Warum klang alles in diesem Wald so menschlich?

Er hörte Coby neben sich etwas murmeln.

Die erzwungene Liegeposition, die Kälte und die Anspannung sorgten für Krämpfe in seinen Beinen. Der Rücken tat ihm weh, die Schultern, der Nacken. Vielleicht war er bis zum Morgen erfroren. Vielleicht drang auch irgendetwas aus dem Boden langsam in ihn ein. Etwas Dunkles und nicht Greifbares.

Außen am Zelt, auf Cobys Seite, hörte er ein Geräusch. Etwas schleifte an der Zeltwand entlang. Er spürte, wie Coby sich verspannte und zitterte. Etwas schnupperte. Stieß Luft aus, schnupperte erneut. Es war groß. Kian und Coby lagen stocksteif da und warteten, dass das, was immer auch da draußen war, wieder verschwand.

Kian biss die Zähne zusammen und versuchte, ruhig zu bleiben. Es scharrte etwas in Kopfhöhe. Als sei dies ein Startschuss gewesen, riss Coby den Reißverschluss des Zelteingangs auf und schoss heraus, brüllte aus voller Kehle und rannte in Panik durch den Wald. Kian zögerte einen Moment. Zu überraschend war Cobys Flucht für ihn.

Dann nahm er die Taschenlampe und kroch aus dem Zelt, um sich vorsichtig umzublicken. Die Luft schien rein zu sein. Nun sprang er auf und rannte in die Richtung, in der Coby verschwunden war. Er war leicht zu orten, denn er schrie immer noch. Kian machte bald seine Silhouette aus und schaltete die Taschenlampe an. Er war ganz nah und sah, wie Coby stolperte, hinfiel, aufsprang und schließlich gegen einen Baum prallte. Sein Schrei brach ab und Ruhe kehrte ein, bis auf Cobys pfeifenden Atem. Er war auf seinem Gesäß gelandet und Kian konnte sich ausmalen, wie sehr seine Stirn und sein Steißbein wehtun mussten.

»Scheiße! Geht's?« Kian hockte sich neben Coby. Der saß mit aufgerissenen Augen da und rührte sich nicht. Als der Schein der Taschenlampe auf dessen Körper fiel, sah Kian, dass seine Hose am Schritt und dem rechten Hosenbein nass war. Sofort leuchtete er auf den Waldboden.

»Coby, hey! Steh auf. Ich helf dir, in Ordnung? Da ist nichts mehr. Es ist weg. Du hast es verjagt. Das ist doch gut, oder nicht?«

Coby sah ihn an und schien zu überlegen. »Ich hab es verjagt?« Ein fragender Blick.

»Das hast du.« Kian klopfte ihm auf die Schulter. »Jetzt komm mit. Hier draußen ist es zu kalt.«

Er zog Coby an den Händen nach oben und sie machten sich auf den Weg. Coby humpelte, aber er beklagte sich nicht. Dafür zollte Kian ihm Respekt. Um sie herum war nun alles still.

Kian fühlte sich zittrig. Wenigstens war ihm jetzt nicht mehr kalt. Seine Gedanken kreisten um den Forest und seine Bewohner. Wie verhielt man sich in einem Wald, in dem man sich nicht auskannte? Von dem man nicht wusste, was dort herumlungerte. War es besser, sich laut bemerkbar und möglichst viel Lärm zu machen, wenn Gefahr drohte? Eben schien es geklappt zu haben. Oder war es nur Glück gewesen und sie sollten sich besser mucksmäuschenstill verhalten? Er wusste es nicht. Er würde nach seinem Bauchgefühl handeln müssen.

Am Zelt knipste Kian die Taschenlampe aus. Nun sah er absolut gar nichts. Die Dunkelheit lag wie eine schwere Decke auf allem.

Coby kroch ins Zelt und rollte sich ein. Er hatte kein Wort mehr gesagt.

Nun mussten sie bis zur Morgendämmerung durchhalten und selbst dann stand in den Sternen, ob sie den Weg zurückfinden würden. Vielleicht fiel ihm am Morgen wieder ein, aus welcher Richtung sie gekommen waren. Seine Finger waren steif vor Anspannung, als er in seine Hosentasche griff. Er zog sein Messer heraus und legte es neben sich. Dann schloss er seine Augen. Öffnete sie wieder. Sein Körper wehrte sich gegen Entspannung. Er stand unter Strom. Also kroch er aus dem Zelt, lehnte sich an die große Baumwurzel hinter sich und wartete auf den Morgen.

Die Geräusche setzten wieder ein. Oder waren sie die ganze Zeit da gewesen und er hatte sie nur nicht gehört? Pirschten sich die Waldbewohner langsam wieder an sie heran?

Tief atmete er durch. In seinem Denken bekam alles, was hier passierte, eine mystische Komponente. Das durfte er nicht zulassen. Ja, der Forest hatte etwas Magisches, so wie wahrscheinlich jeder Wald, der in seiner natürlichen Wildheit wachsen durfte. Und ja, es gab starke Energien in manchen Teilen des Waldes. Kian hatte das Gefühl, dass er dem, was da im Dunkeln lauern mochte, Tür und Tor öffnete, wenn er ihm genug Beachtung schenkte. Was auch immer es war, er durfte den Forest nicht in sich hineinlassen, sich nicht in Fantasien und Legenden verstricken. Er musste sich ablenken.

Er dachte an seine Mutter. Diese freundliche Frau, bei der er sich früher sicher gefühlt hatte, und die nicht hätte sterben dürfen. An seinen Vater, der vor sieben Jahren gestorben war.

Er dachte an Piety, den Hund der Nachbarn seiner Kindheit. Klein war er gewesen und hatte weiches, gelocktes Fell gehabt. Kian hatte ihn geliebt. Wäre Piety hier, er hätte seine Nase in seinem Fell vergraben und den Trost genossen, den nur ein Tier einem spenden konnte. Sein Englischlehrer Mister Wipperman fiel ihm ein. Er hatte eine ganz besondere Bindung zu ihm gehabt und war an Tagen mit Englischunterricht gern zur Schule gegangen. Leider war Mister Wipperman nach Mexiko ausgewandert und Kian hatte sich verlassen gefühlt.

Seine Sitzposition wurde zunehmend unangenehm. Ein stechender Schmerz fuhr ihm in den Nacken, als er sich weiter aufsetzte. Sein Hintern tat ebenfalls weh. Unglaublich, war das tatsächlich erst ein paar Stunden her, dass er sich durch den Spalt der Mauer gequetscht hatte? Er dachte an die Mauer, den sonnigen Tag, den schwierigen Abstieg in die Schlucht und die seltsame Frauen-Gang. Jetzt, in der Zeit kurz vor dem Morgengrauen, sehnte er sich nach Hause zurück. Doch es gab für ihn kein Zuhause mehr, nicht wahr? Helen. Lag sie jetzt gerade mit ihrem Lover im Bett? Schlief ruhig und an ihn gekuschelt? Kian schnaubte und zeichnete mit einem kleinen Stock Kreise in den Waldboden.

Es dämmerte, als er etwas hörte. Ihm wurde kalt und eine Gänsehaut überlief ihn. Nicht weit entfernt von ihm hallte ein grelles Heulen durch den Wald. Es war ein hoher, lang gezogener Laut. »Uaaaaaau«. Immer wieder. War es eine Wildkatze? Oh, er hoffte es.

Regungslos saß er da und versuchte, herauszufinden, aus welcher Richtung genau das Schreien kam. Es klang gequält. Das Jammern nahm an Lautstärke zu, und auf ein Mal war er sich sicher, dass das keine Wildkatze war. Es klang wie das Weinen und Jammern einer Frau! Es kam von rechts und es kam näher. Oh, Himmel! Mal laut, mal leiser, schrie es. Etwas schrie und ihm stellten sich alle Haare seines Körpers auf.

»Coby!«, wisperte er. »Coby! Alles klar?« Keine Antwort. Sie mussten weg. Sofort. Dieser Wald war unheimlich. Die Dunkelheit, die Kälte, überall Gefahr und nun dieses Schreien!

Er öffnete das Zelt und rüttelte an Cobys Bein.

»Hey, Coby!«

Coby fuhr hoch und riss seine Augen auf, als er die Schreie hörte. Er krabbelte aus dem Zelt, stand auf und schlug eine Richtung ein, die von dem Geschrei wegführte.

Kian folgte ihm. Sie sahen nur Schemen und streckten ihre Hände nach vorn, um zu ertasten, ob ein Baum im Weg stand. Kian war sich sicher, dass Coby ebenso gern wie er einfach gerannt wäre. Das Geschrei begleitete sie und ließ ihre Flucht hektischer werden.

Kian hatte Angst. Er verlor die Kontrolle, wusste nicht, was hinter dem nächsten Baum auf ihn wartete, und ob das Knacken brechender Zweige von ihrem Vorwärtsdrängen kam oder ob ihnen jemand auf den Fersen war. Das hier war ein Albtraum! Es war anstrengend, sich angespannt bis zum Limit, ausgebremst von den Auswüchsen der Natur, mit vor dem Körper ausgestreckten Armen zu bewegen. Kian drosselte sein Tempo. Er musste verschnaufen. Coby wirkte wie eine Aufziehpuppe, als er schwankend an Kian vorbeischritt und immer weiterging.

Kian versuchte, leiser zu atmen, damit er hören konnte, ob sich ihnen etwas näherte. Er hörte nichts. Sie hatten es geschafft, zu entkommen. Er legte wieder an Tempo zu, um Coby einzuholen. Es war leicht, sich in der Dämmerung aus den Augen zu verlieren. Und schwer, eine genaue Richtung beizubehalten, da ihnen ständig Bäume und Gestrüpp den Weg versperrten.

Wenige Meter vor ihm erkannte er einen Schemen. Die Dämmerung hatte begonnen. Kian ging noch ein wenig schneller. Coby war seiner Meinung nach von der Richtung abgekommen, in die sie gehen wollten.

»Hey, Coby! Halt dich weiter links, du weichst vom Kurs ab!«

Coby hob die Hand, als wolle er sich im Unterricht melden. Kian hörte ihn vor sich hinmurmeln.

Als Kian dicht genug an ihn herangekommen war, legte er ihm eine Hand auf die Schulter.

»Hey, hast du nicht g…«« Er spürte einen Faustschlag in seine linke Seite, der ihm die Luft nahm.

Coby war herumgewirbelt. Die Männer standen fast Nase an Nase. Coby ging rückwärts auf Abstand.

»Heiliger Bimbam! Das tut mir leid. Wirklich. Ich wusste nicht, dass du es bist.«

»Du wusstest nicht, dass ich es bin? Ich habe mit dir geredet und du hast reagiert, Scheiße noch mal! Du hast aber auch einen Schwinger drauf!«

Coby verlagerte sein Gewicht von einer auf die andere Seite. »Tja. Das war kein Schwinger.« Er zuckte mit den Schultern.

Erst jetzt fiel Kian das Messer in Cobys Hand auf. Ein Drittel der Klinge war blutverschmiert. Seine Augen wanderten seinen Körper hinab. Er blutete. Links unter den Rippen war ein Riss in seiner Kleidung. Sein schwarzer Pullover ließ keine Blutflecken erkennen, aber er spürte, wie nass er rund um die Einstichstelle war, als er seine Hand auf die Wunde drückte. Er war fassungslos. Oh, mein Gott! Wie schlimm war er verletzt? Wie tief hatte Coby zugestochen? Wie viel Blut verlor er? Was sollte er tun, wenn er in ein Krankenhaus musste?

Er strengte sich an, er konzentrierte sich. Kian drängte seine beginnende Panik zurück. Er durfte seinen Blutdruck nicht weiter steigen lassen, das würde nur umso mehr zu Blutverlust führen. Er atmete ein paarmal tief ein und aus und zog dann unter Schmerzen seinen Pullover aus und hob sein Shirt an. Ein etwa drei bis vier Zentimeter langer Schnitt klaffte unter dem linken Rippenbogen. Kian atmete auf, als er sah, dass das Blut nicht pulsierend herausspritzte, sondern langsam sickerte. Das bedeutete, es war keine Arterie verletzt, sondern eine Vene. Seine Panik legte sich. Da er nichts anderes hatte, knotete Kian sich seinen Pullover um den Bauch. Der Knoten lag genau über der Wunde und er zog ihn so weit zu, wie er konnte. Scheiße, tat das weh! Hoffentlich war der Druck stark genug, dass es bald aufhörte zu bluten. Er schloss die Augen und dachte an seinen Rucksack, in dem sein Erste-Hilfe-Kasten lag. Desinfektionsmittel. Verbände. Kompressen. An eigentlich nicht lebensbedrohlichen Wunden konnten Menschen trotzdem sterben. Mangelnde Hygiene und Infektionen waren oft der Grund dafür. Er konnte nur hoffen, schnell aus dem Wald herauszufinden.

Er öffnete seine Augen wieder. Immer noch standen Coby und Kian sich gegenüber. Sie starrten sich an. Der Penner hatte auf ihn eingestochen! Konnte so etwas wirklich unabsichtlich geschehen? Klar. Aber hier? Auf keinen Fall. Coby wusste sehr gut, wer da hinter ihm herging. Selbst ihm, diesem älteren Mann, der seine Hilfe in Anspruch nahm, konnte man nicht trauen.

Wieder eine Desillusion! Es war kaum auszuhalten. Kian senkte den Blick.

Als er ihn wieder hob, sah er in Cobys Gesicht. Für einen kurzen Augenblick hätte Kian schwören können, dass etwas Boshaftes über seine Züge huschte. Da war kein Zeichen von Reue oder Erschrecken. Coby wirkte ruhig. Gerissen. Gefährlich. Im nächsten Moment verschwammen Cobys Gesichtszüge vor Kians Augen und nachdem er seinen Kopf geschüttelt hatte, sah er wieder diesen harmlosen, alten Mann vor sich. Kians Blick glitt zur Hand mit dem Messer und sein Körper spannte sich an.

»Gib mir das Messer, Coby.«

Coby reagierte nicht.

»Gib mir das Messer!«

Das gefällt mir nicht!

Coby ließ das Messer zu Boden fallen und ging ein paar Schritte zurück. Hatte er gerade noch einen verschlagenen Ausdruck im Gesicht gehabt, so sah er jetzt aus, als habe er Angst, dass Kian ihn in Scheiben schneiden würde, sobald der sein Messer zurückhatte.

»Coby, wie kommt mein Messer in deine Hände.«

Coby schwieg und blickte zu Boden. Sein Verhalten stellte Kians Geduld auf eine harte Probe.

»Herrgott, Coby! Das ist eine einfache Frage, auf die ich eine Antwort haben will! Ich bin hergekommen, weil ich allein sein wollte! Trotzdem stehe ich immer noch hier mit dir. Und das, obwohl du mit meinem eigenen Messer auf mich eingestochen hast. Also, sag mir bitte, wie du daran gekommen bist!«

»Es lag im Zelt.« Cobys Stimme nicht mehr als ein Murmeln.

»Was?«

»Es lag im Zelt! Du warst draußen, das Messer nicht. Ich hab's genommen. Hätt ich's nicht sollen? Dann wär's jetzt weg.«

Kurze Zeit später machten sich die beiden wieder auf den Weg. Sie schwiegen und Kian hielt seine Wut im Zaum, was auf Dauer wirklich anstrengend war. Er hielt sich bereit, zu kämpfen, sollte es nötig werden. Nie hätte er gedacht, dass er sich vor Coby in Acht nehmen musste. Immer wieder tastete Kian seine Hosentasche ab. Die Kontur des Messers, das er dort wieder verstaut hatte, beruhigte ihn. Er fragte sich, warum er überhaupt noch mit ihm zusammen durch den Forest wanderte.

Es wurde heller und die Männer schleppten sich weiter. Sie mussten ein armseliges Bild abgeben.

Der neue Tag ließ eine bunte Mischung verschiedener Farbtöne in Cobys Gesicht erkennen. Um ein Auge schimmerte es blau und violett, die Beule an seiner Stirn war rot, seine Nasenlöcher braun verkrustet von altem Blut und seitlich des Kieferknochens sah man einen gelb-grünen Fleck. Daneben er, mit einer Stichwunde im Bauch, die ihn humpeln ließ und ihn ausbremste. Zu starke Erschütterungen durch seine Schritte sandte Schmerzwellen durch seinen Rumpf. Deshalb trat er behutsam auf und ging langsam. Kians Gedanken wurden durch seinen Durst zum Schweigen gebracht. Sein Denken und Fühlen war nur davon erfüllt, wo er, verdammt noch mal, etwas zu trinken herbekommen sollte. Da war der Fluss. Er hörte ihn rauschen, sah ihn aber nicht. Wo war er? Sie mussten dorthin!

Endlich! Da war er. Der Fluss machte vor ihnen eine Kurve und es gab nur einen kleinen Uferbereich. Danach stieg die Böschung zu beiden Seiten steil an. Trotz seiner Verletzung stürzte Kian ans Ufer und trank. Er lag auf seiner rechten Seite, damit der schmutzige Boden nicht mit seiner Wunde in Berührung kam. Coby neben sich nahm er nur am Rande wahr.

»Hossa! Das tat gut«, hörte er Coby sagen.

Als Kians Durst gelöscht war, schöpfte er sich Wasser über den Kopf und rieb sich das Blut von den Händen und den Schweiß aus dem Gesicht. Vorsichtig löste er den verknoteten Pullover von der Wunde, weichte das Shirt darunter mit Wasser auf und zog den Stoff von der Verletzung. Kian war erleichtert, dass er die Kruste, die sich gebildet, nicht wieder abgerissen hatte. Nun band er sich den Pulli locker um die Hüfte. Seine Schmerzen hielten sich erstaunlicherweise in Grenzen.

Dann sah er sich um. Es gab keinen Weg, nicht mal einen Pfad, dem sie folgen konnten. Von wo kamen sie? Der Durst hatte ihn blind für alles gemacht. Sogar seine Wachsamkeit Coby gegenüber war stark gesunken. Vielleicht war seine Verletzung wirklich ein Unfall gewesen. Er hatte keine Lust, weiter darüber nachzudenken. Wohin jetzt? Sollten sie einfach geradeaus gehen? Sich links halten? Rechts? Ein Anflug von Angst, ließ seinen Mund austrocknen und machte seine Hände zittrig. Sich hier zu verlaufen wäre eine Katastrophe! Ruhe bewahren. Augen schließen. Atmen. Muskeln lockern. Gut, er hatte sich wieder im Griff.

»Junge, was ist los? Ist was? Hallo?«

»Coby, es ist alles in Ordnung!«, knurrte er und marschierte los. Nach der Biegung des Flusses konnte man nicht mehr längsseits des Gewässers laufen. Steile Böschungen und Felsen ließen es nicht zu. Er wählte einen Weg, der möglichst nah am Fluss entlang führte, damit er bei der ersten Gelegenheit, wenn die Böschung nicht mehr so steil war, erneut trinken konnte. Er würde immer in Hörweite des Rauschens bleiben. Irgendwann musste er so aus dem Forest ins Naturschutzgebiet mit seinen vielen Wanderwegen kommen. Kian schielte zu Coby. Sollte er doch tun, was er wollte. Kian würde sich jetzt nur noch auf sich konzentrieren.

»Das könnte ein Riesenumweg sein. Oder auch nicht. Kann man nicht wissen. Na ja. Hätten wir eine Drohne oder so, dann wüssten wir es. Haben wir eine? Nein. Also …«

Kian fragte sich, ob sich sein Begleiter mit Absicht dumm stellte, um harmlos zu wirken, in Wirklichkeit aber eine Bedrohung war. War ihr Aufeinandertreffen wirklich Zufall gewesen? Doch was sollte Coby von ihm wollen? Sie hatten überhaupt nichts miteinander zu tun. Kian seufzte. Er hatte keine Ahnung.

Er schlängelte sich zwischen den Bäumen hindurch und Coby folgte ihm. Hohe Tannen und schiefe Fichten, mehr Bäume konnte er nicht auseinanderhalten. Da waren dicke und dünne Stämme, Felsen, Moos, Blätter und Nadeln, Büsche, Farnwedel und allerhand Ranken, die sich über den Waldboden zogen. Er musste höllisch aufpassen, nicht umzuknicken oder zu stolpern. Deshalb ging es nur recht langsam vorwärts. Coby redete ununterbrochen und es war für ihn nicht mehr als ein Hintergrundgeräusch, Gott sei Dank erwartete Coby nicht, dass er etwas zum Gespräch beitrug.

»… und ich hab mir gesagt, warum nicht? Konnte schließlich nicht wissen, was passiert, oder? Meine Rippen tun immer noch weh. Diese Gören wollten's aber wissen.« Er lachte rau. »Ich mag die Frauen ein bisschen wild. Erst zieren sie sich und dann …«

Ein weiteres Lachen folgte.

Kian verzog das Gesicht. Was für ein ekeliger Kommentar in Anbetracht dessen, dass er verprügelt worden war.

Moment! Er hatte von Gören gesprochen! Er drehte sich zu Coby um. »Diese Gören? Welche Gören?« Vor seinem inneren Auge sah er sie. Maren mit ihrer Gefolgschaft

Coby blickte ihn aus großen Augen an. »Na, die Gören!« Er deutete mit seinem Zeigefinger auf sein Gesicht und seine Rippen. »Das hab ich mir schließlich nicht selbst eingebrockt, oder? Ich hätte es tun können. Hab ich aber nicht.«

»Waren es drei Frauen? Die haben dir das angetan?«

Coby schaute auf die Spitzen seiner Schuhe und zuckte mit den Schultern.

Kians Zähne mahlten. »Diese kranke Gang war kurz davor, ihr Messer an mir auszuprobieren. Du hast noch Glück gehabt. Das hätte auch ganz anders aussehen können, glaub mir.«

Coby schluckte, öffnete den Mund, schloss ihn. Schließlich fand er seine Sprache wieder. »Wir laufen hierhin und laufen dorthin. Einfach so. Zu zweit. Wie Freunde.«

Kian schaute ihn eine Weile an, dann richtete er seinen Blick auf den Wald vor ihnen. Mittlerweile war es heller Tag. Zumindest außerhalb des Waldes. Die Lichtverhältnisse waren anders als in dem Teil des Forest, in dem sie gestern waren. Es war düster hier und etwas bereitete ihm Gänsehaut. Was war es nur, was ihm so unheimlich war? War es wegen Cobys Angriff auf ihn? Oder weil er die Hoffnung verlor, den Ausgang oder wenigstens einen offiziellen Wanderweg zu finden? War es das Wissen um die Gerüchte, die sich um den Forest rankten? Beklemmung machte sich in ihm breit und das Gefühl beobachtet zu werden. Er suchte die Umgebung ab. Jeden Baum, jeden Busch. Nichts bewegte sich.

»Hast du gehört? Wie zwei Freunde. Was sagst du dazu?«

Dann entdeckte er den Grund für sein beklemmendes Gefühl. In wenigen Metern Entfernung nahm er plötzlich eine Gestalt zwischen zwei Bäumen wahr.

»Du bist ein sehr schweigsamer Freund, aber du bist ein Fr…«

»Scht, sei still«, wisperte Kian und deutete mit seinem Zeigefinger in eine Richtung. Am zischenden Luftholen erkannte er, dass Coby den Mann auch gesehen hatte.

Er war groß. Sehr groß sogar. Kurze graue Haare, fahle Gesichtsfarbe, graue Kleidung, grauer Mantel. Unbeweglich stand er da mit nach vorn gebeugten Schultern. Er tat nichts, starrte nur in den Wald, wie es schien.

»Das gefällt mir nicht. Überhaupt nicht. Was macht der da? Komm, lass uns schnell weitergehen. Der ist gruselig, oder?«, flüsterte Coby.

Kian konnte dem nur zustimmen. Was tat dieser Mann hier mitten im Forest? Warum bewegte er sich nicht? Kurz dachte er, dass dieser Mann auch ein Geist sein könnte, rief seine Gedanken aber sofort wieder zur Ordnung. Geister! Daran glaubte er nicht. Er versuchte, abzuschätzen, ob er ihn ansprechen sollten, um nach dem Weg zu fragen. Er wirkte nicht so, als habe er sich ebenfalls verlaufen. Was hatte er zu verlieren?

»Ich gehe hin und frage ihn nach dem Weg«, sagte Kian.

»Was? Nein! Komm, weg hier. Was ist, wenn das eine Falle ist?«

»Was für eine Falle sollte das denn sein?«

»Na, wenn der da kein Mensch ist? Also, ich mach mich lieber dünne. Ich hock mich einfach hierhin. Also …«

Coby zuckte mit den Schultern und hockte sich hin.

Kian zog eine Augenbraue nach oben und ging los, auf den grauen Mann zu. Je näher er ihm kam, desto mehr stellten sich seine Haare auf den Armen und im Nacken auf. Er konnte die Situation nicht einschätzen. Er wusste nicht, ob von dem Mann eine Gefahr ausging. Sein Verhalten war merkwürdig und das ließ seine Alarmglocken schrillen. In einigen Metern Entfernung blieb Kian stehen und hob eine Hand zum Gruß.

»Entschuldigen Sie bitte, ich bin irgendwo falsch abgebogen und jetzt tja …« Kian gab sich bemüht locker und lachte, was äußerst künstlich klang. »Jedenfalls, wenn Sie mir sagen könnten, in welche Richtung ich gehen muss, um zurück in die Zivilisation zu kommen …« Erneutes künstliches Lachen. »… dann wäre das super.«

Der Mann schaute ihm in die Augen. Seine Gesichtsmuskeln schienen gekappt worden zu sein. Die Haut um seine Augen, die Wangen und der Mund hingen herab, was ihm ein Aussehen verlieh, als würde er schmelzen. Ein fast unwiderstehlicher Fluchtinstinkt brandete in Kian auf, doch er hielt stand. Der Graue hob den Arm und deutete schräg hinter ihn.

Kian drehte sich um. Die Richtung, in die der Mann zeigte, sah nicht anders aus als jede andere Richtung auch. Doch dieser Typ musste ja irgendwie hergekommen sein, oder? Er machte auch keinen verwahrlosten Eindruck, also konnte er sich noch nicht lange im Wald aufhalten. Bald würde er hier raus sein. Erleichterung ließ ihn für einen kurzen Moment wanken. Kian räusperte sich.

»Dann vielen Dank, Mister. Alles Gute!«

Kian merkte sich die angegebene Richtung und ging dann zu dem Dickicht, hinter dem Coby hockte.

»Komm, ich weiß, wo lang wir müssen.« Er ging in die angezeigte Richtung und Coby folgte ihm.

»Potzblitz! Jetzt geht's nach Hause, oder? Du weißt, wie wir hier rauskommen. Dann geht's ab in den Supermarkt. Bin gern im Supermarkt. Tolle Leute da. Knackige Weintrauben, ein Pott Rübenkraut. Kennst du Rübenkraut?«

Kian ließ ihn reden. Coby hatte Pläne. Und was war mit ihm? Er wusste gerade noch nicht einmal, ob er am nächsten Tag wirklich erneut aufbrechen wollte, um den Forest zu erkunden. Vorher musste er herausfinden, was gestern falsch gelaufen war. Er war schließlich nicht lebensmüde. Hatte er eine Markierung übersehen? Das war die einzig sinnvolle Erklärung.

»Hey, Kamerad! Was soll das denn sein?«, rief Coby und schreckte ihn aus seinen Gedanken auf.

Kian hob seinen Blick und blieb stehen. »Das ist verdammt noch mal seltsam.«

Vor ihnen spannten sich Absperrketten durch den Wald. Die Glieder waren nicht sehr dick, aber miteinander verschweißt und um etliche Bäume gewunden. So entstand ein viereckiges Feld, das von diesen Ketten begrenzt wurde.

Was sollte das? Schließlich war es möglich, in einem Bogen um die Ketten herumzugehen. Aufhalten würden sie also niemanden. Doch Kian musste zugeben, dass sie eine einschüchternde Wirkung ausübten. Wer traf schon gern mitten in einem verfluchten Wald auf solch eine merkwürdige Szenerie? Gab es hier Hillbillys, die dort etwas Bestimmtes absperren wollten? War es ein dummer Jungenstreich? Nein. Hier im Forest würde wohl kaum ein Kind nach Abenteuern suchen.

»Heiliges Kanonenrohr, hab 'ne Gänsehaut.«

»Ich auch.« Kian ging näher heran und am äußeren Rand der Ketten entlang. Hin und wieder waren Holzschilder an den Ketten angebracht. Teils waren sie verwittert, doch auf zweien konnte er noch eine Schrift erkennen. Seltsam war, dass die Schrift spiegelverkehrt darauf gemalt wurde. Warum? Wenn es Absicht war, diese Inszenierung bizarr und unheimlich wirken zu lassen, so ging die Rechnung auf.

»Was steht da? Ich kann's nicht lesen. Brauch 'ne Brille. Hab aber keine.«

»Auf dem linken steht *Lass nicht los.* Auf dem anderen *Lass los.* Ich verstehe den Sinn dahinter nicht. Keine Ahnung, was das hier sein soll.«

»Ich auch nicht.« Coby wippte auf den Füßen vor und zurück und hatte seine Hände hinter dem Rücken verschränkt.

Kian konnte sich keinen Reim aus allem machen. Die Ketten sperrten einen Teil des Forest ab, der genauso wie jeder andere Teil aussah. Und doch verursachte der Anblick ihm Unwohlsein.

»Weiter. Ich möchte hier weg. Dieser Wald ist der seltsamste, den ich je betreten habe.«

Coby lachte. »Ich wusste es vorher. Du wusstest es vorher. Hatten trotzdem beide 'nen Grund, hierherzukommen.«

Kians Füße taten weh. Sie fühlten sich heiß und geschwollen an in seinen dicken Wanderschuhen. Würde er sie jetzt ausziehen, würde er wahrscheinlich nicht mehr hineinkommen. Einen weiteren Zwischenstopp am Wasser hatten sie eingelegt. Doch langsam machte sich Hunger in ihm breit. Ihm war flau im Magen. Hin und wieder fuhr ein Krampf in seine Hände. Sein Kopf dröhnte. Die Stichwunde pochte. Alles in allem war er in einer ziemlich schlechten Verfassung.

Cobys ständiges Murmeln war mittlerweile kein angenehmes Hintergrundrauschen mehr, es ging ihm mehr und mehr auf die Nerven. Immer stärker wurde sein Bedürfnis nach Einsamkeit und Ruhe.

Und da war er wieder. Schwindel setzte ein. Kian ließ sich an einem Baum herabsinken, lehnte sich an und atmete in tiefen Zügen. Sein Arzt hatte ihm geraten, jeglichen Stress zu vermeiden, und was tat er? Er forderte seinen Körper heraus. Nicht absichtlich, dennoch tat er es.

Coby setzte sich vor ihn hin. »Kleine Pause? Ist mir recht. Hab ich dir schon erzählt, dass ich mal ein halbes Jahr bei einem Trapper gewohnt hab? Nein, hab ich nicht. Also. Das war ein Galgenvogel!« Coby lachte.

»Coby, sei bitte still.«

»Der hatte kein Klo, aber 'ne Schippe neben seiner kleinen Hütte. Und …«

»Stopp! Ich kann nicht mehr, Coby! Ich kann deine Geschichten jetzt nicht ertragen, okay? Also halt den Mund!« Seine Stimme klang hart und schneidend. Wut brodelte in ihm. Die Schmerzen in seiner Seite, in seinem Kopf und in seinem Bauch machten ihn aggressiv.

Coby war klug genug, den Mund zu halten, und setzte sich ein Stück weiter weg.

Jemand zu Hause?

Als Kian wieder zu Kräften gekommen war, schleppte er sich, gefolgt von einem schweigsamen Coby, weiter durch den Wald.

»Wir müssen hier irgendwie rauskommen, zum Henker noch mal.«

Coby schwieg.

Kian war übel, wahrscheinlich vor Hunger und sein Kreislauf machte immer wieder schlapp, sodass er sich anlehnen musste, bis der Schwindel nachließ. Schon lange achtete er weder auf seine Umgebung noch auf Geräusche oder das Fehlen derselben. Zwischendurch hatte er das Gefühl, keine Luft mehr zu bekommen. Das Einzige, was ihn weitergehen ließ, war die Sorge vor einer weiteren Nacht in der Wildnis und das ohne Zelt. Vielleicht stießen sie wenigstens auf eine Höhle.

Als habe ihn jemand gestoßen, ruckte Kians Oberkörper nach vorn und er taumelte einige Schritte, bevor er nach vorn auf alle viere fiel. Ein dumpfes Keuchen begleitete seinen Sturz. Seine Verletzung sandte einen schrillen Schmerz durch seinen Körper, sodass ihm der Schweiß ausbrach und er die Zähne zusammenpresste. Seine Augen waren zu Schlitzen verengt, als er zu Coby aufsah.

Seine Stimme vor Wut ganz rau. »Ich glaube, du vergisst, dass ich hier sehr gut ohne dich klarkäme. Nichts würde ich mir mehr wünschen, als endlich allein zu sein. Und du? Wie ist es umgekehrt, Coby?« Kian rappelte sich auf und hielt sich dabei die Seite.

Coby warf die Hände in die Luft. »Was? Hab nichts gemacht! Bist über deine Füße gestolpert!«

Einen Moment lang starrte Kian ihn an. Es fiel ihm immer schwerer, seine Wut herunterzuschlucken. Er unterbrach das Blickduell, strich sich über die verschwitzte Stirn und schaute sich um. Er hatte ganz andere Probleme. Neben ihm, vor ihm, hinter ihm, überall sah er nur Bäume. Kahle, knorrige Baumstämme, die sich erst weit über seinem Kopf in Äste gabelten und ein grünes Dach über ihm bildeten, durch das er nicht das kleinste Fleckchen Himmel sehen konnte. Hier stand er. Gefeuert, betrogen und mit einem Mann unterwegs, den er nicht mal leiden konnte, und hatte sich zur Krönung noch im Wald verirrt. Er lachte auf, verstummte aber sofort wieder, weil dieses Geräusch im Forest nach Irrsinn klang.

Sie setzten sich in Bewegung. Einfach, weil es das Einzige war, was sie tun konnten. Kian wünschte sich, dass sich Cobys und seine Wege nun trennten. Doch ihn hier allein sich selbst zu überlassen, brachte er nicht über sich. Vermutlich wäre Coby ihm ohnehin nachgelaufen.

Diese Stille, diese Stimmung hier im düsteren Forest, schlug ihm aufs Gemüt. Die Wut verrauchte und an ihrer Stelle wuchs eine Schwere in ihm, als würde über seinem Kopf eine dunkle Gewitterwolke hängen, die ihn auf Schritt und Tritt begleitete. Mit jedem Schritt fühlte er sich schlechter. Etwas veränderte sich. Es fing damit an, dass sich seine Haare im Nacken und an seinen Armen aufstellten. Es war ein unangenehmes Kribbeln, das ihn durchfuhr. Dann wurde ihm übel. Richtig schlecht sogar. Alles schwankte, die Welt drehte sich um ihn. Er nestelte am Ausschnitt seines Shirts herum. Fuhr mit seinem Zeigefinger am Halsausschnitt entlang, als zöge sich der Kragen plötzlich um seinem Hals zusammen. Er atmete abgehackt. Was war los? Was passierte gerade? Würde er hier sterben? Bald schon taumelte Kian nur noch von Baum zu Baum. Splitter gruben sich in seine Haut.

Dann blieb er abrupt stehen, stützte sich auf seinen Knien ab, um wieder zu Atem zu kommen, und starrte nach vorn. »Coby, siehst du das, was ich sehe?«

Coby kam neben ihm zum Stehen. »Da brat mir einer 'nen Storch. Meinst du, da ist wer?«

Vor ihnen stand eine Hütte. Ein Haus aus Rundhölzern gebaut, die mit den Jahren nachgedunkelt waren. Ein einstöckiger Bau, mit einem spitzen Dach, das mit Holzschindeln gedeckt war. Die Wände waren zu großen Teilen von Moos und blattlosen Ranken bedeckt. Es gab eine überdachte Veranda, auf der ein kleiner Tisch mit einer Petroleumlampe stand, einen Schaukelstuhl, einen Sessel und eine Hängematte. Hinter den Fenstern war alles dunkel.

»Keine Ahnung.« Erst fühlte er Erleichterung, dann eine bodenlose Erschöpfung. Hier würden sie Hilfe finden. Hier wären sie in Sicherheit. Falls sie eingelassen würden. Kurz blitzte das Bild eines Einsiedlers in seinem Kopf auf, der ihnen mit geschulterter Axt die Tür öffnete. Meldete sich sein Instinkt? Wenn es so war, konnte er darauf keine Rücksicht nehmen. Jetzt, mit dieser Hütte vor der Nase, hatte Kian das Gefühl, keine fünf Minuten mehr weitergehen zu können. Der verdammte Forest setzte ihm zu.

»Komm, gehen wir Catweazle mal seinen Tag versüßen.«

Coby spuckte auf den Boden und beide gingen auf die Hütte zu.

Die Tür hing etwas schief in den Angeln, schloss aber noch. Kian atmete tief durch, hob seine Hand und klopfte an.

Nichts. Er hörte nichts. Keine Schritte, kein Schaben, kein Poltern, nichts. Wieder klopfte er. »Hallo! Jemand zu Hause?«

Sein Hals kratzte und einen Moment lang wurde er von Husten geschüttelt, was seine Kopfschmerzen intensivierte.

»Soll ich es versuchen?« Coby beugte sich vor und hämmerte seine Faust an die Tür. »Hey! Hast du da drin 'ne Flinte oder 'ne Knarre? Nicht schießen, ich komm jetzt rein!«, brüllte er, drehte am Knauf und die Tür öffnete sich knarrend.

Kian war vorsichtig, anders als Coby. Der marschierte schon ins Innere, als würde die Hütte ihm gehören. Er selbst blieb im Türrahmen stehen und blickte sich um.

Vor ihm lag ein Wohnraum. Gegenüber der Tür gab es einen Feuerofen und einen Rundbogen, der in einen kleinen Flur zu führen schien. Links stand ein Holztisch mit Stühlen, eine Couch, die in der Mitte durchhing und rechts sah er ein kleines Bücherregal neben dem Durchgang zu einem weiteren Raum. Auf der anderen Seite des Durchgangs stand eine Kommode aus Holz.

Er trat ein und bewegte sich langsam von Raum zu Raum. Zwei Schlafzimmer, eins mit schmalem, eins mit Doppelbett, ein Badezimmer mit Korkboden und holzverkleideter Wanne, der Wohnraum und schließlich die Küche.

Hier fand er Coby, der an einem Tisch saß und ein doppeltes Sandwich aß. »Los, bedien dich, ist genug da«, sagte er mit vollem Mund.

»Dann bedeutet das, dass hier jemand nicht erfreut sein wird, wenn er zurückkommt und zwei Fremde in seinem Haus vorfindet.«

»Na, und? Ich hab Hunger. Du nicht? Da ist 'ne Speisekammer. Ist mehr als genug drin.«

Einen Moment zögerte Kian noch, dann machte er sich ebenfalls etwas zu essen. Sein Hunger war einfach zu groß. Coby schob ihm ein Paket Orangensaft vor die Nase, und Kian meinte, nie etwas Besseres getrunken zu haben.

Als er satt und nicht mehr durstig war, hatte er das Gefühl, selbst im Stehen schlafen zu können. Er musste seine Wunde versorgen und sich ausruhen. Aber er wollte verhindern, dass der Hausbesitzer ihn im Schlaf abknallte, wenn er zurückkam. In der Küche fand er einen Verbandskasten und kümmerte sich um die Verletzung. Die Wunde sah sauber aus und er fand keine Anzeichen einer Entzündung. Er atmete auf.

Nach der Verarztung wandte er sich an Coby. »Ich geh raus. Wenn der Hausbesitzer zurückkommt, ist es dort sicherer als hier drin.«

Coby nickte und folgte ihm nach draußen.

Kian lag in der Hängematte, die leicht hin und her schaukelte, konnte sich aber nicht vollkommen entspannen. Mit einem Auge behielt er stets Coby im Blick. Das war doch verrückt. Er war jünger und stärker als Coby. Er sollte seiner Paranoia mal eine Pause gönnen. Er blendete aus, nicht allein zu sein. Sein alltägliches Leben war weit, weit weg. Das Wissen um seinen gesundheitlichen Zustand steckte er in eine Schublade seines Geistes und schloss sie ab. Warum sich mit etwas belasten, dass er in diesem Moment nicht ändern konnte?

Es wurde dunkel und noch immer kam der Bewohner der Hütte nicht zurück. Coby, der neben der Haustür saß, wurde unruhig, sodass es Kian nicht mehr möglich war, ihn auszublenden.

Das knarrende Wippen des Schaukelstuhls wurde schneller. Innerlich verdrehte Kian die Augen. Gleich wäre es mit der Ruhe vorbei.

»Kian?«

Und da war es auch schon so weit. Kian hielt seine Augen weiterhin geschlossen und antwortete mit einem Brummen.

»Kein Hausherr kommt. Wieso? Wo ist er hin?«

Kian war nicht bereit, die Trägheit, die sich so angenehm anfühlte, jetzt schon aufzugeben und sich über irgendetwas Gedanken zu machen. »Ich weiß nicht, wo der Besitzer ist, vielleicht musste er in die Zivilisation zurück. Irgendein Notfall oder was auch immer.«

»Hm. Ihm könnte was passiert sein. Muss nicht. Aber könnte. Morgen haben wir Nacht zwo hinter uns. Läuft doch gut, jetzt hier.«

Kian öffnete die Augen und hielt die Luft an. Er hatte die ganze Zeit nicht mehr an den eigentlichen Grund gedacht, aus dem er aufgebrochen war. Er hatte geplant, sieben Tage zu bleiben, um der Legende auf den Grund zu gehen. Vielleicht hatte er Glück und nach einer Woche würde irgendetwas passieren, womit er das Ruder seines Lebens herumreißen konnte. Denn so wie es jetzt war, konnte es nicht bleiben. Seine Ideale waren auf der Strecke geblieben und in wenigen Tagen, wenn sein Urlaub zu Ende war, stand ihm die Hölle bevor. Er wollte den Schicksalsschlägen seines Lebens nicht mehr machtlos gegenüberstehen, er wollte aktiv etwas verändern. Nur was? Was würde ihm am meisten helfen? Er wusste es noch nicht, aber genau das wollte er hier herausfinden. Und er hatte definitiv etwas gespürt in bestimmten Arealen des Forest. Irgendetwas Ungewöhnliches ging hier ab.

Die ersten Abenteuer waren an ihm vorbeigezogen, ohne dass er sie hatte würdigen können. Sein Abstieg durch die Schlucht, diese merkwürdige Frauen-Gang, die Nacht im Forest in all seiner Unheimlichkeit, der graue Mann und die seltsamen Gefühle, die er gehabt hatte.

Was er sagen konnte: Der Forest war auf jeden Fall ein Mysterium. Magie oder Natur? Was löste dermaßen starke Reaktionen aus? Er würde dem auf die Spur kommen, noch war es nicht zu spät. Sein

Herz klopfte so kräftig, dass es in seinem Hals spürbar war. Heute war Nacht zwei. Er hatte also noch fünf Tage Zeit, um spannende Erfahrungen zu machen und sich ganz auf den Forest einzulassen. Die Hütte als täglicher Rückzugsort während seiner Zeit hier wäre ideal, gäbe es nicht zwei Probleme. Erstens, er wusste nicht, wer hier wohnte und konnte sich nicht vorstellen, dass jemand, der, wie er, die Einsamkeit suchte, besonders begeistert wäre über fremde Gesellschaft. Das zweite Problem betraf Coby. Er empfand ihm gegenüber eine Mischung aus Mitleid und Argwohn. Außerdem konnte er Cobys Blick nicht vergessen, nachdem er ihn verwundet hatte. War sein Mitleid also verschwendete Energie? So oder so, er wollte ihn loswerden und endlich allein sein. Nur, wie sollte er es anstellen? Im Grunde genommen hatten sie beide kein Recht darauf, hier zu sein. Außerdem wussten beide noch nicht, wie sie den Forest wieder verlassen konnten. War er wirklich dazu in der Lage, Coby zu bitten, sich allein auf den Weg zu machen, um auf eigene Faust einen Weg herauszufinden? Sein Bauch spannte sich an und sofort spürte er die Wunde, die Coby ihm zugefügt hatte. Seine Anspannung wurde zu Wut. Warum sollte er sich verantwortlich fühlen für diesen fremden Mann? Sie waren zufällig aufeinandergetroffen und Coby hatte sich an ihn gehängt. Nein! Er würde sich seine kostbare Zeit, die er allein verbringen wollte, nicht nehmen lassen!

Die Nacht brach an. Er würde das Gespräch mit Coby auf den Morgen verlegen. Er sehnte sich nach einem Bett und Schlaf. Doch sollte der Hausbesitzer in der Nacht auftauchen, konnte es üble Folgen für sie haben. Er würde hier draußen in der Hängematte schlafen und Coby konnte reingehen. Wenigstens hätten sie dann räumlichen Abstand zueinander.

»Junge! Sieh mal! Na, wenn das keine gigantische Sternschnuppe war!« Coby sah ihn begeistert an. Als er merkte, dass keine Reaktion kommen würde, sprach er weiter. »Sternschnuppe. Du kannst dir was wünschen! Komm schon. Denk dir was aus!«

Kian seufzte. »Coby, Sternschnuppen sind Weltraummüll, der in die Atmosphäre eintaucht und einen letzten Gruß schickt. Nichts weiter.«

Coby schüttelte den Kopf. »Was stimmt bloß mit dir nicht, Junge?«

Kian richtete sich auf. »Ich werd hier draußen schlafen. Du kannst reingehen. Wenn der Hausbesitzer kommt, kann ich ihm erklären, was los ist.«

»Gut, ich nehm das Bett. Wünsch dir 'ne gute Nacht. Nicht von Waschbären beißen lassen.« Lachend schlurfte Coby in eins der Schlafzimmer.

Haha. Kian holte sich ein Kopfkissen und eine Decke und zündete die Petroleumlampe an.

Hoffentlich ging alles gut. Hoffentlich konnte er Coby dazu bringen, sich selbst auf den Weg zu machen. Er war auch bereit, ihm die Hütte zu überlassen, sollten sie nicht längst rausgeschmissen worden sein, bevor diese Entscheidung überhaupt anstand. Er konnte versuchen, die Stelle wiederzufinden, an der sein Zelt und die anderen Sachen waren. Aber jetzt musste er schlafen. Er stopfte das Kissen unter seinen Kopf, legte die Hände auf seinen Bauch und schlief.

Drohen? Ich? Dir?

Kian saß draußen auf der Veranda, trank einen Becher Kaffee und rauchte. Wann hatte er zuletzt eine Zigarette geraucht? Er wusste es nicht, doch es kam ihm vor wie eine Ewigkeit, Gott, tat das gut! Für seine Tour hatte er sich eine ganze Stange gekauft. Die lag nur leider im Rucksack beim Zelt. Zu seiner Verwunderung war er auf eine Stange Zigaretten gestoßen, als er die Küchenschubladen inspizierte.

Er hatte schlecht geträumt, aber überraschend gut geschlafen in der Hängematte und bisher war kein Mensch hier aufgetaucht. Merkwürdigerweise war er mit der Gewissheit aufgewacht, dass auch niemand mehr kommen würde. Er sah auf die glühende Spitze seiner Zigarette und dachte über den Zufall nach, dass die Zigaretten, die er gefunden hatte, genau seine Marke waren.

Nach seinem ersten Kaffee fühlte er sich gestärkt genug, um Coby entgegenzutreten. Mit einem fremden Menschen auf engstem Raum sein zu müssen, würde ihn den letzten Nerv kosten, deshalb hielt er sich vorzugsweise draußen auf. Er ging hinein und sah Coby in der Küche sitzen.

»Junge, lebst ja noch.« Cobys Lachen ging in ein Husten über. Sein Gesicht sah zum Fürchten aus, schien ihm aber keine übermäßigen Schmerzen zu bereiten.

Erst jetzt fiel Kian auf, wie hager sein Gesicht war. Wie blass seine Haut und wie strähnig sein Haar. War Coby krank? Er seufzte. War das wichtig? Nein. Er würde ihm nicht helfen können und sich nur noch mehr verpflichtet fühlen. Jeder Einzelne bekam für seinen Lebensweg ein individuelles, hübsch verpacktes Päckchen geschnürt. In manchen befanden sich Federn, in anderen Steine und in dritten ein Haufen stinkender Mist.

»Enttäuscht?«

Coby lachte noch ein wenig lauter.

Kian wollte duschen, fand aber nur ein kleines Handtuch neben dem Waschbecken. Weiter gab es dort nur ein Schränkchen, in dem er Hygieneartikel für Damen fand, mehrere Einwegrasierer, Flüssigseife, verpackte Zahnbürsten und Zahnpasta. In einer Ecke waren Rollen von Toilettenpapier aufgetürmt. Keine persönlichen Gegenstände.

Eine ungewöhnliche Ausstattung. Die Handtücher mussten woanders zu finden sein. Er inspizierte den Schrank im kleineren Schlafzimmer. Er war voll mit Männer- und Frauenbekleidung, alle in unterschiedlichen Größen und Stilen. Kian runzelte die Stirn. Das war seltsam. Er ging in das zweite Schlafzimmer, öffnete den Schrank und – bingo! Er nahm sich zwei Handtücher und sah daneben Flanellhemden, Shirts, Pullover und Jeans und es war einiges dabei, das ihm passen konnte. In einer Kommode befanden sich Unterwäsche und Socken. Das konnte doch alles kein Zufall sein. Kian setzte sich aufs Bett.

Okay, er hatte diese Hütte gefunden. Das war wahrscheinlich Glück gewesen. Wie konnte es aber sein, dass Kühl- und Vorratsschrank gut gefüllt waren, obwohl vom Bewohner jede Spur fehlte? In den Kleiderschränken fand sich Kleidung für mindestens fünf Personen unterschiedlicher Größe. Und dann waren da noch die Zigaretten. Konnte es sein, dass er genau da war, wo der Forest ihn haben wollte? Wurden seine Schritte hin zur Hütte gelenkt? Konnte es vielleicht auch sein, dass sein Zusammentreffen mit Coby vorherbestimmt war? War alles, was passiert war, kein Zufall, sondern Schicksal? Ein eisiger Schauer schlängelte sich seine Wirbelsäule herunter. Wo zur Hölle kamen diese Gedanken her? Kian schüttelte seinen Kopf und drängte die Beklemmung zurück, die sich gerade in ihm ausbreiten wollte. Er sollte duschen gehen, und langsam anfangen, sich darüber Gedanken zu machen, was er Coby sagen wollte. Als Kian geduscht hatte und seine Wunde versorgt war, ging er zu Coby, der auf der Veranda saß und setzte sich neben ihn. Anscheinend hatte Coby sich auch an dem Kleidungsfundus bedient. Er trug immer noch seine Cordhose mit den Flicken, aber immerhin ein sauberes Flanellhemd.

»Lass uns mal darüber sprechen, wie es weitergehen soll«, sagte Kian.

»Eine gute Idee. Ich bin dafür, wir bleiben noch eine Nacht, um uns auszuruhen, und so weiter und dann packen wir unsere Siebensachen und los geht's nach Hause.«

Kian atmete tief ein und stieß die Luft wieder aus, bevor er antwortete. »Tja, damit hab ich ein Problem. Es hat wirklich nichts mit dir zu tun, aber ich muss eine Zeit lang mal für mich sein. Allein. Darüber sollten wir sprechen.«

Coby drehte seinen Kopf zu ihm, sein Blick war durchdringend. »Glaubst du, ich bin verblödet, Junge? Da ist nix mit ›lass uns sprechen‹. Du hast doch deine Entscheidung längst getroffen! Ich sag dir: Es ist besser für dich, wenn wir zusammenbleiben. Also … überleg dir gut, was du sagst.«

Kian straffte die Schultern und setzte sich aufrechter hin. »Drohst du mir, Coby?«

Der Alte riss die Augen auf. »Drohen? Ich? Dir?« Er lachte. »Dass man hier allein nicht groß weiterkommt, ist 'ne Tatsache, da muss ich nicht drohen.«

Die Männer blickten sich an. Es entstand eine Spannung zwischen ihnen, dass sich Kians Nackenhaare aufstellten.

»Sag, was du zu sagen hast.«

Cobys Blick war nicht zu deuten.

Kian überspielte seine Nervosität, zündete sich eine Zigarette an, genoss den Zug, das tiefe Einatmen und das Ausstoßen des Qualms. »Na ja, Coby. Ich hab nie ein Geheimnis daraus gemacht, dass ich lieber allein wäre. Jetzt …«

Coby stellte mit einem Knall seinen Kaffeebecher auf den Tisch und verengte die Augen. »Junge, du hast keine Ahnung von nichts. Ich hab keine Lust, Vorträge zu hören. Also sag, was du zu sagen hast!«

Unbehagen breitete sich in Kian aus. Er rutschte auf dem Stuhl hin und her. Puh, das war echt nicht leicht und er wusste nicht, ob er das Richtige tat. Doch der Wunsch, allein zu sein, war stärker. Er trank einen Schluck Kaffee, blickte in seinen Becher und räusperte sich. »Okay. Unsere Wege trennen sich heute. So oder so. Möchtest du hier in der Hütte bleiben? Ich suche dann mein Zelt.«

»Schaut ihn euch an. So selbstlos.« Coby schnaubte, stand auf und ging hinein.

Kians Blutdruck stieg. Er spürte es genau, weil sein Kopf heiß wurde. O Mann! Warum fühlte er sich eigentlich schuldig? Letzten Endes hatte er nichts mit dem Alten zu tun. Er rauchte zu Ende und trank seinen Whisky mit einem Schuss Kaffee.

Kurze Zeit später kam Coby zurück. Er schaute Kian grimmig an. Ein großer Beutel hing über seiner Schulter. »Ich hau ab. Freunde wie dich brauch ich nicht. Kann sein, dass du bald bereust, dass ich weg bin. Aber vielleicht auch nicht. Mir ist's egal.«

Kian senkte den Blick und fuhr sich mit beiden Händen durch die Haare. Er war im Begriff, einen älteren Herrn sich selbst zu überlassen. In dieser Wildnis. War er noch ganz bei Trost? Impulsiv wollte er ihn aufhalten. Doch er rührte sich nicht. Sagte nichts. Als er den Blick wieder hob, sah er gerade noch Cobys Gestalt, die bald darauf im Forest verschwand.

Kian ließ sich gegen die Rückenlehne fallen und versuchte, seine gegensätzlichen Gefühle zu verstehen. Gott, er war ein Egoist! War es wirklich so schlimm gewesen, mit Coby abzuhängen? Ja, es hatte ihn massiv gestört. Und trotzdem hätte er ihm helfen müssen, er half aus Prinzip immer den Schwächeren. Aber war er nicht auch endlich mal an der Reihe? Warum sollte er zeitlebens anderen den Vorzug geben? Verstieß er wirklich gegen seine Prinzipien, nur weil er ausnahmsweise einmal an sich dachte? Seit seiner Jugend hatte er zahllose Demonstrationen besucht. Gegen Armut. Gegen Krieg. Gegen Tierquälerei. Gegen Rechtsradikale. Gegen Kapitalismus. Doch für sich selbst hatte er nie gekämpft. Er brauchte kein schlechtes Gewissen zu haben, nur weil er ein Mal hinter dem stand, was er wirklich wollte. Der Whisky wärmte seine Kehle und die Brust, als er den Rest aus seinem Becher hinunterkippte.

Wie festgewachsen blieb Kian bis zum Mittag auf der Veranda sitzen. Trank und rauchte und versuchte, an nichts zu denken. Es gelang ihm nicht.

Warum lief das Leben so beschissen für ihn? Lag es an ihm? Waren manche dafür geboren, erfolgreich und von allen geliebt und bewundert zu werden, während für andere jeder Tag ein Kampf war? Was war es, dass ihn zum Verlierer machte? Kian hatte einen bitteren Geschmack im Mund. Warum zerbrach er sich immer wieder den Kopf wegen der Frage nach dem Warum? Es war nun mal so, wie es war. Seine Augen brannten. Ein Kloß steckte in seiner Kehle. Er trank, um ihn herunterzuschlucken. Es war so verdammt unfair! Er hatte alles zurückgelassen, hatte seinem alten Leben den Rücken gekehrt, um etwas aus sich zu machen. Hatte einen Job gefunden, den er liebte. Eine Freundin, die er geliebt hatte. Er war finanziell gut aufgestellt gewesen und hatte in Noah einen guten Freund gefunden. Aber alles hatte er nur erreicht, damit es ihm wieder weggenommen werden konnte. Nur Noah war ihm geblieben. Aber wie lange noch? Was er anfasste, zerbrach. Das Universum amüsierte sich garantiert köstlich über ihn. Kian beugte sich vor, die Ellbogen auf die Oberschenkel gestützt und raufte sich die Haare.

Am Nachmittag hatte er es geschafft, aus seinen Grübeleien herauszufinden. Was machte es da schon, dass er torkelte und doppelt sah? Er stand auf, schwankte und stolperte in die Hütte. Jetzt war es seine Hütte. Er war ganz allein.

»Jawoll! Allein!«, rief er aus. Er lief umher, stieß hier und da mit seinen Schultern gegen die Wand und sah sich um. In den Schlafzimmern befanden sich kleine Schuhregale, die neben den Schränken standen. Hier standen Schuhe unterschiedlicher Größe. Turnschuhe, Wanderschuhe und Schlappen.

Ins Badezimmer ging er gar nicht erst. Dort gab es nichts zu sehen, was er nicht schon kannte. In dem kleinen Flur, der zu den Zimmern führte, baumelte eine Schnur von der Decke, an deren Ende eine schwarze Kugel gebunden war. »Na, so was!« Er lachte, zog an der Schnur und eine Leiter fuhr herunter. Er zog sie aus und stieg nach oben. Seinen Kopf durch die Luke gesteckt, sah er sich um. Dort stand ein Schreibtisch mit einem Stuhl davor. Papierstapel lagen auf dem Tisch. An den Wänden hingen Karten und Bilder.

Es war stickig und die Luft roch unangenehm, als wäre hier ein Tier verendet. Kian stieg ganz hinauf und betrat den Speicher. Es war schmutzig und düster hier, aber es fiel genug Licht durch ein Dachfenster, sodass er sehen konnte. Er ließ die Augen umherschweifen. Keine Kartons standen da. Keine Kisten, in denen sich Schätze verbergen konnten. Keine alten Möbelstücke. Nur eine Gitarre in einer Ecke, der Schreibtisch und der Stuhl.

Eine ganze Seite des Spitzgiebeldaches war zugepflastert mit unterschiedlichsten Papieren. Die größte der Umgebungskarten zeigten das Ripley Nature Reserve, in dem sich der Forest befand. Kian beugte sich vor, um die Karte zu studieren, verlor die Balance und stieß sich die Stirn an der Dachschräge vor ihm.

Alles, was er erkennen konnte, war das Naturschutzgebiet, das sich in hellem Grün abhob. Das Grün zog sich von einer Seite der Karte bis zur anderen. Die Linien verschwammen vor seinen Augen. Er sah, dass verschiedene Bereiche mit roten Kreisen und Zahlen versehen waren.

»Aha«, murmelte er, obwohl er überhaupt nicht wusste, was er vor sich hatte. Er fuhr die Markierungen mit seinem Finger nach. Die Karte ließ sich leicht ablösen, auch wenn sie an den Ecken etwas zerriss. Da waren noch unzählige andere Karten, die allerdings andere Wälder in anderen Ländern abbildeten. Doch alle enthielten rot markierte Stellen. Die Karte, die er abgenommen hatte, war die Einzige aus Großbritannien, die er finden konnte. Auf dem Schreibtisch lagen Blätter verstreut. Alte Zeitungsartikel, einige Ausdrucke und auch Papiere, die mit einer Schreibmaschine beschrieben worden waren. Selbst als er sich ein Auge zuhielt, konnte er nicht lesen, was darauf stand. Er nahm sie an sich, schaute sich noch einmal im Dachgeschoss um und stieg schließlich die steile Leiter wieder hinab.

Kian hatte es sich am frühen Abend auf der Veranda gemütlich gemacht. Wie lange er nach der Visite auf dem Speicher geschlafen hatte, wusste er nicht. Es war jedenfalls noch hell draußen und sein Kopf wieder klarer. Er zündete sich eine Zigarette an und fragte sich kurz, was Coby wohl gerade machte. »Scheiße, verdammte!« Daran sollte er nicht denken, sondern sich auf sich selbst konzentrieren.

Er hatte den Holztisch aus dem Wohnzimmer draußen aufgestellt, und saß nun mit einer Flasche Bier, einem Becher Whisky und genug Zigaretten für diesen Abend davor und brütete über den Fundstücken.

Auf einem leicht vergilbten Blatt Papier war etwas wie ein Labyrinth aufgemalt. Kian drehte die Zeichnung hin und her. Es war nicht zu erkennen, wie herum man das Blatt halten musste. Waren das schmale und breite Wege, die dort eingezeichnet waren? Hatte es vielleicht gar keine Bedeutung? Er zuckte mit den Schultern und legte es zur Seite.

Warum waren auf der Karte, die er sich als Nächstes ansah, einige Stellen markiert? Insgesamt sieben eingekreiste Plätze.

Er überflog ein paar der Papiere, bis er an einem hängen blieb: eine Liste mit genau sieben Punkten. Das Blatt war eng beschrieben.

Nummer eins, der Totenacker. Eine Meile Richtung Rotahorn.

Das war interessant. Er blickte zwischen Liste und Karte hin und her. War der Kreis mit der Nummer eins nur eine Meile von hier entfernt? Es war anzunehmen, dass diese Hütte als Ausgangspunkt genommen worden war. Wenn das stimmte, war er viel tiefer in den Forest vorgedrungen als gedacht. Er kniff die Augen zusammen und studierte die Karte. Die zweite Markierung war nicht weit von der ersten entfernt.

Nummer zwei, TFS. Wichtig!

Er zog die Augenbrauen zusammen. Der Verfasser dieser Liste hatte sich Notizen gemacht, die nur für ihn selbst einen Sinn ergaben. Er trank. Er rauchte. Er las weiter.

Nummer drei, die Tote ohne Organe.

Davon hatte er im Forum gelesen. Fies. Und mysteriös.

Nummer vier, der vermisste Fahrradfahrer.

Hatte er nicht gerade irgendwo flüchtig etwas von einem Fahrradfahrer gelesen? Die Kippe zwischen die Lippen geklemmt und die Augen zum Schutz vor dem Rauch zusammengekniffen, wühlte er in den Papieren auf dem Tisch. Dann hatte er es.

»Na bitte.« Ein Zeitungsartikel aus dem Jahr 2004, also neunzehn Jahre alt.

Wo ist Fergus P.? So die Überschrift. Von einem 55-Jährigen Mann aus Stirling fehlt seit Sonntag jede Spur. Die Polizei hat den Vermissten mit dem Hubschrauber gesucht. Die Ehefrau wendet sich nun an die Öffentlichkeit.

Die Polizei hat das Mountainbike des 55-Jährigen, der am Sonntag von seiner Frau als vermisst gemeldet worden war, am Dienstag im Ripley Nature Reserve entdeckt. Zudem wurden der Fahrradhelm, eine Trinkflasche und ein Handschuh des Mannes im Wald gefunden. Vom Vermissten selbst fehlt aber weiterhin jede Spur. Es gab kein weiteres Lebenszeichen von ihm. Wie die Polizei berichtet, meldeten seine Angehörigen am Sonntag den Ehemann und Vater als vermisst. Trotz polizeilicher Ermittlungen und verschiedener Suchmaßnahmen konnte der Aufenthaltsort des 55-Jährigen bisher nicht ermittelt werden. Der Vermisste wird folgendermaßen beschrieben: 55 Jahre alt, ca. 177 cm groß, ca. 90 kg schwer, äußerlich jüngere Erscheinung, stämmige Figur. Außerdem hat er dünnes braunes Haar mit Geheimratsecken, braune Augen und trägt einen Drei-Tage-Bart. Zur Bekleidung des Vermissten kann keine Aussage gemacht werden. Zeugenaufruf: Personen, die sachdienliche Hinweise geben können, werden gebeten, sich mit der Constabulary Ripley oder jeder anderen Polizeidienststelle in Verbindung zu setzen.

Kian ließ sich gegen die Rückenlehne sinken. Wer fuhr denn hier Rad? Im Forest war es unmöglich, da der Boden vollständig bedeckt war von Gestrüpp und Wurzeln. Vielleicht war es vor achtzehn Jahren anders gewesen? Aber wären dann nicht noch schemenhafte Wege erkennbar gewesen? Außerdem standen die Bäume viel zu dicht beieinander. Es war nicht möglich, hier Fahrrad zu fahren. Wenn der Radfahrer in das riesige Gebiet des Nature Reserve gefahren und dort verschwunden war, hatte das nicht direkt etwas mit dem Forest zu tun. Andererseits lag der Forest im westlichen Teil des Naturschutzgebietes. Und im westlichen Teil befanden sich sämtliche Markierungen. Kian wurde nicht schlau aus dem, was er sah.

Vielleicht hatte er sich verfahren und sein Fahrrad einfach liegen gelassen, als er merkte, dass er nicht weiterkam.

In jedem Wald geschahen schreckliche Dinge. Es verliefen sich Menschen und wurden nicht mehr gesehen, verunfallten und konnten nur noch tot geborgen werden und natürlich gab es auch Gewaltverbrechen. Er sah auf die Liste. Die Tote ohne Organe. Vielleicht gab es auch zu ihr einen Bericht? Kian blätterte in den Unterlagen, fand zwar keinen Zeitungsartikel über den Fall, aber ein mit Schreibmaschine geschriebenes Blatt Papier.

Nummer drei: Die Tote. Name: Isla Porter. Verschwunden: Ripley Nature Reserve. Acht Tage nach Verschwinden in Felsspalte entdeckt. Todesursache gibt Rätsel auf. Zustand der Leiche: Herz, Gehirn, Lunge, Leber, Bauchspeicheldrüse, Nebennieren, rechte Niere, Blase, Magen, Dünndarm – all diese Organe fehlen.

Kian stieß die angehaltene Luft aus. Das war unheimlich, aber definitiv die Tat eines Menschen. Lag der Legende des Forest nur die ein oder andere Straftat zugrunde, woraus die Menschen etwas Übernatürliches zusammenfantasierten?

So wie über dieses berühmte Hotel berichtet wurde, indem es übermäßig oft zu Suiziden und Straftaten gekommen war. Es hieß dort auch, das Hotel sei verflucht. Nein. Es musste hier um mehr gehen. Sowohl Coby als auch er hatten am eigenen Leibe erfahren, dass Unerklärliches vor sich ging. Coby. Scheiße. Er verdrängte den Gedanken an ihn.

Nun wandte er sich wieder der Liste zu.

Nummer fünf, Opferplatz. Vom Hintereingang aus, zehn Minuten Fußweg.

Nummer sechs, kleines Dorf. Vom Hintereingang aus den Birken folgen. Ein Dorf? Sofort suchte er die Markierung mit der sechs auf der Karte. Dort würde er als Erstes hingehen. Vielleicht konnten ihm die Einheimischen etwas von dieser Gegend berichten.

Nummer sieben, gefährlich! Dieses Gebiet niemals durchqueren!

Kian schüttelte den Kopf. Nicht nur der Forest war merkwürdig, auch diese Aufzeichnungen waren es. Er sah ein rotes Rechteck mit der Nummer sieben auf der Karte.

Die Frage war: Sollte er sich fernhalten oder erst recht die Gegend erkunden? Er wusste es noch nicht.

Wie sollte er das interpretieren, was er bisher herausgefunden und erlebt hatte? Als etwas Übernatürliches? Oder im Gegenteil, als Naturphänomen? So etwas erlebten viele Menschen und die Phänomene schienen unerklärbar zu sein. Doch gab es immer eine natürliche Erklärung dafür. Kian schüttelte den Kopf. An Wasseradern glaubte er allerdings nicht mehr. Dafür war es viel zu heftig gewesen, was er gespürt hatte. Er kippte die halbe Flasche Bier herunter. Welchen Einfluss würde die jeweilige Sichtweise auf ihn haben? Was, wenn es keine Hinweise darauf gab, dass im Forest übersinnliche Kräfte walteten? Wäre er enttäuscht? Schon, das musste er zugeben. Was, wenn er auch keine fand, die dagegen sprachen? Ging es nur um die subjektive Wahrnehmung? Gab es keine objektiv belegbaren Beweise? Vielleicht ging es in diesem Abenteuer genau darum, es herauszufinden.

Es war schon dunkel und Kian lag wieder in der Hängematte. Er hatte sich noch nicht entschieden, ob er heute im Bett oder draußen schlafen wollte. Im Großen und Ganzen sollte er zufrieden sein. Er war allein und hatte einen Plan, er hatte genug zu essen und zu trinken und bisher war keiner aufgetaucht, um ihn fortzujagen. Coby schlich sich immer wieder in sein Denken. Machte er sich Sorgen um ihn? Das sollte er besser lassen. Coby war eine Nervensäge und er war sich immer noch nicht sicher, ob er ihn nicht absichtlich verletzt hatte. Aber warum sollte er so etwas tun? Nun, vielleicht einfach, weil er es konnte. Er schüttelte den Kopf. Coby war zuvor Opfer der Gang geworden, und zwar zweimal. Außerdem … was hätte er davon gehabt, auf ihn loszugehen? Er konnte sich nicht vorstellen, dass der erste Mensch, den er im Forest traf, ein Sadist sein sollte. Ein ziemlich lädierter Sadist. O Mann! Er fuhr sich durchs Haar.

Im Forest war es gefährlich, sie wussten nicht, wo der Ausgang war und doch hatte er Coby weggeschickt. Was war er nur für ein Arsch! Nein, Moment! Er hatte ihm doch angeboten, in der Hütte bleiben zu können!

Es war Cobys Entscheidung gewesen, zu gehen! Er hatte sich nichts vorzuwerfen! Und doch schnürte sich ihm die Kehle zu. Im nächsten Moment schwang Kian die Beine aus der Hängematte und richtete sich auf. Sein Herz stolperte in seiner Brust, um im nächsten Moment in rasendem Tempo weiter zu schlagen. Er erschrak so sehr, dass ihm seine Zigarette herunterfiel und sich alles in ihm zusammenzog.

Das kleine Dorf

Was zur Hölle war das gewesen? Da! Schon wieder! Ein schriller und lauter Schrei, der aus dem Forest kam, ließ ihn aufspringen. Für einen Moment lang drehte sich alles vor seinen Augen. Sämtliche Haare am Körper stellten sich auf. War das eine Frau? Er hatte noch nie jemanden so schreien und kreischen hören und er hatte in seinem Job schon vieles gehört. Menschen, die vor Schmerzen schrien, vor Schock oder wenn sie sahen, dass ein geliebter Mensch nicht überlebt hatte. Was da aus dem Wald zu ihm drang, war ein anderes Level von Grauen. Durchdringend schraubte es sich durch seinen Gehörgang in sein Hirn, bis alles an ihm erstarrt war.

Der nächste Schrei … er hielt länger an als die vorigen. Was auch immer da schrie, es kam näher.

Sein erster Impuls war, sich in der Hütte zu verbarrikadieren. Sich zu verstecken, bis alles vorüber war. Das war die Schockreaktion. Doch er hatte jahrelang gelernt, gegen seine Instinkte anzuarbeiten. Sich dem Schrecken zu stellen. Sonst hätte er seinen Job als Rettungssanitäter nicht machen können.

Vielleicht brauchte jemand Hilfe. Er konnte die Schreie nicht ignorieren. Sein Herz hämmerte und seine Hände waren steif, als er nach der Taschenlampe griff, die außen auf dem Fensterbrett stand. Ihm zitterten die Knie, als er die ersten Schritte vor die Veranda machte. Normalerweise konnte er in Sekunden eine Aufrechnung machen, wie groß die Gefahr für ihn war, wenn er versuchte zu helfen. Aber hier und jetzt war es ihm unmöglich. Er wusste ja nicht einmal, was es war, das er da hörte.

Er blieb stehen. Er musste jene Gedanken stoppen, die ihm Szenarien ausmalten, die alle mit seinem Tod endeten. Er atmete tief ein. Dann aus. Wieder ein. Warum sollte er da raus in die Dunkelheit laufen? War er lebensmüde? Was sollte das bringen? O Gott. O Gott! Dieser laute, furchterregende Schrei kam immer näher und er war gelähmt vor Schreck. Seine Stichverletzung stach, Kopfschmerzen kündigten sich an. Dann hörte er einen Knall, er zuckte zusammen. Hockte sich hin. Sein Herz schien explodieren zu wollen. War das ein Schuss gewesen? Er hörte es rascheln, aber die Schreie waren verstummt.

Er sprang auf und lief auf die Veranda zurück, schob sich durch die Tür der Hütte und knallte sie hinter sich zu. Um ihn herum war nun alles ruhig, nur schien das seinem Körper egal zu sein. Selbst eine Zigarette und der Whisky entspannten ihn diesmal nicht.

Etwas hatte ihn geweckt. Er lag im größeren der beiden Schlafzimmer und hatte das Fenster ein kleines Stück geöffnet. Ohne Frischluft hatte er das Gefühl zu ersticken, das war schon immer so gewesen. Nun lag er regungslos und mit offenen Augen da, und lauschte in die Dunkelheit.

Von draußen drang ein Rascheln zu ihm. Im ersten Moment war Kian überzeugt davon, dass es irgendein nachtaktives Tier war. Aber diese Überzeugung änderte sich rasch. Es klang so, als würde jemand entlang der Hüttenwand schleichen. Er meinte, Schritte zu hören. Und zwar von einem Lebewesen mit zwei Beinen, nicht mit vier. Er setzte sich auf. Die Schritte wurden leiser. Vielleicht umrundete jemand das Haus? Sofort dachte er an Coby.

Er stand auf, schlich zur Vordertür und öffnete sie einen Spalt. Er hatte recht behalten. Die Schrittgeräusche führten einmal um die Hütte herum und waren auf der Vorderseite angelangt.

Er riss die Tür auf und trat auf die Veranda.

»Coby! Hey!«, schrie er.

Jemand rannte weg. Kian gab sich nicht die Mühe, die Verfolgung aufzunehmen, sondern ging zurück in sein Schlafzimmer. Er war sich sicher, dass es Coby gewesen war. Was hatte er gewollt? Warum schlich er hier herum?

Kian gähnte, fuhr sich durch die Haare und legte sich wieder schlafen. Er gab sich große Mühe, seine Kopfschmerzen und die Krämpfe in seinen Händen zu ignorieren.

Tag vier. Also höchste Zeit, endlich mit seinen Erkundungen loszu-
legen. Mittlerweile war Kian nicht mehr eingeschränkt durch die
Verletzung. Die Wunde heilte gut und machte ihm keine Probleme
mehr.

Er fand einen Rucksack und packte Snacks, eine Feldflasche mit
Wasser, Zigaretten, Wechselkleidung und sein Messer ein. Auf
Whisky verzichtete er. Er steckte die Karte in die Tasche seiner Cargohose und freute sich darauf, das kleine Dorf aus Fährte Nummer
sechs zu besuchen.

Vom Hintereingang den Birken folgen stand auf dem Hinweis. Na,
dann los! Vor der Hütte blickte Kian sich um, um sich zu orientieren.
Tatsächlich waren am Waldrand Birken zu sehen und er schlug
diese Richtung ein. Schnell musste er aber feststellen, dass danach
keine hellen Stämme mehr zu sehen waren. Nur graue, braune oder
bemooste grüne Stämme sah er, soweit das Auge reichte. Er blieb
stehen, kniff die Augen zusammen und wandte den Blick langsam
nach rechts und links. Er zog die Augenbrauen zusammen. Ganz
weit hinten meinte er hellere Flecken zu erkennen. Oder bildete er
sie sich nur ein? Er würde nachsehen gehen.

Auf diese Weise zog der Vormittag an ihm vorbei. Er erreichte
drei bis vier Birken, die dicht aneinander standen, hielt inne, scannte
die Umgebung, bis er den nächsten Anhaltspunkt fand. Und gegen
Mittag war er plötzlich da.

Der Wald endete nicht. Es gab auch keine Lichtung, auf der einige
Hütten zusammen standen. Genauso wenig führte ihn ein Weg zum
Dorf. Was er sah, hatte nichts mit allem zu tun, was er sich hätte
vorstellen können.

Kian nahm seinen Rucksack ab, ohne das, was vor ihm lag aus den
Augen zu lassen. Er trank einen Schluck und lehnte sich an einen
Baum. Zwischen den Bäumen standen Bauten, die kreisförmig angelegt waren. Sie zogen sich etwa eine Viertelmeile dahin. Es war,
als sähe er hier die Attraktion eines Freizeitparks, der eine Stadt in
Miniaturformat gebaut hatte. Die Bezeichnung ›kleines Dorf‹ war
durchaus wörtlich gemeint. Das Haus, das Kian am nächsten stand,
ging ihm nur bis zum Bauchnabel.

Alle Gebäude und Wege sahen verwittert und alt aus. Er hockte sich hin und öffnete die Tür. Er näherte sein Gesicht dem Durchgang und war verblüfft von dem, was er sah. Alles war detailliert so gestaltet wie in einem Haus von üblicher Größe. Die Fenster hatten Glaseinsätze, die jedoch stark verschmutzt waren. Er sah einen Holzboden, einen Tisch, Stühle, eine Couch und weitere Türen, die im Inneren, wohin auch immer führten. Läufer lagen aus, es gab eine Garderobe, an der kleine Jacken hingen, eine Küche und eine Treppe ins obere Geschoss. Alles war mit Staub überzogen.

Kian ließ sich auf den Hintern sinken und schüttelte seinen Kopf. Er versuchte, eines der oberen Fenster hochzuschieben, und hatte Erfolg. Er spähte in ein Schlafzimmer, das altmodisch eingerichtet war. Er bekam eine Gänsehaut, weil er fast erwartete, in dem Häuschen Menschen in Miniaturformat zu sehen, die ihrem Leben nachgingen.

Um Himmels willen, dieses Dorf war in diesem riesigen, düsteren Wald so fehl am Platz, dass er sich nicht erklären konnte, wofür es gebaut worden war. Schornsteine ragten aus den Dächern, es gab so etwas wie einen Dorfplatz mit Brunnen, der sogar Wasser führte. Angst packte ihn. Nur vor was? Vor wem? Es hatte mit dem Dorf zu tun.

Dann traf ihn die Erkenntnis. So verschlungen und verwachsen alles in diesem Wald war, hätte das kleine Dorf längst unter einer Pflanzendecke verschwinden müssen. Doch das war es nicht. Alles war schmutzig und staubig, aber die Häuser und der Boden zwischen ihnen war frei von Bewuchs.

Sein Unbehagen wuchs. Plötzlich nahm er auch die seltsame Atmosphäre dieses Ortes wahr. Er stand wieder auf und sah sich um, während er nach seinem Rucksack griff. Er schätzte, dass ungefähr fünfzig Häuser dort zwischen den Bäumen standen. Er konnte den Blick nicht abwenden.

Seine Glieder wurden schwer. Etwas schlängelte sich durch seinen Körper und erreichte sein Gehirn: Trauer. Die Brust wurde ihm eng. Ein Schluchzer drang aus seinem Mund und Tränen traten ihm in die Augen. Die Traurigkeit, die ihn erfasste, war so intensiv, dass sie nahezu wehtat. Dieses verlassene Dorf brach ihm das Herz. Aber warum? Seinen Blick weiter auf die Häuser vor ihm gerichtet, machte er rückwärts einen Schritt nach dem anderen. Er biss sich auf die Zunge, als er stolperte und nach hinten fiel. Ein metallischer Geschmack breitete sich aus. Kian schnappte nach Luft. Er rappelte sich auf und schwankte, als er seinen Rucksack schulterte und den Blick vom Dorf weg, hin zu den Birkenstämmen in der Ferne richtete. Noch nie in seinem Leben war er so traurig gewesen. Er hätte schreien können. Schnell, bloß weg hier.

Er lief los in Richtung Birken. Immer wieder blickte er über die Schulter und fragte sich, wann endlich dieses verfluchte kleine Dorf aus seinem Sichtfeld verschwand. Er schwitzte, er keuchte, er weinte. Sein Kopf explodierte fast. Doch je mehr er sich von diesem Ort entfernte, desto mehr gewann er die Fassung zurück.

Der Rückweg kam ihm viel länger vor. War er noch richtig? Bald musste er sich eingestehen, dass dem wohl nicht so war. Was er sah, hatte er weder heute noch an einem anderen Tag hier im Forest gesehen.

Vor ihm lag ein in sich zusammengefallenes dunkelgrünes Zelt auf der Seite, als sei es von einem Sturm umgeweht worden. Schmutz und Zweige bedeckten es. Es stank hier. Wahrscheinlich gammelte in der Nähe der Proviant des Zeltbesitzers vor sich hin. Nicht weit davon entfernt lagen ein zerrissener Schlafsack und zerfetzte Kleidungsstücke. Die Szenerie sah aus wie aus einem Horrorfilm. Nahezu übertrieben in seinen Details.

Eine Bewegung lenkte Kians Aufmerksamkeit nach oben. Weit über ihm sah er eine Tüte, gebunden an einen hohen Ast; sie schwankte hin und her. Sie war prall gefüllt und deformiert. Etwas tropfte aus ihr heraus. Sein Herz raste, er musste weg von hier! Sein Blick schweifte über die Campingreste auf dem Boden und glitt dann wieder zur Tüte. Diese Tüte! Ausgebeultes Plastik. Schaukelnde Bewegung. Tropfen, die zu Boden fielen. Gestank. In seinen Ohren fiepte es. Scheiße! Was war da drin?

»Oh, mein Gott. Scheiße. Scheiße!« Plötzliches Entsetzen presste ihm die Lungen zusammen.

Ohne darüber nachzudenken, warum die Tüte solch ein Grauen in ihm auslöste, gab er seinen Gefühlen nach und rannte weg, so schnell er konnte. Zweige peitschten ihm im Dickicht ins Gesicht. Er stolperte, zerstach sich die Hände an Dornen, wenn er Halt suchte. Was war das nur für ein schrecklicher Wald? Es dauerte nicht lange, bis das Herz ihn zwang, stehen zu bleiben. Starke Schmerzen schossen ihm aus der Brust in den Arm. Es fühlte sich an wie ein Krampf. Er blieb stehen und stützte sich auf seinen Knien ab, damit sich seine Atmung und sein Herz wieder beruhigten. Das Blut rauschte in seinen Ohren, er schwitzte, aber sowohl die Trauer als auch das Grauen waren weg. Er atmete wieder ruhig und regelmäßig, als er sich aufrichtete. Mit seinem Unterarm wischte er sich den Schweiß ab, der seine Augen zum Brennen brachte. Er sah die Hütte nicht, wusste nicht einmal, ob er sich in deren Nähe befand. Aber nicht weit entfernt standen Birken. Er ging darauf zu, denn einen anderen Anhaltspunkt hatte er nicht. Körper und Geist waren erschöpft. Er war am Ende.

Kian stöhnte vor Erleichterung auf und legte seinen Kopf in den Nacken, als er etwa eine halbe Stunde später die Hütte erreichte.

Er stand unter der Dusche und genoss das warme Wasser, das den Schmutz, den Schweiß und die unangenehmen Gefühle des Tages von ihm abwusch.

Kian schwitzte in der folgenden Nacht. So sehr, dass er mehrfach sein Shirt wechseln musste. Sein Kopf war wie in Watte gepackt und er meinte, innerlich zu verbrennen. Dennoch zitterte er.

Der Totenacker

Kian lag mit geöffneten Augen in der Hängematte und dachte über die Erlebnisse des Vortags nach. Dabei genoss er eine Zigarette nach der anderen und seinen speziellen Kaffee.

Das kleine Dorf war unheimlich gewesen, keine Frage. Doch irgendeine logische Erklärung musste es für dessen Existenz geben. Vielleicht hatte ein exzentrischer Waldgrundbesitzer dieses Dorf erbauen lassen. Vielleicht als Spielzeugstadt für seine Kinder.

»Schwachsinn«, murmelte er. Seine Gefühle dort im Dorf selbst hatten sich in seine Seele gebrannt. Traurigkeit und Leere. Wieder bildete sich ein Kloß in seinem Hals. Wie in seinem eigenen Leben. Traurigkeit und Leere dominierten. Nicht die Wut. Sie war nur ein Symptom. Kian schwang die Beine aus der Hängematte und straffte die Schultern. Was für ein sentimentaler Scheiß!

Das Zelt tauchte in seiner Erinnerung auf. Das verlassene und umgeworfene Zelt. Das Zelt und die Plastiktüte. Die Härchen auf seinen Armen richteten sich auf. Mein Gott, was war sein Problem? Seine Fantasie ging mit ihm durch. Es war völlig egal, was in der Tüte war. Eine Stimme in ihm flüsterte, dass es mit dem Schicksal des Campers zu tun hatte. Er brachte die Stimme mit einem Schluck Whisky zum Schweigen. Als er aufstand, um zur Toilette zu gehen, schwankte er und musste sich auf seinem Weg ins Badezimmer an Möbeln und Wänden abstützen. Vielleicht sollte er etwas langsamer trinken und etwas schneller rauchen? So würde er heute noch die nächste Tour starten können, ohne ständig über seine eigenen Füße zu stolpern. Kian musste lachen, warum wusste er nicht so recht. Er füllte sich keinen Whisky mehr in den Kaffeebecher nach, rauchte noch drei Zigaretten und ging dann hinein, um seinen Rucksack zu packen und zu entscheiden, wohin es gehen sollte.

»Ich sag, es geht dahin.« Er tippte blind auf die Liste der Markierungen und musste sich vorbeugen und ein Auge zukneifen, um zu lesen, wohin er gehen würde. »Der Totenacker. Wie schaurig!« Wieder lachte er. Es klang aufgesetzt in seinen Ohren. Was würde ihn dort erwarten? Nervosität schickte ein flaues Gefühl in seinen Magen. Weg damit! Weg mit allen Gedanken! Er würde einfach losmarschieren.

»Na dann los!« Sollte er einen Flachmann mitnehmen? Allein das Nachdenken darüber zog sich in die Länge und nach einiger Zeit wusste er nicht mehr, worüber er nachgedacht hatte.

Vor der Tür blieb er stehen und sah sich um. Er hatte Mühe, stillzustehen. War er so betrunken? Oder lag sein Schwanken an etwas anderem? Ach, scheiß drauf! Es war egal.

Auf dem Zettel, den er sich vor die Nase hielt, stand *Totenacker*. *Eine Meile Richtung Rotahorn.* Eine Beschilderung im Forest wäre wirklich hilfreich gewesen.

In der Ferne sah er schräg links von ihm einen hohen Baum mit rötlicher Rinde. Rot. Das musste er sein. Aber scharf rechts von ihm überragte eine feuerrote Baumkrone die grünen Wipfel der Tannen. Auch rot. Welcher war denn jetzt der Richtige? Er zählte die Bäume mit einem Kinderreim ab und der Baum rechts gewann.

Er machte sich auf den Weg. Er dachte sogar daran, Markierungen zu machen, schnitt sich dabei aber fast mit dem Messer in die linke Hand, mit der er sich am Baum abgestützt hatte. Also knickte er einfach in kurzen Abständen Zweige des Unterholzes ab. Alles andere war zu gefährlich.

Kian ließ sich Zeit, genoss die kühle, saubere Luft und schlenderte durch den Wald. Er war fast zufrieden. Zwischendurch pinkelte er, trank sein Wasser leer und fühlte sich nach und nach wieder klarer im Kopf. Kurze Zeit später setzte Kian sich neben einen Bach und hörte dem Gluckern des Wassers zu. Dieser Wald gab ihm Rätsel auf. Manche seiner Teile empfand er als wunderschön und beruhigend. Dann gab es wieder Plätze, die ihm die Haare zu Berge stehen ließen. Energien gab es hier eindeutig. Und zwar mehr negative als positive. Doch wie passte das bisher Erlebte mit der Legende zusammen? O Mann! Was gäbe er jetzt für eine Flasche Whisky! Er hatte keinen Alkohol dabei, aber wenigstens Zigaretten.

Er hatte zur Hälfte aufgeraucht, als ihm bewusst wurde, dass die diesige Sicht, die er auf der anderen Seite des Baches wahrgenommen hatte, keine optische Täuschung war. Mit einem Ächzen stand er auf und ging weiter dem Baum mit den roten Blättern entgegen. Warum war die Sicht so schlecht geworden? Es war kein richtiger Nebel, aber er spürte die Luftfeuchtigkeit und die Farben des Waldes verloren an Leuchtkraft. Nachdem er zwei Mal über Wurzeln und Ranken gestolpert war, hielt er seinen Blick auf den Boden gerichtet. Deshalb bemerkte er auch erst, dass er am Ziel angekommen war, als plötzlich keine Bäume mehr vor ihm standen.

Vor ihm lag eine große Lichtung, der Boden schwarz und verbrannt. Hier und da lagen verkohlte Äste herum. Ein riesiger, runder Platz aus Asche, auf dem nichts wuchs. Dahinter ragte der Rotahorn weit hinauf. Das Bild war unheimlich.

Fast meinte Kian, den Geruch von Verbranntem in der Nase zu haben und Ascheflöckchen in der Luft schweben zu sehen. Seine Augen wanderten von links nach rechts und er fragte sich, was für ein Feuer hier gewütet haben mochte und warum hier keine verkohlten Bäume mehr standen oder zumindest am Boden lagen. Wie konnte eine so große Fläche kreisrund abbrennen? Und wer hatte das Feuer gelöscht?

Am Rande der grau-schwarzen Fläche waren links von ihm Holzschilder an die umliegenden Bäume genagelt worden. Auf dem ersten Schild stand *Totenacker*. Die Schrift war noch gut zu lesen, obwohl das Holz bereits verwittert war. Die anderen waren mit Motiven gravierte Holztafeln. Ein Baumgerippe, ein Totenschädel, Käfer und Würmer, ein Kreuz, die Buchstaben *RIP*, ein Grabstein, ein Engel, eine liegende Acht, das Wort *Death*, eine Sense.

Sein Kopf begann mehr und mehr zu schmerzen. Alles, was er bisher im Forest gesehen hatte, ergab keinen Sinn und erhöhte gerade deswegen seine Beklemmung.

Hatte irgendjemand Waldfläche gekauft, sie als Forest deklariert, rätselhafte Highlights angelegt und eine geheimnisvolle Story darum gewoben? Doch zu welchem Zweck? Kein Forest-Besucher musste Eintritt zahlen.

Wahrscheinlicher war, dass hier ein Irrer lebte, der die Schilder und alles andere zu verantworten hatte.

Er konnte nicht leugnen, dass er auf den Forest reagierte. Was er für Rückschlüsse daraus ziehen sollte, wusste er noch nicht.

Je länger Kian sich am Totenacker aufhielt, desto mehr stieg seine Verwirrung und umso unwohler wurde ihm. Die Trostlosigkeit, die vor ihm lag, spiegelte sich in seinem Inneren wider. Besser, er machte, dass er fortkam. Warum nur musste er immer fliehen, egal, wohin er ging? Was war los mit ihm? Er hatte sich seinen Trip ganz anders vorgestellt. Bisher hatte er nicht den Hauch einer heilenden Kraft der Natur entdeckt. Ganz im Gegenteil. Nichts funktionierte bei ihm. Nichts konnte ihn aus dem Dreck ziehen, in dem er watete. Mit jeder Tour, die er unternahm, sank er ein wenig tiefer. Kian hatte Lust, sich hinzusetzen und nicht wieder aufzustehen. Es hatte keinen Sinn, weiterzumachen. Seine Beine wurden schwer, als würde er Eisenkugeln hinter sich herziehen, die mit Ketten an seinen Beinen befestigt waren. Er verlor das Gleichgewicht und stolperte in den Aschekreis des Totenackers hinein. Der Hals schnürte sich ihm zu, er sank auf die Knie. Sein Atem wurde flacher und bei jedem Ausatmen war ein fiepender Ton zu hören. Kian presste eine Hand auf die Brust in Höhe des Herzens. Es stach und schmerzte bei jedem Schlag. War es nun so weit? Würde er hier in der Asche kniend sterben? Er schloss die Augen. Seine Schultern fielen herab und er entspannte sich. In wenigen Augenblicken wäre es vorbei. Der Schmerz in seiner Brust und seiner Seele hätte ein Ende. Er war bereit. Kian hob seinen Blick. Und dann passierte es.

Ein Krachen und Knacken ertönte um ihn herum. Kian machte sich klein und blickte um sich. Die Geräusche waren nicht zu orten. Sie schienen aus jeder Richtung zu kommen. Was war das? Sein Herz raste und sandte Schmerzen durch seinen Brustkorb. Er wäre nicht in der Lage aufzuspringen und wegzurennen, sollte er fliehen müssen. Sein Atem war zu flach, seine Brust schmerzte zu sehr. Er griff nach einem dicken, verkohlten Ast, dessen Ende spitz zulief.

Seine Augen wanderten umher und versuchten, die Quelle des Lärms zu erfassen. Doch es gelang ihm nicht. Es wurde still und er hörte nur noch seinen pfeifenden Atem. Kian sah am gegenüberliegenden Ende des Aschekreises die Silhouette einer Frau. Es war, als würde Nebel um sie aufsteigen. Er hielt die Luft an. Seine Haut zog sich zusammen. Los! Bloß weg! Er musste aufstehen und fliehen!

Doch sein Körper gehorchte ihm nicht. Zwar spannten sich seine Muskeln an, waren gleichzeitig aber wie gelähmt. Die Augen aufgerissen, starrte er zu der Gestalt, die nun in den Aschekreis trat. Sofort war sie deutlicher zu erkennen. Kian hob den Stock und streckte ihn nach vorn. »Halt! Keinen Schritt weiter!«, rief er.

Die Frau bewegte sich nicht. Sie stand einfach da und sah ihn an. War das etwa …? Nein! Auf keinen Fall! Das konnte nicht sein! Was seine Augen sahen, war ein Ding der Unmöglichkeit. Drehte er jetzt durch? War es so weit? Er kniff die Augen zusammen und versuchte, Details an ihr zu erkennen, die ihm verraten würden, dass er sich irrte. Er musste sich irren.

Die Frau war klein und rundlich. Eher dick als pummelig. Ihr mattes braunes Haar war geflochten und um ihren Kopf herum hochgesteckt. Genauso, wie sie es immer getragen hatte. Der Rock der Frau war dunkelblau und endete unter den Knien. Wie es ihre Röcke immer getan hatten. Die Frau im Aschekreis knetete ihre Hände so, wie sie ihre immer geknetet hatte.

Oh, Gott. Sie war es! Wie kam sie hierher? Was wollte sie von ihm? Wie war das möglich? Kian riss an dem Kragen seines Shirts, er hatte das Gefühl zu ersticken. Immer wieder japste er nach Luft, hatte aber das Gefühl, dass seine Luftröhre so verengt war, dass kaum etwas hindurchfloss. Gleichzeitig war ihm so übel, dass er sich fast wünschte, sich übergeben zu können, damit es nachließ.

»Verdammte Scheiße!« Sein Murmeln klang atemlos. Er sah der Frau, die aussah wie seine Mutter, in die Augen und raufte sich die Haare. Sie konnte nicht da sein! Es war eine Halluzination, die ihn glauben ließ, seine tote Mom stünde hier auf dem Totenacker. Panik verkrampfte seine Muskulatur und drückte ihm die Luft ab.

»Mom?« Seine Stimme klang dünn, ja, brüchig. Über seinen Körper kroch eine Gänsehaut. Versuchte er gerade wirklich mit seiner toten Mutter zu kommunizieren?

Sein Gesicht, seine Lippen fühlten sich merkwürdig taub an. Er sah, wie die Frau ihre Lippen bewegte, den Mund öffnete und schloss, aber er konnte nichts hören. Dann breitete sie ihre Arme aus und legte den Kopf schief, als wolle sie ihn animieren, sich in ihre Arme zu werfen, wie er es als kleiner Junge getan hatte.

Das Wetter im Sommer 1989 war ungewöhnlich heiß gewesen. Es waren Sommerferien und Kian hatte seine Mutter angebettelt, mit ihm zum Ayr Beach zu fahren. Er war elf Jahre alt und bis zum Strand war es viel zu weit, um mit dem Fahrrad dorthin fahren zu können. Sie hatte schließlich nachgegeben, seine Haare verstrubbelt und einen Picknickkorb gepackt. Kian liebte den Strand, das Meer und den Wind, der dort immer besonders heftig blies. Er fand immer andere Jungs, mit denen er Fußball spielen oder in den Wellen toben konnte. Den ganzen Tag war er unterwegs und machte nur kurze Zwischenstopps, um etwas zu essen oder zu trinken.

Am Nachmittag rief ihn seine Mutter zu sich. »Kian, passt du einen Moment auf die Strandtasche auf? Ich muss mich abkühlen.« Sie stand auf und sah ihn lächelnd an.

»Ja, okay, Mom, ich geh nur kurz den anderen Bescheid sagen, denen fehlt jetzt nämlich ein Torwart.«

Als er zurückkam, gab seine Mutter ihm einen Kuss und ging los. Als sie ins Wasser watete, nahm er sich die Dose mit den Keksen und beeilte sich, sie einen nach dem anderen in den Mund zu schieben. Er wollte so viele wie möglich essen, denn seine Mutter erlaubte ihm nie, mehr als drei Stück zu nehmen.

Die Zeit, in der er auf die blöde Tasche aufpassen musste, kam ihm ewig vor. Er grub tiefe Löcher in den Sand, steckte seine Füße hinein und buddelte sie wieder zu. Er klopfte gerade den feuchten Sand über seinen Fußrücken fest, als er einen Tumult am Ufer sah. Menschen sammelten sich nahe dem Wasser. Schreie, Rufe wurden laut. Kian reckte den Kopf, konnte aber nichts Aufregendes sehen. Er sah nur Menschen in Badekleidung, die hin und her liefen.

Was war denn passiert? Aufregung machte sich in ihm breit. Vielleicht wurde jemand von den Rettungsschwimmern gerettet oder ein Haustier war zu weit raus geschwommen und musste eingefangen werden. Vielleicht hatten die Leute einen Hai gesehen. Einen richtigen, riesengroßen Hai! O Mann! Das durfte er sich nicht entgehen lassen! Er schaute zu der Tasche seiner Mutter, dann auf die Menschen vorn am Wasser. Wenn er die Tasche mitnehmen würde, könnte er nach vorn gehen und gucken, was da los war. Die Handtücher und der Picknickkorb blieben halt unbeaufsichtigt. Es würde schon gut gehen. Er befreite seine Füße aus dem Sand, hängte sich die Tasche über die Schulter und rannte nach vorn, wo die Menschenansammlung war.

»O Gott, wie schrecklich!«, sagte eine Frau. Er bekam nur Fetzen der Kommentare mit, während er sich nach vorn schob. »… so jung!« »Heilige Mutter Gottes.«

Jemand packte seinen Oberarm und hielt Kian fest. Es war ein Mann mit einem dicken Bauch und Sonnenbrand auf der Nase. Er beugte sich zu ihm. »Kleiner, bleib lieber weg da. Das willst du nicht sehen.«

»Ist da ein Hai?«, fragte Kian.

Der Mann runzelte die Stirn und sah irritiert aus. »Nein. Da ist kein Hai.«

»Na, was denn dann?«

»Geh lieber wieder zurück zu deinen Eltern. Die können dir bestimmt erzählen, was hier los war. Okay? Geh einfach wieder zurück.«

Kian hatte gelernt, darauf zu hören, was die Erwachsenen sagten. Denn wenn er nicht hörte, gab es den Kleiderbügel-Blues. Um den Kleiderbügel-Blues zu spielen, brauchte man nur einen Kleiderbügel und einen Hintern. Der Rhythmus war immer der gleiche. Automatisch nickte Kian also dem Mann zu und drehte sich um, als würde er zurück in Richtung Strand gehen. Als er sich davon überzeugt hatte, dass ihn der Mann nicht mehr sah, setzte er erneut seine Ellenbogen ein, um sich nach vorn zu schieben. In der Menge wurde es still. So still, dass Kian die kleinen Wellen hörte, wie sie am Sandstrand vor und zurück rollten. Es war unheimlich. Gerade summte es noch in seinen Ohren von den Stimmen um ihn herum und jetzt nichts. Er schob sich an den letzten Menschen vorbei und sah, dass vorn im nassen Sand jemand lag. Er blickte auf zwei Rücken. Rettungsschwimmer knieten im Sand und verdeckten einen Körper, von dem er nur die Füße sehen konnte. Wenn jemand da lag und sich sogar zwei Retter um den Menschen kümmerten, hatte es bestimmt doch einen Haiangriff gegeben. Aber wo war das Blut? Oder ein abgerissener Arm oder so. Seine Aufregung wuchs. Sein Herz klopfte wild. Da lag ein Mensch, der beinahe Haifutter geworden war. Wenn er das Willy erzählte und den anderen! Er wäre der Star. Er hatte eine echte Leiche gesehen. Moment, er zog die Augenbrauen zusammen. Er wusste ja nicht, ob der Mensch da tot war.

Die beiden Rettungsschwimmer standen auf und unterbrachen Kians Gedankengänge.

Von einer Sekunde auf die andere waren seine Arme und Beine eiskalt. Ihn schwindelte, als er seine Mutter im Sand liegen sah. Weiß war sie. So weiß hatte er sie noch nie gesehen. Die Lippen waren blau und ihre Augen starrten in den Himmel.

Später erfuhr er, dass eine Schlagader im Kopf seiner Mutter geplatzt war, während sie schwamm. Sie starb, kurz nachdem man sie aus dem Wasser gezogen hatte.

Nachdem Kian sich aus seiner Starre gelöst hatte, stolperte er aus dem Aschekreis zurück in den Wald. Sein Oberkörper war weit nach vorn gebeugt und immer wieder schnürte ein Würgen ihm die Kehle zu. Er konnte nicht sagen, ob es Schweiß war, der ihm über das Gesicht lief oder Tränen. Es dauerte nicht lange, bis er sich besser fühlte. Die Hände auf die Knie gestützt, blieb er stehen und nahm tiefe Atemzüge. Sein Kopf klärte sich.

Was war es, das er da am Totenacker gesehen hatte? Spielte ihm sein Hirn einen Streich? Traten irgendwelche Dämpfe vom Aschekreis nach oben, die Sinnestäuschungen produzierte?

Betrunken fühlte er sich nicht mehr. Was also war das gerade? Oh, Gott, seine Mutter! Entsetzen und Verzweiflung hielten sich in ihm die Waage. Wie war er nur an den Punkt gekommen, an dem er sich jetzt befand? Wieso wurde er von seinen Gefühlen übermannt?

Er befand sich im freien Fall und drehte unablässig Saltos, sodass nicht klar war, ob er auf den Füßen oder auf dem Kopf landen würde. Jetzt, in diesem Moment, glaubte er nicht mehr daran, dass die Geschichte seines Lebens gut ausgehen könnte. In seinem Inneren sah es so aus wie auf dem Totenacker. War es ein Zufall, dass sich sein Inneres hier ständig im Außen spiegelte? Oder war es die spezielle Magie des Forest? Wenn das zutraf, konnte er darauf gut verzichten. Manchmal war es einfach besser, die Dinge ruhen zu lassen und nicht wieder hervorzukramen. Was sollte es auch bringen? Die negativen Gefühle, die hier bereits in ihm hochgekocht waren, hatten rein gar nichts zum Positiven geändert.

Kian hatte genug für heute. Wollte in seine Hängematte und seine Gedanken mit Whisky vertreiben. Konzentriert suchte er sich seinen Weg zurück. Es war mühsam, die Zweige im Dickicht zu erkennen, die er abgeknickt hatte.

Zu seiner Überraschung hatte er sich diesmal nicht verlaufen und war bald wieder bei der Hütte angekommen.

Als Erstes trank er mehrere doppelte Whiskys und ging dann duschen. Es klappte nicht, sich seine Gefühle von der Seele zu schrubben. Deshalb trank er direkt weiter, sobald er sich flüchtig abgetrocknet und frische Kleidung angezogen hatte. Er fühlte sich, als sei er unterwegs verwundet worden. Sein Herz wog schwer in seiner Brust. Seine Mutter! Kian schluchzte auf, fuhr sich durch das Gesicht und schluckte seine Tränen herunter. Schluckte seine Traurigkeit und seine Sehnsucht herunter. Schluckte die Frage nach dem Sinn seines Lebens herunter und spülte mit Whisky nach.

Kian schlurfte wieder auf die Veranda. Gott, fühlte er sich müde! Er konnte nicht mehr. Jeder Scheißschritt kostete ihn einfach zu viel Kraft, alles kostete Kraft. Allein sich durch diese Wildnis zu bewegen, der zwar Forest hieß, aber mehr an einen Dschungel erinnerte. Außerdem steckte ihm der Totenacker in den Knochen und das nicht nur wegen seiner Mutter.

Dieses triste, beklemmende und niedergeschlagene Gefühl hatte er von dort mitgenommen. Es schien ihm, als würde sich der Forest durch die Mauer beißen und wühlen, die er in den letzten Jahren mühsam um seine Gefühle errichtet hatte. Gefühle schafften nur Probleme und er sehnte sich nach Vergessen. Zum Glück wusste er, was ihm half. Also setzte er sich mit einer neuen Whiskyflasche in den Schaukelstuhl auf der Veranda.

Ist das ein Irrlicht?

Kian nahm eine Bewegung wahr. Direkt am Waldrand. Zu weit entfernt, um sehen zu können, was dort herumschlich. Vielleicht war er auch zu betrunken, er konnte nur verschwommen sehen. Und jetzt? Er beugte sich nach vorn. Kam da nicht etwas näher? Wurde es nicht langsam größer? Er kniff ein Auge zu und beugte sich vor. Ja, da kam etwas. Es kam und schwankte. Verflixt, er brauchte eine Knarre. Warum gab es keine einzige Flinte in dieser verdammten Jagdhütte! Kian stemmte sich aus dem Schaukelstuhl und torkelte zur Verandabrüstung.

»Hey! Bleib stehen!«, rief er.

»Ich bin's, Junge.«

Kian zog die Augenbrauen zusammen, um sie sofort danach in Richtung Haaransatz zu ziehen. »Coby?«

»Ja.« Langsam stapfte Coby die Verandastufen hoch. Die beiden Männer ließen sich nicht aus den Augen. Coby war also zurück. Kian sollte vorsichtig sein. Warum noch mal? Er konnte sich einfach nicht erinnern. Aber sicherer war es, ihn im Auge zu behalten. Keinem war zu trauen. Sie setzten sich und schwiegen einen Moment lang.

»Hier.« Kian hielt ihm die Whiskyflasche entgegen.

Coby schaute ihn verwundert an. Dann nickte er und trank einen Schluck. »Tja. Da wären wir wieder. Hab's nicht rausgeschafft.«

Kian nickte. »Ich sag dir was, Coby. Du willst raus? Wir machen uns morgen auf den Weg und suchen den Ausgang. Ich bin dabei. Dieser Wald ist … jedenfalls will ich hier raus. Tut mir leid, dass ich dich gehen lassen habe.«

»Du willst mit raus? Was ist los, Junge? Hat der alte Coby dir gefehlt? Kann ja sein. Oder auch nicht.«

Kian schnalzte mit der Zunge. »Na! Du bist und bleibst eine Nervens…«

Ein lauter Ruf drang aus der Dunkelheit zu ihnen und bildete ein unheimliches Echo, als es verklang, nur um danach erneut einzusetzen. »Eeeeeee!«, dann »Ooooooh!«, dann »Eeeeeeeee!« Es folgte ein Moment der Stille, in der Kian und Coby sich ansahen. Schon ging es wieder von vorn los.

»Ach, du Scheiße. Ist das ein Tier?«

»Da ruft ein Mann. Wahrscheinlich. Vielleicht auch nicht, aber ich glaube schon. Vielleicht braucht er Hilfe!«, sagte Coby. Schweißperlen bildeten sich auf seiner Stirn.

Kian sprang auf und taumelte ein paar Schritte, bis er sein Gleichgewicht gefunden hatte. »Genau! Coby, komm! Wir sehen nach, was da los ist!«

Coby stürmte in die Hütte; Kian schüttelte verärgert den Kopf. Dann würde er eben allein gehen. Er nahm die Taschenlampe und das Messer, das auf dem Tisch gelegen hatte, als er hörte, wie die Tür aufging.

»Bin bereit.«

Kian sah zu Coby, weitete die Augen und lachte los. Sein Lachen verging ihm erst, als ein weiterer Schrei aus dem Wald kam.

»Coby, warum zur Hölle hast du eine Schwimmweste an? Woher ist die überhaupt?«

»Lag unter dem Bett. Schützt den Rumpf. Vielleicht. Vielleicht auch nicht.« Coby reckte die Nase in die Höhe und machte ein wichtiges Gesicht. »Hier. Hab dir eine mitgebracht.«

Wäre Kian nüchtern gewesen, hätte er niemals diese gelbe Schwimmweste angezogen. Doch er war nicht nüchtern, und in diesem Moment glaubte er daran, dass sie ihn schützen konnte. Also zog er sie über, stellte die Bänder ein und schloss die Schnallen.

»Und jetzt los!«

Sie traten dicht beieinander zwischen die Bäume. Die Taschenlampe warf einen Lichtkreis vor sie auf den Boden, weiter konnten sie nicht sehen. Immer, wenn das Schreien losging, blieben sie stehen und lauschten. Nach etwa fünf Minuten hörte Kian deutlicher, was der Mann rief. Es verursachte ihm eine Gänsehaut. »Eeeeeees – Ooooooh – Eeeeeees!«

»Coby, der schreit SOS! Wir müssen jetzt wirklich vorsichtig sein. Wer weiß, in was für einer miesen Lage der sich befindet.«

»Nicht gut. Gar nicht gut. Sogar ziemlich schlimm, meiner Meinung nach.«

Zwischen den Bäumen sah Kian in einiger Entfernung ein Licht aufblitzen. Er packte Coby am Arm und deutete auf das Licht. Dann kniff er die Augen zusammen und wischte sich mit seinem Ärmel den Schweiß aus dem Gesicht. Was war das? Kamen von dort die Schreie? Seine Haare stellten sich auf. Mitten in der Nacht in einem gruseligen Wald ein Licht zu sehen war beängstigend. Das Leuchten löste eine irrationale Panik in ihm aus. Trieb da ein Mörder sein Unwesen und sein Opfer schrie um Hilfe? War es ein Irrlicht, das sie locken wollte? Sein Herz schlug in rasendem Tempo, Schwindel überkam ihn. Diese Dunkelheit. Das Licht, das mal aufleuchtete und mal verschwand, immer, wenn Bäume die Sicht darauf versperrten. Langsam bewegten sie sich darauf zu. Waren sie von allen guten Geistern verlassen? Sie sollte kehrtmachen. Er wollte gar nicht wissen, was da mitten im Wald, mitten in der Nacht passierte.

»Eeeeeees – Oooooh – Eeeeeees!«

Kian stockte der Atem. Jemand flehte um Hilfe! Das war der Grund, warum sie eben doch zum Licht mussten. Er konnte das nicht ignorieren. Es klang deutlich lauter. Nun war er sich sicher, dass es aus der Richtung kam, aus der er das Licht sah. Langsam bahnten sie sich ihren Weg durch den Urwald.

Kian blieb so plötzlich stehen, dass Coby in ihn hineinrannte. Es traf ihn wie ein Schlag, als er – in dem Licht, auf das sie zugegangen waren – erkannte, wer in etwa zehn Metern Entfernung auf dem Waldboden saß. Es war die Gang, die sowohl Coby als auch ihn überfallen hatte. Sie saßen so, dass sie einen Kreis um einen Scheinwerfer bildeten, der ihre Gesichter von unten beleuchtete. Sie hielten sich an den Händen.

Kian konnte niemanden in der Umgebung der Frauen sehen. Keinen Mann, ob liegend, sitzend oder stehend. Allerdings war außerhalb des Lichtkegels ohnehin kaum etwas zu erkennen. Es war ihm unerklärlich, was hier vor sich ging.

Seine Lippen blieben an den Zähnen haften, so trocken wurde plötzlich sein Mund.

Coby schnappte neben ihm nach Luft. Kian wandte ihm sein Gesicht zu und legte den Zeigefinger auf die Lippen. Das Rauschen in seinen Ohren schien ihm unnatürlich laut zu sein. Um sie herum herrschte Stille. Diese Stille war jedoch nicht angenehm. Sie zerrte an seinen Nerven.

Kian hockte sich hin und beobachtete die Frauen. Was taten sie hier? War es wirklich Zufall, dass sie hier, tief im Forest, wieder auf diese Frauen stießen? Was hatten sie mit dem Wald zu tun? Sie wirkten entspannt und es drang Lachen zu ihm, das in seinen Ohren bösartig klang. Schweiß lief ihm den Rücken und an seinen Schläfen hinab.

Dann hörten sie den Mann wieder schreien. Er musste sich direkt vor ihnen befinden.

Kian durchfuhr ein Schreck, als er sah, wie Maren, mit dem Rücken zu ihm, plötzlich die Hände ihrer Freundinnen losließ, sich umdrehte und ihm in die Augen blickte. Eine andere beugte sich vor zu einem Gettoblaster. Der Schrei brach ab. Danach ging alles blitzschnell.

»Komm!« Kian sprang auf, drehte sich um und floh. Coby rannte ihm und dem spärlichen Lichtschein der Taschenlampe hinterher. Immer wieder gruben sich Bodenranken für einen Moment wie Fesseln in Kians Spann, die jedoch bei jedem Schritt nach vorn wieder rissen. Teilweise wateten sie durch kniehohes Gestrüpp.

Kian hörte, dass die Gang ihnen auf den Fersen war. Sie johlten und lachten und es klang viel zu nah. Seine Lunge brannte. Das waren die Zigaretten, dachte er flüchtig.

Im Zickzack liefen Coby und er durch den Wald. Er war so beschäftigt damit, darauf zu achten, nicht zu stürzen, dass er nicht auf Coby achtete. Er bahnte ihm zumindest eine Schneise, durch die das Vorankommen einfach für ihn war. Er drosselte die Geschwindigkeit, blickte um sich und blieb schließlich stehen. Kian raufte sich die Haare, als er bemerkte, dass Coby nicht mehr hinter ihm war. Die Gang schien sich aufgeteilt zu haben, die rasselnden und knackenden Geräusche kamen aus verschiedenen Richtungen immer näher. Verdammt noch mal! Der kleine Fleck aus Licht, den die Taschenlampe auf den Waldboden voller Pflanzen, Wurzeln und Dickicht warf, reichte nicht weit. Er konnte nicht sehen, ob Coby gestürzt oder einfach nur in eine andere Richtung gelaufen war. Sollte er weiterlaufen oder umkehren, um Coby zu suchen? Im Bruchteil einer Sekunde traf Kian eine Entscheidung.

Er knipste die Taschenlampe aus und hockte sich ins Dickicht. Etwas riss die Haut an seiner Stirn und der Wange auf. Das Brennen wurde stärker, als Schweiß über die Wunde lief. Er lehnte sich mit dem Rücken gegen einen Baum und versuchte, aus seinem Versteck heraus irgendetwas zu erkennen. Doch ihn umgab nur Schwärze. Dafür hörte er umso mehr. Wisperte da jemand? Und da, huschte nicht etwas dicht neben ihm vorbei? Es hörte sich an, als würde jemand Zweige zur Seite schlagen. Dann folgte Stille. Kein Lachen, kein Johlen, kein Knacken. Kian hielt die Luft an.

»Daaaaddy!«

Oh, Scheiße! Kian hatte sich so erschreckt, dass er beinahe aufgesprungen wäre. Maren war vielleicht zwei Meter entfernt von ihm. Sein Herz stolperte und raste dann los. Er schnappte nach Luft und presste eine Hand auf die Brust. Bitte, keinen Herzinfarkt. Nicht hier, nicht jetzt.

»Daddy, wir machen doch nur Spaß. Komm, kleines Häschen, komm raus aus deinem Bau.« Sie sang die Worte und kicherte.

Hinter ihm ertönte ein Lachen, das ihm Gänsehaut bescherte. Eine weitere Frau war ganz in seiner Nähe. Er atmete so leise wie möglich, bis ihm ein Gedanke kam, der ihn die Luft anhalten ließ. Roch er nach Schweiß? Konnten sie ihn riechen? Himmel, hoffentlich nicht!

»Tja, Daddy, wie soll ich's sagen? Opi geht's nicht so gut, oder, Lucy?«

Erneut ein Lachen, aber es kam von links. »Leider, leider. Hält nicht viel aus, der alte Sack.«

Hatten sie ihn eingekesselt? Konnten sie ihn irgendwie sehen? Der Kreis um ihn herum zog sich zu. Er konnte einfach keinen klaren

Gedanken fassen. Stimmte es? Hatten sie sich Coby geschnappt oder war das ein Trick, um ihn herauszulocken? Ha! Es musste ein Trick sein. Coby würde keine fünf Minuten durchhalten, ohne zu sprechen. Na ja, es konnte aber auch sein, dass er ohnmächtig war. Mist. War es klug von ihm, dass er hier kauerte und sich versteckte? War es feige? Die Frauen waren unberechenbar. Sie hatten keine Scheu, Gewalt einzusetzen.

Was war mit Coby? Vielleicht brauchte er Hilfe! Kurz schloss er die Augen, legte seinen Kopf in den Nacken und fluchte lautlos. Dann richtete er sich auf. Sofort wurde Kians Oberkörper mit einem Ruck nach vorn gerissen, sodass er auf Händen und Knien aufkam. Seine linke Handfläche fühlte sich an, als wäre sie durchbohrt worden. Gott, tat das weh!

Er sah sich um, konnte aber niemanden sehen, der ihn gestoßen haben konnte. Er musste in Bewegung bleiben! Er rappelte sich auf und bewegte sich geduckt und in einem Zickzack-Kurs durch den Wald. Wieder traf ihn ein Stoß, doch diesmal konnte er sein Gleichgewicht halten, indem er sich an einem Baum abstützte. Wie zur Hölle war das möglich? Um ihn herum war niemand zu sehen. Kian hockte sich hin, um zu überlegen, was er tun sollte.

Hatten Coby und er die Gang gerade bei einem Ritual gestört? Waren die Frauen in der Lage, aus der Ferne Gewalt auszuüben? Was war mit dem Mann, der SOS gerufen hatte? Gesehen hatten sie ihn nicht. War es eine akustische Täuschung gewesen? Hervorgerufen durch diese Hexen? Kian presste die Zähne aufeinander und schüttelte den Kopf. Himmel, jetzt war keine Zeit für diese Fragen!

War die Gefahr jetzt vorbei? Würde er sich den nächsten Stoß einfangen, sobald er aufstand? Würde er dann vielleicht stürzen, ungünstig aufkommen und keinen Schritt mehr tun können? Dann wäre er der Wildnis und der Gang ausgeliefert. Seine Haut prickelte. Erst als Kian bewusst in den Wald hinein lauschte, hörte er ein rhythmisches, fiependes Geräusch. Er kannte diesen Laut.

Coby!

Scheiß auf die Gang. Wenn sie hier irgendwelche Zauber wirken ließen, dann wussten sie auch, wo er war.

Wichtig war jetzt erst einmal, dass Coby und er sich auf dem Weg zur Hütte gegenseitig Rückendeckung geben würden.

»Coby«, raunte Kian.

»Ja?«

»Pass auf, ich knips die Taschenlampe an. Kannst du auf das Licht zukommen?«

Coby stieß ein kurzes Lachen aus, das in ein Keuchen überging. »Wie der Todesengel höchstpersönlich.«

Kian hörte, wie sich jemand auf ihn zu bewegte. Coby hatte es unbehelligt zu ihm geschafft.

Als er bei Kian ankam, stützte der Alte sich auf seinen Knien ab. »Was …«, brachte er heraus. Er presste seine linke Hand unter seine Rippen. Seine Lunge fiepte bei jedem Atemzug wie ein pfeifender Teekessel.

»Bist du verletzt? Alles in Ordnung?«, fragte Kian.

Keuchende Atemzüge. »Nix tut weh. Na ja. Vielleicht doch. Ich kann es nicht sagen.«

»Wir sollten von hier verschwinden. Ich glaube, die Gang ist weg.«

Die Männer machten sich auf den Weg. Weder wussten sie, wo sie waren, noch, wohin sie gehen mussten, um zur Hütte zu kommen. Trotzdem war Kian sich sicher, dass sie von allein zurückfinden würden. War es bisher nicht immer so gewesen?

Sie stiegen über Gewächse, die ineinander verschlungen den Boden bedeckten und drückten sich durch Sträucher und Farn.

Coby stolperte und versuchte, sich an Kians Rücken festzuhalten, um nicht zu stürzen.

Kian spürte einen Ruck und dann einen scharfen Schmerz unterhalb seines rechten Schulterblattes. »Ah, verdammt! Irgendwas tut mir da am Rücken weh. Kannst du die Taschenlampe nehmen und nachschauen? Ich kann mich kaum bewegen, es tut zu weh.«

»Oh. Da steckt ein Messer.«

»Bitte, was?« Kian drehte sich zu Coby herum.

»Ein Messer. Da steckt ein Messer in der Schwimmweste. Genau genommen sogar zwei. Aber das eine steckt weiter drin als das andere. Ich glaub, daran bin ich schuld. Vielleicht aber auch nicht. Soll ich sie rausziehen?«

Das erste Messer, das Coby herauszog, steckte lediglich im Styropor der Schwimmweste. Als er das zweite Messer herauszog, biss Kian die Zähne zusammen und holte zischend Luft. Es tat weh. Und er merkte, wie Blut an seinem Rücken herunterlief. Dennoch atmete er auf, weil er sich gut vorstellen konnte, dass man mit Messern nach ihm warf, aber nicht, dass ihn jemand mit Magie von den Füßen riss.

Die Männer rechneten damit, dass jederzeit eine der drei Frauen hinter irgendeinem Baum hervorspringen oder eine erneute Attacke starten konnte. Also machten sie, dass sie weiterkamen.

Kurze Zeit später blitzten zwischen den Bäumen dunkelbraunes Holz und ein Spitzdach hervor. Sie waren zurück an der Hütte.

Coby hatte ihm geholfen, die Wunde zu reinigen und ein Wundpflaster darauf zu kleben. Mit nacktem Oberkörper betrachtete Kian sich im Spiegel. Blutige Krusten zogen sich über seine Stirn und die Wange. Unter dem linken Rippenbogen eine Stichverletzung und eine an seinem Rücken. Scheiße, wenn er aus diesem Wald wieder herauskam, war er ein Wrack.

Später saßen Coby und er auf der Veranda und versuchten, sich darüber klar zu werden, was geschehen war. Coby fummelte an irgendeinem Nylonseil oder an einer Anglerschnur herum, um Fallen zu knüpfen, hatte er gesagt. Er war unruhig und nervös, die Beschäftigung tat ihm gut.

Die verdammte Schwimmweste, die er nur angezogen hatte, weil er zu betrunken war, hatte ihn gerettet. War das ein Zeichen? Ein gutes Omen? Zufall? Das Herzrasen hatte nachgelassen, aber sein Mund war immer noch trocken. Die Aufregung hatte ihn noch nicht ganz verlassen. Wie auch! Er war innerhalb kürzester Zeit zwei Mal durch Messerstiche verletzt worden. Irgendetwas sagte ihm, dass auf jeden Fall ein Messer mit im Spiel wäre, wenn er draufgehen würde.

Kian trank. Seine Augenlider wurden immer schwerer. So erschöpft hatte er sich noch nie im Leben gefühlt. Leider war es eine Erschöpfung, die rein körperlich war, denn sein Geist kam nicht zur

Ruhe. Etwas zog ihn herunter. Von Minute zu Minute wurden seine Gedanken düsterer. Er hatte keine Kraft mehr, optimistisch zu sein oder hoffnungsvoll.

Coby riss ihn aus seinen Gedanken. »Da haben die Weiber echt Messer nach dir geworfen. Mein lieber Schwan, die wollten es echt wissen!«

»Jep.«

»Die Schwimmwesten.« Coby schüttelte den Kopf und schlug sich auf die Schenkel. »Donnerwetter. Wenn das mal 'ne glückliche Fügung war! Das war Schicksal, mein Freund!«

Kian zog an seiner Zigarette und zuckte mit den Schultern. »Keine Ahnung.«

Coby blickte in den dunklen Forest. »Sie werden kriegen, was sie verdient haben. Da bin ich mir ganz sicher. Im Grunde genommen wollen diese Emanzen einen permanent herausfordern. Das wollen sie doch, oder? Bis sie an den Falschen geraten. Dann ist das Geschrei groß. Weißt du, Junge, ich glaub, das alles hier ist ein Test oder irgend so etwas. Der Forest kümmert sich nicht um jeden. Nein, Sir. Der Forest will wissen, aus welchem Holz wir geschnitzt sind. Und wenn's gut aussieht für uns, spuckt er uns auf links gedreht und glatt gebügelt wieder aus.« Er trank aus seiner Bierflasche.

Kian sah zu ihm. Seitdem er auf dem Totenacker seine verstorbene Mutter gesehen hatte, war etwas in seinem Inneren zerbrochen und dunkle Gefühle sickerten heraus. Er war ein Idiot gewesen, zu hoffen, dass der Forest ihm helfen konnte. Was hatte er sich dabei gedacht? Es stellte sich immer mehr heraus, dass der Forest, von dem er sich Heilung versprach, nichts als Schrecken für ihn bereithielt.

»Wenn wir hier rauskommen, geht der alte Mist von vorn los. Ich hab gekämpft, um mein Leben auf die Reihe zu kriegen, aber was ich auch in die Hand nehme, zerbricht. Also … was sollte plötzlich anders sein, wenn wir zurück sind? Ich sag es dir. Nichts. Wir wünschen uns nur, dass irgendwas da draußen Sinn ergibt und irgendein Zauber auf uns wartet. Aber so läuft es nicht. Wenn es Magie in diesem Forest gibt, dann ist es eine verdammt dunkle. Hier gibt es jedenfalls keine Heilung. Keine höhere Macht, keine Rettung durch einen Zauberwald. Da draußen gibt es nur Bäume, Stechmücken und verdammt dunkle Orte. Nichts, aber auch gar nichts hilft uns da draußen.«

Coby hatte seine Augen aufgerissen. Seine Stimme klang rau, als er sprach. »Ja, hier gibt es schlechte Orte, aber dann muss es auch gute Orte geben! Das muss es, weil es immer so ist. Erzähl mir also nichts.«

»Mann, Coby! Das Einzige, was ich spüre, egal, wohin ich hier gehe, ist die pure Horrorshow. Hier scheint es nur Dunkelheit zu geben. Vielleicht wurde die Dunkelheit auch nur für mich reserviert. Vielleicht läuft es für dich anders. Ich wünsch es dir.«

Kian trank sein Bier aus.

»Junge, du bist ein guter Kerl, das weiß ich. Jeder Mensch ist von Grund auf gut. Deshalb muss irgendwas passiert sein, damit du zu so einem … so einem …«

Kians Blutdruck stieg. »Die Welt ist kein Disneyland!«, rief er. »Herrgott, Menschen sind nicht von Grund auf gut und werden durch die Gesellschaft oder irgendeinen anderen Scheiß zu schlechten Menschen. Es ist umgekehrt! Jeder Mensch ist schlecht und böse von Geburt an! Allein die Erziehung, das Umfeld, die Schule und was weiß ich, biegen den Menschen so zurecht, dass er seine Bösartigkeit verdrängen und sich kontrollieren kann und zu einem leistungsfähigen Mitglied der Gesellschaft wird. So sieht's aus. Bei den einen klappt's besser, bei den anderen schlechter.«

Er war außer Atem, Schweiß trat ihm auf die Stirn. Worüber regte er sich überhaupt auf? Es war etwas, das er nicht erfassen konnte. Etwas von dem, was Coby sagte, verbiss sich in seine Gedanken. Etwas, das ihn aufwühlte und worüber er auf gar keinen Fall nachdenken wollte.

»Legenden haben immer einen wahren Kern. Und der Forest kann alles verändern. Du willst nur keine Hoffnung haben. Willst alles mit dem Verstand angehen. Keine Hoffnung, keine Enttäuschung. Vielleicht geht die Rechnung auf, vielleicht auch nicht. Ich sage, wir müssen nur den richtigen Weg finden, dann kehrt sich alles um.«

Coby stand mit einem Stöhnen auf, dehnte seinen Rücken und schlurfte ins Haus.

Ja, der Forest hatte Kräfte. Irgendetwas verdammt Unangenehmes ging darin vor. Er glaubte an die Kraft der Natur, hatte aber nie erlebt, dass sie so bösartig sein konnte. Waren seine ganzen Gefühle hier im Forest real? Ja, er sehnte sich danach, dass alles anders wurde. Doch die Veränderung, die er bis jetzt spürte, machte ihn fertig. Morgen würden sie gehen. Er würde sich in sein Auto setzen, zurück nach Lochinver fahren und versuchen, den Forest zu vergessen.

Kian schenkte sich nach. Irgendetwas hatte der Welt und seinem Leben alle Farben entzogen. Schal und grau wie der Totenacker lagen sie vor ihm. Sein Leben war ein Irrgarten und in jeder Sackgasse traf er auf neue Monster. Er wollte nicht mehr kämpfen. Als er den Whisky hinunterkippte, tat das Schlucken weh. Das Zeugs passte kaum durch seine Kehle, die sich wie zugeschnürt anfühlte. Seine Augen wurden feucht. Kurz massierte er seine Nasenwurzel mit zwei Fingern, fuhr sich ein Mal durch sein Gesicht und setzte sich aufrecht hin. Er hatte sich wieder unter Kontrolle. Er war so unglaublich müde. Zu müde zum Kämpfen, zu müde zum Denken, zu müde überhaupt. Gott, wie er seine Kraftlosigkeit und seine Schwäche hasste! Er würde alles tun, um die Gefühle zu vertreiben, dass seine Seele ausgebrannt – und er allem ausgeliefert war. Er hatte aber nicht die geringste Ahnung, wie er es anstellen sollte.

Himmel hatte er einen Kater! Die kalte Dusche half. Während Kian sich abtrocknete, wunderte er sich über seine Gedanken vom Vortag. Nicht, dass er heute grundsätzlich anderer Meinung war, aber seine Resignation war verschwunden und hatte Kampfgeist Platz gemacht. Coby und er würden es hier herausschaffen. Der Forest konnte ihm nicht das geben, was er brauchte. Aber das war okay. Immerhin hatte er es versucht und etwas Neues ausprobiert. Über sein verkorkstes Leben konnte er sich auch noch Gedanken machen, wenn er hier raus war.

Viele Stunden lang waren sie heute unterwegs gewesen, hatten aber nichts erreicht. Coby hatte Zweige abgeknickt und er hatte Striche in die Bäume geschnitzt, denn Pfeile und Kreuze hatte er bereits genutzt. Er konnte es sich nicht erklären, warum sie auch diesmal vom Weg abgekommen waren. Die Hütte war schon einmal zuvor durch Zauberhand vor ihnen aufgetaucht. Die Zeichen in den Bäumen hatten sie nicht mehr gefunden.

Am Abend saßen sie zusammen vor der Hütte. Sie hatten einen Kreis aus Steinen gebildet und in dessen Mitte ein Feuer angezündet. Nun saßen sie schweigend davor, lauschten dem Knacken des Holzes und genossen dessen Wärme.

Kian litt unter Schmerzen in der Brust, sein angeschlagenes Herz meldete sich. Er zitterte und fühlte sich allgemein schwach und krank. Er stocherte mit einem Stock in der Glut herum, bis der Ast durchbrach. Seine Angst machte ihn aggressiv. Er war nun schon seit sechs Tagen hier und ihn beschlich das Gefühl, dass er niemals pünktlich für seine Termine hier herauskommen würde. Er hatte kein Handy, um sie zu verschieben. Kein Handy, um im Internet nach ihrem Standort zu suchen. Kein Handy, um Hilfe zu rufen. Er war am Arsch. Was sollte aus ihm werden, wenn er nicht bald zurück in die Zivilisation kam? Er brauchte einen Arzt! Abgesehen davon würden die Vorräte auch nicht ewig halten. Und dann was?

»Ich geh rein, hol was zu trinken und dann reden wir.« Coby erhob sich und Kian blickte ihm nach.

Worüber sollten sie reden? Über ihren jeweils letzten Wunsch? Er schnaubte und nahm sich einen neuen Stock, um im Feuer herumzustochern.

Coby kam mit Bier und Whisky zurück nach draußen.

»Danke.« Kian legte seinen Kopf in den Nacken und zog an seiner Zigarette. Warum sah er keine Sterne hier?

Der Alte blickte ihn an. »Was ist los mit dir? Du zitterst und schwitzt und alles.«

Kian fuhr sich durch sein Haar. Vertraute er Coby? Nein. Würde Coby es gegen ihn verwenden können, wenn er wusste, was los war? Nein. Konnte er ihm im Notfall helfen? Vielleicht.

Kian wischte sich die Nässe von der Stirn und sprach, ohne Coby anzusehen. »Ich habe eine Herzschwäche. Ziemlich übel sogar. Hab es erst letztens erfahren. Brauche einen Herzschrittmacher. In vier Tagen soll ich zur Voruntersuchung für die Operation ins Krankenhaus gehen. In sieben Tagen findet dann die Operation statt. Danach wird man weiter sehen.«

Kian seufzte. »Und jetzt sitzen wir hier fest. Ich weiß nicht, ob ich auch nur einen der Termine wahrnehmen kann.«

Oh, das klang bitter, wenn er sich so etwas sagen hörte.

Wind kam auf und fuhr durch die Baumkronen. Es war, als würde der Wald ihm antworten. Nur verstand er nicht, was er zu sagen hatte. Er goss Coby und sich Whisky ein und sah, dass dieser blass geworden war.

»Schöne Scheiße, was?«, fragte Kian.

»Mein lieber Schwan und du säufst und rauchst noch?«

Kian warf ihm einen Blick aus verengten Augen zu.

»Ja, ist doch wahr, zum Teufel! Davor hast du also Angst. Willst nicht hier sterben im Forest.« Coby trank einen Schluck und sah Kian in die Augen. »Ich sag dir was. Wir stecken hier fest. Also sind wir an genau der Stelle, an der wir sein sollen. Schon mal drüber nachgedacht? Musst gut hinhören, damit du verstehst. Junge! Du bist im Forest!« Coby sah ihn mit aufgerissenen Augen an.

»Ja. Große Klasse. Und?«

Coby sah ihn an und nickte, schwieg aber.

»Ja und jetzt? Was willst du mir sagen? Was soll so toll daran sein, im Forest gestrandet zu sein? Mein Arzt hat gesagt, ich soll mich von Stress fernhalten. Aber hier?« Kian stieß ein Lachen aus, das bitter klang. Er würde Coby ganz gewiss nicht auf die Nase binden, wie enttäuscht er war. Seine Hoffnungen hatten sich in Luft aufgelöst.

»Warum bist du hier? Ich mein, warum wolltest du grad hierhin?«, fragte Coby.

Kian schüttelte den Kopf und zuckte die Schultern.

»Ich brauchte eine Auszeit. Dann hab ich zufällig vom Forest gehört und war neugierig.«

»Ist das alles? Neugierig? Nein, Junge. Du hast an die Magie geglaubt, oder? Hast du an die Magie geglaubt? Ich weiß es nicht. Aber wahrscheinlich schon. Oder nicht?«

Um sie herum war es dunkel. Bis auf das ein oder andere Rascheln und das Prasseln des Feuers war es still.

Kian überlief ein Schauer. »Ich weiß nicht. Hab keine Ahnung. Warum bist du denn hier? Du glaubst noch an die Legende? Ich meine, komm schon. Heute war Tag sechs und alles ist noch genauso beschissen wie zuvor. Schon mal drüber nachgedacht, dass wir beide hier sterben werden, wenn wir es nicht rausschaffen und irgendwann nichts mehr zu essen da ist? Das ist die Realität. Mein Job ist weg, meine Freundin ist weg und ich bin quasi obdachlos. Zur Krönung schaffe ich es nicht zu meiner Operation und fall irgendwann tot um. Warum? Ich meine, warum ich?«

»Den schlimmen Weg müssen wir alle mal gehen. Manchmal ist der mieseste Weg der einzige, der zum Guten führt. Vielleicht brauchst du länger als sieben Tage hier im Forest.«

Coby stand auf. Als Kian in sein Gesicht sah, schrak er zurück und hielt die Luft an. Cobys Grinsen wirkte böse. Sein Gesicht glich einer Fratze, über die Licht und Schatten des Feuers tanzten. Als der Alte seine Position veränderte, konnte er jedoch nur noch das milde Lächeln ausmachen, das er von Coby kannte. Musste wohl eine optische Täuschung gewesen sein.

Mach verdammt noch mal die Luke auf!

Ein neuer Morgen, die gleichen Probleme. Kian spaltete schon seit einer Stunde Holz. Immer wieder nahm er sich größere Holzblöcke, legte sie auf den Hackklotz und schlug mit der Axt voller Kraft zu. Er forderte das Leben heraus. Oder den Tod. Das wusste er nicht so genau.

Klotz aufstellen. Vielleicht kippte er gleich tot ins Gras, weil die Anstrengung zu viel für sein Herz war.

Schlag!

Klotz aufstellen. Er wollte nicht die ganze Zeit aufs Sterben warten!

Schlag!

Klotz aufstellen. Ja, er hatte Angst vor dem Tod. Aber er hatte auch Angst vor dem Leben.

Schlag!

Aufstellen. Alles hatte sich gegen ihn verschworen. Was hatte er verbrochen, das rechtfertigte, dass das Leben ihn so bestrafte?

Schlag!

Aufstellen. War das, was er wollte, zu viel verlangt, verdammte Scheiße?

Schlag!

Aufstellen.

Er sah sich als kleinen Jungen. Vielleicht vier oder fünf Jahre alt. Er spielte Verstecken, scheuchte Tauben auf, baute Staudämme und lachte. Hatte er nicht immer nur gelacht? Wann hatte er sein Lachen verloren?

Ein Kloß bildete sich in seiner Kehle. Kian schloss die Augen. Er hatte den Jungen, der er gewesen war, unterwegs verloren. Geblieben war nur ein Mann, der zu viel trank. Verzweiflung brandete auf und brachte ihn einen Moment lang aus dem Gleichgewicht. Plötzlich hatte er keine Kraft mehr, um die Axt zu heben. Er ließ sie fallen und wischte sich über die Augen und die Stirn. Er ließ die Schultern kreisen, dehnte den Kopf nach links, dann nach rechts. Es war, wie es war. Ändern konnte man daran nichts. Es brachte nichts, die trüben Gedanken weiterhin zu verfolgen.

Er schluckte alle Gefühle hinunter. Mit Whisky rutschten sie noch mal so gut. Er setzte sich in den Schaukelstuhl auf der Veranda und wollte sich eine Zigarette anzünden. Seine Hände zitterten und krampften, als er versuchte, die Finger um das Feuerzeug zu schließen.

»So eine Scheiße!«, brüllte Kian.

Coby kam mit einer Flasche Wasser in der Hand aus der Hütte.

»Warte, ich helf dir.« Er nahm das Feuerzeug und gab ihm Feuer. »Jetzt trink was.«

»Danke.« Kian nahm die Flasche entgegen und leerte sie. Dann sah er auf seine Hände. Sie waren rot und in der Innenfläche hatten sich Blasen gebildet. Ihm war heiß und schwindelig. Sein Geist war leer. Sein Herz meldete keine Gefühle mehr an sein Hirn. Diese Gleichgültigkeit war eine Erholung.

Die Übelkeit war ebenso plötzlich wie heftig gekommen. Er wusste nicht mehr, wie lange er schon vor der Toilette saß. Sein Hals brannte von der Galle, die mittlerweile das Einzige war, was noch regelmäßig aus ihm herausgeschossen kam. Er war schlapp und zittrig. Dieser Ort schien ihn fertigmachen zu wollen. Oder war es seine Krankheit, die sich mehr und mehr in den Vordergrund drängte? Egal. Es war vollkommen egal.

Er wusste, welche Therapie gegen beides half. Zwei oder drei Kaffee spezial, und er würde sich besser fühlen. Kian stellte fest, dass sich der Geschmack der minzigen Zahnpasta ziemlich mit dem des Whiskys biss. Dagegen half eine Zigarette. Da sein Magen vollkommen leer sein musste, hatte er sich zwei Äpfel mit hinaus genommen, obwohl er nicht den geringsten Appetit darauf hatte.

Okay. Er saß hier im Forest fest. Aber er hatte ein Dach über dem Kopf, Nahrung und Getränke, Alkohol und Zigaretten. Die Rahmenbedingungen waren also sehr gut.

Konnte er es ändern, dass er momentan nicht wusste, wie er wieder nach Hause kam? Nein. Doch es lag ihm fern, das zu akzeptieren. Gemeinsam mit Coby würde er weiter Wege suchen, um hier herauszukommen. Am besten, er dachte nicht mehr über seinen Gesundheitszustand nach oder darüber, dass die Frist zur Vorstellung im Krankenhaus verstrich. Es machte ihm Angst. Eine Riesenangst sogar. Mit aller Macht drängte er die Furcht zurück.

Kian wurde durch einen Waschbären abgelenkt, der um die Ecke des Hauses geschlichen kam. Vor der Veranda blieb er stehen und schaute ihn mit seinen schwarzen Knopfaugen an.

Kians Mundwinkel hoben sich für einige Millimeter. »Na, Kumpel?«

Der Waschbär setzte sich, richtete seinen Körper auf und hob seitlich seine Arme, wobei er Kian die gespreizten Pfoten entgegenhielt. Er sah aus wie ein Kleinkind, das auf den Arm genommen werden wollte.

Kian lachte. »Was willst du, Buddy? Bestimmt nicht auf den Arm. Hast du Hunger?« Er warf ihm einen Apfel zu.

Der Waschbär tastete ihn ab, beäugte ihn von allen Seiten und schnupperte.

»Der ist nicht vergiftet.«

Die Tür neben Kian ging auf, der Waschbär biss in den Apfel und rannte davon.

»Selbstgespräche?«, fragte Coby.

Kian zuckte die Achseln.

»Hast gespuckt wie 'ne Jungfrau auf See heute Morgen. Weiß wie der Tod bist du. Falls der Tod weiß ist, natürlich. Was steht heute auf dem Programm?«

Kian seufzte. Er sah nicht nur mies aus, er fühlte sich auch so. »Am besten wir suchen weiter nach einem Weg hier raus. Heute vielleicht strikt geradeaus, sofern es möglich ist. Morgen weiter links, danach noch weiter links, so lange, bis wir uns in jede Richtung gewandt haben. Irgendwann landen wir dann vielleicht auf dem Weg nach draußen.« Er faltete seine Notizen auseinander. »Sieben Stellen wurden auf der Karte vom Forest markiert. Zwei habe ich bereits entdeckt, bei zwei weiteren handelt es sich um den Fundort einer Leiche, bei einem weiteren um einen Punkt, an dem ein Fahrradfahrer verschwunden ist. Wenn wir …«

»Ein Fahrradfahrer? Der kann doch hier gar nicht fahren. Vielleicht macht's für dich ja Sinn. Vielleicht auch nicht.« Coby schüttelte den Kopf. »Leute gibt's.«

»Jedenfalls bleiben zwei Punkte übrig. Ein Opferplatz und ein Ort, der mit TFS gekennzeichnet ist. Daneben noch ein Gebiet, das man nicht durchqueren soll. Leider liegt weder zu TFS noch zu Letztem eine Beschreibung vor, wie sollen wir also wissen, wo sie liegen?« Kian stieß geräuschvoll Luft aus.

»Um ehrlich zu sein, reiße ich mich nicht darum, den Opferplatz zu finden.«

»Ist 'ne gute Entscheidung. Wahrscheinlich. Glaub ich. Oder? Ja.«

Der Nachmittag schritt voran und die beiden Männer waren bereits seit einer Stunde wieder zurück an der Hütte. Anders als es am Vortag noch der Fall gewesen wäre, ließ Kian sich vom heutigen Misserfolg nicht entmutigen. Sie hatten einen Weg gewählt, der rechts von der Hütte begann. Jeden Tag wollten sie ein Stück weiter links beginnen. Sie hatten sich beobachtet gefühlt, hörten einmal sogar Frauenstimmen und waren beide der Meinung, dass es sich um Maren und ihre Gang handelte. Kian war dankbar, dass nichts auf ihrer Tour passiert war. Er fühlte sich immer noch ausgelaugt, wer weiß, ob er weitere Gefühls-Tsunamis ausgehalten hätte.

Kian lag in der Hängematte und ließ sich vom Schaukeln beruhigen, als er ein Krachen und Knacken aus dem Inneren der Hütte hörte. Er richtete sich auf. War Coby etwas passiert?

»Coby? Alles klar?«, rief er.

Keine Antwort. Er ging hinein und sah sich um. Alles war still und Coby nirgends zu sehen. Was war die Quelle des Lärms gewesen? Es war anscheinend alles wie immer. Merkwürdig. Er war schon wieder auf dem Weg nach draußen, als er ein Rumpeln hörte, das klar von oben kam. Er richtete seinen Blick zur Decke. Entweder es war jemand auf dem Dach oder auf dem Dachboden.

Leise bewegte er sich in den Flur im hinteren Teil der Hütte und sah, dass die Luke nach oben geöffnet war.

»Coby? Alles in Ordnung?«

Keine Antwort. Schritt für Schritt stieg er nach oben, bis er über den Rand auf den Dachboden schauen konnte. Hier war niemand. Puh! Dieser Gestank. Dann bemerkte er, dass das Fenster offen stand. Oh, nein. Coby war doch wohl nicht herausgefallen? Schnell stieg er komplett ins Dachgeschoss hinauf, eilte zum Fenster und schaute hinaus. Er konnte nichts Verdächtiges sehen.

Hinter Kian rumpelte es. Er konnte gerade noch sehen, dass die Luke sich schloss und mit einem Knall einrastete. Scheiße!

Er kniete sich hin und hämmerte gegen das Holz. »Hallo? Coby? Ich bin hier oben! Hörst du mich!«

Er vernahm Schritte, die sich unten durch die Räume bewegten.

»Mach verdammt noch mal die Luke auf!« Keine Reaktion. »Scheiße verdammt!« Noch ein letztes Mal hieb er mit der Faust auf das Holz. So kam er nicht weiter. Er ging wieder ans Fenster. Es war klein, aber er konnte es hindurch schaffen. Leider gab es nichts, auf das er von hier aus klettern konnte. Ein Krampf schoss durch seine linke Hand. Kian verzog das Gesicht, während er sich bemühte, den Schmerz wegzumassieren. Solange er sich nicht auf seine Hände verlassen konnte, sollte er gar nicht erst versuchen, aus dem Fenster zu klettern, sich am Sims festzuhalten und abzuspringen.

Er sah zum Schreibtisch und dann zu den Karten an der Wand. Es gab dort nichts zu sehen, dass ihm weitergeholfen hätte. Er setzte sich auf den Boden und dachte nach. Was war hier los? Hatte Coby ihn eingesperrt? Wenn ja, warum? Und warum reagierte Coby dann nicht auf seine Rufe? Es machte ihn verrückt, nicht zu wissen, was hier gespielt wurde. Coby hätte doch sicherlich reagiert. Wer konnte sonst noch in der Hütte herumlaufen? Der Besitzer? Setzte er ihn vielleicht fest, bis die Polizei da war? Würde die Polizei überhaupt zur Hütte finden? Wenn ja, würde sie dann wieder aus dem Forest herausfinden? Die Härchen an seinen Armen stellten sich auf. Wie ein Film spulten sich seine Gedanken und Erinnerungen vor seinem geistigen Auge ab.

Er hörte vom Forest. An diesem Abend hatten zwei Männer genau vor ihm über genau dieses Thema gesprochen. Zufall? Das konnte er fast nicht glauben. Er ging in den Forest. Traf auf die Gang. Traf auf Coby. Sie fanden die Hütte. Wie wahrscheinlich war das? In diesem riesigen Waldgebiet musste schon eine gehörige Portion Glück dabei gewesen sein. Hier gab es Essen und Whisky, sogar Zigaretten seiner verdammten Marke hatte er hier gefunden. Warum? Egal, wie sehr Coby und er sich bemühten, sie fanden keinen Weg hinaus aus dem Wald. Aber zurück zur Hütte fanden sie immer. Dann die Schreie. Das seltsame Miniaturdorf. Der Totenacker. Kian schüttelte den Kopf. War alles vorherbestimmt gewesen? Warum machte er sich über Vorsehung überhaupt Gedanken? Er war, seitdem er denken konnte, ein Anhänger der Chaostheorie. Er glaubte daran, dass jede kleine Entscheidung große Auswirkungen auf den Verlauf von Ereignissen hatte.

Kian hielt die Luft an. Was wäre denn passiert, wenn er andere Entscheidungen getroffen hätte, nachdem er den Forest betreten hatte? Er ließ die Luft langsam entweichen. Und wie war das außerhalb des Forest? Hatten ihn seine eigenen Entscheidungen immer wieder in eine Sackgasse geführt?

Nein, verdammt! Seine Muskeln spannten sich an. Wut ballte sich in ihm zusammen. Das war völliger Quatsch! Kian hieb mit seiner Faust auf den Boden. Hatte er sich etwa ausgesucht, gefeuert zu werden? Wollte er, dass seine Freundin ihn betrog? Die Umstände waren es, die ihn scheitern ließen. Was sollte er auch dagegen tun? Er konnte die Entscheidungen anderer Menschen schließlich nicht beeinflussen. Seine Wut verebbte so schnell, wie sie gekommen war, und Erschöpfung trat an ihre Stelle.

Seine Augenlider waren schwer, die Augen juckten vor Trockenheit. Kian schloss sie für einen Moment. Sein Kopf tat weh. Himmel, er hatte Durst. Fühlte sich geradezu ausgetrocknet. Und jetzt? Was sollte er tun? Wollte er einfach hier oben hocken bleiben? War es nicht viel eher Zeit für eine nächste Entscheidung?

Er hörte jemanden ein Lied pfeifen. Erst klang es dumpf und kam von unten.

Dann wurde die Melodie deutlicher und schien von draußen zu kommen. Kian sprang auf und lief zum Fenster. Er sah einen Mann von hinten. Innerhalb weniger Sekunden machte er sich ein Bild von ihm. Groß, schlank, breite Schultern, viel Grau in seinem schwarzen Haar. Cordhose, Holzfällerhemd. Dann drehte der Mann sich um, sah Kian, tippte sich mit zwei Fingern an die Stirn und grinste. Er trug einen dichten Bart, war etwa Ende fünfzig und wirkte kräftig. Er konnte ein ernst zu nehmender Gegner sein.

»Ähm, hallo! Ich bin Kian!«

O Mann, kam er sich bescheuert vor. »Ja, ähm, die Luke ist zugefallen. Die Luke zum Dachboden, meine ich. Wären Sie so freundlich und ziehen Sie sie wieder aus? Ich wäre Ihnen wirklich dankbar.« Er gab sich alle Mühe, harmlos und freundlich auszusehen, damit der andere dazu bereit war, ihm zu helfen.

Der Mann sah ihn einen Moment an, dann tippte er sich wieder mit zwei Fingern gegen die Stirn und verschwand um die Hausecke.

»Das darf doch nicht wahr sein!«

Hitze schoss in seinen Kopf und bescherte ihm noch intensivere Kopfschmerzen. Er trat gegen den Stuhl, der vor dem Schreibtisch stand. Der fiel unter lautem Gepolter um. Er musste hier rauskommen! Mit wenigen Schritten war er zurück am Fenster. Aus dieser Höhe könnte er sich wirklich verletzen, aber er hatte keine Wahl. Kian schüttelte seine Arme aus. Leider trug er nicht seine robusten Stiefel. Er war barfuß, seine Knöchel wurden für den Sprung nicht stabilisiert. Es änderte nichts an seinem Plan, also kletterte er auf den Schreibtisch und checkte, ob unten etwas lag, das ihn verletzen konnte. Nein, da war nur die Wiese. Besser als Beton. Na, dann los. Während er sich rückwärts aus dem Fenster schob, tauchte der Bärtige wieder in seinem Sichtfeld auf. Es sah aus, als eilte er in die Hütte. Ein Bein im Zimmer, das andere draußen, hielt Kian inne. Das Rumpeln kannte er. Die Luke wurde geöffnet und die Leiter der Dachluke herabgelassen. Gott sei Dank! Schnell kletterte er ins Zimmer zurück und stieg durch die Luke nach unten.

Gott sei Dank, er war wieder unten. Aber wer hatte die Luke geöffnet? Coby oder der Fremde? Als Kian sah, dass die Luft rein war, eilte er in die Küche und trank mehrere Gläser vom Leitungswasser. Dann ging er hinaus und umrundete ein Mal die Hütte. Vom Bärtigen fehlte jede Spur. Wieder im Wohnzimmer ließ er sich auf die Couch fallen. »Coby?«, rief er.

Der Mann, den er von oben gesehen hatte, tauchte in der Eingangstür auf. Doch anstatt zu grinsen, wie vorhin, schüttelte er jetzt den Kopf. »Sie hatten doch nicht wirklich vor, zu springen. Sie hätten sich die Knöchel, den Hals und alles dazwischen brechen können.« Er hatte eine tiefe, melodische Stimme.

Kian kniff die Augen zusammen und sprang auf. »Tja, dann hätten Sie mich vielleicht nicht einsperren sollen.«

»Ich? Ich habe niemanden eingesperrt.«

»Padraig? Sollen wir? Wir haben ja nicht den ganzen Tag Zeit für …« Coby, der gerade aus dem Badezimmer kam, blieb wie angewurzelt stehen, als er Kian sah. »Oh«, war alles, was ihm einfiel.

Kians Blick sprang zwischen Coby und Padraig hin und her. Hatten sich die beiden also gegen ihn verschworen. Das war nun ganz klar. Woher kannten die beiden sich?

»Ja. Oh. Ihr kennt euch? Was ist hier los, Coby?«

Coby sah auf den Boden, Padraig sah zu Coby und Kian behielt beide im Auge.

Verdammt noch mal! Dass Coby ihm nicht antwortete, bedeutete, dass er richtig lag mit seinen Vermutungen. Coby und er zogen nicht mehr an einem Strang. Er hatte die Seiten gewechselt.

Kians Herz war schwer. Irgendwie hatte er gehofft, dass Coby sich als vertrauenswürdig entpuppen würde. Augenscheinlich war dem nicht so. Was für ein Spiel wurde hier gespielt? Warum startete Coby mit einem Fremden etwas gegen ihn? Denn warum sonst wurde er eingesperrt? Irgendetwas musste gelaufen sein, bei dem er im Wege gestanden hätte. Woher kannten die beiden sich überhaupt? Langsam sickerten Cobys Worte an Padraig in sein Bewusstsein.

»Was hattet ihr vor? Wofür habt ihr nicht den ganzen Tag Zeit? Herrgott, Coby! Ich hab dir geholfen! Und was machst du? Hast du mich eingesperrt oder hast du ihm nur geholfen?« Kian deutete mit dem Daumen auf den Bärtigen. Schmerz fuhr ihm in der nächsten Sekunde durch die Brust, auf die er beide Hände presste. Sein Oberkörper klappte nach vorn und er schnappte nach Luft.

»Vielleicht setzen Sie sich erst wieder. Sie scheinen Schmerzen zu haben.«

Kians Kopf fuhr zu Padraig herum. Er konnte seinen Zorn auf diesen Mann kaum zügeln. Warum war er so zornig? War es die Enttäuschung darüber, von Coby verraten worden zu sein? War es die Verzweiflung und Verachtung für sich selbst, da er immer noch nicht gelernt hatte, dass man keinem trauen sollte?

Mit dem Zeigefinger stach er in Padraigs Richtung. »Ich weiß nicht, was Sie vorhaben. Es ist mir auch scheißegal.« Eine Hand fiel herab, als sei sein Arm plötzlich viel zu schwer, um ihn weiter oben zu halten. »Machen Sie doch, was Sie wollen! Soll ich abhauen? Schön. Meine Sachen sind schnell gepackt und ich bin weg. Aber einsperren lasse ich mich nicht mehr von Ihnen.«

»Das werfen Sie mir nun schon zum zweiten Mal vor. Warum glauben Sie, ich hätte Sie eingesperrt?« Er drehte sich zum älteren Mann um. »Coby, wovon redet er?«

Kian merkte, wie sein Hals anschwoll. Sein Nacken sich versteifte. Er stand allein auf der einen Seite, Coby und der Fremde zusammen auf der anderen. Er schluckte, seine Kehle war wie zugeschnürt. »Was versuchen Sie hier gerade, hm?«, presste er hervor. Dann schüttelte er den Kopf. »Darf ich wissen, wer Sie sind?«

»Ich bin der Eigentümer dieses Cottages.«

»Ach!«

Kian starrte nun auf Coby und näherte sich ihm. »Das ist interessant. Und du kennst ihn, Coby? Na, so was!« Kians Lachen klang bitter. Hatte er also recht gehabt. Coby hatte es mit der Mitleidstour geschafft, ihn zu täuschen. »Ich frage mich, was ihr geplant habt. Hast du mich absichtlich hergelockt?«

Coby verlagerte sein Gewicht von einem Bein auf das andere. »N… nein. Ich, äh, also wir … wir haben uns gerade erst kennengelernt. Sag's ihm, Padraig.«

»Das ist korrekt«, sagte der Bärtige.

Nein. Das glaubte er auf keinen Fall. In der Zeit, in der er sich ausgeruht hatte, hätten sich die Männer treffen, sich bekannt machen und gemeinsam ihren Plan schmieden müssen. Gott, er klang wie ein Paranoider. Ruhig bleiben! Er musste atmen und sich beruhigen. Atmen allein reichte aber nicht. Keiner hielt ihn auf, als er in die Küche ging und mit einer Flasche Whisky und seinen Zigaretten zurückkehrte. Dann ließ er sich auf die Couch fallen und zündete sich eine Zigarette an. »Ihr Einverständnis vorausgesetzt, habe ich schon einmal Platz genommen. Nur zu, gesellt euch zu mir. Ich würde zu gern eure Geschichte hören.« Mit einer übertriebenen Handbewegung deutete Kian auf die Sitzgelegenheiten neben ihm.

Beide kamen seiner Aufforderung nach.

»Ich weiß nicht, was Sie für Probleme haben, aber Ihr Verhalten ist unangemessen.«

Kian riss die Augen auf und starrte auf Padraig. »Mein Verhalten ist …« Er schnaubte. »Mein Verhalten?« Sein Blick suchte den von Coby. »Coby. Was ist los mit dir? Ich hab mich ausgeruht. Dann hab ich Geräusche hier in der Hütte gehört. Sie kamen von oben. Ich bin rauf auf den Dachboden, jemand hat die Luke geschlossen und ich konnte nicht mehr runter. Hab geklopft, gebrüllt und du? Hast du mich ignoriert? Warum? Na los! Rede mit mir.«

»Also, um genau zu sein, ist das falsch. Ich mein, so war es nicht.« Coby sah auf seine Fußspitzen. Dann sah er ihm in die Augen. »Nach unserer Tour gestern hast du die ganze Zeit getrunken.« Coby deutete mit dem Kinn auf die Flasche in Kians Hand.

Gestern? Kian zog die Augenbrauen zusammen. Bilder blitzten in seinem Kopf auf. Er trank. Er sang. Er kotzte. Was? Wo kam das her? Wie gebannt hing er an Cobys Lippen. Beklemmung ließ seinen Brustkorb enger werden.

»Irgendwann bist du draußen auf der Wiese eingeschlafen. Ich konnt dich nicht wecken. Und tragen konnt ich dich erst recht nicht. Also hab ich dir Decke und Kissen gebracht.«

Blitz, Blitz, Blitz. Bilder in seinem Kopf. Waren das Erinnerungen?

»Padraig kam gestern Nacht hier an. Er war nicht böse, dass wir hier sind. Ich hab ihm alles erzählt. Also … alles, was so los war.

Padraig hat seine Hilfe angeboten. Irgendwann lagst du nicht mehr auf der Wiese, sondern in der Hängematte. Du hast deinen Rausch ausgeschlafen. Wir wollten zu so 'nem Laden gehen, zwei Stunden von hier. Die Vorräte auffüllen. Zu zweit ist es einfacher, hat Padraig gesagt. Und du warst nicht mehr draußen. Hab gedacht, du brauchst Ruhe und Zeit für dich. Ich wusste nicht, dass du oben warst. Tja das war's.«

Kian sah den kurzen Blick, den Coby dem anderen Mann zuwarf. Verschlagenheit. Das war es, was er in seinem Blick las. Er schüttelte den Kopf. »Was zur Hölle redest du da? Wir haben heute die Tour gemacht. Versuch nicht, mich für dumm zu verkaufen!«

Coby zuckte mit den Schultern und schüttelte den Kopf.

Langsam platzte ihm der Kragen. Das war doch absurd. Alles, was die beiden ihm hier vorkauten, war absurd.

»Wenn ich dazu auch etwas sagen dürfte? Mister … Kian? Padraig Geffridge mein Name. Sehr erfreut.« Er streckte Kian seine rechte Hand entgegen, an dessen kleinem Finger ein silberner Siegelring steckte. Auf ihm abgebildet das Wappen der Könige, der Löwe.

Kian war zu höflich, um die Einladung zum Händedruck zu ignorieren, also reichte er ihm die Hand.

»Sie beide sind mir herzlich willkommen. Mir scheint, wir sind uns auf dem falschen Fuß begegnet. In der Tat habe ich Sie im Dachgeschoss gesehen. Ich habe mir gedacht, Sie haben sich einfach ein wenig zurückgezogen.«

Kian schnaubte. »Na klar. Deshalb habe ich geklopft und gerufen und Sie gebeten, die Luke wieder zu öffnen. Einer von euch muss sie geschlossen haben. Und einer von euch muss sie auch wieder geöffnet haben. Sorry, aber eure Geschichte stinkt zum Himmel.«

Eine weitere Zigarette, ein weiterer Schluck.

Coby wirkte traurig. Er war ein wirklich guter Schauspieler. »Junge, die Luke war zu. Keiner von uns hat sie zugemacht. Wir haben dich auch nicht rufen oder klopfen gehört. Das ist einfach nicht passiert.«

»Dem stimme ich zu.«

»War ja klar. Wisst ihr was? Macht, was auch immer ihr wollt.

140

Aber lasst mich in Ruhe. Soll ich gehen? Wunderbar.« Er starrte beide Männer nacheinander an. Dann konzentrierte er sich ganz auf Padraig. »Ich danke Ihnen für Ihre Gastfreundschaft. Wirklich. Hier wohnen zu dürfen, hat mir sehr, sehr geholfen. Ich kann Ihnen eine Entschädigung zahlen, wenn Sie möchten. Was ich nicht möchte: in irgendwelche seltsamen Sachen hineingezogen zu werden, okay? Eingesperrt zu werden oder mir Geschichten anzuhören, die einfach keinen Sinn ergeben, ist ermüdend. Mister Geffridge, sagen Sie mir, wie ich aus dem Forest komme? Dann bin ich schon weg. Versprochen.«

»Mister Kian. Sie sind mir willkommen, aber Ihrem Wunsch kann ich leider nicht entsprechen.« Dann wandte er sich Coby zu. »Und wir beide machen uns besser auf den Weg.«

Kian konnte es nicht fassen. Sein Kopf war wie leer gefegt und er kam einfach nicht dahinter, was das alles sollte.

TSF

Nachdem der erste Ärger verflogen war, entschied er sich, Coby und Padraig zu begleiten. Ganz sicher wollte er nicht in der Hütte bleiben und den beiden damit die Gelegenheit geben, sich weiter gegen ihn zu verschwören.

Padraig führte sie durch den Forest. Hin und wieder war ein Brett an einen Baum genagelt, dessen Spitze die Richtung anzeigte und auf dem *TFS* geschrieben stand. TSF, war das nicht einer der sieben Punkte auf der Liste mit den gekennzeichneten Gebieten? Natürlich. Der Ort sollte wichtig sein.

Was auch immer das bedeutete, sie gingen in die angezeigte Richtung. Kian holte Luft, um zu fragen, wofür die Buchstaben standen, überlegte es sich aber anders. Er würde es bestimmt bald erfahren. Wichtiger war jetzt, Gesprächsfetzen aufzufangen, die ihm sagen konnten, was Padraig und Coby verband.

Doch ihn quälten Kopfschmerzen, die ihn daran erinnerten, wie wichtig es war, dass seine Behandlung endlich losging.

Doktor Darren hatte ihm die Kopfschmerzen damit erklärt, dass zu wenig Sauerstoff in sein Gehirn transportiert wurde, da seine Herzleistung zu schwach war. Er hatte ihm auch seine Meinung zur Ursache seiner Herzprobleme mitgeteilt. Angeblich sei sein Alkoholkonsum schuld daran. So ein Schwachsinn! Ärzte gaben grundsätzlich ihren Patienten die Schuld an ihren Erkrankungen. Hatte man Lungenkrebs, dann war es ihre Schuld, weil sie vor zwanzig Jahren Raucher waren. Hatte man einen Herzinfarkt, dann war das Übergewicht daran schuld. Bist du nicht in kürzester Zeit von deiner Krankheit genesen, dann hast du nicht genug dafür getan. Diese Sichtweise kotzte ihn an!

Immer wieder fiel er hinter den anderen zurück, weil er bei den Schmerzwellen, die durch seinen Kopf brandeten, kaum Luft bekam und stehen blieb.

Um sich abzulenken, spulte er in einer Dauerschleife das Gespräch von vorhin in seinem Kopf ab. Für ihn war kein Tag vergangen, seit Coby und er zuletzt eine Tour unternommen hatten. Es war doch gar nicht möglich, dass er sich an nichts erinnerte. Und dann die Behauptung mit der Luke und dass er sich augenscheinlich nicht bemerkbar gemacht hatte. Eine unverschämte Lüge war das! Kian schaute auf Padraigs Hinterkopf. Dieser Typ war höflich und vordergründig freundlich und Coby klebte an ihm wie sein Schatten. Was hatten die beiden vor? Warum belogen sie ihn?

Er hatte allein sein und einen Abenteuer- und Selbstfindungstrip machen wollen – und war nun mit zwei schrägen Typen im Forest gestrandet. Kian blieb im nächsten Moment wie angewurzelt stehen.

Sie waren doch auf dem Weg, um Lebensmittel zu kaufen! Sie gingen in die Zivilisation! Ein Laden! Eine Straße! Sein Herz schlug schneller vor Freude und er erhöhte die Geschwindigkeit, um wieder zu den anderen aufzuschließen.

»Hey, Mister Geffridge!«, rief er. »Dieser Laden, wenn es ihn denn wirklich gibt, wo liegt der? Außerhalb vom Forest nehme ich an?«

Padraig drehte sich zu ihm um, blieb stehen und lächelte. »Das Geschäft gibt es, wir sind schon ganz in der Nähe. Was den Standort anbelangt, muss ich Sie leider enttäuschen. Er befindet sich im Forest-Gebiet.«

»Ja, aber der Laden kann nicht mitten im Wald stehen. Leute müssen ihn doch auch von anderswo erreichen können!«

»Natürlich.«

»Und?«

»Ich verstehe Ihre Frage nicht, wenn es sie denn wirklich gab.«

Wollte der Mann ihn provozieren? Das schaffte er ausgezeichnet. »Ich möchte wissen, ob von dort aus ein Weg aus dem Forest führt.«

Padraig drehte sich wieder um und ging weiter. »Natürlich«, sagte er über seine Schulter.

Halleluja! Er war gerettet. Es spielte keine Rolle mehr für ihn, was Coby und der andere vorgehabt haben mögen. Ob sie gemeinsame Sache machten und ob sie ihn absichtlich ignoriert hatten.

Es war egal, denn er würde den Teufel tun und nachher gemeinsam mit ihnen zurück zur Hütte gehen. Er würde sich verabschieden, aus dem Wald marschieren und nach Hause fahren. Ein Lächeln breitete sich in seinem Gesicht aus.

Kian war verblüfft. Padraig hatte sie tatsächlich zu einem Gebäude geführt, auch wenn es eher aussah wie eine Garage. Sie traten zwischen den Bäumen hervor und er musste wegen der plötzlichen Helligkeit die Augen zusammenkneifen. Er hatte das Gefühl, seit Ewigkeiten nicht mehr die Sonne gesehen zu haben. Die Luft war hier um einige Grade wärmer. Es gab eine Schneise von ungefähr drei Metern, hinter der der Wald weiterging. Die Bäume wurden nicht durch eine asphaltierte Straße getrennt, eher von einem Feldweg. Der Weg war hellbraun und staubig. Sowohl links als auch rechts verlor er sich hinter einer Kurve. An dessen Rand stand der Klotz aus Blech. Über die Tür hatte jemand mit rostbrauner Farbe *Tolliver's Food Shop* gepinselt. Das einzige Fenster des Containers war dunkel und schmutzig. Insgesamt sah diese Bude wenig einladend aus.

»Da wären wir«, sagte Padraig überflüssigerweise.

»Nichts wie rein«, entgegnete Coby.

Kian folgte ihnen. Die Tür quietschte in ihrem Scharnier und Kian war überrascht, dass es merklich kühler im Inneren war als außen, obwohl der Container in der Sonne stand. Nachdem sich seine Augen an das dämmrige Licht gewöhnt hatten, erwartete ihn die nächste Überraschung. Coby und Padraig schlenderten bereits plaudernd durch den ersten von drei schmalen Gängen, die von Holzregalen gesäumt waren. Er hatte mit schmierigen Flächen, wenig Angebot und Snacks gerechnet. Stattdessen war alles sauber und geordnet. Die Regale waren bestückt mit hochwertigen Artikeln und luden zum Kaufen ein. Es roch nach sauberer Wäsche und wieder konnte Kian sich nicht erklären, wie das möglich war. Am Rand standen Kühlschränke mit Glastüren, hinter denen sich Fleischwaren, Käse und gekühlte Getränke befanden. Wenn er es richtig sah, befanden nur sie sich im Geschäft. Es gab zwar eine Theke, aber sie schien unbesetzt zu sein. Padraig musste seinen Blick gedeutet haben, denn er antwortete auf Kians stumme Frage.

»Der Shop trägt sich im Moment auf Vertrauensbasis.« Padraig deutete mit seinem Zeigefinger auf ein gerahmtes Foto hinter der Kasse. »Das da ist Bob. Er ist die gute Seele des Tolliver's. Er hat sich leider ein Bein gebrochen, deshalb ist er nicht hier.«

Kian ging hinter die Theke, um sich das Foto anzusehen. Die gute Seele des Tolliver's erinnerte ihn an Riff Raff aus der ›Rocky Horror Picture Show‹. Nur dass der Mann auf dem Foto schwere Tränensäcke und Hängebacken hatte. Dieser Mann war gruselig. Ihn überlief ein Schauer und er war froh, dass Bob nicht da war.

Padraig zog eine Geldklammer aus seiner Tasche und zählte Scheine ab, die er in einen Eimer auf der Theke warf.

Coby faltete die Hände vor seinem Bauch und sah Padraig an wie ein Jünger seinen Guru, als er mit ihm sprach. »Warum gibt's hier so einen Laden? Ich mein, dann auch noch mit so gutem Zeug? Und wer zum Teufel kommt hierher zum Einkaufen?«

»Lieber Coby, mit einem Shop dieser Qualität rechnet man hier nicht, nicht wahr?« Padraigs Blick wanderte nun zu Kian, als er weitersprach. »Ist es nicht fantastisch, wie der äußere Eindruck trügt und uns damit unser starres Denken in Schubladenkategorien aufzuzeigen vermag?« Nun nahm er wieder Coby ins Visier. »Sie haben recht, mein Freund. Die Gegend wirkt recht einsam. Aber täuschen Sie sich nicht! In der Saison zwischen April und August laufen die Geschäfte gut. Qualität spricht sich schließlich immer herum, nicht wahr? Ich kaufe regelmäßig hier ein. Ich mag die Abgeschiedenheit und bin dankbar, nicht in die Stadt zu müssen. Außerhalb der Saison pflege ich in meiner Hütte zu wohnen und bin gekommen, um zu prüfen, was für Vorräte ich brauche, um die erste Zeit versorgt zu sein. Manchmal muss ich alles, was im Kühlschrank ist und das ganze Brot und Obst, wegwerfen und ersetzen. Für hungrige Wanderer halte ich immer etwas bereit, wie Sie sicherlich dankbar registriert haben. Sie sind nicht meine ersten Gäste. Es ist selten, kommt aber durchaus vor, dass Wanderer und Abenteurer die Hütte entdecken und dankbar sind für das Obdach. Früher war das Haus eine

Schutzhütte. Und ich finde es schön, wenn sie in meiner Abwesenheit als solche genutzt wird.«

Kian biss die Zähne zusammen. Da konnte einem doch nur schlecht werden, vor so viel Menschenfreundlichkeit. Jedem ging es um einen bestimmten Zweck, wenn er etwas tat. Nichts geschah aus purer Nächstenliebe. Wer, bitte schön, teilte sich sein Haus und alles, was darin war, mit Fremden, die zufällig über die Hütte stolperten? Padraig führte irgendetwas im Schilde. Kian dachte an die Kleidersammlung in der Hütte. Im Grunde konnte Padraig sogar ein Serienkiller sein. Waren nicht viele von ihnen überdurchschnittlich intelligent?

»Ich habe Kleidung und Schuhe in Ihren Schränken gesehen. Für Frauen und Männer und in jeglicher Größe. Warum? Woher haben Sie die?« Sein Misstrauen war deutlich herauszuhören.

»Wenn ich Sie mir so anschaue, dann haben Sie und mein neuer Freund Coby von der vorhandenen Garderobe profitiert. Kennen Sie nicht das ungeschriebene Gesetz, die Nutzung einer Schutzhütte betreffend? Du nimmst, was du brauchst, und lässt zurück, was du entbehren kannst. Es ist ein Tauschgeschäft. Backpacker und Jäger haben einiges bei ihren Besuchen zurückgelassen. Sie, Mister Kian, durften am eigenen Leib erfahren, wie gut dieses System funktioniert, denn Sie tragen genau diese Kleidung. Hin und wieder sammle ich auch Rucksäcke ein, deren Besitzer anscheinend spurlos verschwunden sind.«

Im ersten Moment bekam er eine Gänsehaut. Dann dachte Kian an seinen eigenen Rucksack und das Zelt, das er zurücklassen musste. Das bewies, es musste nicht unbedingt so sein, dass die Rucksackbesitzer spurlos verschwunden waren. Vielleicht waren sie weggelaufen, so wie er. Was Padraig sagte, klang plausibel und trotzdem passte etwas nicht ins Bild. Ihm kam es so vor, als habe man genau auf ihn gewartet in der Hütte. Ein Schauer rieselte seinen Rücken hinab. Sein Körper spannte sich an.

»Was ich nicht verstehe, Mister Geffridge, ist, dass Whisky und Zigaretten meiner Lieblingsmarken in Ihrer Hütte bereitlagen. Wie kann das sein?«

Padraig lächelte. »Sie haben anscheinend Glück gehabt, dass ein Abenteurer beides zurückgelassen hat und Sie nun davon profitieren können.«

Dieser Arsch hatte auch wirklich auf alles eine Antwort. Am liebsten hätte er den Mann vor sich geschüttelt, bis ihm das Lächeln aus dem Gesicht gefallen wäre. Er glaubte Padraig nicht. So einfach war das. Er durfte aber nicht zu barsch mit ihm umgehen, denn schließlich war es wirklich großzügig von ihm, dass er sie weiterhin bei sich wohnen ließ.

Coby tauchte hinter Padraig auf und tippte ihm auf die Schulter. »Wem gehört der Schuppen hier? Auch dir?«

Padraig drehte sich herum und lachte auf. »Iwo. Wir haben das Glück, dass der Inhaber westlich von hier, in Little Bishop, eine Wohnresidenz besitzt und östlich von hier, in Spillane, seinen Firmensitz hat. Mister Tolliver pendelt seit Jahren. Er ist ein Mogul in der Investmentbranche und hat mehr Geld, als er jemals ausgeben könnte. Er hat das Grundstück hier gekauft, weil es genau zwischen den zwei Ortschaften liegt und der Shop somit für ihn immer gut erreichbar ist. Regelmäßig werden die Lebensmittel ausgetauscht und das Sortiment erweitert. Mister Tolliver überlegt zu expandieren.« Padraig lächelte.

»Aha.«

Kian verstaute zwei Flaschen Whisky in einem der Stoffbeutel, die er neben der Kasse entdeckt hatte. Die dritte behielt er in der Hand. Dann schnappte er sich eine Stange Zigaretten, bezahlte und ging nach draußen.

»Wie weit ist es bis zu einem dieser Orte?«, fragte er Padraig, der nach ihm mit Coby im Schlepptau herausgetreten war, und zündete sich eine Zigarette an.

»Nun ja, gehen Sie rechts entlang, Richtung Spillane führt die Straße durch den Wald und über einen Hügelkamm. Ich denke, Sie würden einige Tage brauchen, bis Sie im Ort wären. Gehen Sie nach links, verzweigt sich der Weg einige Male. Einer führt in den Forest zurück, einer führt irgendwann nach Little Bishop und der dritte endet an einer Parkbucht, von der ein Fußweg zu einem See führt.

Mit dem Auto erreichen Sie beide Orte in etwa zweieinhalb Stunden von hier. Aber glauben Sie mir, Sie würden nicht dort ankommen.«

Kian rechnete nach. Siebzig Meilen pro Stunde war die erlaubte Höchstgeschwindigkeit. Es mussten also hundertfünfundsiebzig Meilen bis zu beiden Zielen sein. Er schluckte.

Fünfzehn Minuten für eine Meile zu Fuß. Insgesamt dreiundvierzig Stunden Fußmarsch. Die würde er in seinem Gesundheitszustand nie und nimmer bewältigen können. Was für eine Scheiße! Er konnte dankbar sein, dass sein Körper überhaupt noch durchhielt.

»Und …« Kians Stimme brach und er räusperte sich. »Was gibt es sonst noch für Möglichkeiten, von hier ins nächste Dorf zu kommen?«

»Keine.« Padraig schmunzelte, als habe er einen Witz gemacht.

Langsam ging ihm das Dauergrinsen von Padraig auf den Sack. Eigentlich ging ihm alles auf den Sack! Verdammte Scheiße, wo war er hier nur herein geraten? Es musste eine Möglichkeit geben, endlich nach Hause zu kommen. Das musste es einfach. Okay, erst einmal sollte er sich beruhigen. Er atmete ein, er atmete aus.

»Ich verstehe. Aber sie haben doch bestimmt ein Auto. Sie wohnen außerhalb der Saison in Ihrer Hütte und innerhalb der Saison, tja, da wohnen Sie woanders. Hier liegt nichts dicht beieinander. Also brauchen Sie ein Auto. Ich könnte Sie bezahlen, damit Sie mich zum Parkplatz des National Nature Reserve fahren. Da steht mein Auto und Sie wären mich ganz schnell los.«

Kian war angespannt bis in die Fußspitzen und ermahnte sich, gelassen zu bleiben. Ein rascher Blick zu Coby verriet ihm, dass dieser Padraig in gespannter Erwartung ansah.

Der wiederum büßte sein Lächeln ein und sah Kian streng an. Doch er schwieg. Warum sagte er denn nichts? Kian versuchte zu schlucken, aber seine Mundhöhle war so trocken, dass ihm die Zunge am Gaumen kleben blieb. Langsam verlor er die Geduld. Das machte der Penner doch absichtlich! Wahrscheinlich genoss er es, ihn zappeln zu lassen. Er biss die Zähne zusammen. Ruhig, ganz ruhig. Er durfte nicht locker lassen. Solange Padraig noch nicht Nein gesagt hatte, gab es eine Chance.

»Die Sache ist die. Ich muss in drei Tagen zu einem Termin im Krankenhaus erscheinen. Es ist wirklich wichtig.«

»Na, so etwas. Und warum brauchen Sie mich dafür? Sie sind doch auch aus eigener Kraft hierhergelangt.«

Das war's. Es war zu viel. Dieser Mann war die Pest. Sein Kopf fühlte sich an, als würde er gleich platzen.

»Padraig, Kian ist krank.« Coby kam ihm unerwartet zu Hilfe. »Wir versuchen schon seit Tagen, aus dem Wald rauszukommen. Aber nix. Keine Chance. Der Junge braucht 'nen Arzt. So sieht's aus.«

Padraig klopfte Coby auf die Schulter, wandte sich aber an Kian, als er antwortete. »Nun, ich kann leider nicht mit meiner Hilfe dienen. Sehen Sie, der Forest hat seine eigenen Gesetze. Sie sind aus freien Stücken seinem Ruf gefolgt. Jedoch haben Sie anscheinend noch nicht herausgefunden, was für ein Geschenk der Forest Ihnen machen kann. Ich gebe Ihnen den guten Rat, es herauszufinden und anzunehmen. Eher lässt er Sie nicht gehen.«

Kian klappte der Unterkiefer herunter.

Padraig lachte, es klang aufgesetzt in Kians Ohren. »Mein junger Freund. Jetzt schauen Sie doch nicht so. Sehen Sie denn nicht, was für eine einmalige Chance sich Ihnen bietet? Das Problem ist die Kleingeistigkeit der Menschen. Die können sich nicht vorstellen, dass es mehr gibt, als es auf den ersten Blick erscheint. Mister Kian, seien Sie kein Kleingeist! Öffnen Sie sich! Es liegt ganz allein bei Ihnen. Finden Sie den Weg hinaus. Sie können nur aus eigener Kraft entkommen.« Padraig klatschte in die Hände. »So, wir haben lange genug geplaudert. Kommen Sie, machen wir uns auf den Rückweg.«

Ruhig Blut. Vielleicht konnte er sich ein Taxi bestellen. Es würde ein Vermögen kosten, aber das machte nichts. »Haben Sie ein Telefon, damit ich jemanden anrufen kann?«, fragte Kian.

Padraig schnalzte mit der Zunge, wandte sich ab und ging los.

Verdammt! So ein Arschloch! Sein Herz pochte viel zu schnell in seiner Brust. Sein Kopf wurde viel zu heiß, seine Fingernägel bohrten sich in die Daumenballen.

Nicht mehr lang und er würde seine Gefühle nicht mehr hinunterschlucken und kontrollieren können. Das wusste er aus Erfahrung.

Coby und Padraig hatten mittlerweile die Baumgrenze passiert. Coby sah sich immer wieder zu Kian um und bedeutete ihm mit Handzeichen, ihnen zu folgen.

Kians Gehirn sandte lediglich Schmerzsignale aus. Es gab keinen Befehl, sich zu bewegen. Er war nicht in der Lage, einen Schritt zu tun. Alles war wie erstarrt. Seinen Kopf durchlief ein pulsierendes Stechen, das beinahe unerträglich war. Sein Körper war steif, sein Mund trocken. Seine Gedanken drangen wie aus großer Ferne zu ihm.

Stand er unter Schock? Aber warum? Was sollte er jetzt tun? Langsam drehte er seinen Kopf zur Straße. Sollte er aufbrechen und darauf hoffen, dass sich irgendeine Mitfahrgelegenheit ergab? Wie wahrscheinlich war es? Er wusste es nicht.

Dann blickte er in Richtung Forest. Konnte der Wald ihm tatsächlich irgendwie helfen? Padraig schien davon überzeugt zu sein. Und was dachte er? Nichts. Er wusste einfach nicht, welcher Weg der Richtige war. Ohne die bewusste Entscheidung dazu getroffen zu haben, marschierte er los.

Das alles war nicht normal!

Zur eigenen Verwunderung fand Kian den Weg zurück zur Hütte problemlos. Die anderen hatte er nicht mehr einholen können. Er hatte es auch nicht versucht. Den Blick auf den überwucherten Waldboden gerichtet, marschierte er einfach drauflos. Er hatte sich dagegen entschieden, der Straße vor dem Shop zu folgen. Er musste realistisch bleiben, sein Knöchel schmerzte noch zu sehr. Immerhin wusste er nun, dass es diese Straße gab.

Der Abend brach an und er verbrachte seine Zeit allein auf der Veranda. Kein Wort sprach er mit Coby oder Padraig.

Ein unsichtbares Gewicht drückte ihn herunter und ließ seine Beine und Arme bleischwer wirken. Sein Verstand hatte dichtgemacht. Träge schwebten Gedankenfetzen durch seinen Kopf, die sich gegenseitig ablösten und ihm nicht in Erinnerung blieben. Die Nacht verbrachte er in der Hängematte, schlief aber wenig.

Als die Sonne aufging, stand er auf und beschloss, weiter die Umgebung zu erkunden. Die geistige Starre hatte nachgelassen. Er würde heute so objektiv wie möglich beobachten, was mit ihm passierte, seine Gefühle analysieren und … was auch immer. Er wusste nicht, was er sonst noch tun konnte. Vielleicht würde ihm unterwegs etwas einfallen. Er wollte nur weg sein, bevor Coby und sein neuer Busenfreund wach wurden. Viel musste er nicht mitnehmen. Er nahm den Leinensack, den er gestern schon gehabt hatte, und packte einen frisch gefüllten Flachmann ein, Zigaretten, Feuerzeug und eine Feldflasche mit Wasser. In einer Küchenschublade fand er Gefrierbeutel und verstaute ein Sandwich darin. Daneben lagen Kabelbinder, die er in seine Hosentasche steckte.

Den Beutel geschultert, stand er einen Moment lang vor der Hütte. Er sah, dass der Himmel bewölkt war. Er nahm wahr, dass kein Wind wehte. Er sah zu den Bäumen herauf, die dicht belaubt ein lückenloses Dach bildeten.

Nach ein paar Schritten hatte er den ersten Baum erreicht, dessen raue Rinde er berührte. Kein Geräusch drang aus dem Wald. »Na dann«, sagte er und ging los in die Tiefen des Forest.

Kian bewegte sich langsam voran. Immer wieder blieb er stehen, lauschte, roch, befühlte Bäume und hörte in sich hinein. Bisher hatten sich keine besonderen Empfindungen bemerkbar gemacht. Bis auf seine dauerhafte Übelkeit und die scharfen Schmerzen in seinem Bauch. Die wurde er nicht mehr los. In regelmäßigen Abständen zurrte er einen Kabelbinder um einen Ast. Mittlerweile hatte er schon in so viele Bäume einen Pfeil geritzt, dass sie nicht mehr als Wegweiser dienen konnten. Er wusste nicht mehr, wohin welcher Weg führte.

Er war seit über zwei Stunden unterwegs, hatte zwar noch keine neuen Erkenntnisse gewonnen, fühlte sich aber entspannt.

Kian stoppte, als er das Surren in seinem Kopf und Körper fühlte, das er mittlerweile kannte. Sein Nacken kribbelte und er drehte sich ein Mal um die eigene Achse, sah jedoch nichts Auffälliges. Sein Instinkt schrie ihn an, dass er sich schleunigst aus dem Staub machen sollte. Doch das würde er nicht tun. Er würde bleiben und herausfinden, was ihn so aufschreckte. Sich damit auseinandersetzen, warum sein Körper verrückt spielte. Stoßweise atmete er die kühle Waldluft ein. Seine Lunge schien sich nicht mehr auszudehnen und schmerzte. Sein Gehirn schien größer zu werden und von innen gegen seinen Schädel zu drücken. Schwindel gesellte sich zu den Schmerzen und bald hatte Kian das Gefühl doppelt zu sehen. Schweiß brach aus. Heftig erbrach er sich und ließ sich an einem Baumstamm herab, auf den Boden gleiten. Nicht normal. Das alles war nicht normal. In seinem Schädel entstand ein Vibrieren, das er kaum aushalten konnte. Seine Stirn gegen die angezogenen Knie gepresst, hielt er sich den Kopf. Er musste hier weg. Wenn er nicht ging, würde er sterben. Doch es war ihm nicht möglich, auch nur einen Muskel zu bewegen. Der Schwindel wuchs weiter. Es war, als wäre er in eine Wäschetrommel geraten und würde nun in alle Richtungen geschleudert werden. Um irgendwo Halt zu finden, umklammerte er den Baumstamm, vor dem er saß.

Er schrie, bis er meinte, seine Stimmbänder würden reißen. »Stooooopp!«

Dann geschah das Unglaubliche. Es hörte auf.

Kian öffnete seine Augen, sein Atem rasselte, in seinen Ohren klingelte es. Kein Surren mehr, kein Vibrieren im Kopf. Langsam hob er ihn an. Auch der Schwindel war vergangen, ebenso wie seine Übelkeit. Mit seinem Unterarm wischte er sich den Schweiß von der Stirn, der Puls donnerte in seinem Hals. Sein Körper hatte noch nicht umsetzen können, dass er keinem Stress mehr ausgesetzt war. Als Kian die Feldflasche aus dem Beutel nahm, fühlten sich seine Arme zentnerschwer an. Er trank und spülte sich den Mund. Erschöpfung machte sich in ihm breit. Er streckte die Beine aus, lehnte sich an einen Baumstamm und schloss die Augen.

Die Kälte weckte ihn. Als er die Augen öffnete, stellte er entsetzt fest, dass es mittlerweile dunkel geworden war. Zu erkennen waren nur noch Schemen. Die Zähne schlugen aufeinander und sein Rücken war schmerzhaft angespannt. Mit steifen Fingern fischte er den Flachmann aus dem Beutel und trank einige Schlucke, die sofort Wärme durch seine Kehle hinab in seinen Bauch schickten und seine Nerven beruhigten.

Aber die Kälte setzte ihm zu. Er musste sich bewegen. Hier konnte er nicht die ganze Nacht lang sitzen bleiben. Er lauschte in die Dunkelheit. Nutzte all seine Sinne, um herauszufinden, ob er sich in Gefahr befand. Es ließ sich nichts Merkwürdiges ausmachen.

Nahezu blind bahnte er sich einen Weg zwischen den Bäumen hindurch. Er stolperte durch den Forest, hielt hin und wieder an, um einen Schluck Whisky zu trinken, und ging wieder weiter.

Automatisch setzte er einen Fuß vor den anderen. Immer weiter schleppte er sich voran. Seine Fußsohlen brannten, als die Morgendämmerung einsetzte. Linker Fuß. Rechter Fuß. Wo war er? War es wichtig? Nein. Er musste nur weiter. Immer weitergehen. Der Drang, sich hinzulegen und zu schlafen, wurde immer mächtiger. Kian blieb stehen. Er schwankte, seine Augen tränten, sein Hals stach. Nicht setzen. Nicht legen. Weitergehen. Wohin? Er wusste es nicht.

Im Geist sah er die Hängematte vor sich. Diese wunderschöne Hängematte. Sie konnte ihn in den Schlaf schaukeln. Ihre Seiten würden sich eng um seinen Körper schließen. Die Hängematte bedeutete das Paradies. Er torkelte zum nächsten Baum und stieß sich die Schulter an ihm. Sein Rücken würde sich entspannen, wenn er in ihr lag. Zum nächsten Baum. Er würde sich eine Decke bis über die Ohren ziehen und seine Muskeln würden aufhören zu zittern. Weiter. Ein Schritt nach dem anderen. Sein Kopf auf einem Kissen. Sein Nacken könnte herrlich entspannen. Als Kian seinen Kopf in den Nacken legte, um ihn etwas zu lockern, traute er seinen Augen nicht.

Ein Zauber. Was er gerade erlebte, war die Magie des Forest. Es gab verdammt noch mal keine andere Erklärung dafür. Sein müdes Hirn war überfordert. Sein Geist flüsterte ihm zu, dass er es schon die ganze Zeit gewusst hatte. Es gab sie. Diese Dinge, die einem unheimlich waren, weil man absolut keine Erklärung für sie fand.

Coby und Padraig standen auf der Veranda, die wie aus dem Nichts in seinem Sichtfeld aufgetaucht war.

Kian merkte, dass er nach vorn fiel, als seine Beine nachgaben. Plötzlich wurde er links und rechts unter den Armen gepackt. Er blinzelte. In der nächsten Sekunde standen sie vor der Hüttentür.

Kian regte sich. Etwas schwankte. Die Erde? Oder er? Seine Finger tasteten den Untergrund ab, auf dem er lag. Löcher. Nein, Maschen. Er lag in der Hängematte. Wie konnte das sein? Er hatte gerade noch an sie gedacht und schon war er hier. Seine Blicke huschten umher. Tatsache, er war zurück. Wie war er hergekommen? Er erinnerte sich an ein schreckliches Gefühl, das da war und dann nicht mehr. Seine schmerzenden Füße. Erschöpfung. Dann nichts. War er allein hier? War alles ein Traum? Gab es Padraig? Und was war mit Coby?

Er brauchte etwas zu essen und zu trinken. Vielleicht würde sich sein Kopf dadurch klären.

Jeder Schritt schmerzte. Seine Füße waren langes Wandern nicht gewohnt. Nebenbei registrierte er, dass er keine Schuhe mehr trug. Er ging hinein und sah Padraig und Coby Karten spielen. Sie hielten inne, als er hereinkam und auch er bewegte sich nicht. Seine Gedanken waren träge. Hier vor ihm saßen zwei Männer. Es gab Padraig wirklich. Aha. Was war sonst noch real? Er wusste es einfach nicht.

»Lasst euch nicht stören«, sagte er. Seine Stimme hatte einen kratzigen Klang. Er ging in die Küche. Die Uhr dort zeigte an, dass es fast halb fünf am Nachmittag war.

»Alles okay, Junge?«, fragte Coby.

»Bestens.« Er machte, dass er rauskam. An Gesprächen hatte er kein Interesse. Er musste seine Gedanken ordnen und überlegen, was um Himmels willen passiert war.

Während er seine Brote aß und Kaffee und Wasser trank, war sein Kopf angenehm leer. Er lauschte dem Rascheln der Blätter, dem Rauschen des Windes und war dankbar, hier und am Leben zu sein.

Mit Verwunderung musste er zugeben, dass er es liebte, hier zu sein. Diese Veranda war ein Zuhause für ihn. Hier konnte er sitzen, rauchen und nachdenken.

Nach und nach füllten sich die blinden Flecke mit Bildern. Der Einkauf war keine Einbildung gewesen. Ebenso wenig wie das seltsame Gespräch mit Padraig. Er sollte sich öffnen und sehen, dass der Forest ihn beschenken wollte. Er konnte sich keinen Reim auf diese Worte machen. Padraig. Scham überkam ihn. Was war in ihn gefahren? Der Mann ließ sie hierbleiben, er versorgte sie mit allem, was sie brauchten und mehr. War er nicht überaus freundlich gewesen? Wie wahrscheinlich war es, dass dieser Mann ihn im Dachboden eingesperrt hatte? Warum hätte er es tun sollen? Er schluckte. Im Hinblick auf seinen neuesten Blackout war es nicht mehr auszuschließen, dass er sich alles, was angeblich auf dem Dachboden passiert war, nur eingebildet hatte. Er würde sich entschuldigen, aber vorher musste er gründlich darüber nachdenken, was er erlebt hatte.

Da war dieser Ort gewesen, an dem er beschloss zu bleiben, obwohl er nichts lieber getan hätte, als zu fliehen. Kian schnaubte, als er daran dachte, dass er sich bis vor Kurzem noch hatte vorstellen können, dass unterirdische Wasseradern der Grund für negative Befindlichkeiten sein könnten. Auf keinen Fall.

Was mit ihm passiert war, war Folter. Eine einzige Qual, nicht bloß Unwohlsein. Es steckte weitaus mehr dahinter als ein Naturphänomen. Warum gab es im Forest diese vereinzelten Punkte, an denen sich das Innere nach außen stülpte? Wie kam es, dass es so schlimm wurde, dass er gedacht hatte, sterben zu müssen?

»Scheiße!«, rief er und riss die Augen auf. Ihm war wieder eingefallen, dass er in den Forest gebrüllt hatte, es solle aufhören und schlagartig alles vorbei gewesen war.

Coby stürmte aus der Hütte. »Was! Was ist denn los?«

Kian räusperte sich. »Sorry. Mir ist nur etwas eingefallen. Geh weiter Karten spielen. Ich komm klar.«

Coby schluckte und wartete einen Moment. Vielleicht, um zu sehen, ob Kian es sich anders überlegen würde und doch Hilfe brauchte. Schließlich nickte er und ging wieder hinein.

Kian war aufgewühlt. War es wirklich möglich, dass er selbst den Irrsinn gestoppt hatte? Sein Herzschlag stolperte. Es konnte Zufall gewesen sein, aber was, wenn nicht? Was, wenn er dazu in der Lage war, den Forest zu beeinflussen? Was genau bedeutete es dann? Konnte er dem Forest befehlen, ihn gehen zu lassen? Oder drehte er gerade komplett durch? Kian ballte die Hände und überlegte weiter.

Er war nach der Attacke zu Tode erschöpft gewesen und stundenlang umhergeirrt. Wie konnte er überhaupt zurück zur Hütte finden, obwohl es stockdunkel war? Das war unmöglich. Es sei denn, auch hier waren Kräfte am Werk, die er noch nicht verstand. Er rieb sich mit den Händen durch sein Gesicht. Was passierte hier?

Er durfte bei allen Sonderlichkeiten die Tatsache nicht vergessen, dass er wegmusste. Er könnte es auf einen Versuch ankommen lassen und seine neu entdeckte Kraft testen. War er bescheuert? Seine Kraft testen? Die Welt war kein Marvel-Universum. Dennoch, ein Versuch schadete nicht. Konnte er hier an der Hütte überhaupt etwas ausrichten oder ging das nur in einem Areal, in dem er die Energie des Forest spürte? Musste er es herausschreien oder klappte es auch, indem er nicht seine Stimme erhob?

Am besten, er appellierte zuerst an Padraigs Hilfsbereitschaft. Außerdem konnte der ihm bestimmt einige offene Fragen beantworten.

Nachdem er sich dazu entschieden hatte, sich zu entschuldigen und erneut mit Padraig zu sprechen, wurde er so müde, dass das Gespräch warten musste. Er konnte nur hoffen, dass die Müdigkeit nicht von seiner Krankheit herrührte, denn dann bestand die Gefahr, dass er nicht mehr aufwachte.

Kian brauchte trotz seiner Erschöpfung lange, bis er innerlich zur Ruhe kam. Seine Gefühle peitschten wild durcheinander durch seinen Körper. Es war die ungewohnte Mischung aus Verzweiflung und Hoffnung, durch die er sich im Kreis drehte. Als er halb wach war und halb schlafend, hatte er das Gefühl, jemand berühre ihn an der Wange. Er riss die Augen auf und den Kopf hoch, sah aber niemanden. Dann hörte er Schritte im Laub. Oder war es nur der Wind, der Blätter aufwirbelte? Ein Kratzen und Knarren drang von der Hüttenwand zu ihm. Ein Käuzchen schrie in der Nähe. Es war das erste Tiergeräusch, das er bewusst wahrnahm seit seiner ersten Nacht im Wald. Er bekam eine Gänsehaut und fühlte sich plötzlich nackt und ungeschützt draußen.

Er nahm seine Bettdecke und das Kissen und ging hinein. Die Tür schloss er ab. Dann legte er sich auf die Couch und war bald darauf eingeschlafen.

Die Männer frühstückten gemeinsam.

Kian räusperte sich. »Mister Geffridge, danke, dass wir hier bei Ihnen unterkommen durften. Gestern, da … jedenfalls bitte ich Sie um Entschuldigung. Ich konnte die Situation nicht einschätzen.«

Das Geffridge-typische Lächeln zeichnete sich auf seinem Gesicht ab. »Und jetzt sind Sie in der Lage dazu?«

»Ich weiß es nicht. Aber es heißt ja, im Zweifel für den Angeklagten.«

Padraig lachte.

»Was ist gestern da draußen passiert?«, meldete sich Coby zu Wort. »Dachte schon, du hättest dich zum grauen Mann gesellt.«

»Ich wollte wissen, was es mit dem Forest auf sich hat. Warum ich mich an manchen Stellen so fühle, wie ich mich fühle. Ich wollte Antworten finden.«

»Eine ausgezeichnete Entscheidung.«

»Padraig, bist du Lehrer? So wie du reden doch nur Lehrer. Oder vornehme Leute. Oder Reiche«, sagte Coby mit vollem Mund.

»Ein Lehrer, das gefällt mir.« Padraig sah nachdenklich an die Decke. »Ich habe mich der Philosophie verschrieben und sie, neben Geschichte, studiert. Gelehrt habe ich nie. In meinem früheren Beruf habe ich das Lokalkolorit untersucht und Sachbücher darüber verfasst.«

»Lokal…, was?«, fragte Coby.

Padraig wandte sich ihm zu. »Ich habe die Besonderheiten und Bräuche der Region rund um den National Nature Reserve untersucht. Die Legenden, die Sehenswürdigkeiten, die Eigenarten.«

»Aha. Kian, schieb mal die Marmelade rüber!«

»Mittlerweile arbeite ich für eine Gesellschaft, die sich ›Danger Zone Adventures‹ nennt. Dieses Unternehmen plant Führungen für Touristen, die ein Faible für, sagen wir, besondere Orte haben. Sie sind rund um den Erdball vertreten und immer auf der Suche nach sagenumwobenen Neuentdeckungen. Und die liefere dann ich. Ich setze mich mit der Geschichte einer Gegend auseinander, über die Gerüchte kursieren und schreibe Abhandlungen, auf deren Basis dann die Touren geplant werden.«

»Ah, Grusel-Tours sozusagen.« Coby lachte über seinen eigenen Witz.

»Jetzt wird mir einiges klar. Das Miniaturdorf. Die Ketten. Der Totenacker. Alles ist Teil der Show«, sagte Kian.

Padraig lächelte. »Mister Kian, nichts davon ist Teil irgendeiner Show. Aber lassen wir das. Erzählen Sie mal. Sie haben sich also aufgemacht, um zu erkunden, was es mit dem Forest auf sich hat, so sagten Sie. Entschuldigen Sie bitte meine Neugierde, aber zu welchem Schluss sind Sie gekommen?«

»Ich denke, Sie wissen viel besser als ich, was hier vor sich geht. Vielleicht sollten Sie eher mich aufklären.«

»Jeder trägt seine eigene Wahrheit in sich. Objektivität ist eine Illusion. Ich weiß demnach nicht mehr als Sie.«

»Ein Philosoph, wie er leibt und lebt«, antwortete Kian. »Tja, ich werde nicht schlau aus meinen Eindrücken. Es könnte alles Einbildung sein. Oder Zufall.«

»Glauben Sie das wirklich?«

Kian zuckte die Achseln. Er würde vor Padraig nicht zugeben, dass er mittlerweile mehr und mehr daran glaubte, dass der Forest tatsächlich mystisch war. Es war eine sehr dunkle Mystik, aber sie war da. Was es auch immer mit dem Wald auf sich hatte, er musste hier raus und Padraig konnte ihm helfen.

»Mister Geffridge, ich brauche wirklich Ihre Hilfe. Wenn Sie wissen, wie ich aus dem Forest finde, dann sagen Sie es mir bitte. Übermorgen muss ich im Krankenhaus sein. Es ist wirklich wichtig.« Seine Kurzatmigkeit verlieh seinen Worten Dringlichkeit.

Padraig sah ihn an und schwieg. Himmel, er machte es ihm nicht leicht.

»Ich brauche einen Herzschrittmacher. Die Operation muss so bald wie möglich durchgeführt werden. Unter anderen Umständen würde ich meinen Selbsterfahrungstrip gern ausdehnen, aber diese Zeit habe ich nicht.«

Padraigs Blick wurde nachdenklich. Er starrte auf die Tischplatte und Kian hielt den Atem an. »Nun, ich stehe zu dem, was ich gesagt habe. Der Forest hat seine eigenen Gesetze, und solange Sie nicht aus eigener Kraft herausfinden, ist es für Sie noch zu früh, um zu gehen. Andererseits sehe ich Ihre Not und verstehe nun auch, warum Sie auf der Stelle treten. Ihre Physis lenkt Sie ab. Ihre Angst vor dem Tode. Daran werden Ärzte auch nichts ändern können. Die Haltung der Navajo-Indianer bringt es auf den Punkt. Ein Arzt gibt Ihnen Pillen für Ihren Körper, aber keine Lieder für Ihre Seele.«

»Jawoll!«, rief Coby. »Gefällt mir! Und was ist jetzt, Padraig? Schöne Sprüche machen den Jungen auch nicht gesund.«

Padraig seufzte. »Packen Sie zusammen, was Sie brauchen, Mister Kian. Ich bringe Sie hier heraus.«

Kian konnte es nicht fassen. Alles war letzten Endes so schnell gegangen, dass er noch keine Gelegenheit dazu gehabt hatte, seine Erleichterung zu genießen.

Unter dem Fahrgestell seines Wagens befand sich seit Jahren ein Ersatzschlüssel für sein Fahrzeug, jetzt benutzte er ihn zum ersten Mal.

Er saß in seinem Auto und war auf dem Weg zu einem Motel in der Nähe des Krankenhauses. Als ihm bewusst wurde, dass er es tatsächlich pünktlich zu seinen Therapien schaffen würde, musste er einen Rastplatz anfahren, weil sich all seine Muskeln in Brei verwandelt zu haben schienen.

Da war sie, die Erleichterung.

Ein dunkler Ort

Kian lag in einem Dreibettzimmer des Krankenhauses auf der Kardiologie. Morgen würde er operiert werden. Er starrte an die Decke und horchte in sich hinein. Jetzt, da er hier lag und in Sicherheit war, merkte er deutlich, wie krank er sich eigentlich fühlte. Kalter Schweiß lag auf seinem Gesicht. Schwindel und unlöschbarer Durst quälten ihn. Außerdem hatte er das Gefühl, nur schwer Luft zu bekommen. Deshalb erhielt er nun Sauerstoff über eine Maske.

Würde die Operation komplikationslos verlaufen? Ginge es ihm danach endlich wieder gut? Seine Hände zitterten, als er zu dem Glas auf seinem Nachttisch griff. Die Ärzte hatten ihn über die Risiken der Operation aufgeklärt. Da er täglich Alkohol getrunken hatte, war sein Immunsystem geschwächt. Komplikationen seien in dem Fall keine Seltenheit. Aber er hatte keine Wahl, als die Operation durchzuziehen. Oder doch? Ihm wurde gesagt, seine Herzschwäche wäre durch seinen schädlichen Gebrauch von Alkohol und Zigaretten entstanden und er solle alles daran setzen, mit dem Rauchen und dem Trinken aufzuhören. Doch das konnte er sich nicht vorstellen. Alles in ihm schrie nach einem Kaffee spezial.

Was, wenn er jetzt einfach ginge? Schnurstracks in Richtung Pub oder in den nächsten Spirituosenladen. Das Verlangen nach Alkohol kämpfte gegen die rationale Gewissheit, dass er diese Operation brauchte. Er konnte doch die Operation mitnehmen und nach seiner Entlassung sein gewohntes Leben wieder aufzunehmen. Es war ihm egal, wie viel Zeit ihm noch blieb. Lieber einige Jahre ohne Entbehrungen, als zig Jahre mit diesen leben zu müssen.

Kian öffnete die Augen und fragte sich, warum er nicht in der Hängematte lag, sondern im kleinen Schlafzimmer der Hütte. Was waren das für Stimmen um ihn herum? Er war so müde und konnte sich nicht bewegen. Es war eine Wohltat, als er die Augen wieder schloss. Er hörte gemurmelte Gespräche zwischen Coby und Padraig, konnte aber nicht erfassen, worüber sie sich unterhielten. Dann tauchte er wieder ab.

Nach zwei Tagen wurde er aus dem Krankenhaus entlassen. An die Zeit kurz nach seiner Operation konnte er sich nicht mehr erinnern. Wahrscheinlich war es gut so. Ihm wurde ans Herz gelegt, einen Antrag auf Rehabilitation auszufüllen, aber das wollte er nicht. Er wollte Zeit für sich haben, um mit den Ereignissen der letzten Zeit klarzukommen. Schonen konnte er sich auch bei Noah, der sich bereit erklärt hatte, ihn bei sich aufzunehmen und ihn zu seinen Untersuchungen zu fahren.

Die erste Zeit schlief er unglaublich viel. An die Zeiten, in denen er wach war, konnte er sich nicht erinnern.

In der dritten Woche nach seinem Krankenhausaufenthalt durfte er endlich wieder duschen. Noah saß auf der Toilette, um zur Stelle zu sein, sollte es Probleme geben. Das Duschen kostete ihn Kraft und er war nicht in der Lage, seine Stimme laut genug zu erheben, sodass Noah ihn über das Rauschen des Wassers verstehen konnte. Er hatte schon genug mit seinem Schwindel zu kämpfen. Erst als er abgetrocknet und angezogen neben ihm im Wohnzimmer saß, unterhielten sie sich bei einem Glas Wasser.

Kian hielt sein Glas in der Hand, drehte es hierhin und dorthin und inspizierte es, als sei er auf der Suche nach Leben im Leitungswasser.

»Kommst du klar? Ich meine, bist du noch auf Entzug?«

Kian war dankbar dafür, dass Noah sämtliche Alkoholvorräte aus seiner Wohnung entfernt hatte. Aber auch ohne sie ständig vor Augen zu haben, ließ ihn die Sehnsucht nicht los, sich mit Alkohol zu betäuben.

»Ja. Es ist verdammt schwer, mich jeden Tag, jede Stunde davon abzuhalten, an Bier oder Whisky zu denken. Hinzu kommt, dass ich nicht mehr schlafen kann. Der Alkohol hatte mir dabei geholfen.«

»Ja, aber du hast doch Tabletten bekommen für die Nacht. Ich hab sie doch selbst aus der Apotheke geholt.«

»Die nehm ich nicht. Es liegt ja nicht daran, dass ich nicht einschlafen kann. Das Problem sind meine Träume. Seit ich im Forest war, träume ich jede Nacht von ihm.«

»Sind es unangenehme Träume?«

»Manchmal ja und manchmal auch nicht. Ich wache jedes Mal auf und denke, dass etwas unerledigt ist. Es macht mich wahnsinnig.«

Kians Handy klingelte. Es war Noah, dem er seit über drei Wochen zur Last fiel. Er sammelte sich einen Moment, dann straffte er die Schultern und bemühte sich, einen lockeren Tonfall aufzusetzen, als er abhob. »Noah, was verschafft mir das Vergnügen?«

»Na, Alter? Ich wollte dich nur vorwarnen. Glenda kommt heute vorbei. Behalt also nach vier Uhr deine Hose oben okay?«

»Kein Problem. Ich muss sowieso nachher noch los. Hab einen Besichtigungstermin.« Was gelogen war. Aber vielleicht ergab sich noch etwas.

»Oh. Bist du dir sicher, dass du wirklich schon ausziehen willst? Ehrlich, Kian, dir scheint es immer noch schlecht zu gehen.«

Wenn der wüsste! Er musste Noah zugutehalten, dass er sich wirklich besorgt anhörte und ihm nie das Gefühl gab, unwillkommen zu sein.

»Es wird Zeit, wieder in den Sattel zu steigen. Ich lass es langsam angehen.«

Nicht lange und sie legten auf. Kian fiel in sich zusammen. Er wusste, wie sehr er abgebaut hatte und dass man es ihm ansah. Aus diesem Grund gab er sich besonders viel Mühe, die Sorgen der anderen zu zerstreuen. Er hatte stark abgenommen und von seinen Muskeln war nicht mehr viel zu sehen. Schweißausbrüche und Übelkeitsattacken waren seine ständigen Begleiter. Was er aß, kam entweder durch den Eingang vorn oben oder durch den hinten unten wieder heraus. Nachts litt er unter Schüttelfrost und am Tage war er so unruhig, dass er den verpassten Schlaf nicht nachholen konnte. Wenigstens seine Narbe hatte ihm von Anfang an keine Probleme bereitet. Doch er wollte tatsächlich so bald wie möglich ausziehen. Nicht, weil er glaubte, allein gut zurechtzukommen, auch nicht, um Glenda und Noah nicht im Weg zu sein. Er wollte es, weil es ihn unbeschreiblich anstrengte zu verbergen, wie schlecht es ihm tatsächlich ging.

Die Operation war gut verlaufen, und die Erleichterung zu wissen, dass sein Herz nun zuverlässig pumpte, war enorm gewesen. Er verpasste keine Nachuntersuchung, ließ sich Blut abnehmen, seinen Urin untersuchen und wartete darauf, dass es wieder aufwärts mit ihm ging. In der ersten Zeit nach dem Eingriff ging er davon aus, dass es normal war, sich elend zu fühlen. Er war zuversichtlich, dass es bald anders werden würde. Doch das Ausmaß seiner Beschwerden war nicht normal, wie ihm sein Arzt sagte. Er fiel in ein Loch, aber schluckte brav seine Pillen. Gegen Bluthochdruck, gegen Übelkeit, gegen Durchfall, gegen Schlafstörungen, ein Antibiotikum, etwas gegen Schmerzen und etwas, dass sein Blut verdünnen sollte, damit es nicht zu einer Thrombose kam. Nichts half gegen das, wogegen es helfen sollte, mit Ausnahme des Blutverdünners. Verdammt noch mal! Warum ging es ihm jetzt schlechter als noch vor der Operation? Die Meinung der Ärzte war eindeutig. Seine Psyche sei schuld. Er hatte es so hingenommen und besuchte seit zwei Wochen einen Psychotherapeuten – und das drei Mal die Woche.

Kian schlug den Kragen seiner Jacke hoch. Ihm war ständig kalt. Die Kälte kam aus seinem Inneren, so viel war klar.

Er setzte sich auf eine Bank, die einen spektakulären Blick auf den Loch im Tal bot. Umgeben von Hügeln, Wiesen und Heidekraut, spiegelten sich auf ihm die Wolken. Er liebte die Natur der Highlands. Sofort wanderten seine Gedanken zurück zum Forest, so wie jeden Tag unzählige Male. Der Unterschied der Vegetation zwischen dem wilden Wald und der kargen, aber wunderschönen Landschaft hier, konnte größer nicht sein. Ein Gefühl ließ ihn nicht los, das ihm regelmäßig den Magen umstülpte. Bisher hatte er ihn immer und immer wieder verdrängt. Es war Zeit, sich seiner Angst zu stellen. Aus der Innentasche seiner Jacke zog er einen Flachmann und starrte ihn an. Plötzlich hatte er Mühe zu schlucken.

Seitdem er aus dem Forest zurück war, hatte er keinen Alkohol mehr getrunken. Er drehte die silberne Flasche in seinen Händen hin und her. Steckte sich eine Zigarette an. Spürte der Lust nach dem köstlichen Brennen nach, den der Whisky bei seinem Weg durch seine Kehle hinterlassen würde. Seine Hände begannen zu zittern. Doch er blieb standhaft.

Nun zwang er sich dazu, seine dunklen Gedanken und Gefühle aus der Kammer zu holen, in die er sie gesperrt hatte. Er hatte eine Vermutung, warum es ihm schlecht und schlechter ging. Doch aussprechen konnte er es keiner Menschenseele gegenüber. Alle würden ihn für verrückt halten. Doch er war sich sicher. Ihn hatte etwas aus dem Forest mit in seine Welt begleitet. Etwas hatte sich an ihn gehängt wie ein Parasit und wirkte in ihm. Er spürte etwas Dunkles, Lauerndes. Der Forest war noch nicht fertig mit ihm. Die plötzliche Wucht der Erkenntnis, die er sich nun eingestand, raubte ihm den Atem. Jedes Luftholen verursachte ein rasselndes Geräusch. Ihm wurde schwarz vor Augen. Der Forest, von dem er sich Veränderung und Heilung versprochen hatte, war dabei, ihn zu vernichten. Hier saß er in der Sonne in trügerischer Sicherheit, spürte aber doch den Schatten der uralten Bäume, der ihn frösteln ließ. Einmal herausgelassen, wurde er überschwemmt von Gefühlen und Gewissheiten. Selbst jetzt, meilenweit entfernt von ihm, ließ der Forest ihn nicht gehen. Er war böse. Ein dunkler Ort und er hatte viel zu lange jedes einzelne Warnsignal ignoriert.

Kian fühlte sich an zahllose Horrorfilme erinnert, in denen Menschen mit Ouija-Brettern experimentierten und alle den gleichen Fehler machten. Sie verabschiedeten sich nicht, bevor sie aufhörten, mit den Geistern zu sprechen. Dadurch blieb eine Tür geöffnet. Hatte Mister Geffridge nicht deutlich gesagt, dass der Forest ihn erst gehen ließ, wenn er bereit dazu war? Und wer entschied, ob er bereit dazu war? Natürlich der Forest. Erst, wenn er selbst den Weg hinausgefunden hätte, wäre er frei gewesen.

Er hatte einen riesengroßen Fehler gemacht. Sein körperlicher Zustand war der Beweis. Es gab sie, die Magie und sie griff nach ihm. Egal, wie weit er von dessen Quelle entfernt war.

Oh, Gott, was sollte er tun? Er hätte seine Gedanken besser in der Kammer belassen. Jetzt bekam er die Tür nicht mehr zu. Konnte sie nicht mehr aussperren. Sein Blick fiel auf seine zitternden Hände, die immer noch den Flachmann umklammerten. Mit aller Macht kämpfte er gegen die Dunkelheit an, die sich um ihn legte. Verdammt, er würde nicht klein beigeben! Mit geschlossenen Augen rief Kian seine Gefühle zur Ordnung. Ja, er war in einer schlimmen Lage. Aber es gab eine Lösung, er musste sie nur finden.

Ohne sich bewusst dazu entschieden zu haben und immer noch mit geschlossenen Augen, schraubte er die Flasche auf und inhalierte das Aroma des Whiskys. Er stellte sich das weiche Gefühl des Alkohols auf seiner Zunge vor. Den nussigen, leicht fruchtigen und rauchigen Geschmack, das Brennen in seiner Kehle, die Wärme in seiner Brust. Seine Gedanken rasten nicht mehr, sie wurden langsamer und leiser, bis sie schließlich Ruhe gaben. Die Kraft, die es brauchte, um der Versuchung von Alkohol zu widerstehen, löschte alle anderen Gedanken aus.

»Hey-o Alter!«

Kian riss die Augen auf und sah Calum auf sich zu kommen. Die Männer klatschten sich ab.

»Jo, hab dich lang nicht mehr geseh'n im O.« Calum setzte sich neben ihn.

Kian nickte nur. Er war noch ganz gefangen von seinen Gedanken und Gefühlen.

»Alter, wolltest du dem Flachmann nur die Sonne zeigen, oder was?« Calum nahm ihn ihm ab und trank einige große Schlucke. Kians Mund fühlte sich ausgedörrt aus. Er starrte auf Calum. Auf dessen Kehlkopf, der bei jedem Schluck auf und ab hüpfte. Sein Herz raste und er begann zu schwitzen.

»Halt, Calum!«, brüllte er und riss ihm die Flasche aus der Hand.

»Uou! Immer langsam. Hätt dir schon noch was drin gelassen.« Calum lachte.

Kian sah auf seine Fußspitzen. »Ich bin auf Entzug.«

»Warte, du bist auf was? Willst du mich verscheißern? Warum? Würd ich niemals machen. Was is schon dabei, sich die Weiber ein bisschen schöner zu saufen, oder?« Er lachte. Als Calum registrierte, dass Kian weiterhin schwieg, stieß er ihn mit seiner Schulter an. »Echt, Alter. So kenn ich dich gar nicht. Wo ist der Bastard hin, der immer für ein Gläschen zu haben war? Warst um einiges entspannter.«

Kians Atemfrequenz stieg. Er leckte sich über die Lippen. »Komm schon, Mann. Ich lad dich auf was ein. Die andern Jungs sind schon im Pub.«

»Keine gute Idee«, presste Kian hervor.

»Pass auf, Mann, ich sag dir was. Komm einfach mit. Wir bringen dich auf andere Gedanken. Du willst dein Wässerchen trinken? Okay, mach's. Aber du kannst doch nicht deine Freunde hängen lassen, nur weil du jetzt einen auf Gesundheitsfreak machst.«

Nach einem kurzen Augenblick hob Kian den Flachmann und trank.

»Yeah, Alter! Willkommen zurück!«

Ein scharfer Kopfschmerz weckte ihn. Intuitiv legte er eine Hand über seine Augen, bevor er sie öffnete. Sie waren verklebt und er rieb sich behutsam die Verkrustungen aus den Augenwinkeln. Wo zur Hölle war er? Vor einem bodentiefen Fenster bauschten sich zarte weiße Vorhänge im Wind. Beige Wände, eine weiße Decke und … oh. Eine Frau lag neben ihm im Bett. Eine blonde Frau mit langen Haaren. Sie drehte ihm ihren Rücken zu. Ihren fast nackten Rücken. Kians Hände fuhren seinen Körper hinab. Okay, er trug seine Boxershorts. Es konnte alles passiert sein oder auch nichts. Wahrscheinlich eher nichts. Er sah aus wie ein Junkie. In seiner Vorstellung wohnten Frauen, die sich mit Junkies einließen, nicht in so einer gepflegten Umgebung. Dennoch hob sich einer seiner Mundwinkel. Er schien es sogar halb tot und stockbesoffen noch drauf zu haben. Dann folgte Entsetzen. Was hatte er getan? Er hatte es in den Sand gesetzt. So lange hatte er es geschafft, alkoholfrei zu bleiben und nun das. Scham brannte in ihm, dann schlief er wieder ein.

Als er das nächste Mal aufwachte, lag er allein im Bett. In Zeitlupe richtete er sich auf und stellte fest, dass er immer noch nicht die geringste Ahnung hatte, wo er hier war. Kian räusperte sich. »Hallo?« Er zog die Augenbrauen zusammen. Sein Hals fühlte sich an wie mit Schmirgelpapier bearbeitet.

»Hey«, hörte er eine weibliche Stimme außerhalb seines Sichtfelds sagen. Dann betrat sie das Schlafzimmer.

Kians Augen weiteten sich. »Ally? Was …«

Sie lächelte ihn an. »Keine Sorge. Ich hab dich nicht angerührt, ich schwöre.« Sie hielt zwei Finger in die Höhe.

Dann war sie wieder weg.

Sie saßen gemeinsam an einem Holztisch in ihrer Küche. Alles war hell, die Wände, die Möbel, selbst Ally. Es schmerzte fast in seinen Augen, diese ganze Helligkeit. Ally hatte ihm Kopfschmerztabletten gegeben und er war ihr dankbar dafür. Anders wäre er nicht in der Lage gewesen, aufrecht hier am Tisch zu sitzen.

»Okay. Ich bin bereit. Sag mir, was passiert ist, Ally. Ich entschuldige mich schon mal vorab.« Sein Kaffeebecher wärmte seine kalten Hände.

»Du bist ins Pub gekommen, hast was getrunken, wusstest nicht, wohin, und ich hab dich mit zu mir genommen. Danach das Übliche. Knutschen, fummeln und dann schlafen.«

Sie lachte über seinen Blick. Ihm stand der Mund offen.

»Ehrlich, du warst ein Gentleman, Kian. Ein sehr betrunkener Gentleman, aber nichts, mit dem ich nicht zurechtkäme.«

»Davon geh ich aus.« Kian fuhr sich mit einer Hand durch das Gesicht. »Oh, Gott, es tut mir leid, Ally. Ich befinde mich gerade in einer schwierigen Phase.«

»Davon geh ich aus«, sie lächelte immer noch. Was für eine Frau! Sie imponierte ihm. Sie war hübsch, verfügte über Humor und hatte ihn mit zu sich genommen. Sie schwiegen. Eine Frau, die keine Fragen stellte und schweigen konnte. Er war verliebt.

»Danke, dass du mich mitgenommen hast. Noah und seine Freundin wären sicher nicht allzu glücklich gewesen, wenn sie mich heute Morgen auf ihrem Wohnzimmerteppich vorgefunden hätten.«

Sie lächelte ihn an und schwieg noch immer. Sein Blick fiel auf ihr enges Top, auf dem ein Kettenanhänger an einem Lederband ruhte, der aussah, wie aus Mahagoni gefertigt: eine ungefähr fünf Zentimeter lange, gekrümmte Kralle, verziert mit kunstvollen Schnitzereien.

Ally fing seinen Blick auf und nahm den Anhänger in die Hand. »Sie ist schön, oder? Hab ich auf den Philippinen geschenkt bekommen. Ich hatte ein Work-and-Travel-Visum und habe auf einem Bauernhof geholfen. Dort wurden Wasserbüffel für die Feldarbeit eingesetzt. Wenn ein Tier stirbt, dann nutzen die Bauern das Horn, um Schmuck davon herzustellen. Den verkaufen sie den Touristen und sparen das Geld, bis sie einen neuen Büffel kaufen können.« Ally lächelte. »Ich trage sie immer. Die Kette ist nicht nur wunderschön, ich kann sie auch zur Selbstverteidigung nutzen.«

»Nehmt euch in Acht vor Ally und ihrem Büffelhorn!«

»Lach nicht! Hast du schon mal einen Schlag mit einem Büffelhorn abbekommen? Ich denke nicht.«

Sie lächelten sich an.

»Wohnst du eigentlich weit weg vom ›O'Reilleys‹?«, fragte Ally.

»Ich wohne derzeit bei meinem Kumpel Noah. Zum Glück hab ich es nicht weit bis zur Arbeit.«

Sie nickte, saß entspannt auf ihrem Stuhl und nippte an ihrem Kaffee.

»Ich wusste nicht, wohin. Meine Beziehung ist in die Brüche gegangen und dann bin ich krank geworden. Nein, falsch. Ich war schon krank, aber dann habe ich davon erfahren. Ich wurde operiert und nun versuche ich, wieder auf die Beine zu kommen. Tja. Das war die abgekürzte Version.« Auch er trank einen Schluck.

Sie schwieg, sah ihn aber aufmerksam an. Automatisch füllte er das Schweigen zwischen ihnen.

»Jetzt halte ich mich an meinen Behandlungsplan, gehe drei Mal die Woche zu einem Therapeuten und trotzdem ist alles so … keine Ahnung. Ich hab das Gefühl, nichts mehr unter Kontrolle zu haben.« Er tippte sich an die Stirn. »Ich glaube, da oben stimmt etwas nicht. Glaubst du an Übernatürliches? Also, ich rede jetzt nicht von Aliens oder so. Sondern von Wäldern, aus denen man irgendwas Düsteres mit rausnimmt. Ich meine, komm schon.«

Kian lachte unsicher, fuhr sich durch sein Haar und sah in Allys schönes Gesicht.

Sie sah ihn mit zusammengekniffenen Augen an. »Ich bin Schottin. Natürlich glaube ich an so was.«

Sie sahen sich an und die Stimmung veränderte sich. Es lag eine Spannung zwischen ihnen, mit der Kian gerade nicht umgehen konnte. Er war verkatert und hasste sich dafür. Eine schlechte Basis, um zu flirten. Aber wow! Er und Ally mit der Büffelhornkette! Stopp! Er hatte genug Baustellen und sollte schleunigst gehen, bevor er ihre gute Meinung von ihm revidierte.

Kian atmete durch. »Danke noch mal Ally. Ich glaube …«

»Was? Du willst gehen? Jetzt? Du lässt mich mit der Story von dem düsteren Wald einfach so hängen? Wann erzählst du sie mir?«

Kian lächelte. »Sobald ich kann.«

Sie sind verrückt wie ein Hutmacher!

Auf dem Weg zu Noahs Wohnung wurden seine Schritte immer langsamer, sobald er feststellte, dass keine Menschen um ihn herum waren und er sich mitten in der Natur befand. Er ließ sich auf eine Bank fallen. Er hatte versagt. Heiß kroch die Scham in ihm hoch und ließ seinen Kopf zentnerschwer werden. Er war ein verdammter Idiot! Eine Welle der Verzweiflung brandete über ihn hinweg. Die letzten Wochen waren umsonst gewesen. Seine ganzen Kämpfe nichts zu trinken, völlig überflüssig. Selbsthass breitete sich in ihm aus. Ließ ihn mit den Zähnen mahlen und trieb ihm Tränen in die Augen. Gar nichts hatte er unter Kontrolle. Was hier in Lochinver geschah, war das Gleiche, das auch in Glasgow passiert war. Er stürzte ab. Sechs verdammte Jahre waren vergangen und er lief auf der Stelle. Nichts war besser geworden.

Dann hielt er die Luft an. Aber war es nicht so, dass der Alkohol ihm geholfen hatte? Ihn sogar rettete? Er half ihm nicht nur, sich zu beruhigen, er hatte den Eindruck, dass der Forest nicht nach seinem Geist greifen konnte, wenn er betrunken war! Allein deswegen brauchte er den Alkohol. Der Whisky war ein Schutz für ihn. Es hatte also eine tiefere Bedeutung, wenn er trank. Er tat es nicht aus Schwäche, sondern aus einer Notwendigkeit heraus! Sein Körper hatte es gewusst, bevor auch sein Geist sich davon überzeugen konnte. Laut stieß er die angehaltene Luft aus. Okay, er war ein Opfer der Umstände.

Was also sollte er jetzt tun? Entscheidungen mussten her. Wie sollte er die Situation wieder in den Griff bekommen? Nach wie vor fühlte Kian sich körperlich schwach. Okay, daran müsste er arbeiten. Erst einmal musste er Nahrung finden, die er bei sich behalten konnte und er musste anfangen, wieder Muskeln aufzubauen. Kian nickte. Ein Krieg stand bevor und er musste verdammt noch mal dafür sorgen, dass er ihn gewann.

Die einzige Frage war, ob er ihn nüchtern bestreiten würde oder nicht, das würde die Zeit zeigen.

Als er in Noahs Wohnung kam und die zwei Flaschen Whisky, die er gerade gekauft hatte, auf dem Wohnzimmertisch abstellte, fand er dort einen Zettel.

Ich verneige mich vor dir! Du bist ein Rockstar! Wie kann man nur so scheiße aussehen und kriegt trotzdem die besten Mädchen ab? Heute Männerabend! Bis später. Noah

Ally. Sie musste Noah Bescheid gegeben haben, dass er bei ihr gelandet war letzte Nacht. Scheiße. Er fand sie toll und sie musste denken, er wäre irgendein Penner. Das hatte er fantastisch hingekriegt. »Verdammt!«, rief er und schlug seine Faust gegen die Wand.

Nach einigen Experimenten fand er heraus, dass er Nüsse, Bananen und Haferflocken gut bei sich behalten konnte, und empfand große Dankbarkeit dafür. Um Sport zu treiben, war er noch zu schwach, aber er dehnte seine Spaziergänge immer weiter aus. Ein Tag glich dem anderen. Er stand auf, duschte, aß Haferflocken, ging spazieren und vertrieb den Forest mit seiner Medizin. Genau das war der Alkohol für ihn. Er konnte ihn also gut als Medizin bezeichnen. Der Nachteil an seiner Medizin war, dass er an manchen Tagen kaum schaffte, sein Bett zu verlassen. Nach Nächten voller Whisky und Albträumen fühlte er sich wie gerädert. Wenn er wieder einmal hochgeschreckt war und darauf wartete, dass sich sein Puls normalisierte, meinte er zu spüren, wie der Forest nach ihm griff. Also trank er mehr und schaffte es oft erst gegen Mittag aus seinem Bett.

Er litt darunter, dass er mit niemandem über das reden konnte, was ihn beschäftigte und fertigmachte. Über Padraig. Über den Forest. Darüber, wie sehr er alles in den Sand gesetzt hatte. Immer wieder blitzte das Bild von Ally in seinem Geist auf. Und jedes Mal wurde ihm schwindelig vor Wut auf sich. Sie mochte ihn. Er sie auch, verdammte Scheiße. Es war ein typischer Fall von »die falsche Zeit, der falsche Ort«. Er wollte nicht, dass sie ihn als Säufer sah.

Mit niemandem konnte er sprechen. Der Forest ließ ihn nicht los und er war gezwungen, ganz allein damit zurechtzukommen.

Er konnte sich vorstellen, dass Gus, der Arbeitskollege von Vince aus dem Pub, nur deswegen von einem Redeverbot gesprochen hatte, weil Vince, wie er selbst, zum Schweigen gebracht wurde. Oder er wollte nicht für verrückt gehalten werden. Das ergab Sinn. Aber für Gus schien die Geschichte ja gut ausgegangen zu sein. Warum zur Hölle nicht auch für ihn?

Die Tage verflogen und Kian kämpfte darum, sein inneres Gleichgewicht zu finden. Es gelang ihm nicht. Er war orientierungslos und trieb umher. Wusste nicht, in welche Richtung er gehen sollte. Trotz seines stets gehaltenen Alkoholpegels erkannte er die Ironie. Es ging ihm hier draußen so, wie es ihm im Forest ergangen war. Er ging langsam, aber sicher unter.

Ein Donnerstag Vormittag. Kian war gerade aufgewacht. Seine Kopfschmerzen hatten ein neues Level erreicht und Übelkeit hob seinen Magen. Obwohl er aß und die Nahrung bei sich behielt, hatte er ständig das Gefühl, kurz vor dem Erbrechen zu sein. Er lag im Bett und konzentrierte sich auf die Atmung, als er plötzlich spürte, dass er nicht allein war. Es war ein Gefühl wie das, wenn man die Blicke einer Person in seinem Nacken fühlte. Sein Körper versteifte sich und er atmete flach, während er versuchte herauszufinden, woher das Gefühl kam.

»Ah, die Schnapsdrossel ist erwacht.« Padraigs Stimme hallte laut und deutlich durch seinen Kopf.

Kian hielt die Luft an. Seine Augen waren aufgerissen und sein Blut schien sich in Eiswasser verwandelt zu haben, das ihm zäh durch die Adern floss. Er griff sich an den Kopf. Wurde er verrückt? Nein, er war bereits verrückt geworden. Er hörte Stimmen, verdammt noch mal!

Ein Lachen erklang. »Ganz recht, Mister Kian. Sie sind verrückt wie ein Hutmacher.«

Er rappelte sich auf. Steif, als seien seine Beine aus Holz, stand er auf und blieb mitten im Zimmer stehen. Das ist nicht real. Er brauchte Wasser. Wahrscheinlich war er vollkommen dehydriert und deshalb …

»Ach, kommen Sie. Sie wissen ganz genau, was ich bin und wer ich bin. Ist es nicht so?«

Kian setzte einen Fuß vor den anderen. In der Küche trank er mehrere Gläser Wasser, spülte dabei seine Tabletten herunter. Nicht nachdenken, einfach so tun, als sei alles normal. Doch es gelang ihm nicht. Er ging kreuz und quer durch Noahs Wohnung und wusste nicht, was er machen sollte. Dann blieb alles still. Den ganzen Tag lang war er auf der Hut. Beim Zähneputzen und Duschen, als er Kaffee kochte und staubsaugte. Es war wie ein Tanz auf rohen Eiern.

Erst bei seinem Spaziergang hörte er ihn wieder, blieb stehen und blickte hektisch um sich.

»Es tut weh, nicht wahr? Der Körper schmerzt. Wissen Sie, wie Sie die Schmerzen loswerden können? Ja, das wissen Sie.«

Kian sah weit und breit nicht eine Menschenseele. Von einer Sekunde auf die andere krümmte er sich, weil ein vernichtender Schmerz durch seinen Leib schoss. Er schlang die Arme um seine Körpermitte und hockte sich hin. Schweiß lief seine Schläfen hinab. Der Schmerz ließ genauso plötzlich nach, wie er angefangen hatte. War es wirklich Padraig, den er da hörte? Hatte er ihm den Schmerz geschickt? Wie sollte das gehen?

»Nein, Mister Kian. Sie befinden sich auf dem Holzweg«, antwortete es in Kians Kopf.

Nein, nein, nein! Er hatte zehn Tage im Forest hinter sich gebracht. Die Herz-Operation. Er hielt die Schwäche, die Übelkeit und die Schmerzen aus und das alles nur, um jetzt festzustellen, dass er den Verstand verlor?

Padraig schnalzte mit der Zunge. »Och, nun seien Sie nicht so hart zu sich. Ihr Verstand ist in Ordnung. Vielleicht ist Ihre Seele ein klein wenig in Mitleidenschaft gezogen.«

Kian stolperte zur nächsten Bank und ließ sich fallen. Keiner konnte Gedanken lesen! Also musste das, was mit ihm geschah, aus seinem eigenen Inneren kommen. Er wurde verrückt, drehte durch! Er holte den Flachmann hervor und drehte den Deckel auf.

»Nein! Mister Kian, ich brauche Sie bei klarem Verstand!« Die Stimme klang schneidend.

Er musste sich nur auf das Trinken konzentrieren. So wie immer. Der Geruch, der Geschmack, die Wärme. Als er spürte, dass der Alkohol zu wirken begann, machte er sich auf den Weg ins Pub. Wenn er Glück hatte, war Ally da. Er wollte sie nur sehen. Würde sie nicht ansprechen. Vielleicht konnte er einfach in ihrer Nähe sein, weiter trinken und vergessen, dass es mit ihm bergab ging.

Er hatte Glück. Sie war da. Nach und nach entspannte sich sein Körper, als er ihr zusah, wie sie Gäste anlächelte, ihnen Getränke servierte und ihm hin und wieder einen Blick zuwarf.

Sie war wie die Sonne, die durch die dichten Blätter des Forest fiel und die Konturen im ewigen Zwielicht, in dem er sich bewegte, schärfer werden ließ. Jedes Mal, wenn Kian ein Bier bestellte, brachte sie ihm ein Wasser.

Es war unverschämt, aber er ließ es ihr durchgehen, weil sie Ally war und ihn neulich bei sich aufgenommen hatte. Bedeutete, dass sie ihm Wasser brachte, dass sie sich um ihn sorgte? Trotz allem? Das würde ihm gefallen.

Kian blieb, bis das Pub schloss. Wortlos nahm sie es zur Kenntnis und wortlos half er ihr beim Aufräumen und Wischen. Schließlich setzten sie sich mit einem Kaffee an einen der Tische und Ally sah ihn an. In ihrem Blick lag eine Aufforderung.

»Kian, was ist mit dir los?«

»Tja.« Er schnaubte und fuhr sich mit den Händen durch die Haare. »Ich, ähm … scheiße, okay. Also …«

»Lass uns … könnten wir …« Er fuhr sich mit der Hand über den Mund. »Himmel. Kann ich mir für das Gespräch etwas Stärkeres als Kaffee holen?«

»Nein.« Die schroffe Antwort wurde von einem kaum wahrnehmbaren Lächeln abgemildert.

Kian nickte. »Es war echt cool von dir, dass du mich neulich mitgenommen hast.«

»Tja, so bin ich. Aber um ehrlich zu sein, hab ich gehört, dass du wieder Single bist, und da, na ja, da wollte ich dich näher kennenlernen. Aber jetzt frag ich mich, was da so Schräges bei dir abgeht.«

Kian räusperte sich. »Hast du schon mal vom Forest gehört? Von der Legende, dass … oh, fuck!« Kian, der seinen Kaffeebecher noch in der Hand gehalten hatte, ließ ihn in seinen Schoß fallen und griff sich an die Brust. Der Kaffee ergoss sich über seine Hose.

»Scheiße! Was ist los? Kian? Was ist denn?«

Als der Schmerz abebbte, konnte er wieder sprechen. »Meine Brust. Ich dachte schon, meine Lunge fällt in sich zusammen.« Unbeweglich blieb er sitzen, denn er wollte nicht riskieren, dass der Schmerz zurückkam. »Diese verfluchten Schmerzen!«

Ally lege ihre Hand auf seinen Arm. »Hast du das öfter? Du hattest eine Operation, oder?«

Er sah, dass sie den Mund bewegte, hörte aber nicht, was sie sagte. Sie war plötzlich weit, weit entfernt.

Angst hinterließ ein flatterndes Gefühl in seinem Magen. Was war hier los? Ein tiefes Brummen dröhnte in seinen Ohren. Dann wurde es still. In seinen Gedanken tauchte der Forest auf. Die raschelnden Blätter machten ein Geräusch, als würden sie ihm ein endloses »Schschschsch« zu wispern.

Kian stand auf und ging auf wackeligen Beinen auf den Ausgang zu. Ein Schwindelgefühl ließ ihn taumeln. Der Schwindel verstärkte sich noch, als er in die kühle Nachtluft trat. »Schschschsch«, wisperte es und übertönte alle anderen Geräusche. Wohin jetzt? Er brauchte Hilfe! Druck baute sich in seinem Magen auf. Es war, als sei er bis kurz vor dem Platzen aufgebläht. Er erbrach sich in den Rinnstein. Spülte seinen Mund mit einem Schluck Whisky aus dem Flachmann aus. Langsam ging es ihm besser. Doch er zitterte am ganzen Leib.

Er brauchte ärztliche Hilfe, vielleicht wäre ein Psychiater die richtige Anlaufstelle. Oder aber Padraig war kein kauziger Philosoph, in dessen Hütte er zufällig gelandet war. Herrgott, Padraig war in der Lage, seine Gedanken zu lesen und mit ihm in seinem Kopf zu sprechen! Natürlich war er kein Philosoph! Das würde bedeuten, er hatte Kräfte, die … also, dann wäre er … er wusste es nicht.

Einer, der schwarze Magie praktizierte? Wenn es nicht nur sein bröckelnder Verstand war, der ihm vorgaukelte, jemand habe sich in seinem Hirn eingenistet.

O Gott. Gehörte er in die Psychiatrie? Er hatte keine Ahnung. »Mister Kian.« Padraigs Stimme klang scharf. »Die Schmerzen sind verhältnismäßig harmlos. Sie erwartet bei Weitem Schlimmeres …«

Kian schüttete sich den Whisky in die Kehle. Sein Schlucken war hektisch. Panik verzerrte sein Gesicht, als er sich umsah. Er hatte ihm gedroht. Padraig war gefährlich. Wahrscheinlich war er für die seltsamen Vorkommnisse im Forest verantwortlich. Die Frau ohne Organe, der verschwundene Radfahrer. Und Coby steckte mit ihm unter einer Decke. Padraig musste aufgehalten werden. Wer weiß, wie viele Menschen er schon auf dem Gewissen hatte! Er konnte der Nächste sein! Aber warum? Weil er seinen Aufenthalt abgebrochen hatte? Der Forest. Padraig. Wie hingen sie zusammen? Er fühlte sich bedroht und wusste nicht, was er glauben sollte. Sein Gefühl sagte ihm, dass es tatsächlich Padraig war, den er hörte. Sein Verstand aber, dass es nicht möglich war. Gott, er war am Arsch!

Wieder schoss ein Schmerz durch seinen Körper und sobald er sich wieder bewegen konnte, rannte er los.

Kian bemerkte, dass seine Kraft etwas zugenommen hatte. Ebenso wie seine Ausdauer. Vor wenigen Wochen wäre solch ein Sprint ein Ding der Unmöglichkeit für ihn gewesen. Obwohl er gelaufen war, ohne ein bestimmtes Ziel vor Augen zu haben, wunderte er sich nicht, dass seine Beine ihn zur Polizeistation getragen hatten. Er keuchte und stützte sich auf seine Knie. Lauschte in sich hinein, ob sein Herz rumpelte, ob alles in Ordnung war. Es schlug schnell, aber gleichmäßig.

Er würde Padraig melden, ihn durchleuchten lassen. Er würde nicht hinnehmen, dass sein Leben von ihm zerstört wurde. Sein Herz war so weit wieder in Ordnung. Also wurde sein Körper von etwas anderem manipuliert, was ihm diese Schmerzen in der Brust einbrachte. Es war Padraig, er war sich ganz sicher. Er zündete sich eine Zigarette an. Es war wichtig, ruhig zu wirken, wenn er die Wache betrat. Die Zigarette gab ihm Zeit, etwas herunterzukommen. Nachdem er bei der Polizei gewesen war, würde er weitere Schritte planen. Es war so gut wie sicher, dass Padraig seine Gedanken nicht lesen konnte, wenn er Alkohol getrunken hatte. Also würde er trinken und dann planen. Jetzt war er schon viel zu nüchtern. Die ganze Nacht hatte er nur Wasser getrunken. Angst stieg in ihm auf. Was, wenn Padraig während des Gesprächs mit der Polizei wieder Zugriff auf sein Denken erhielt? Dann wüsste er, dass Kian gegen ihn vorging. Das durfte nicht passieren!

War es in einem Guerillakrieg nicht so, dass die Kämpfer sich tarnten, um das Überraschungsmoment auf ihrer Seite zu haben? Genauso musste er es angehen. Kian war der Widerstandskämpfer, der nicht nur für sich, sondern auch für alle anderen kämpfte, die Opfer von Padraig gewesen waren oder noch werden würden, wenn man nichts gegen ihn unternahm. Kian kippte den Rest Whisky herunter. Es war noch eine ganze Menge in der Flasche gewesen. Sehr gut, seine Tarnung stand. Jetzt konnte er mit der Polizei reden.

Kian betrat die Polizeistation. Unangenehm stach ihm das Neonlicht in die Augen. Er stellte sich an den Tresen, der den Eingangs- und Wartebereich von der Polizeiwache trennte. Dann wartete er.

Nicht lange und ein Polizist, der durchtrainiert in seiner Uniform aussah, kam auf ihn zu.»Guten Morgen, Sir, wie kann ich Ihnen helfen?«, fragte er freundlich.

Kian atmete tief durch.»Ich möchte gern Anzeige erstatten gegen Padraig Geffridge.«

Der Polizist zögerte einen kleinen Moment, dann bedeutete er Kian, er möge ihm folgen. Bevor sie in einen Besprechungsraum gingen, machte der Beamte bei einer Küchenzeile einen Zwischenstopp.

»Kaffee?«

»Ja, gern. Danke.«

Die Männer gingen in einen Besprechungsraum und setzten sich.

»Ich bin Police Constable Franks. Bevor wir anfangen, hätte ich gern Ihren Namen, Vornamen, Geburtsort und Geburtsdatum, Ihre Adresse, Ihre Telefonnummer und Ihre E-Mail bitte.«

Nachdem die Formalitäten geklärt waren, kamen sie zur Sache. »Warum möchten Sie Anzeige erstatten? Beschreiben Sie genau, wann und wo etwas passiert ist, und wer beteiligt war.«

»Okay, ähm … es geht um Padraig Geffridge. Ich fühle mich von ihm bedroht. Er spioniert mich aus, möchte mir schaden. Ich bin garantiert nicht der Erste, dem er übel mitspielt. Also …«

PC Franks schrieb mit. »Mister McGreedy. Ich brauche einen detaillierten Tathergang. Was ist genau passiert? Und wann?«

Gott, Kian war durcheinander. Es fiel ihm schwer, seine Gedanken zu ordnen. Er fuhr sich über die Stirn. »Also, ich war im Forest. Kennen Sie das Gebiet? Westlich gelegen im National Nature Reserve. Sagt Ihnen das was?«

»Ja.« Bildete Kain es sich nur ein oder hörte sich der Constable plötzlich unterkühlt an?

»Okay, ich bin also hingefahren. Hab da einen Mann namens Coby getroffen und …«

»Der Nachname?«

»Den weiß ich nicht. Jedenfalls haben Coby und ich eine Hütte gefunden. Wie sich später herausstellte, gehört sie Mister Geffridge. Geschrieben G-E-F-F-R-I-D-G-E, glaube ich. Padraig mit Vornamen. Wir sind hin und nach ein paar Tagen tauchte Mister Geffridge dort auf.«

»Sie sind also in die Hütte eingebrochen und dort geblieben?«

»Wir … na ja. Das stimmt. Aber Mister Geffridge hatte kein Problem damit. Wir waren dann also zu dritt. Die Sache war die, dass ich nur noch wenige Tage im Forest bleiben konnte. Ich hatte mit meiner Gesundheit zu kämpfen und eine Operation stand an. Tja, Coby und ich hatten schon seit Tagen nach einem Ausgang aus dem Waldgebiet gesucht, ihn aber nicht gefunden. Mister Geffridge lehnte anfangs ab, mir zu helfen, wieder zum Parkplatz zu kommen. Er hat gesagt, dass der Forest Pläne mit mir habe und ich erst gehen kann, wenn er mich gehen lässt.«

»Wenn Mister Geffridge Sie lässt?«

Kian schüttelte den Kopf. Er knetete seine Hände. »Nein, wenn der Forest mich lässt. Da sind so einige komische Sachen passiert.

Ich glaube, alles hängt mit Mister Geffridge zusammen. Der verschwundene Fahrradfahrer, die Frau ohne Organe, die Gang. Ich hab es da noch nicht gesehen, aber jetzt ist mir alles klar. Hören Sie, ich weiß, wie es klingt, aber ich glaube, der Mann betreibt schwarze Magie oder Hypnose oder irgendwie so was. Seitdem ich ihn getroffen habe, geht alles den Bach runter.«

PC Franks hörte auf zu schreiben und sah Kian an. Aus seiner Hemdtasche holte er ein Döschen, klappte es auf und hielt es Kian hin. »Pfefferminzpastillen. Nehmen Sie eine.«

Irritiert nahm Kian sich eine und steckte sie in den Mund.

»Mister McGreedy, was Sie hier zu Protokoll geben, hört sich für mich an wie die Geschichte eines sehr verwirrten Mannes. Ich rieche, dass Sie getrunken haben. Was halten Sie davon, dass Sie erst mal nach Hause gehen, Ihren Rausch ausschlafen und wiederkommen, wenn Sie nüchtern sind?«

Kian ballte die Fäuste. Hitze stieg ihm in den Kopf. Verzweiflung schlug über ihm zusammen. Er beugte sich vor. »Aber verstehen Sie denn nicht? Ich darf nicht nüchtern werden! Das ist es ja gerade! Wenn ich nüchtern bin, weiß er, was ich denke. Meinen Sie, er würde es dann zulassen, dass ich mich an die Polizei wende? Nein! Er würde mich umbringen! Ich weiß nicht, wie er es macht, aber ich kann ihn hören, obwohl er meilenweit weg ist! Er bedroht mich! Er schickt mir Schmerzwellen und nimmt mir die Luft zum Atmen! Bitte, Sie müssen prüfen, ob schon etwas gegen ihn vorliegt! Diese Vermisstenfälle im Forest und die tote Frau! Er könnte etwas damit zu tun haben! Und ich liefere Ihnen seinen Namen auf dem Silbertablett.«

Franks seufzte. »Ich glaube, Mister Geffridge ist nicht das Problem. Ich merke, wie verzweifelt Sie sind. Sie glauben wirklich an das, was Sie sagen, richtig?«

Kian stieß die Luft aus. »Ja, das tue ich.«

»Mister McGreedy, wünschen Sie sich professionelle Hilfe? Sie möchten doch auch, dass es Ihnen wieder besser geht, oder nicht? Man kann Ihnen helfen, aber wir von der Polizei sind dafür die falschen Ansprechpartner.«

Kian sah dem Polizisten in die Augen. Sein Körper wurde schlaff, er sank in sich zusammen.

»Ich weiß nicht, was ich tun soll.«

Es ist nicht real!

»Was Sie beschreiben, klingt für mich nach Projektion.«

Kian saß steif auf einem der Korbsessel mit Polster, mit denen die Praxisräume von Doktor Fleishman ausgestattet waren. Doktor Fleishman war Psychiater in der örtlichen Psychiatrie, und PC Franks war es zu verdanken, dass Kian schon am nächsten Tag einen Termin bei ihm bekommen hatte. Er war ein sehr sympathisch wirkender Mann von etwa fünfzig Jahren, und Kian setzte alle Hoffnung in ihn, dass er ihm helfen konnte. Ihm war es lieber, dass alles, was geschah, seiner Psyche zuzuordnen war, denn dagegen konnte er angehen.

»Projektion bedeutet, dass Sie sich Ihrer inneren Empfindungen nicht bewusst sind, diese aber nach außen hin projizieren. Ein Beispiel. Sie gehen Ihrer Freundin fremd. Wenn Sie in sich hineinhören, merken Sie nichts von einem schlechten Gewissen, verdächtigen aber Ihre Freundin, Ihnen untreu zu sein. Verstehen Sie? Projektion ist ein Abwehrmechanismus für die Gefühle, mit denen wir uns nicht auseinandersetzen wollen. Sie sagten, Psychotherapie haben Sie bereits?«

»Ja. Ich gehe drei Mal die Woche zur Gesprächstherapie.«

Kian konnte sich nicht vorstellen, dass er irgendwas in irgendwen projizierte. Er hörte Padraig laut und deutlich. Er erinnerte sich genau an die Gefühle, die er im Forest gehabt hatte. Und er war sich sicher, dass er in Gefahr schwebte. Er fuhr sich durch das Haar. Außerdem war er nicht der Einzige, der es gespürt hatte.

»Aber was ist mit Coby? Ich bin nicht der Einzige, der etwas gespürt hat im Forest. Wir beide taten es. Wie sollte das gehen? Projiziert Coby auch?«

»Nun, Angst ist ein uraltes Verhaltensmuster, tief verankert in unseren neuronalen Schaltkreisen. Stresshormone werden freigesetzt, der Herzschlag steigt an, die Augen werden aufgerissen, Sie wissen schon. Mich wundert es nicht, dass Angst eines der hauptsächlichen Gefühle ist, wenn man mitten in einem fremden Wald steht und sich verlaufen hat. Um Ihre Frage zu beantworten, wir schauen uns bei anderen ab, wovor wir Angst haben. Es reicht uns, zu beobachten, dass jemand Angst hat, und schon entwickeln wir sie selbst.«

»So einfach sehen Sie das?«

Doktor Fleishman nickte. »So einfach. Meine Empfehlung für Sie wäre eine stationäre Behandlung in unserer Klinik und danach weitere psychotherapeutische Behandlung bei dem Kollegen, zu dem Sie bereits gehen. Hier können wir Sie umfassender behandeln, können auf das Zusammenspiel von Körper, Geist und Seele achten. Sie wären raus aus Ihrem Alltag und wir könnten Sie gegebenenfalls mit Medikamenten unterstützen. Wir würden intensiv in Ihr persönliches Thema einsteigen, was meist sehr positive Effekte hat für die Weiterbehandlung.«

Kian schüttelte den Kopf. Nicht aus Ablehnung, eher aus Irritation. »Sie meinen alles, was ich im Forest erlebt habe und auch jetzt, die Sache mit Padraig, ist nicht real?«

»Verstehen Sie mich nicht falsch. Es sind durchaus reale Gefühle, die Sie haben. Aber wissen Sie, es ist niemals ein anderer oder etwas anderes, das oder der mit unseren Gefühlen zu tun hat. Sie glauben es nur. Sie haben ein Problem und projizieren es auf etwas anderes. Sie geben die Macht ab und fühlen sich somit ausgeliefert. Bedenken Sie nur Ihre Möglichkeiten, wenn Sie das Problem zu sich zurückholen. Das schlechte Gefühl schrumpft und Sie können sich fragen, ob Sie die Mechanismen, die Sie erlebt haben, besser verstehen möchten. Möchten Sie sich Ihre eigene Geschichte dazu ansehen? Möchten Sie mit anderen darüber reden? Wollen Sie Altes zur Ruhe kommen lassen? Ihnen stehen alle Möglichkeiten offen. Wenn Sie daran gearbeitet haben, verschwindet das Problem. Sie müssten Ihre Energie nicht mehr für das Bekämpfen des Fremden verschwenden, sondern hätten die Energie, um andere Dinge Ihres Lebens anzupacken.«

Kians Schultern sackten nach unten. Er atmete tief ein und langsam aus.

Was Doktor Fleishman sagte, klang logisch. Endlich würde er sich helfen können. Mit professioneller Unterstützung. »Ich mach's«, sagte er, und die Hoffnung, bald alles überstanden zu haben, ließ ihn lächeln.

Nach allen möglichen Eingangsuntersuchungen wurde mit Kian der Behandlungsplan besprochen. Er saß wieder Doktor Fleishman gegenüber, der ihm freundlich zulächelte.

»Mister McGreedy, wir haben uns im Behandlungsteam auf eine Vorgehensweise geeinigt, die Ihnen helfen könnte. Ich würde Sie gern mit Ihnen durchgehen. Dann können Sie mir sagen, ob Sie damit einverstanden sind, in Ordnung?«

»Klar.« Kian war gespannt. Er war erleichtert darüber, dass er in der Klinik ein Einzelzimmer hatte, und bisher wurde er behandelt wie ein ganz normaler Patient in einem ganz normalen Krankenhaus. Bald würde er Padraig los sein und alles, was mit ihm zusammenhing.

Padraig machte sich bemerkbar. »Mit Verlaub, Mister Kian, diese Entwicklung überrascht mich doch sehr. Ich bin nicht das Problem. Sie wissen, wer und was ich bin.«

Kian schüttelte sich und fuhr sich durchs Haar.

»… profitieren können. Ähm, ist alles in Ordnung, Mister McGreedy?«, fragte der Arzt.

»Ja, alles klar. War nur einen Moment abgelenkt. Könnten Sie noch einmal anfangen?«

»Sicher. Ich sprach gerade davon, dass wir bei Ihrer Therapie mit den Medikamenten anfangen. Das Ärzteteam und ich … wir sind uns darin einig, dass sich Ihre Projektion teilweise aus einer mittelschweren Depression heraus entwickelt hat. Deswegen möchten wir Ihre Behandlung gern mit einem Antidepressivum unterstützen.«

»Okay? Also, was macht das dann mit mir? Ich will nicht, dass Sie mich ruhig stellen.«

Der Arzt hob die Hände mit den Handflächen nach vorn. »Nein, nein. Das wird nicht passieren. Allerdings werden Sie die ersten Tage mit Nebenwirkungen zu kämpfen haben. Die da hauptsächlich sein können: verschwommenes Sehen, Unruhe, Schwindel und Müdigkeit. Das Medikament soll Ihre Stimmung stabilisieren, nicht dämpfen. Es hat sich gut bewährt.«

Kian nickte.»Gut.«

»Sie werden als unser Patient einen Alkoholentzug machen, und ich sage Ihnen, dass das nur der erste Schritt ist von vielen, die noch vor Ihnen liegen. Des Weiteren werden Sie tägliche Gruppen- und Einzeltherapiesitzungen haben. Es wird Ihnen helfen, die Ursache Ihrer Probleme zu erfassen, doch dafür brauchen wir Ihre Mithilfe. Die Therapie kann Ihnen nur so gut helfen, wie Sie sich öffnen. Sie müssen bereit dazu sein, mitzuarbeiten.«

»Ja, okay.« Sein Herz pochte unangenehm bis in seinen Hals. Er rieb sich die Handflächen an seiner Jeans trocken.

»Haben Sie zu diesem Zeitpunkt irgendwelche Fragen?«

»Bitte, Kian, beruhigen Sie sich. Setzen Sie sich bitte wieder hin.« Doktor Hudson war ebenfalls aufgestanden, um eingreifen zu können, sollte Kian sich auf Luis stürzen wollen.

Kian war nun schon seit zwei Wochen in der Klinik. Fünfzehn Tage hatte er hinter sich gebracht und weitere dreizehn lagen noch vor ihm.

Die acht Patienten seiner Gruppe saßen im Kreis in einer Gruppentherapiesitzung. Bisher war Kian sehr zurückhaltend gewesen und hatte sich nicht um die dummen Sprüche von Luis geschert. Heute war es anders.

Doktor Hudson hatte sie aufgefordert, etwas Schönes aus ihrer Kindheit zu erzählen, was Kian den Magen herumgedreht hatte. Es gab viele schöne Kindheitserinnerungen, aber über seine Mutter zu reden war schmerzhaft. Immer noch. Er sah immer diesen Tag am Strand vor sich, wenn er an seine Mutter dachte. Doch er hatte sich dazu entschieden, von einem Abend zu berichten, an dem sein Vater wegen eines Sturms nicht nach Hause kam. Kian hatte Angst gehabt, er war ungefähr sieben Jahre alt. Es donnerte so laut, dass die Scheiben ihres Hauses klirrten. Die Blitze schlugen ganz in ihrer Nähe ein, sodass seine Mutter zur Sicherheit alle Stecker aus den

Steckdosen gezogen hatte. So saßen sie zusammen im Licht einer Kerze unter einer Decke auf der Couch, tranken warmen Kakao und seine Mutter lenkte ihn mit Geschichten über Helden ab, die seinen Namen trugen. An diesen Abend hatte er sich beschützt und geborgen gefühlt. Während er erzählte, lief der Schweiß an seinen Schläfen hinab.

Dann war Luis in die Erzählung reingeplatzt. »Mit Mummy bei Kerzenschein, Daddy nicht zu Hause, komm schon Alter, da hat sie bestimmt mehr unter der Decke gehalten als dein Händchen.«

In Kian hatte sich ein Schalter umgelegt. Er sprang auf, stürzte sich auf Luis, sodass dessen Stuhl umfiel, und wollte zuschlagen, da packten ihn kräftige Arme und zogen ihn weg. Wäre niemand eingeschritten, wäre er Luis an die Kehle gegangen. Er atmete schwer und stand vor Luis, der nach wie vor am Boden lag. Als Kian Doktor Hudsons Stimme hörte, kam er wieder zu sich.

Er hielt es nicht einen Moment länger in diesem Raum aus und stürmte zur Tür. Der Hüne davor schien sich mit Doktor Hudson verständigt zu haben, denn er nickte und trat zur Seite, damit Kian gehen konnte.

Eine halbe Stunde später saß er im Büro von Doktor Hudson und hörte sich einen Vortrag zum Thema Gewaltprävention an.

Kian hielt sich von den anderen Patienten fern und sie ließen ihn zum Glück in Ruhe. Manchmal war er kurz davor, auf jemanden loszugehen. Es machte ihn verrückt, keinen Alkohol trinken zu können. Manchmal dachte er den ganzen Tag an nichts anderes. Dann wieder gab es Tage, da vergaß er seinen Durst auf ein Bier oder einen Whisky eine Zeit lang. Dann brauchte es nur ein zufälliges Geräusch wie das Aneinanderklirren von Gläsern und sein Verlangen schoss von null auf hundert.

Insgesamt hatte er noch nie eine so mangelnde Impulskontrolle an sich wahrgenommen wie im Moment. Sein Leben war komplett aus den Fugen geraten und noch immer verlief es nicht in geordneten Bahnen, obwohl er sich alle Mühe gab. Er nahm seine Medikamente ein.

Er besuchte seine Sitzungen und Gesprächskreise. Er nahm an Programmen des Hauses teil.

Nach drei Wochen sollten seine Medikamente Wirkung zeigen, sagte ihm sein Psychiater. Doch das taten sie nicht. Padraig war noch da. Selbst wenn er schwieg, spürte er ihn in seinem Geist. Oft genug richtete er aber auch das Wort an ihn.

Immer wieder dachte er an sein Gespräch mit dem Arzt zurück, in dem es um seine Erlebnisse im Forest ging. Kian wusste immer noch nicht, ob er glauben konnte, was Doktor Hudson ihm erklärt hatte. Es klang alles schlüssig, aber er selbst glaubte fest daran, dass mehr existierte, als man mit dem Verstand erfassen konnte.

»Mister McGreedy, das, was Sie in diesem Wald wahrgenommen haben, war nicht real. Sie standen fast permanent unter Alkoholeinfluss und das hat Ihre Fehlwahrnehmungen ausgelöst.«

»Sie meinen, ich habe Halluzinationen gehabt?«

»Ganz genau.«

»Wenn das so ist, warum sind die Halluzinationen jetzt nicht weg? Ich stehe schon lange nicht mehr unter Alkoholeinfluss.«

»Das ist das Fatale an der Sache. Fällt die Alkoholkonzentration im Blut ab, zirkulieren dort übermäßig viele Botenstoffe. Das kann auch zu Überreizungen und Halluzinationen führen. Diese verschwinden aber wieder.«

Manchmal führte er in Gedanken Gespräche mit Noah, indem er seinem Freund die Rolle des Advocatus Diaboli einnehmen ließ. Dabei war ihm durchaus bewusst, dass diese Gespräche nicht echt waren, auch wenn sie ihm täuschend echt vorkamen. Es ging dabei stets darum, ob die Gefühle, die Kian im Forest hatte, aus ihm selbst kamen, wie die Ärzte hier behaupteten, oder doch durch die Umgebung ausgelöst worden waren. Das Ergebnis der erdachten Gespräche war immer gleich. Es lief auf ein Unentschieden hinaus.

Er hatte telefonischen Kontakt zu Noah, wollte aber nicht, dass der ihn besuchen kam. Er wollte keine Erinnerungen zwischen sich und Noah schaffen, die mit der Psychiatrie zu tun hatten. Noah war sein Anker da draußen. Hier in der Klinik hatte er genug Experten um sich herum.

Wenn er entlassen wurde, wollte er allen und allem hier den Rücken kehren. Es war wichtig für ihn, in den Kategorien ›drinnen‹ und ›draußen‹ zu denken.

Heute war Freitag und Kian schlenderte zu seinem letzten Programmpunkt des Tages. Danach begann bereits sein drittes langweiliges Wochenende in der Psychiatrie.

»Ich habe das deutliche Gefühl, dass heute noch etwas Großartiges passiert, Mister Kian.«

Kian überlief eine Gänsehaut, so wie immer, wenn sich Padraig plötzlich zu Wort meldete. Jedes Mal versuchte er, nicht zu antworten, wenn Padraig das Wort an ihn richtete. Das Problem war nur, dass Padraig seine Gedanken wahrnehmen konnte, und zu denken oder es zu lassen, entzog sich seiner Kontrolle.

»Wirklich. Spüren Sie nicht das Kribbeln im Bauch? Eine Vorfreude, obwohl Sie nicht wissen, woher sie kommt?«, fragte Padraig.

Kians Nacken verspannte sich. Es war übergriffig, dass seine Gefühle ausgespäht wurden. In der Tat war er aufgeregt und wusste nicht, weshalb. Er schüttelte den Kopf und klopfte an die Tür seines Arztes. Nach den üblichen Begrüßungsfloskeln ging es los. Kian war immer in Schweiß gebadet bei seinen Sitzungen. Es war der pure Stress, aber wenn er mit sich ins Reine kommen wollte, dann kostete es eben seinen Preis.

»Mister McGreedy, Sie haben mir bei unserer letzten Sitzung von einzelnen Gebieten im Wald erzählt, die in Ihnen extrem schlechte Gefühle ausgelöst haben. Das würde ich gern heute aufgreifen. Doch zuerst möchte ich wissen, ob Sie immer noch diese Stimme in Ihrem Kopf hören.«

Kian zog die Augenbrauen zusammen und beugte sich vor. »Ja. Mister Geffridge kommuniziert immer noch mit mir. Und mittlerweile frage ich mich, ob das wirklich nur Einbildung ist. Denn wenn überhaupt, dann müssten die Tabletten doch mittlerweile geholfen haben, oder? Vielleicht gibt es mehr, als Sie als Wissenschaftler annehmen würden.«

Der Arzt lehnte sich in seinem Sessel zurück und schüttelte den Kopf. »Der menschliche Geist ist hochkomplex. Es wäre schön, wenn es so einfach wäre. Es gibt unzählige Therapien und nicht jeder reagiert gleich auf eine Behandlung. Oft kommt der Erfolg durch Ausschlussverfahren. Wir müssen es weiter probieren mit anderen Medikamenten. Halten Sie durch, Kian. Bleiben Sie am Ball! Sie haben schon einen riesigen Erfolg erzielt. Sie sind seit neunzehn Tagen trocken. Das ist großartig.«

Kian nahm sich ein paar Kosmetiktücher aus dem Spender, der auf dem Tisch stand und wischte sich damit den Schweiß aus dem Gesicht. Der Entzug war heftig, aber notwendig. Zumindest manchmal dachte er so. Zu anderen Zeiten fragte er sich, warum er diese Strapazen überhaupt auf sich nahm.

»Ich würde jetzt gern über den Wald sprechen, in Ordnung? Gab es noch andere Orte, an denen ähnliche Gefühle bei Ihnen ausgelöst wurden? Andere Zeiten, in denen Sie ähnlich empfanden?«

Er schüttelte den Kopf. »Nein. So extrem war es nur im Forest.«

»Könnte Ihre Erwartungshaltung eine Rolle gespielt haben? Sie haben mir von Ihren Recherchen erzählt.«

Hitze schoss in Kians Kopf. »Warum schließen Sie die Möglichkeit aus, dass es Kraftorte gibt? Positive wie negative? Sie reden von meiner Erwartungshaltung? Geben Sie mir die Schuld an allem? Warum gehen Sie davon aus, dass meine Gefühle nicht real waren?«

»Es sind durchaus reale Gefühle, die Sie haben. Der Unterschied zwischen Ihrer und meiner Sichtweise besteht darin, dass Sie den Auslöser Ihrer Probleme im Außen vermuten und ich in Ihrem Inneren. Diese schlechten Gefühle, die Sie im Wald überfielen, kommen aus Ihnen selbst. Der Wald kann in Ihnen keine schlechten Gefühle wecken, wenn es die in Ihnen überhaupt nicht gibt. Ein Beispiel: Sie fühlen sich unsicher und angreifbar und projizieren dieses Gefühl auf den Wald. Der Wald wird somit ein Sinnbild für Gefahr. Das heißt nicht, dass das irgendetwas mit Schuld zu tun hat.« Er machte eine kleine Pause und sah ihm in die Augen.

Kian mahlte mit den Zähnen. Es war möglich, was der Arzt sagte, aber sein Gefühl hielt dagegen.

»Im Moment geben Sie die Macht über Ihre Gefühle und Gedanken ab, indem Sie dem Wald diese Macht zusprechen. Dadurch fühlen Sie sich ausgeliefert. Doch so muss es nicht bleiben, Kian. Sie können sich Ihre eigene Geschichte ansehen und mit uns herausfinden, warum Sie so reagieren. Sie können in der Gruppe mit anderen darüber reden. Sie können sich von altem Ballast befreien. Ihnen stehen alle Möglichkeiten offen. Sie können lernen, die Mechanismen, die Sie erlebt haben, besser zu verstehen. Sie müssen ihre Energie nicht mehr für das Bekämpfen des Fremden verschwenden, sondern würden sie für sich selbst einsetzen. Es ist Ihre Entscheidung.«

Kian ballte die Fäuste. Immer wieder fuhr ihm ein Stechen durch den Kopf. Er hörte Padraig lachen. Es hallte zwischen seinen Ohren wider.

Das Gespräch hatte ihn aufgewühlt. Seit er das Büro des Arztes verlassen hatte, fühlte er sich, als habe man ihm die Haut abgezogen. Alles, was darunter war, lag nun ungeschützt offen. Jedes Wort, jeder Gedanke, jeder noch so kleinste Angriff auf ihn, waren wie Splitter, die sich in seinem Fleisch verhakten. In seinen Therapien durchlief er die schmerzhafte Prozedur, diese Splitter wieder herauszuziehen.

Immer wieder drehten sich seine Gedanken um seinen Job, den er verloren hatte, um Helen, die er verloren hatte, um den Forest, um Coby, um Whisky, um Padraig. In seinen Therapien hörte er Tag für Tag, dass er die Verantwortung für sein Leben übernehmen sollte. Auf der anderen Seite sagte Doktor Hudson ihm, er trage keine Schuld an allem. Wie passte das zusammen?

In der Gruppentherapie machte er nicht mehr den Mund auf. Er konnte es nicht. Warum sollte er den anderen eine Angriffsfläche bieten? Glücklicherweise ließen sie ihn in Ruhe. Jeder Tag war hart gewesen. Doch am härtesten war es für ihn, ohne Alkohol zu leben. Er konnte seinen Schmerz nicht betäuben. Er musste sich selbst aushalten. Seine Gedanken und Gefühle ertragen. Er hasste den nüchternen Kian. Er war weder cool noch gut in irgendetwas. Er war weder selbstbewusst noch clever. Er war ein Wrack. Das einzig Positive: dass er seit dem Gespräch mit Doktor Hudson wieder normal essen konnte und alles bei sich behielt. Es machte ihn stolz, so als sei es seine eigene Leistung gewesen.

Sein Körper fand langsam zur alten Form zurück, seine Konstitution verbesserte sich sogar. In der Klinik gab es eine Menge Sportprogramme und er hatte das Kickboxen für sich entdeckt. Wenn das große Zittern einsetzte und er sich nach einem Drink sehnte oder Erinnerungen ihn verschlangen, fing er an zu trainieren. Padraigs Stimme war verstummt, aber er spürte seine Anwesenheit. Und er spürte den Forest, der ihn rief und ihn lockte.

Es war an Tag fünfundzwanzig seines Aufenthaltes in der Klinik, als Ally ihn besuchte. Nie hätte er gedacht, dass er sich so über einen Besuch freuen konnte, doch er tat es. Mit einem schlechten Gewissen bemerkte er, dass er sich über Noahs Besuche nicht nur halb so sehr gefreut hätte. Alles an ihr sog er auf. Ihr wunderschönes Gesicht mit dem Muttermal an der linken Schläfe, ihre dunklen Augen, die langen schwarzen Haare, ihre kurvige Statur, die gleichzeitig weich und kräftig wirkte, ihre weißen Zähne, alles an ihr war perfekt. Er schlenderte zusammen mit dieser wunderbaren Frau durch den Park, der an die Psychiatrie anschloss. Er hatte sie ein paar Mal angerufen. Mal hatte er wieder aufgelegt, bevor sie ans Telefon ging, aber manchmal hatten sie auch geredet. Warum sie ihn nicht abschrieb, wusste er nicht, war aber dankbar dafür.

Er betrachtete ihr Profil und bekam Herzklopfen, so wie mittlerweile jedes Mal, wenn er nur ihre Stimme hörte. Gott, es war wirklich kein guter Zeitpunkt, sich zu verlieben. Er schaute wieder geradeaus und seufzte.

Sie sah ihn an und lächelte. »Mister McGreedy, ich hoffe, Ihr Seufzen war nicht mir geschuldet.«

Kian lächelte zurück. »Nein, ganz und gar nicht.« Sie gingen weiter und schwiegen. Das hatte Ally wirklich drauf. Zu schweigen. Diese Technik wendete sie auch in ihren Telefonaten an und Kian hatte festgestellt, dass es nicht so war, weil Ally nichts zu sagen hatte. Es war eher so, dass sie ihm Raum gab, seine Gedanken zu ordnen und auszusprechen. Doch nicht nur er hatte über sich geredet. Sie hatte sich ihm ebenfalls geöffnet. Alles, was er hörte und von ihr erfuhr, zog ihn weiter an. Ally war eine Frau, die sich wohlfühlte in ihrem Leben. Sie sagte nicht nur, dass sie ein glücklicher Mensch sei, er konnte es fühlen. Sie war authentisch. Wieder schaute er sie an. Sie lächelte. Oh, Gott, er war verloren.

»Jetzt erzähl doch mal. Ich wollte am Telefon nicht danach fragen, weil ich keine schlafenden Hunde wecken wollte, aber du hast mir nie gesagt, ob Padraig jetzt verschwunden ist.«

Er schloss für einen Augenblick die Augen, atmete tief ein und musste sich mit aller Macht daran hindern, sich diese Frau zu packen und zu küssen. Sie hatte nicht gefragt, ob sie ihm hier helfen konnten. Sie hatte auch nicht gefragt, ob er noch Stimmen hörte. Sie hatte gefragt, ob Padraig verschwunden war. Das machte einen himmelweiten Unterschied für ihn. Denn sie urteilte nicht darüber, ob Padraig real war oder nicht.

»Nein, er ist nicht verschwunden. Er ist in meinem Kopf oder ... keine Ahnung, er hat sich eingenistet. Und keine der Therapien scheint ihn vertreiben zu können. Die Medikamente, die ich bekomme, helfen mir. Das schon. Ich fühle mich, als hätte ich, seit ich denken kann, durch einen grauen Schleier die Welt betrachtet. Der Schleier ist nun weg und ich bin erstaunt, wie gut sich das anfühlt. Aber manchmal frage ich mich, ob die Medikamente jetzt den wahren Kian aus mir gemacht haben oder ob der wahre Kian der war, der unter dem Schleier lebte. Hört sich das bescheuert an?«

Ally schüttelte den Kopf, drückte sich ein wenig an ihn und legte für wenige Sekunden den Kopf an seine Schulter. Wenn er durch mit allem war, würde er ihr die Welt zu Füßen legen.

»Jedenfalls werde ich bald entlassen, aber weiter mit einer ambulanten Therapie machen.«

»Das halte ich für sehr klug. Und was das andere betrifft ... möchtest du darüber reden?«

Er wusste, was sie meinte. Sie meinte den Forest. Sofort steigerte sich sein Tempo und sie eilten über die Wege, die in einem großen Bogen um die Einrichtung herum verliefen. Vorbei an Wiesen und Bäumen, die bereits ihre Blätter verloren.

»Es fühlt sich an, als ob der Forest möchte, dass ich zurückkomme.« Kurz sah er sie an und fuhr eilig fort. »Wahrscheinlich ist das alles Einbildung. Aber so fühlt es sich nun mal an! Weißt du, für die Leute hier scheint es so, dass alles in Ordnung ist, denn von außen betrachtet wird mir ja geholfen! Das Problem ist nur, ich weiß, dass ich die Erwartungen, die an mich gestellt werden, nicht erfüllen kann. Ich kann's nicht.«

»Von welchen Erwartungen reden wir?«, fragte Ally.

»Na, zum Beispiel die Erwartung, dass die Behandlung erfolgreich ist. Verdammt noch mal, bei den ganzen psychiatrischen Behandlungen und unzähligen Therapiestunden, sollte mir da nicht langsam mal bewusst werden, dass alles Schwachsinn ist, woran ich glaube? Aber ich glaub noch daran, Ally. Das macht mir Angst. Und ich frage mich, ob es sich wirklich um ein psychiatrisches Problem handelt, das ich habe. Klar, es war richtig, hierherzukommen. Ich sehe auch ein, dass ich ein mächtiges Alkoholproblem habe, aber …«

»Hatte.«

»Was?«

»Du hattest ein mächtiges Alkoholproblem. Präteritum.«

Kian sah sie an und lächelte für den Bruchteil einer Sekunde.

»Ja. Hatte. Aber ansonsten habe ich das Gefühl, hier nicht an der richtigen Stelle zu sein.« Kian blieb stehen und sah ihr in die Augen. »Ich habe dich bisher noch nicht gefragt, was du eigentlich glaubst. Glaubst du an die Mächte im Forest?«

Ally zog die Augenbrauen zusammen und blickte auf den Boden. Kians Herz begann zu rasen. Was würde er tun, wenn sie ihm sagte, sie glaube nicht daran? Und was würde er tun, wenn sie ihm sagte, sie glaube daran?

Sie schaute zu ihm auf. »Was soll ich sagen? Ich bin Schottin. Natürlich halte ich es für möglich, dass dort nicht alles mit rechten Dingen zugeht. Keine zehn Pferde würden mich da reinkriegen!«

Nun lächelte Kian richtig. »Ich stelle mir immer wieder die Frage, warum der Aufenthalt im Forest für Gus so anders ausgegangen ist als für mich. Warum gab es für ihn ein Happy End?«

»Gus war der Typ, der im Forest war und sich vollkommen verändert hatte, als er wieder zurück war?«

»Ja.«

Ally dachte nach, dann wandte sie sich zu ihm. »Die erste Zeit im Pub, als wir uns kennengelernt haben, konnte ich mich nicht entscheiden, ob du mit jeder Pore Gleichgültigkeit ausstrahlst oder eher Resignation.«

»Und wofür hast du dich schließlich entschieden?«

»Für die Resignation.«

Kian schluckte und nickte, sagte aber nichts. Er hielt den Atem an. Diese Frau war aufmerksam. Interessierte sich für ihn. Sie war sein Lichtblick.

Ally blieb stehen, um ihn anzusehen. »Ich denke, deine Haltung ist eine andere als die von Gus. Vielleicht nimmst du mehr hin, hast aufgegeben zu kämpfen, ich weiß es nicht.«

Der Lichtblick erlosch. Ihm wurde schwindelig. Hitze überflutete ihn. Er ballte die Fäuste und hätte am liebsten etwas zerschlagen oder kaputt getreten. Er sollte aufgegeben haben? Am Arsch! Wer war denn in den Forest gegangen? Er würde alles hinnehmen? Er kämpfte jeden Tag! Scheiße! Was bitte schön, sollte an seiner Haltung denn bitte nicht stimmen?

Er sah, wie sie schluckte. Dann legte sie ihm eine Hand auf die Brust. Genau über die Narbe, die er trug. »Kian, sogar wenn du leidest, ist es deine Entscheidung, mit dem Leiden auch wieder aufzuhören.«

Sie wissen, dass Ihr Leiden nicht aufhören wird

Die Entlassung verlief unspektakulär. Von Doktor Fleishman bekam Kian einen Klinikbericht ausgehändigt, in dem stand, dass er zwar noch labil war, aber keine Selbst- oder Fremdgefährdung bestünde. In diesem Bericht stand auch, dass Kian mittlerweile keine Stimmen mehr höre, sein Verschwörungsglaube nachgelassen habe, er aber noch immer an der Verarbeitung verschiedener Traumata arbeite. Ohne weitere ambulante Behandlung könne nicht ausgeschlossen werden, dass er in sein altes Muster der Projektion zurückfalle. Das Klinikprogramm habe ihm sehr geholfen und er habe engagiert und motiviert an jeder Therapie teilgenommen.

Na, wenn das kein Grund zu feiern war. Himmel, er kam sich vor, als habe man ihm ein Arbeitszeugnis ausgestellt.

Noah hatte ihn abgeholt und nun saß er in dessen Wohnung auf der Couch. Nachdem er seinem Freund versichert hatte, dass es ihm gut ging, hatte der ihm Kaffee gekocht und war zurück zur Arbeit gefahren. Kian genoss jeden Schluck. In der Klinik wurde nur entkoffeinierter Kaffee angeboten, und fast hatte er vergessen, wie gut ein ganz normaler Becher Kaffee auch ohne Whisky schmeckte. Er hatte es geschafft. Einen Monat ohne Alkohol. Einen Monat in der Psychiatrie.

Ally kam ihm in den Kopf. Ihre Worte waren sein ständiger Begleiter, doch er hatte ihre Bedeutung immer noch nicht ganz erfasst.

»Hab keine Angst davor, mit dem Leiden aufzuhören.«

Als sei es eine Entscheidung, die er treffen konnte! Wie sollte das gehen? Aber irgendetwas ließ ihn daran nicht los. Nachdem sie die Worte ausgesprochen hatte, waren seine Beine eingeknickt. Er hatte vor ihr geheult wie ein Schuljunge und wusste nicht einmal genau, wieso. Tja, mit ihm hätte sie nicht gerade den Jackpot geknackt. Trotzdem hoffte er darauf, sie für sich gewinnen zu können. Irgendwann.

Kian wusste mittlerweile, dass Padraigs Anwesenheit, die er spürte, nur eingebildet war. Die Therapien hatten ihm geholfen, dessen Stimme endgültig zum Schweigen zu bringen. Das Gefühl, nie allein zu sein, blieb.

Der Forest war eine andere Nummer. Er hatte seine Magie, an die Kian mittlerweile fest glaubte, nicht eingebüßt. Wie ein Film spulten sich mehrmals täglich seine Erinnerungen an die Erlebnisse in seinem Kopf ab. Doch anstatt Erleichterung zu empfinden, weil er diesem beängstigenden Wald entkommen war, sehnte er sich dorthin zurück. Irgendetwas zog ihn an. Kian zuckte zusammen, als sein Handy klingelte. Noah hatte ihm ein ausrangiertes von sich überlassen und ihm eine neue SIM-Card besorgt.

Als er Allys Nummer auf dem Display erkannte, verdoppelte sich seine Herzfrequenz.

»Hi, Ally.« Er lächelte.

»Hey, Kian! Ich bin ja so aufgeregt! Du bist endlich zurück! Wie fühlst du dich?«

»Na ja. Eigentlich ganz gut. Ich glaube, das Schlimmste ist überstanden.«

»Kann ich dich sehen? Können wir uns treffen? Oh, Gott, entschuldige! Du musst bestimmt erst mal ankommen. Das andere hat alles Zeit. Aber ich freu mich so und ich habe gute Nachrichten!«

»Ich würde dich auch gern sehen, Ally.« Kian schluckte.

Als er sich vorstellte, wie er Noahs Wohnung verließ, überzog sich jeder Quadratzentimeter seines Rückens mit Gänsehaut. Er keuchte. Da draußen gab es Supermärkte, die Alkohol verkauften. Tankstellen mit einem Sortiment an Spirituosen. Kneipen und Bars, in denen er so viel trinken konnte, wie er wollte. Freunde, die ihn überreden konnten, wenigstens einen kleinen Schluck mit ihnen zu trinken. Kurzzeitig geriet sein Blut in Wallung.

Warum versuchten andere Menschen überhaupt, ihn zum Trinken zu animieren? Was sollte das? Diese Gesellschaft war krank. Man galt als nicht normal oder Spaßbremse, wenn man nicht mitzog und sich besoff. Dann ersetzte Erschöpfung seine Wut. Er konnte nicht rausgehen!

»Alles okay? Kian, sag was! Was ist los?«

»Alles okay«, presste er hervor. »Ich … es war der Gedanke, die Wohnung zu verlassen. Ich hab Angst, dass … es ist wegen des Alkohols und …«

»Verstehe. Rühr dich nicht vom Fleck. Ich komme vorbei. Gibst du mir die Adresse?«

Kian eilte ins Bad, duschte, putzte sich die Zähne und suchte Kleidung, in der er Ally entgegentreten konnte. Er war gerade fertig angezogen, da klingelte es an der Tür. Wortlos umarmten sie sich. Kian sog ihren Duft ein und küsste sie auf die Stirn. Es fühlte sich richtig an, sie in seinen Armen zu halten.

Bei einem Kaffee saßen sie zusammen und Ally platzte mit ihrer Neuigkeit heraus. »Pass auf, meine Tante kann dir ein Zimmer in ihrem Bed and Breakfast geben. Klein, aber mit eigenem Bad und einer Küchenzeile. Ich hab mit ihr gesprochen und sie reserviert das Zimmer für dich. Du würdest einen Familiensonderpreis bekommen. Für fünfhundert Pfund im Monat wäre es deins. Also, wenn du Zeit brauchst, um darüber nachzudenken, dann …« Ally schaute auf ihre Uhr. »… bleiben dir noch ungefähr achtundsechzig Stunden. So lang ist es für Vermietungen geblockt. Also wenn du lieber erst mal bei deinem Freund bleiben willst, ist das natürlich völlig in Ordnung. Ich dachte nur …«

Kian beugte sich vor und hätte sie geküsst, wenn er nicht ihre aufgerissenen Augen gesehen hätte, als er ihr näher kam. Sofort lehnte er sich wieder zurück. Hitze schoss in seinen Kopf. »Sorry«, murmelte er.

Ally rückte etwas von ihm ab. »Wow. Kian, du weißt, wie man eine Frau aus dem Konzept bringt.« Ihr Lächeln war unsicher.

Er fuhr sich durch sein Haar. Mist. War sie einfach nur überrumpelt gewesen und es ging ihr alles zu schnell? Oder erwiderte sie seine Gefühle nicht?

Im nächsten Moment kroch Scham in ihm hoch. War er denn von allen guten Geistern verlassen? Wie konnte er sich in seiner Situation überhaupt über so etwas Gedanken machen? Natürlich wollte sie nichts von ihm!

Himmel, sie hatte ihn in der schlimmsten Phase seines Lebens angetroffen.

Sie war einfach nur freundlich gewesen und er hatte mehr hineininterpretiert. Hätte er bloß …

Im nächsten Moment waren alle seine Gedanken ausradiert. Ally hatte sich zu ihm gelehnt und ihre Lippen auf seine gelegt. Er wandte sich ihr zu, nahm ihr Gesicht zwischen seine Hände und bemühte sich, sie nicht zu verschlingen. Viel zu schnell entzog sie sich ihm.

Sie lächelte, als sie wieder sprach. »Was sagst du zu dem Angebot?«

Einen Moment lang blieb ihm die Luft weg, als er dachte, sie habe sich ihm angeboten und er müsse nur zugreifen. Dann fiel ihm Allys Tante wieder ein. Er räusperte sich, dann schüttelte er den Kopf, um wieder einen klaren Gedanken fassen zu können.

Kian atmete tief durch. »Ally, ich weiß nicht, was ich sagen soll. Ich würde das Angebot mit dem Zimmer bei deiner Tante sofort annehmen, aber ich brauche erst einmal einen neuen Job. Ich kann nicht mehr im ›O'Reilleys‹ arbeiten.« Kian schluckte.

»Oh, na klar.« Sie kaute auf ihrer Unterlippe und schien nachzudenken. »Hast du Lust, mit mir zu meiner Tante zu fahren? Sie ist fantastisch und ihr Herz ist größer als ein Blauwal. Vielleicht könnt ihr da was regeln. Was meinst du?«

Kian lachte. »Größer als ein Blauwal?«

»Ja. Der Blauwal ist das größte Tier, das jemals auf der Erde gelebt hat. Wusstest du das?«

»Nein, das war mir nicht bekannt.« Sie lächelten sich an. Himmel, ihm wurde ganz flau dabei.

»Mein Auto steht direkt vor der Tür. Du könntest die Augen zumachen auf der Fahrt, und ich lenke dich ab, bis wir bei meiner Tante sind.«

Kian schloss nicht die Augen, als sie im Auto saßen. Ally war sein Anker. Solang er sich auf sie konzentrierte, trat alles andere in den Hintergrund.

Sie hatte recht gehabt. Er konnte kaum glauben, dass ihre Tante bereit dazu war, auf ihre Miete zu verzichten, bis er einen neuen Job gefunden hatte. Er fragte sie, warum sie bereit war, ihm zu helfen, obwohl sie sich nicht kannten.

»Meine Nichte hat eine gute Menschenkenntnis. Wenn sie sagt, du bist in Ordnung, dann bist du in Ordnung.«

Hoffnung regte sich in ihm. Es ging bergauf. Durch Ally. Sie half ihm in so vielerlei Hinsicht und wusste es nicht einmal.

Das Beste an seinem Zimmer war, dass es im Erdgeschoss lag und eine Terrasse hatte, auf der ein Tisch und zwei Stühle standen. Sie war zwar klein, grenzte aber an ein kleines Stück Wiese, die von Hecken gesäumt war. Perfekt. Hier war ein Zufluchtsort, an dem er sich sofort wohlfühlte.

Ally hatte ihn zurück zu Noah gebracht und blieb bei ihm, während er Noah am Telefon von dem großzügigen Angebot erzählte.

Nachdem er aufgelegt hatte, sah er zu Ally. »Er freut sich riesig. Und ich mich auch. Ich war noch nie der WG-Typ.«

Ally grinste.

»Es geht endlich bergauf! Ally, du hast die Gabe, mich in die richtige Richtung zu schubsen, ohne, dass ich es dir übel nehme.«

Ally lachte. »Hach, Kian, das ist das Romantischste, was mir je einer gesagt hat.« Sie wischte sich imaginäre Tränen aus den Augenwinkeln, sodass auch Kian lachen musste.

Dann wurde sie wieder ernst. »Du wirst es schaffen! Du wirst alles schaffen, was du dir vornimmst! Lass die schlechten Zeiten hinter dir!« Sie strich ihm über den Arm. »Du bist nicht allein, Kian.«

»Bin ich nicht?«, murmelte er, weil er unbedingt noch einmal eine Bestätigung hören wollte. Um ganz sicherzugehen, dass er sich nicht verhört hatte und sie das meinte, was er dachte, dass sie meinte.

Sie schüttelte den Kopf. »Nein. Ich bin da. Und ich werd nicht gehen, keine Sorge. Seine Freunde lässt man nicht im Stich.«

Immerhin bezeichnete sie ihn als Freund. Er würde seinen Mist geregelt bekommen und dann würde er um sie kämpfen. Ally war es wert. Sie war alles wert.

Nachdem er in seinem neuen Heim ausgepackt hatte, setzte er sich raus auf die Terrasse.

Noah hatte sich wirklich für ihn gefreut und ihm beim Umzug geholfen. Kian war fest entschlossen, sich bei Miss Lewis, Allys Tante, zu revanchieren. Er könnte den Garten in Schuss bringen und Reparaturen für sie erledigen.

Bei einer Zigarette hörte er in sich hinein. Ihm ging es besser. Besser als vor dem Klinikaufenthalt und besser als seit Jahren. Er hatte Ally, er aß, kam zu Kräften, machte Sport und die Übelkeit und Schmerzen waren weg. Hier saß er und es ging bergauf.

Doch es war hart, nicht zu trinken. Gott, wie er es vermisste, nach einem Whisky oder Bier zu greifen und es in sich hineinzukippen. Bei der Entlassung wurde ihm angeboten, seinen weiteren Entzug durch Medikamente zu unterstützen. Er hatte zugestimmt. Die Tabletten nahm er täglich und wusste, wenn er auch nur einen Schluck Alkohol trank, würde ihm elend und schlecht werden. Die Kotzerei würde anfangen. Das half ein bisschen, sein Verlangen nach Alkohol zu dämpfen.

Indes war das Kündigungsgespräch mit Mister O'Reilley nicht sehr positiv verlaufen. Mehrfach betonte der, wie sehr er Kian entgegengekommen war und ob das nun der Dank dafür sein sollte. Kian wollte ihm nichts von seinem Alkoholproblem erzählen, also blieb nur Unverständnis aufseiten seines alten Arbeitgebers. Das konnte er nicht ändern.

Miss Lewis hatte ihm dabei geholfen, kleine Jobs an Land zu ziehen. Es war Oktober und es gab viele Menschen, die sich über Hilfe freuten, ihren Garten winterfest zu machen. Mit dem Garten von Miss Lewis fing er an. Durch ihre Empfehlung erhielt er nach und nach Aufträge und es kamen immer mehr Menschen auf ihn zu, als sich herumgesprochen hatte, wie fleißig und präzise er arbeitete. So pflanzte Kian Zwiebelblumen, zerkleinerte Pflanzen und brachte sie zum Schutz, zusammen mit Laub und Rasenschnitt, als lose Bodenschicht auf. Er setzte Obstbäume und Rosen, entfernte Laub aus Gärten und von Gehwegen und schnitt Büsche zurück.

Es war an einem Dienstag, als alles zu kippen begann.

Er kam am frühen Abend nach einem anstrengenden Arbeitstag zurück in die Pension. Gerade wollte er in seinem Zimmer verschwinden, da hielt ihn Miss Lewis auf.

»Kian, gut, dass ich Sie treffe. Das Telefon stand kaum still. Da wollt Sie jemand, auf Teufel komm raus, erreichen.«

Kian fühlte das Surren. Es breitete sich in seinem ganzen Körper aus. Es wusste keiner außer Ally und Noah, dass er hier wohnte, und beide hätten ihn auf seinem Handy kontaktiert. »Miss Lewis, guten Abend. Wer war es denn?«

»Warten Sie … ah, da hab ich den Zettel. Hier …« Sie überreichte ihm ein liniertes Blatt Papier, auf dem sie in Schönschrift einen Namen und eine Telefonnummer notiert hatte.

Kian wurde blass.

Coby Broadbent, phone: 1397-733891 bittet um Rückruf asap

Kian starrte minutenlang auf die Nachricht. Seine Hände zitterten. Coby. Coby Broadbent hieß er also. Was wollte Coby von ihm? Woher wusste er überhaupt, wo er anrufen musste? Coby konnte nicht wissen, dass er hier war. Wie war er ihm auf die Spur gekommen? Was wurde hier gespielt? Und warum hatte er angerufen und das mehrmals? War es ein Trick? Wollte er ihn warnen? War es eine Falle? Kian war steif vor Anspannung. Es baute sich ein Druck in ihm auf und er stellte sich die immer gleichen Fragen. Wie sollte er reagieren? Woher wusste Coby, wo er wohnte? Ganz hinten in seinem Kopf hörte er Padraig lachen und sein Magen verknotete sich.

Er saß auf seiner Terrasse und rauchte, während er nachdachte. Wer wusste, dass er hier war? Miss Lewis natürlich, Ally und Noah. Hätten seine Freunde ihm gesagt, wenn sich jemand nach ihm erkundigt hätte? Davon ging er aus. Er vertraute beiden. Also gab es nur noch eine Möglichkeit, wie Coby an die Information gekommen war. Padraig hatte es Coby gesagt. Er hatte sich Padraig nicht eingebildet. Der hatte es tatsächlich irgendwie geschafft, in seinen Kopf einzudringen. Oh, Gott. Er würde mit keinem Menschen über seine neueste Erkenntnis reden können! Sie sollten nicht denken, dass alles wieder von vorn losging.

Sein Herz sank wie ein Stein. Er wollte keine verdammten Geheimnisse mehr haben. Doch er hatte keine andere Chance. Schon wieder stellte sich vermeintliches Wissen als ein Trugschluss heraus. Padraig war verdammt noch mal keine Einbildung gewesen! Oh, Himmel! Kian raufte sich die Haare. Er wusste nicht mehr weiter. Hatte er nicht alles versucht? Alles, was er versucht hatte, der Besuch bei der Polizei, die Gespräche, psychologische und psychiatrische Interventionen und seine medikamentöse Behandlung, hatte ihn nicht befreien können.

Jetzt ging es nur noch um sie drei. Den Forest, Padraig und ihn.

In der Nacht fand er nur oberflächlichen Schlaf. Seine Träume waren chaotisch. Mal wurde er im Forest verfolgt, mal lag er auf dem Operationstisch und seine Narkose wirkte nicht. Nach drei Uhr wachte er auf. Sein Herz raste. Auf zittrigen Beinen ging er zu seinem Tisch, nahm die Nachricht, die Miss Lewis ihm gegeben hatte, und zündete sie im Spülbecken an. Danach ging er wieder ins Bett.

Am nächsten Tag fingen seine Hände an zu zittern. Allgemein fühlte er sich, als habe er Schüttelfrost. Der Drang, Padraig durch Alkohol aus seinem Kopf zu verbannen, quälte ihn. Beschäftigte ihn in jeder Minute des Tages. Sollte er? Nein, er würde sich hassen! Aber hatte er denn eine andere Wahl? Wie sollte er denn sonst den Kampf mit ihm aufnehmen? Solang Padraig wusste, was er dachte, hatte der die Oberhand.

Kian wäre längst eingeknickt, gäbe es Ally nicht. Er fand keinen logischen Grund dafür, nicht zu trinken. Doch für sie verzichtete er. Sie sollte ihn nicht mehr besoffen erleben. Es löste Panik in ihm aus, sich vorzustellen, wie sie ihn wieder am Boden und kotzend sehen könnte. Wie sie zurückzucken könnte, wenn sie den Alkohol in seinem Atem roch. Sie würde ihn für einen Verlierer halten. Für sie blieb er standhaft. Mit ihr könnte er es vielleicht schaffen, endlich aus dem Teufelskreis herauszukommen.

Am Abend kam Ally vorbei.

»Ally! Komm rein.« Er lächelte und zog sie in seine Arme. Sie war so klein. Ihr Kopf reichte ihm gerade ein kleines Stück über die

Brust. Sie löste einen Beschützerinstinkt in ihm aus, der nichts mit der Realität zu tun hatte. Sie war es, die ihn beschützte. Sie küsste ihn lang – aber nicht lang genug – und ging dann zum Tisch.

»Ich hab uns was zu essen mitgebracht. Ich hoffe, ich stör dich nicht bei irgendwas.«

»Nein, gar nicht. Du störst nie.«

Nachdem sie gegessen hatten, saßen sie zusammen auf Kians Bett, ihre Rücken gegen die Wand gelehnt und ihre Hände ineinander verschränkt. Im Hintergrund liefen Countrysongs, die Ally so liebte. Eine Zeit lang hörten sie einfach nur Musik. Dann schwang sich Ally auf seinen Schoß und presste ihre Handfläche gegen seine, so als wolle sie den Größenunterschied ihrer Hände messen. Kian lächelte. Wenn sie bei ihm war, kam alles zur Ruhe. Er war glücklich.

»Kian, ich wollte vorbeikommen, um es dir persönlich zu sagen.« Sie sah auf ihre Hände. Er spürte ihr Unwohlsein.

Es dauerte einen Moment, bis in seinem Bewusstsein angekommen war, wie angespannt die Stimmung nun war. Kian suchte in ihrem Gesicht nach Anzeichen dafür, dass er sich wieder entspannen konnte, wurde aber nicht fündig. Sein Mund war auf einen Schlag trocken. Schweiß bildete sich auf seiner Stirn. Das Gefühl, das er gerade hatte, kannte er sehr gut. Es war das Gefühl, dass, egal, was gleich passierte, es nur bergab gehen konnte. Dass eine Katastrophe nahte. Und er hatte keine Möglichkeit, sich auf das Unglück vorzubereiten. Er biss die Zähne zusammen.

»Ich habe ein Angebot bekommen. Es geht um Freiwilligenarbeit in Nepal.« Sie holte tief Luft, sah ihn aber immer noch nicht an. »Claire und ich könnten zusammen hinreisen und in Kathmandu beim Wiederaufbau von Schulen, Krankenhäusern und Häusern helfen.«

Ein kurzer Blick in seine starren Augen, dann senkte sie wieder den Blick. Sie sprach nun schneller. »Kannst du dich an das Erdbeben 2015 erinnern? Es war verheerend! Ich habe schon vor acht Jahren hingewollt, aber ich konnte es mir nicht leisten!«

In Kian zog sich alles zusammen. Das passierte gerade doch nicht wirklich! Sie wollte ihn verlassen? Hatte sie ihm nicht versprochen, ihn nicht allein zu lassen? Er brauchte Ally, und zwar hier bei sich! Er hatte einen Kloß im Hals. Und Wut im Bauch. Schon jetzt breitete sich ein Gefühl des Verlusts in ihm aus, das ihn in Panik versetzte. Er hatte sie verloren. Was hatte er falsch gemacht? Konnte er sie aufhalten? Es kostete ihn große Mühe, seine Gedanken zu stoppen und ihr mit einem knappen Nicken zu verstehen zu geben, dass er bereit war, ihr weiter zuzuhören. Doch das war er nicht! Er wollte das nicht hören! Hätte sich am liebsten tot gestellt, wünschte sich Gehörlosigkeit! Oder vielleicht, dass ein Blitz einschlug und sie somit am Weiterreden gehindert wurde.

»Also, wie gesagt, wäre ich nach dem Erdbeben gern sofort dorthin gereist. Aber selbst, wenn man freiwillig helfen will, kostet es rund vierhundert Pfund pro Woche für Unterkunft, Essen und Trinken. Das konnte ich mir nicht leisten. Aber auch jetzt liegt noch viel in Trümmern. Die Menschen brauchen Hilfe dort!« Sie hatte die Augen aufgerissen und sie sahen sich an.

Verdammte Scheiße! Die brauchte er auch! Aber was wäre er für ein Arsch, wenn er seine Probleme jetzt in den Vordergrund gestellt hätte? Sie hatte das ultimative Totschlagargument gebracht. Karitative Arbeit. Er hielt den Mund und schluckte.

»Kian, es hat sich ein Sponsor gefunden, der es fünfzig Freiwilligen ermöglicht, dort zu helfen, ohne dass Kosten entstehen! Jetzt geht alles ganz schnell. Die Arbeitserlaubnisse wurden schon beantragt und wir können die Visa-on-Arrival nutzen.«

Ally klang begeistert. Aus ihren endlosen Gesprächen wusste er, dass sie an diversen humanitären Projekten interessiert war. Aber für ihn war es reine Theorie gewesen. Er konnte doch nicht ahnen, dass sie weggehen würde! Nach Nepal!

Die Narbe auf seiner Brust juckte plötzlich höllisch und lenkte ihn von seinen Gedanken ab. Ein Blick auf Ally verriet ihm, dass sie auf eine Reaktion von ihm wartete. Je länger er nichts sagte, desto mehr schwand das Lächeln aus ihrem Gesicht und das Leuchten aus ihren Augen. Gott, er war ein egoistischer Arsch, aber seine Verzweiflung zog ihn herab, seine Wut ließ seine Miene erstarren und das Wissen um seinen Verlust lähmte ihn.

»Sag was, Kian. Bitte. Es tut mir … es hat sich alles so schnell ergeben. Hey, das ist doch nicht das Ende für uns.«

Vielleicht nicht, aber es war das Ende für ihn.

»Okay.« Dieses eine Wort hervorzupressen, ließ ihn in Schweiß
ausbrechen.

Sie nahm seine Hand und schaute ihm ins Gesicht. Ihre Stimme
war leise, als sie sprach. »Kian, ich möchte diese Chance wahrnehmen. Davon habe ich seit Jahren geträumt.«

»Wie …« Er räusperte sich. »Wie lange bist du fort?«

»Drei Monate.«

Kian biss die Zähne zusammen. Eine Ewigkeit ohne sie. Ohne
Kontakt zu ihr. Ohne ihre Stimme zu hören oder ihr Lachen. Sie
würde ihn vergessen. Sie würde sich in einen der anderen Freiwilligen verlieben. Einen Mann voller Power und positiver Energie. Einen Helfer in der Not. Jemand, der die Welt verändern wollte.
Scheiße! Er war dabei, sie zu verlieren, und er konnte nichts dagegen tun.

Seine Gedanken brachen kurzzeitig ab, als Ally sich vorbeugte
und ihn küsste. Es war ein zarter Kuss und als sie sich zurücklehnte
und ihn ansah, kämpfte er mit sich, sie nicht wieder zu sich heran-
zuziehen und seine Hände in ihrem Haar zu vergraben.

»Gott, Ally. Es ist scheiße, dass du wegwillst.«

»Ich weiß«, antwortete sie ernst. Dann hob sie mit einer Hand ihre
Haare an und zog sich das Lederband ihrer Kette mit dem Anhänger
aus Büffelhorn über den Kopf. »Pass gut darauf auf und denk an
mich, wenn du sie siehst.«

»Wow Ally!« Er war sprachlos.

Er küsste sie. Nicht nur auf den Mund. Er küsste sie auf den Kopf,
die Stirn, die Augenlider, die Wangen, den Hals und sie lehnte sich
zurück, sodass er auf ihr lag.

Sein Shirt flog auf den Boden, dann ihres. Ihre Hose folgte, dann
seine. Zuletzt streiften sie sich gegenseitig die Unterwäsche ab. Der
Sex war nicht wild und gierig. Sie fielen nicht übereinander her. Ihr
behutsames Tempo schaffte eine Intimität und Intensität, die Kian
bisher noch nicht erlebt hatte.

Der Sex fühlte sich an wie ein Versprechen. Er verband ihre Seelen. Sie sahen sich an, tasteten mit den Augen jeden Zentimeter des jeweils anderen ab, kneteten ihre Haut und streichelten über Kurven und Täler. Kian war ganz bei Ally. Mit seinen Gedanken, Gefühlen und seinem Herzen.

Irgendwann zog Ally sich an, und als sie gehen wollte, hätte Kian am liebsten die Tür zugeschlossen und sie nicht mehr gehen gelassen. Als sie sich mit einem letzten Kuss und einer Umarmung von ihm verabschiede, flüsterte sie ihm ins Ohr. »Es wird dir gut gehen. Hab keine Angst, mit dem Leiden aufzuhören, Kian.«

Als er im Bett lag, meldete sich das erste Mal Padraig wieder zu Wort. Er flüsterte ihm in dasselbe Ohr, in das Ally geflüstert hatte. »Mister Kian, Sie wissen, dass es nicht aufhören wird? Ihr Leiden?«

Kians Herz stolperte und er schnappte nach Luft.

Er war auf dem Weg zu Miss Milton, die ihn darum gebeten hatte, ihre Regenrinne von Blättern zu befreien. Es war früh am Morgen und der leichte Nebel ließ seine Umwelt irgendwie unecht erscheinen. Die Hände in den Jackentaschen, blickte er auf seine Füße, während er die menschenleere Straße entlangging.

Von irgendwo her drang ein Schlurfen zu ihm, das ihn frösteln ließ. Kian blieb stehen, das Schlurfen hörte auf. Auf der anderen Straßenseite stand ein Mann, der, ebenso wie er, die Hände in die Jackentaschen gesteckt hatte. Kian kniff die Augen zusammen. Der Dunst waberte um den anderen herum. Kian erkannte nur ein bleiches Oval, wo das Gesicht sein musste und eine gedrungene Gestalt. Er wusste, dass er dem Mann mit dem geschmolzenen Gesicht gegenüberstand.

»Was wollen Sie?«, rief Kian ihm zu.

Der Fremde antwortete nicht. Er sollte zu ihm gehen und ihm sagen, dass er ihn gefälligst in Ruhe lassen sollte! Doch er konnte sich nicht rühren. Wie Kontrahenten bei einem Duell standen sie sich gegenüber und starrten sich an. Etwas zupfte an Kians Gehirn. War das der Fremde? Versuchte er nun auch in seinen Kopf einzudringen?

Er sollte so schnell wie möglich den Blick abwenden und sehen, dass er weiterkam! Los doch! Er musste sich nur bewegen! Er …

Ein Auto fuhr an ihm vorbei und der Bann war gebrochen. So schnell Kian konnte, kehrte er um und rettete sich in die Pension.

Kian hörte dem Ticken der Uhr zu, die über der Spüle der kleinen Einbauküche an der Wand hing. Reglos saß er in seinem Sessel, seine Hände um die Armlehnen verkrampft. Alles, woran er denken konnte, waren drei Dinge.

Erstens: Ally war weg. Sie war einfach aus seinem Leben verschwunden. Die bittere Realität war: Er brauchte sie mehr als sie ihn. Sie hatte ihm geschrieben, aber als er ihr zurückschreiben wollte, wusste er nicht, was er ihr sagen sollte. Also ließ er es sein.

Zweitens: Miss Lewis hatte einen kleinen, abschließbaren Mahagonischrank. Der verzierte Schlüssel steckte im Schloss. Er wusste, was sich darin befand. Arglos hatte sie vor ein paar Tagen den Schrank geöffnet, nachdem er ihre verstopfte Spüle wieder durchlässig gemacht hatte. Sie redete munter auf ihn ein, während sie den Schlüssel herumdrehte. Kian hatte noch das Geräusch im Ohr, als die Stahlfeder des Sperrriegels angehoben wurde und die Tür sich öffnete. Dahinter befanden sich Flaschen. Er sah Likör, Sherry, Brandy, Whisky und eine Flasche mit klarem Inhalt. Die Bar der Lady war gut bestückt. Bevor sie nach einer Flasche greifen konnte, war er aus ihrer Wohnung geflohen.

Drittens: Padraig. Wieso war er in seinem Kopf? Welchen Sinn hatte es, dass er sich an ihn gehängt hatte? Und wie standen Padraig und der Forest in Verbindung? Außerdem, was hatte es mit dem gruseligen Mann auf sich?

Kian saß in seinem Sessel, als läge ein Fels auf seinem Schoß, der ihn fixierte. Er rührte keinen Muskel, während er versuchte, seiner Gefühle Herr zu werden. Denn alle drei Dinge, die ihn beschäftigten, lösten einen Wirbelsturm an Gefühlen aus, der ihn lähmte. Die Minuten verstrichen, während Kian versuchte, seine Gefühle in handlichere Päckchen zu packen, um sie dann wegzuschieben. Er wusste nicht, wie viel Zeit vergangen war, bis er es endlich schaffte, aus dem Chaos in seinem Inneren aufzutauchen. Er war erschöpft. Stillstand bedeutete Platz zum Grübeln. Also griff er nach seinem Laptop und sah die Stellenanzeigen durch.

Seit dem Tag, an dem er eigentlich zu Miss Milton wollte, hatte er sich kaum mehr aus dem Haus gewagt und mittlerweile bekam er auch keine Aufträge mehr. Es wurde langsam Zeit, sich wieder vor die Tür zu wagen und sich etwas Festes zu suchen. Mit einer Zigarette im Mundwinkel klickte er eine Annonce nach der anderen an.

»Verdammte Scheiße!«, brüllte er. Es war nichts, aber auch gar nichts für ihn dabei. Den sozialen Sektor konnte er abschreiben. Durch die Ermittlungsverfahren war diese Tür für ihn verschlossen. Die anderen Jobs setzten eine Ausbildung und möglichst auch Berufserfahrung voraus. Sein Herz trommelte kräftig bis in seinen Hals. Er war so wütend! Sein Atem kam stoßweise, er schloss die Augen und versuchte, sich wieder zu kontrollieren. Er musste ruhig bleiben. Durfte nicht ausflippen. Ally tauchte vor seinem geistigen Auge auf. Ihr Lachen, ihre üppige Figur. Er wurde ruhiger.

»Ganz recht, Mister Kian«, wisperte es in seinem Kopf. »Bleiben Sie ruhig und überlegen Sie, was Sie tun müssen. Sie wissen es bereits. Also, Mister Kian, wie ist Ihr nächster Schritt?«

Kian brach der Schweiß aus. Er fasste sich an die Stirn und spürte, wie heiß und feucht sie war. Den Blick ins Leere gerichtet, rieb er sich die Hand an seiner Hose trocken. Eine nervöse Energie breitete sich in Wellen durch seinen Körper aus. Kian hielt es nicht mehr in dem Sessel aus und sprang auf.

Mit geballten Fäusten bewegte er sich durch das Zimmer. Doch die Bewegung reichte nicht. Seine Hände krallten sich in seine Haare. Sein Atem beschleunigte sich wieder. Eine Sicherung brannte in ihm durch und Kian brüllte, wie er noch nie gebrüllt hatte.

Samuel, der Held? Ein Arschloch war er!

Wenige Tage später klopfte jemand an Kians Tür. Er hatte sich gerade fertiggemacht für ein Vorstellungsgespräch, das in fünfundvierzig Minuten beginnen würde. Mit wenigen Schritten war er da und riss sie auf, sodass sie an die Wand stieß.

»Vorsicht, Vorsicht, Kian!« Miss Lewis lächelte ihn an. Dann fasste sie seine Erscheinung ins Auge. »Sie sehen wirklich toll aus. Sind Sie schon aufgeregt? Ach, was frag ich, so stürmisch, wie Sie die Tür aufgerissen haben.« Sie lachte.

Er stieß die Luft aus. »Und wie! So aufgeregt war ich lange nicht mehr!« Kian lächelte zurück, doch einen Moment später verschwand das Lächeln wieder aus seinem Gesicht, als er Padraigs Stimme hörte.

»Also wirklich, Mister Kian. Sie belügen eine alte Dame? Ich kann mich sehr gut daran erinnern, wie aufgeregt …« Das letzte Wort betonte Padraig besonders. » … Sie sich gebärdet haben, als Sie hilflos dem Forest ausgesetzt waren.«

Noch bevor Padraigs Stimme in ihm verklang, sprach Miss Lewis weiter. »Es wird schon schiefgehen. Sie sind ein freundlicher, junger Mann in den besten Jahren. Die Leute werden sich um Sie reißen!«

»Sie sind ein Schatz, Miss Lewis. Ich muss dann jetzt auch los.« Kian zog die Manschetten seines Hemdes herunter, tastete nach Allys Kette und schnappte sich Handy und Schlüssel.

»Natürlich. Ich bin nur gekommen, um Ihnen viel Glück bei Ihren Bewerbungsgesprächen zu wünschen.«

»Danke! Wir sehen uns später.«

Auf dem Rückweg platzte Kian vor Stolz. Das Bewerbungsgespräch war super gelaufen. Der Chef des Gartencenters hatte ihm gesagt, er sei so gut wie angestellt, doch er könne den letzten zwei Bewerbern des Tages so kurzfristig nicht mehr absagen. Deshalb melde er sich abends oder am nächsten Tag bei ihm. Padraig hatte sich nicht eingemischt und die Erleichterung darüber war immens.

Kian wollte feiern, so froh war er in diesem Moment. Aber wie feierte man, ohne Alkohol zu trinken? Er wusste es nicht. Mit Ally würde er keinen Alkohol brauchen. Sie würde sich mit ihm freuen und ihn damit noch glücklicher machen.

Seine Schritte verlangsamten sich, bis er schließlich stehen blieb. Ally war nun mal nicht da. Also warum sollte er denn nicht ein Gläschen auf seinen Erfolg trinken? Wen kümmerte es? Ally. Ihretwegen sollte er standhaft bleiben. Noch zog dieser Gedanke, aber die Kraft, die er dahinter anfangs verspürt hatte, fing an, schwächer zu werden. Allys Bild wurde immer blasser. Kian zog sein Handy aus der Tasche und prüfte sein E-Mail-Postfach. Sein Herz klopfte schneller. Sie hatte geschrieben. Ohne sich dessen bewusst zu sein, berührte er den Anhänger ihrer Kette.

Hey, Kian, hast du mich schon vergessen? Ich höre gar nichts von dir. Gut, dass ich den ganzen Tag beschäftigt bin, dann habe ich nicht so viel Zeit, um dich zu vermissen. Wie geht es dir? Ist alles in Ordnung? Schick mir doch bitte ein Lebenszeichen! Mir geht es jedenfalls sehr, sehr gut. Hier zu sein, ist der Wahnsinn. Alle sind unglaublich nett und es ist ein tolles Gefühl, hart zu arbeiten und dabei zuzusehen, wie etwas Neues entsteht. Ich hoffe wirklich, dir geht es gut. Lass von dir hören!
Deine Ally

Kian schloss seine Zimmertür und lehnte sich mit dem Rücken dagegen. Später würde er ihr zurückschreiben.

Bevor er Ally schrieb, ging er seiner Lieblingsbeschäftigung nach. Er stalkte Ally auf Social Media. Immer wieder stellte sie Bilder in ihren Account. Entweder von der Umgebung oder auch von sich selbst bei der Arbeit. Sie hatte Internetempfang in ihrem Hotel, aber es war langsam, sodass ein Chat nicht möglich war. Auch die Telefonverbindung war eine Katastrophe. Ein Mal hatte sie versucht, ihn anzurufen, aber ihr Gespräch war so abgehackt gewesen, dass sie beide kein Wort verstanden.

Sich ihre Posts anzusehen war schön und beängstigend zugleich für Kian. Er konnte sie wenigstens auf Bildern sehen, was ein Trost für ihn war. Ihr strahlendes Gesicht weckte zwiespältige Gefühle in ihm. Natürlich wollte er, dass sie glücklich war. Dennoch stieg in ihm die Verzweiflung, weil er erkannte, wie wenig sie andere brauchte, ihn brauchte, um sich erfüllt zu fühlen. Ein komplizierter Cocktail aus Gefühlen schwappte in seinem Inneren langsam über. Sehnsucht danach, sich ebenso frei zu fühlen wie sie und das Glück aus sich selbst beziehen zu können. Wut darüber, dass sie gegangen war, obwohl sie ihm versprochen hatte, zu bleiben. Enttäuschung, weil sie ihn nicht zu vermissen schien. Freude und Erleichterung darüber, dass es ihr gut ging. Unruhe, weil er keine Lösung für sich fand. Verzweiflung, weil ihn jeder Tag ihrer Abwesenheit näher dazu führte, wieder zu trinken, um alle Gefühle zu betäuben.

Kian schaute auf den Bildschirm und zündete sich eine Zigarette an. Da war sie. Wunderschön und gebräunt und glücklich. Dieses Lachen! Diese Augen, in denen man sah, wie lebhaft und glücklich sie war. Er klickte sich langsam durch die aktuellen Bilder. Verweilte bei jedem Einzelnen. Prägte sich jedes Detail von ihr ein.

Als er das nächste Bild sah, das sie gepostet hatte, brach seine Welt in sich zusammen. Seine schlimmsten Befürchtungen bewahrheiteten sich. Es war ein wahr gewordener Albtraum. Das Foto zeigte sie im Profil. Sie hatte ihre Arme um den Hals eines Mannes geschlungen, sodass ihr Oberteil hochgerutscht war und gebräunte Haut entblößte. Dieser Kerl hatte beide Hände auf die nackte Haut ihres unteren Rückens gelegt. Sie sahen sich in die Augen und lachten. Kian wurde schlecht. Die beiden sahen aus wie einem Urlaubskatalog entsprungen. Zwei attraktive Menschen mit weißen Zähnen und unbeschwertem Lachen. Hinter ihnen die Natur und die Berge des Kathmandu-Tals. Seine Augen wanderten zur Bildunterschrift.

Samuel mein Held!

Kian rieb sich mit beiden Händen durch sein Gesicht, dann starrte er wieder auf Ally und Samuel. Ihren Helden. Die Lippen zusammengepresst und das Gesicht starr vor Anspannung, klickte Kian das nächste Bild an. Sobald er es sah, klappte er mit voller Kraft seinen Laptop zu. »Verdammt!« Er stand auf und ging im Kreis herum. Er war dermaßen wütend, dass ihm Tränen in die Augen traten.

Ally! Ally auf dem Schoß von Samuel! Samuel der Held! Ein Arschloch war er! Nahm wahrscheinlich an dieser Mission teil, um Frauen abzuschleppen! Wie konnte Ally nur auf so einen scheiß pseudo Gutmenschen hereinfallen? Diese schmierigen, nach hinten gekämmten Haare! Widerlich!

Er keuchte. Presste eine Hand auf seine Brust, als wolle er sein Herz daran hindern, herauszuspringen und ihn genauso zu verlassen, wie es alle Menschen in seinem Leben taten. Kian spürte regelrecht, wie sein Blut durch seine Adern schoss. Seine Muskeln verspannten sich. Seine Wut blendete alles um ihn herum aus, so dauerte es eine Weile, bis ihm das Klingeln seines Handys ins Bewusstsein drang. Aus einem Reflex heraus nahm er ab und hielt es sich, ohne etwas zu sagen, ans Ohr.

»Hallo? Ist da jemand? Mister McGreedy?«

»Äh, ja. McGreedy hier«, seine Stimme klang abgehetzt.

»Gut. Ja. Mister McGreedy, Sie waren heute in unserem Gartencenter für ein Vorstellungsgespräch.«

»Ah, ja. Genau.« Kian fuhr sich durch seine Haare und massierte sich an der Nasenwurzel. Das war genau die Ablenkung, die er gerade brauchte. Scheiß auf Samuel! Er baute sich jetzt ein neues Leben auf und dann würde er Ally für sich gewinnen!

»Schön, dass Sie sich heute noch melden, Sir.«

»Ja. Es hat mir sehr gut gefallen, wie engagiert Sie sich im Gespräch gezeigt haben. Sie hätten wirklich gut ins Team gepasst, aber …«

Kian stand stocksteif da. ›Hätten‹ und ›aber‹ waren zwei kleine Wörter, die alles ausdrückten, was er wissen musste.

Nach dem Telefonat legte er sein Handy auf den Tisch. Wie ferngesteuert verließ er das Zimmer.

Treppenstufe um Treppenstufe stieg er in die erste Etage. Klopfte an eine Tür. Wartete. Klopfte erneut. Nichts. Er drehte am Knauf. Die Tür öffnete sich und er betrat Miss Lewis' Wohnung. Ging auf den Mahagonischrank zu. Drehte den Schlüssel. Hörte das Aufschnappen. Öffnete die Tür. Griff blind nach einer Flasche und verließ die Wohnung wieder.

In seinem Zimmer setzte er sich in den Sessel und sah auf seine Beute. Sein Lachen klang bitter. Obwohl er nicht hingesehen hatte, als er in den Spirituosenschrank griff, war es so gekommen, dass er den Whisky erwischt hatte. Er glaubte nicht mehr an einen Zufall. Alles hing zusammen. Alles war verknüpft.

»Ganz recht, Mister Kian. Langsam verstehen Sie es. Schauen Sie hin! Sie wissen, was Sie zu tun haben. Sie wissen, wer und was ich bin!«

Er rührte die Flasche nicht an. Noch nicht. Doch sie stand bereit. Wartete auf ihn. Allein das Klirren, als er ein Glas holte, das beim Abstellen gegen die Flasche stieß, war zu viel für ihn. Immer wieder schloss und öffnete er seine Fäuste, kniff die Augen zusammen. Er wollte trinken. Musste trinken. Seine Schleimhäute waren ausgetrocknet. Sein Herz fühlte sich versteinert an. Er fühlte nichts mehr. Nur noch diesen Drang.

Plötzlich rauschte es in deinem Kopf. Was war das? War es das Blut, dass durch ihn hindurchfloss? Nein. Es hörte sich an wie … das Rauschen der Bäume! Blätter, die vom Wind aufgewirbelt wurden. Baumkronen, durch die Luft strömte. Er roch feuchte Erde. Tannen, Harz und einen angenehmen, undefinierbaren süßlichen Duft.

Auf einmal stand er vor seiner Haustür. Wie war er dorthin gekommen? Er trug Stiefel und eine dicke Jacke. Es war kalt in den Highlands, sie hatten November. Den Whisky hatte er nicht dabei. Schon drehte er sich um, um wieder hineinzurennen. Stoppte. Kämpfte mit sich. Hörte das Rauschen der Bäume. Sehnte sich zurück in den Forest. Den wunderschönen und zugleich schrecklichen Wald. Schließlich marschierte er los. Er hatte kein Ziel, Hauptsache, er kam in Bewegung.

»Mister Kian, warum zögern Sie?«, fragte Padraig ihn. »Sie wissen, was Sie tun müssen.«

Schnauze! Gott, konnte er nicht ein Mal seine Ruhe haben? Das Leben als Psycho war unerträglich!

»Kian? Kian! Alter, was ist los? Ich ruf dich schon seit Ewigkeiten!« Frank blieb vor ihm stehen und sie klatschten sich ab.

»Bin wohl in Gedanken gewesen. Was geht ab, Frank?« Ablenkung. Alles, was ihn ablenkte, half ihm dabei, Padraig nicht zuhören zu müssen.

»Nicht viel. Lust, mit mir und den andern zu chillen?«

»Klar.« Ehrlich gesagt hatte er keine Lust, mit ihnen zu chillen. Aber er hatte Angst, nach Hause zu gehen. Angst davor, komplett durchzudrehen.

Unterwegs trafen sie Rudy, Stan und Calum. Die Männer redeten und lachten. Kian nicht. Er teilte nicht den gleichen Humor mit ihnen. Fäkalwitze und frauenfeindliche Sprüche widerten ihn an und trotzdem ging er mit ihnen weiter. Setzte einen Fuß vor den anderen. Hörte, wie Glas gegen Glas klirrte, wenn ihre Flaschen in den Plastiktüten aneinanderstießen. Er hatte ein dumpfes Gefühl im Kopf. Empfand sich als weit entfernt von sich selbst. Er ging mit seinen Kumpels mit, wie er es schon unzählige Male getan hatte. Es war die Gewohnheit, die sein Handeln übernahm.

Als sie bei den Klippen angekommen waren, ließen sie sich auf die Wiese fallen. Weit genug weg vom Abgrund, um nicht versehentlich hinunterzufallen, aber nah genug, um das Meer rauschen zu hören. Dann packten die Männer ihre Getränke aus.

Plötzlich brach Kian in Schweiß aus. Was machte er hier überhaupt? Genauso eine Situation war es doch gewesen, die er fürchtete, seitdem er mit dem Trinken aufgehört hatte! Sie war der Grund, warum er tagelang sein Zimmer nicht mehr verlassen hatte! Die ultimative Versuchung.

Er sollte gehen. Aber wohin? Zu Hause wartete der Whisky auf ihn. Ally war weg. Scheiße! Er hatte noch Noah. Zu ihm könnte er gehen. Er würde ihm helfen. Etwas schnürte ihm die Luft zum Atmen ab. Es war Selbstverachtung. Er war ein erwachsener Mann, der nicht in der Lage war, die Kontrolle zu behalten, Herrgott noch mal! Er konnte nicht ewig am Rockzipfel anderer hängen! Es gab nur zwei Entscheidungen, die er jetzt treffen musste. Erstens: Sollte er zu Noah rennen und es mal wieder jemand anderem überlassen, ihn zu retten? Zweitens: Sollte er den Kampf aufgeben, nichts zu trinken? Himmel, wäre es schön, jetzt ein Bier mit seinen Kumpels zu trinken! Warum denn auch nicht? Ein Bier schadete schließlich nicht. Und Calum, Frank, Stan und Rudy waren immer da. Auf sie war Verlass.

Kian straffte die Schultern und fuhr sich über den Mund. Okay. Erste Entscheidung: Er würde nicht zu Noah gehen.

Ihm wurde ein gekühltes Bier in die Hand gedrückt. Er seufzte. Es war wie ein Nach-Hause-Kommen. Er holte sein Feuerzeug heraus, um die Flasche zu öffnen, hielt aber kurz davor inne.

Ally. Ein Stich fuhr ihm durch die Brust. Für sie hatte er durchhalten wollen. Für sie wollte er ein anderer Mann werden. Für einen kurzen Moment brandete intensive Sehnsucht in ihm auf, bis das Bild von Samuel und ihr sie vertrieb und neuer Wut Platz machte. Er setzte die Kante des Feuerzeugs am Rand des Kronkorkens an.

»Mister Kian, denken Sie gut darüber nach, was Sie im Begriff sind, zu tun.« Padraigs Stimme beschwor ihn.

Kian schnappte nach Luft, als er von Gedanken und Gefühlen überschwemmt wurde. Die gescheiterten Existenzen in seinem Heimatort, zu denen auch er gehört hatte. Seine Mutter, die ihn viel zu früh verlassen hatte. Sein Traumjob war verloren. Anklagen liefen gegen ihn. Er schlug sich auf Kosten von Miss Lewis durch. Er war arbeitslos. War in der Psychiatrie gelandet. Ally war gegangen. Ally hatte einen anderen. Er war nicht gut genug für dieses Leben hier.

Frustration und Wut erfüllten ihn. Enttäuschung und Kränkung gesellten sich dazu. Er fühlte sich betrogen und verzweifelt. Er war nie gut genug. Nie! Bilder seines Vaters geisterten durch seinen Kopf und vermischten sich mit Situationen, in denen er genauso gesoffen hatte wie einst sein alter Herr. Kian spürte, wie in seinem Inneren etwas kurz davor war, zu zerreißen. Es tat weh. Alles tat so verdammt weh! Sofort steuerte er gegen und versuchte sich von seinen Gefühlen abzuschotten.

Padraig schrie ihn an, sodass sein Kopf nahe davor war, zu explodieren, und er sich die Ohren zuhielt. »Nein! Sie ziehen sich jetzt nicht zurück! Machen Sie verdammt noch mal die Augen auf! Schauen Sie hin!« Die letzten drei Wörter dröhnten immer noch durch seinen Schädel, als es geschah.

Etwas riss, zerbarst mit einer ungeheuren Wucht in ihm. Ein gequälter Schrei brach aus ihm heraus und er schleuderte die Flasche, soweit er konnte, über die Klippe. Die anderen sah und hörte er nicht mehr. Er hörte nur das Tosen in ihm, das beinahe unerträglich war. Kian stand auf und torkelte ein Stück weit über die Wiese, bis er am Rand der Klippe zum Stehen kam.

Der Wind riss an seinen Haaren und ließ ihn schwanken. Er griff nach Allys Anhänger, blickte über das Meer und dann nach unten, auf den felsigen Fuß der Klippen. Nur ein einziger Schritt und alles wäre vorbei. Gott, er wollte, dass alles vorbei war! Kian keuchte und bekam nicht genug Sauerstoff in seine Lungen. Sein Herz brannte und tat weh. Jeder Muskel in ihm zitterte vor Anspannung. Ein Schritt nur. Padraigs Stimme verklang vollends und er nahm wieder alles um sich herum wahr. Hinter sich hörte er seine Kumpels lachen. Er drehte dem Abgrund den Rücken zu und sah auf die vier Männer, mit denen er hergekommen war, während er ihnen ein paar Schritte entgegen taumelte. Er verstand nicht, was sie sagten. Aber er sah, wie sie sich gegenseitig anstießen, mit dem Finger auf ihn zeigten und tatsächlich lachten! Sie lachten verflucht noch mal!

Diese Männer, jeder mit einer Bierflasche in der Hand, rührten sich nicht, um zu helfen. Interessierten sich einen Dreck für ihn. Es ging ihnen am Arsch vorbei, dass alles in ihm zusammenbrach. Das waren keine Freunde. Nicht einmal Kumpels. Lediglich das Saufen brachte sie zusammen.

Er bewegte sich. Seine Füße schlurften über den Boden, das nahm er vage wahr. Aber ob sie ihn in Richtung Abgrund trugen oder von ihm weg, konnte er nicht sagen.

Kian wusste nicht, wie er nach Hause gekommen war. Gerade noch starrte er auf die vier Männer vor ihm, im nächsten Augenblick stand er bei sich im Zimmer der Pension und hatte wieder die Whiskyflasche in der Hand. Er stellte die Flasche auf den Tisch und fuhr sich mit beiden Händen durchs Gesicht. Himmel, er verlor die Kontrolle.

Lassen Sie sich von der Welt verändern

Es ging nicht mehr. Kian hielt sein Leben nicht mehr aus. Nichts wurde besser! Er war allein! Am Ende seiner Kraft. Sein Besuch im Forest hatte genauso wenig gebracht wie sein Aufenthalt in der Klinik oder seine Therapie. Keins seiner Probleme hatte er in den Griff bekommen. Warum zur Hölle konnte keiner ihm helfen? Warum? Kian sprang mit einem Wutschrei auf und boxte, so schnell er konnte, auf seine Matratze ein. Links, rechts, links, rechts, so lange, bis ein Brennen in der Brust ihn daran hinderte, weiterzumachen. Mit der Faust rieb er sich darüber. Dann setzte er sich hin und zündete sich eine Zigarette an.

»Alles in Ordnung, Kian?«, hörte er Miss Lewis von unten hoch rufen. Er musste sie mit seinem Schrei erschreckt haben.

Kian öffnete den Mund, um etwas Beruhigendes zu entgegnen, bekam jedoch keinen Ton heraus.

Zu massiv war der Schmerz in seiner Brust, seinem Magen, seinem Nacken. Oh, mein Gott, er bekam keine Luft mehr! Kian nahm kaum wahr, wie ihm die Zigarette aus der Hand fiel. Seine Hände krallten sich in seinen Kragen, um ihn herunterzuzerren. Schwindel ließ ihn stolpern und krachend zu Boden fallen. Alles drehte sich um ihn herum. Panik ließ sein Herz flattern. Er würde ersticken. Er würde sterben. Und es tat weh!

Kian lag auf dem Boden, sah Miss Lewis, die sich über ihn beugte und in ein Handy sprach. Er konnte ihre Worte nicht hören. Nur seine Herzschläge hörte er. Kaum einzeln voneinander abzutrennen, war es mehr ein pulsierendes Rauschen. Die Konturen verschwammen ein wenig. Es war, als habe sich ein feiner, weißer Schleier über alles gelegt.

Dann lag er auf einer harten Unterlage. Es ruckelte. Oh, Gott sei Dank, er bekam wieder Luft. Zu atmen tat weh, aber er bekam Luft.

Kians Sturz lag nun schon einige Tage zurück und er wartete gemeinsam mit Noah auf den Entlassungsbrief des Arztes. Noah lief im Zimmer hin und her, während Kian auf der Bettkante saß.

»Zur Hölle, wie stur kann man sein? Alter, du hattest jetzt schon zwei Mal was am Herzen! Komm mit zu uns! Glenda würde sich freuen. Im Ernst, Mann. Warum meinst du, alles allein durchziehen zu müssen?«

»Weil ich es jetzt nun mal muss.«

»Verdammt noch m…«

Es klopfte an Kians Zimmertür und sein Arzt kam herein.

»Mister McGreedy, Sie haben wieder Farbe im Gesicht. Das sehe ich gern. Geht es Ihnen gut genug, um heute nach Hause zu gehen?« Der Arzt lächelte und nickte beiden Männern zu.

»Absolut. Bereit, wenn Sie es sind.«

Der Arzt zog sich einen Stuhl neben sein Bett und setzte sich. »Ich möchte noch etwas mit Ihnen besprechen. Vielleicht kann Ihr Freund so lange draußen warten?«

»Nein, ist schon in Ordnung. Das ist ja nur Noah.« Die Freunde grinsten sich an.

»Okay. Hören Sie, mit jedem Vorfall wie dem letzten wird Ihr Herzmuskel mehr geschädigt. Jetzt hatten Sie Glück und es war kein Infarkt. Sie sollten es aber als Warnschuss verstehen. Wenn Sie sich jetzt nicht ausreichend um sich kümmern, Bewegung und Sport in Ihren Alltag bringen, das Rauchen aufgeben, weniger Alkohol trinken, Ihren Stress reduzieren und auf ausreichend Schlaf achten, dann ist ein Herzinfarkt vorprogrammiert. Die elektrischen Signale, die Ihr Schrittmacher wahrnimmt, brauchen einen Herzmuskel, der sie umsetzt. Ist aber Ihr Herzmuskel geschädigt, kann er keine Impulse mehr empfangen. Verstehen Sie?«

Kian nickte. »Verstanden.«

Noah hatte ihn schließlich zur Pension gefahren, und Kian freute sich darauf, wieder selbst entscheiden zu können, wann er aß, was er aß und wann er aufstand. Nachdem er sich von seinem Freund verabschiedet hatte, kam schon Miss Lewis auf ihn zu und empfing ihn mit geröteten Wangen und einem strahlenden Gesicht. »Kian, mein Lieber! Gut, dass Sie wieder zu Hause sind! Sie sehen müde aus und hungrig. Kommen Sie, ich nehme Ihnen die Tasche ab.«

Er lachte. »Danke, Miss Lewis, aber ich schaffe das schon.«

»Ich hab mir solche Sorgen gemacht! Warten Sie, ich hole schnell den Auflauf, den ich für Sie gemacht hab.«

Kurze Zeit später ging er in seinem Zimmer hin und her, biss auf einem Zahnstocher herum und dachte nach. Er hatte eine Karte in der Hand, die in seiner Post gewesen war. Die Karte wollte auf den Klimaschutz aufmerksam machen und lud zu einer Kundgebung ein. Als ehemaliger Aktivist stand er noch immer auf einigen Verteilerlisten. Aber das alles beachtete er nicht weiter. Was eine Reaktion in ihm auslöste, war der Spruch darauf. Es war ein Zitat von Che Guevara, dessen Verehrung Kian nicht verstehen konnte. Schließlich hoffte der, den Dritten Weltkrieg auslösen zu können. Dennoch packte ihn das Zitat.

Lassen Sie sich von der Welt verändern und Sie können die Welt verändern.

Veränderung. Der Forest. War es Zufall, dass er diese Karte bekommen hatte? Nein, den Forest betreffend gab es keine Zufälle. Etwas Bedeutsames schwebte am Rande seines Bewusstseins, das er nicht packen konnte. Kian warf den Zahnstocher in den Müll und schnappte sich seine Zigaretten. Ohne zu rauchen, konnte er nun mal nicht nachdenken. Nach dem ersten Zug wurde ihm schwindelig und er setzte sich wieder.

Die Stille im Zimmer und seine Gedanken, die ihm immer wieder entglitten, frustrierten ihn. Als sein Handy klingelte, fuhr er zusammen. Himmel, war er schreckhaft! Es war Helen.

»Helen. Was verschafft mir die Ehre?«

»Ich fasse es einfach nicht! Verschwindest einfach ohne ein Wort und ich muss dir hinterhertelefonieren? Nicht einmal zu einem Gespräch warst du bereit?«

Kian lachte laut.

»Ach bitte. Wie oft habe ich dich um ein Gespräch gebeten, hm? Aber lassen wir das. Warum rufst du an?«

Er kannte Helen gut genug, um zu wissen, dass sie jetzt gerade mit sich rang, ob sie ihm so richtig ihre Meinung sagen oder ihren Ärger herunterschlucken sollte.

»Ich wollt dir nur sagen, dass unser Urlaub geplatzt ist. Ich hab abgesagt. Das Geld kannst du aber vergessen. Das behalt ich. Weißt du eigentlich, dass ich´s besser finde jetzt, seit du weg bist?«

»Darauf möchte ich wetten.«

»Ich brauch nen richtigen Kerl an meiner Seite, der sich auch mal die Hände für mich schmutzig macht. Das bist du nun mal nicht. Wär dein Leben ein Fußballstadion, wärst du der Typ auf der Seite vom Spielfeld und würdest den andern beim Gewinnen zugucken. Ich hab ja schon immer gesagt …«

Kian ließ das Telefon sinken und nahm kaum wahr, dass er das Gespräch mit Helen wegdrückte. Er schnappte nach Luft. Ihm wurde kalt und dann heiß. Er ließ sich zurück in die Polster fallen.

»Ach, du Scheiße«, hauchte er. Gedankenblitze jagten durch seinen Kopf. Der Forest, der ihn nicht gehen lassen wollte. Die Hütte, zu der er immer wieder zurückfand. Der Totenacker. Seine Mutter, die ihm erschien. Die Gang. Coby. Helen, die sagte, er stehe am Spielfeldrand.

»Oh, mein Gott!«, rief er und sprang auf. Er war so ein Idiot! Er hatte gedacht, dass es reichen würde, in den Forest zu gehen, um von dessen Magie zu profitieren. Er hatte Veränderung in seinem Leben gewollt, ohne etwas dafür tun zu müssen. Er hatte auf eine höhere Macht gehofft, die seine Probleme für ihn lösen würde. Helen hatte recht! In seinem eigenen Spiel stand er lediglich am Spielfeldrand.

Die Erkenntnis stieg nicht langsam in ihm auf, sie traf ihn mit der Wucht eines Tsunamis. Immer schon war er ein Wartender gewesen. Seine erste Liebe hatte er nicht angesprochen, sondern gewartet, bis sie zu ihm kam. Deshalb hielt er sich für cool, dabei fürchtete er sich nur vor Zurückweisung. Auch beim Sex wartete er, bis die Frau den ersten Schritt machte. Er hielt sich für einen Gentleman, dabei war er nur unsicher. Die Leute sahen ihn und dachten, er würde über den Dingen stehen, so lässig, wie er war. Dabei stand er einfach nur herum und wartete. Er trieb nichts voran, nahm Chancen nicht wahr, wie sollte ihm also geholfen werden? »Verdammt!« In seiner Stimme schwang Verblüffung mit. Er lief hin und her. Er war zu aufgewühlt zum Sitzen. »Sehr gut, Mister Kian«, wisperte Padraig in seinem Kopf, »schauen Sie hin!«

»Ja«, flüsterte er zurück.

Vor seinem inneren Auge sah er den Forest. Hörte das Rauschen des Windes, der die Bäume zum Knarren brachte. Sah die Düsternis, die Wildheit, die Schönheit dieses Waldes. Roch den Waldboden, das Harz, die Tannen. Es war, als wäre er wieder dort. Und plötzlich wusste er es. Er wusste, dass die Trostlosigkeit und Trauer, der Horror und das Böse, nicht vom Forest ausgingen und in ihn hinein gesickert waren.

Es war andersherum. Seine Trostlosigkeit, seine Wut und seine innere Dunkelheit hatten sich im Forest gespiegelt. Wenn er dort etwas Böses gespürt hatte, dann war es das Böse, das er mit hineingebracht hatte. Er hatte nicht in sich hineinblicken wollen. Er wollte keine unbequemen Wahrheiten sehen. Also rauchte er und trank, lenkte sich ab, schob jegliche Verantwortung von sich und kreidete alles den äußeren Umständen an. Seine Strategien waren Flucht, Verdrängung und Betäubung gewesen. Ob nun außerhalb des Forest als auch innerhalb. Fast hatte er den Eindruck, dass er geprüft worden war und versagt hatte. Nun sah er die Hütte mit ganz anderen Augen. Warum hatte er dort Whisky gefunden? Warum diese verdammten Zigaretten? Warum hatte er sich überhaupt auf den Weg in den Wald gemacht, wenn er nicht vorhatte, etwas zu ändern? Er hatte nicht hinsehen, nicht hinhören und nicht nachdenken wollen. Nichts hatte er anders gemacht. Er trank zu Hause und er trank im Forest. Er ging unter, langsam, aber sicher.

Scheiße, auch jetzt wollte er sein Leben nicht so genau betrachten. Musste er das denn überhaupt? Keiner zwang ihn dazu. Er konnte sich weiterhin verkriechen, sich ablenken, sich zudröhnen. Warum sollte er sich selbst und sein Leben auch nüchtern ertragen, wenn es auch anders ging?

Tatsache war, betrunken ging ihm alles am Arsch vorbei und das machte ihn weniger angreifbar. Und das Beste am Alkohol: Kian konnte schlafen. Tief und fest und nicht nur etappenweise, so wie sonst, wenn er nüchtern war. Er hatte die Wahl. Wollte er seinen bisherigen Weg weitergehen? Kian ließ seine Schultern kreisen. Unbehagen kroch durch ihn hindurch. Warum? Es war doch nicht alles schlecht an seinem Leben, oder? Was würde schon passieren, was nicht schon längst passiert war?

Er schnaubte. Oh, es konnte viel passieren. Selbst wenn man sich am Boden fühlte, standen die Chancen erstklassig, um noch ein wenig weiter abzurutschen. Verdammt noch mal! Er hatte Angst davor, was passierte, wenn er weitermachte wie bisher, und er hatte Angst davor, völlig neue Wege zu gehen.

Kian fuhr sich durch die Haare. Hieß es nicht, der Weg ins Licht führe durch die Dunkelheit? Na prima! In der Dunkelheit befand er sich seit Jahren. Er wollte endlich mal das Licht sehen! War es nicht an der Zeit, dass er sich seinen Schatten stellte? Der Dunkelheit in ihm? Seinen Dämonen? Zu seinen Dämonen gehörte auch Padraig. Himmel, der sollte seinen Scheiß-Voodoo-Verhexungszauber wieder rückgängig machen und aus seinem Kopf verschwinden! Kian blieb stehen. Was wünschte er sich von seinem Leben? Was erhoffte er sich? Er konnte es nicht sagen.

»Lügner«, meldete Padraig sich zu Wort.

Kian ignorierte ihn und zündete sich eine Zigarette an, ohne zu bemerken, dass er es tat. Was wünschte er sich? Darüber hatte er lange nicht mehr nachgedacht und hatte es auch gar nicht gewollt. Es war masochistisch, schlafende Hunde zu wecken und sich immer vor Augen zu führen, was man nicht hatte, aber unbedingt wollte. Um unerfüllte Wünsche zu vergessen und auch, um überhaupt zu vergessen, dass man Wünsche hatte, gab es den Alkohol. O Mann!

Wenn er wirklich einen anderen und neuen Weg in seinem Leben einschlagen wollte, kam er aber nicht daran vorbei, sich Gedanken darüber zu machen, was er wirklich wollte. Was ihm fehlte. Was er sich wünschte. Ally. Sie wollte er. Doch sie war nun mal nicht da. Was wünschte er sich für sein Leben? Er musste die schlafenden

Hunde wecken. Und er musste sich mit sich selbst auseinandersetzen. Oh, Scheiße. Er würde die traurige Bilanz seines bisherigen Lebens sehen. Allein der Gedanke daran trieb ihm den Schweiß auf die Stirn und trocknete seinen Mund aus. Aber da war auch etwas anderes. Als habe er die richtige Lücke für ein Puzzleteil gefunden, nach der er schon ewig gesucht hatte. Dieser Plan fühlte sich richtig an. Viellei…

Sein Handy klingelte und unterbrach seine Gedanken. Es war Noah.

»Noah, was geht?«

»Nichts so weit. Ich wollte fragen, wie es dir geht. Seitdem das Pub für unsere Treffen ausfällt, sehen wir uns gar nicht mehr. Warum eigentlich?«

»Keine Ahnung.«

Eine Pause entstand.

»So kommunikativ heute?«

Kian lachte. »Jep.« Er wollte sich eine Zigarette anzünden, aber sein Feuerzeug war leer.

»Sag mal, spinnst du? Sag mir jetzt nicht, du hast dir 'ne Zigarette angesteckt.«

Kian nahm sie aus dem Mund und schob sie zurück in die Schachtel. »Nein. Das Feuerzeug ging nicht.«

»Du hast immer noch nicht aufgehört? Alter! Dein Herz ist doch schon im Arsch. Hast du es wirklich so eilig, den Löffel abzugeben?«

»Verdammt, nein. Rauchen beruhigt mich. Es holt mich runter, wenn ich mich aufrege. Ist nicht so leicht, aufzuhören.«

»Klar.«

Beide Männer schwiegen. Dann brach Noah das Schweigen.

»Natürlich musst du deine Entscheidungen allein für dich treffen. Aber ehrlich, Kian, du spielst Russisch Roulette mit deiner Gesundheit und ich wäre nicht dein Freund, wenn ich dir nicht in den Arsch treten würde.«

»Ja, ich weiß. Ich kämpfe aber schon genug damit, nicht wieder zu trinken. Wenn ich jetzt noch das Rauchen aufgebe, fühlt es sich so an, als hätte ich gar nichts mehr.«

»Du meinst gar nichts mehr, um dich selbst zu zerstören?«

Kian atmete tief durch. »Scheiße, Noah. Ich weiß einfach nicht, woher ich die Stärke nehmen soll, mein ganzes Leben zu zerpflücken und auf den Kopf zu stellen. Ich müsste mich wochenlang in meinem Zimmer einschließen, wie ein Junkie auf Entzug!«

»Kian, du bist ein Junkie! Und ja, es wäre ein Entzug. Vielleicht brauchst du einen Tapetenwechsel. Nicht umsonst gibt es Entzugskliniken. Es ist viel schwerer, im gewohnten Umfeld aufzuhören. Pass auf, ich kann …«

Kian hörte nicht mehr, was Noah sagte. Er hörte knarrende Bäume, Rascheln, Wind. Er sah Dickicht. Erde, sich zersetzende Blätter, Nadeln und Äste. Wurzeln, die sich wie versteinerte Schlangen über den Boden zogen. Er roch Harz und Humus. Ein warmer, kräftiger Duft, als könne er die Seele der Bäume riechen. Wie konnten ihn Sinneseindrücke unwiderstehlich anziehen, die offensichtlich eingebildet waren?

Nur am Rande hörte er seine eigene Stimme. »Noah, wir hören uns.« Er schaltete das Telefon aus.

Der Forest, der ihm vor Monaten schrecklich und beängstigend erschien, stand ihm nun als Ort vor Augen, an dem er entspannen, durchatmen, sich erden und Kraft tanken konnte. Weg waren all die Erinnerungen, die diesen Wald so bedrohlich hatten wirken lassen. Er könnte in den Forest zurückgehen. Wenn er sich von der Hütte fernhalten würde, käme er nicht an Zigaretten oder Alkohol heran. Er würde Padraig nur einen Besuch abstatten, um ihn zu zwingen, diesen Telepathiescheiß sein zu lassen.

Ja! Er musste in den Forest zurückkehren! Diesmal musste er die Augen öffnen und hinschauen. Sich auseinandernehmen und anschließend wieder zusammensetzen. Die Ohren spitzen, um das zu hören, was ihn quälte, ohne sich im Anschluss zu betäuben.

Sein Magen grummelte, Schweiß stand ihm auf der Stirn. Sein Zimmer wurde ihm zu klein, die Wände schienen gegen ihn zu rücken. Seine Brust wurde eng. Ein paar Mal atmete er tief ein und langsam wieder aus. Sobald er wieder besser Luft bekam, nahm er ein anderes Feuerzeug und zündete sich eine Zigarette an.

Der Ironie, dass er es tat, war er sich bewusst. Warum fiel sein Leben auseinander?

Er war sich nicht sicher, ob er in den letzten Monaten sein Gleichgewicht verloren hatte oder ob es nie ein Gleichgewicht in ihm gegeben hatte. Und eins stand für ihn fest: Er würde zurück in den Forest gehen und alle Chancen nutzen, die er bekam. Er wollte nicht länger am Spielfeldrand stehen. Er wollte der Quarterback sein.

Vor seiner Rückkehr wollte er sich gut über den Forest informieren, schließlich hatte er beim letzten Mal wirklich seltsame Sachen erlebt.

Er setzte sich vor seinen Laptop und versuchte, mit den unterschiedlichen Wortketten, die er in eine Suchmaschine eingab, Erklärungen zu finden. Oder zumindest andere Leute, die im Forest waren und Ähnliches erlebt hatten wie er. Er las, dass alle Besucher, die zumindest blieben, bis es dunkel war, die schrecklichen Schreie gehört hatten. Ansonsten wurde erstaunlich wenig berichtet.

Der einzige Bericht, den er fand, ließ sein Herz rasen und bescherte ihm einen trockenen Mund. Es ging um eine Attraktion, die als ›Little Fellow Village‹ bezeichnet wurde. Die befand sich im selben National Forest, in dem auch der Forest lag. Endlich würde er Antworten bekommen. Kian fuhr sich durch sein dunkles Haar, zündete eine weitere Zigarette an und las mit vor Konzentration zusammengezogenen Augenbrauen den Bericht.

Mitten in der fast unberührten Natur des National Forest Reserve im Südosten Schottlands, liegt das gruseligste Minidorf der Welt. Es ist ein kleines, geheimnisvolles Dorf, das nie einen Ortsnamen getragen und wohl auch nie Einwohner gesehen hat. Die Häuser sind winzig, für Zwerge gemacht. Legenden ranken sich um das ›Little Fellow Village‹. So soll ein Mann den Erzählungen zufolge den Tod seiner Frau nicht verwunden haben und wahnsinnig geworden sein. Er habe das Dorf im Wahn erbaut, mit der Absicht, zwergenähnlichen Gestalten ein Zuhause zu bieten. Unwegsames Gelände, marode Häuschen und Legenden um Spuk und Hexen haben auf viele eine abschreckende Wirkung. Aber nicht für alle. Das Dorf zieht auch immer wieder neugierige Touristen an, jedoch sind es nur wenige, die das Little Fellow Village tatsächlich finden. Das Dorf selbst soll ein Meisterwerk der Handwerkskunst sein. Die Gebäude sind mit aufwendigen Brüstungen, Treppen und Fußwegen verziert und werden als einen bis anderthalb Meter hoch beschrieben. Sogar einen Thron soll es in dem Dörfchen geben.

Viele Historiker, Journalisten und Hobbydetektive haben versucht, herauszufinden, wer das Dörfchen gebaut hat und warum sein Standort in so einem unzugänglichen Terrain liegt. Alle scheiterten bei ihren Versuchen, Antworten zu finden. Hinzu kommt, dass das Dorf mittlerweile von Ranken und Buschwerk überwuchert sein müsste, es aber nicht ist. So bleiben viele Fragen offen, auf die es keine Antworten gibt.

Vielleicht gibt es eine harmlose Erklärung für die Existenz des ›Little Fellow Village‹. Doch die wurde bisher nicht gefunden.

Viele halten daran fest, dass das Dorf das Vermächtnis eines Wahnsinnigen oder ein Produkt von Hexenkunst ist.

So ist und bleibt diese erstaunliche Attraktion ein Mysterium.

Willkommen zurück!

Kian hatte Kopfschmerzen und musste seine Fahrt mehrmals unterbrechen, um frische Luft zu schnappen und sich zu beruhigen. Dass er keinen Alkohol dabeihatte, machte ihn nervös. Er konnte an kaum etwas anderes denken. Hinzu kam seine Aufregung. Schon begann der Kampf für ihn, dabei war er noch nicht einmal im Forest. Regen setzte ein und seine Scheibenwischer hatten Schwierigkeiten, der Wassermassen Herr zu werden. Er fuhr mit siebzig Meilen die Stunde die Fernstraße entlang, als er ein Rumpeln bemerkte. Es war, als würden die Reifen der rechten Seite auf einem Feldweg fahren. Der Wagen schlingerte ein wenig, doch er konnte gegensteuern und fuhr an den Seitenstreifen. Er stieg aus und war nach kurzer Zeit bis auf die Haut durchnässt. Verdammt! Sein rechter Vorderreifen war platt und dampfte vor Hitze im kalten Regen. Kian öffnete den Kofferraum und fluchte. Er hatte kein Reserverad.

Nachdem er ein Warndreieck aufgestellt hatte, stieg er wieder ins Auto und rief den AA, den britischen Automobilclub an, um sich in die nächste Werkstatt abschleppen zu lassen. Der Novemberregen hatte ihn ausgekühlt und er zitterte am ganzen Leib. So konnte er auf keinen Fall sein Trip starten. War die Reifenpanne ein Zufall gewesen? Sollte er sie als ein Zeichen werten? Doch wofür? Dass er besser umkehren sollte? Dass seine Mission unter keinem guten Stern stand und ihm auf jedem Schritt Steine in den Weg gelegt werden würden? Kian schüttelte seinen Kopf. Das war doch alles Unsinn. Letztendlich war es egal. Er würde so oder so in den Forest gehen, wenn auch einen Tag später als geplant.

Nach zwei Stunden Wartezeit wurde er zu einer Autowerkstatt abgeschleppt und vereinbarte, sein Auto am nächsten Tag abzuholen. Er suchte sich eine Pension und freute sich auf eine warme Dusche, ein heißes Essen und ein bequemes Bett.

Auf der letzten Etappe der Fahrt regnete es noch immer, aber nicht mehr sintflutartig wie am Vortag. Am Vormittag kam er auf dem Parkplatz des National Nature Reserve an. Er parkte, und obwohl er noch in seinem Auto saß, beschleunigte sich sein Puls. Wie immer in der letzten Zeit, wenn er sich beruhigen wollte, griff er ans Büffelhorn. Er hatte Angst davor, was auf ihn wartete, war aber wild entschlossen, endlich seine Komfortzone zu verlassen und sich mit sich selbst und dem Forest auseinanderzusetzen.

Ein Schluck Whisky wäre jetzt der Himmel gewesen. Er atmete tief ein. Er musste es so schaffen. Der Gedanke an Ally gab ihm Kraft und er stieg aus.

Seine Wanderschuhe hatte er bereits an, sein Rucksack war geschultert. Durch ein Regencape geschützt, ging er los.

Diesmal würde alles anders werden. Er wusste ja nun, warum sein erster Trip erfolglos geblieben war. Er war ständig zugedröhnt und nicht bereit gewesen. Heute war kaum jemand auf dem breiten Weg unterwegs. Kein Wunder bei dem Wetter. Schneller als in seiner Erinnerung verließ er das Waldstück und ging über die Brücke. Die Bohlen waren glitschig und er musste sich am Geländer festhalten. Sein Atem waberte in weißen Wölkchen aus seinem Mund. Schnell fand er den Mauerspalt und warf seinen Rucksack auf die andere Seite.

War der Spalt vor einigen Monaten auch schon so schmal gewesen? Wie sollte er da hindurch passen? Er zuckte mit den Schultern. Beim ersten Mal hatte es ja auch geklappt. Er zog den Bauch ein und drückte sich mit aller Kraft in den kleinen Zwischenraum. Ein Stück weit schaffte er es, aber dann kam er nicht weiter. Egal, in welche Richtung, er bewegte sich nicht mehr, er steckte fest.

»Scheiße! Soll das ein Witz sein?«, rief er aus. Ein feiner Regen kühlte ihm sein erhitztes Gesicht. Die Enge zwischen den Mauersteinen setzte ihm zu. Er stieß sich so kräftig wie möglich mit dem linken Fuß ab, rutschte aber nur ein kleines Stück weiter.

»Okay. Alles klar. Denk nach«, murmelte er. Beim ersten Mal hatte er sich mit aller Kraft hindurchgepresst und als er es geschafft hatte, hatten sich ein paar Steine gelöst.

Er griff mit beiden Händen nach einem Stein der Mauer und bewegte ihn, soweit es seine Bewegungsfreiheit zuließ, hin und her. Schnell löste er sich und Kian ließ ihn zur Seite fallen. Schweiß und Regen liefen ihm in seine Augen und brachten sie zum Brennen. Manche Steine saßen fester, und beim Versuch, sie zu lockern, kratzte er mit seinen Fingerkuppen über die Fugen. Ein stechender Schmerz unterbrach ihn, als einer seiner Fingernägel bis zur Mitte einriss. Blut quoll unter ihm hervor. Bei seinem Glück überlebte er erfolgreich seinen Besuch im Forest, nur um dann an einer Blutvergiftung zu sterben. Er legte immer wieder Pausen ein, da Schultern und Arme in der ungewohnten Position schnell an Kraft verloren und schmerzten. Dann endlich fiel ein Stein, der direkt einige weitere mit hinab riss und er war frei.

Kian atmete auf. Gott sei Dank.

Dies war bereits sein zweiter Rückschlag gewesen. Sein Zeigefinger pochte, der Nagel verfärbte sich dunkel, er musste ihn desinfizieren, bevor es weitergehen konnte. Egal, wie viele Steine ihm auch in den Weg gelegt werden würden, er würde nicht aufgeben! Er verband den Finger, nahm seinen Rucksack und ging weiter.

Bald darauf stand er wieder vor der steilen Treppe, die zum Grund der Schlucht führte.

Seine Sicht war eingeschränkt, was den Abstieg noch gefährlicher machen würde. Der leise Regen, die Umgebung, in der alles grau in grau erschien und die Stufen der Schlucht, die im Nebel verschwanden, verursachten ihm eine Gänsehaut. Hier herabzusteigen bei dem Wetter, war eine absolut dumme Idee. Ihm fiel wieder ein, wie steil und rutschig es hier gewesen war. Vielleicht sollte er abwarten, bis der Regen aufhörte? Doch selbst dann würde es noch Tage dauern, bis der Boden wieder trockener war. Vielleicht hatte er sogar Pech und alles würde vereisen. Nein, er musste jetzt gehen.

Bevor er sich an den Abstieg machte, suchte Kian die Umgebung ab, bis er zwei dicke, stabile Äste fand, die ihm bis über die Hüfte reichten. Um sicherzugehen, dass sie nicht abbrachen, stützte er sich mit seinem ganzen Gewicht darauf. Sie hielten. Kian hatte in seinem Leben schon unzählig viele dumme Entscheidungen getroffen.

Es ging ganz leicht, man durfte nur nicht über das nachdenken, was man vorhatte. Dieses Wissen kam ihm jetzt zugute. Er dachte nicht mehr nach, sondern machte sich an den Abstieg.

Die Stufen waren wirklich glitschig, aber trotz des Regens passierbar. Dieses Mal versuchte er nicht erst, sich an den Drähten, die am Felsen befestigt war, festzuhalten. Er stemmte sich mit den Armen gegen die Wände oder nutzte seine Stöcke, ohne die er vermutlich schon am Fuß der Treppe angekommen wäre. Nicht in einem Stück, aber er wäre dort angekommen.

Nachdem er auch die letzten schmalen Stufen hinter sich gelassen hatte, blieb er stehen, um zu Atem zu kommen, sich Mut zuzusprechen und um auszuruhen. Er erinnerte sich, dass der weitere Abstieg so steil war, dass es unmöglich war, eine Pause zu machen und stehen zu bleiben. Er konnte kaum einen Meter weit sehen. Klar, das war gefährlich, aber es half ihm auch. So konnte er sich immer nur auf seinen nächsten Schritt konzentrieren.

Er nutzte die Stöcke, um sein Gewicht zu verteilen, und stemmte die Sohlenkanten seiner Schuhe quer. Sein ganzer Körper war steif vor Anspannung. Jeder Muskel zitterte. Er war erst ein kurzes Stück vorangekommen, als sein linker Stock ins Leere stieß, bevor er sich verhakte.

Kian machte eine halbe Drehung, sein Kinn schlug auf den Stock auf. Er verlor das Gleichgewicht und stürzte ab. Instinktiv ließ er sich nach hinten fallen, um nicht vornüber zu kippen. Mit den Armen versuchte er, seinen Kopf zu schützen. Er rutschte über den felsigen Untergrund. Setzte immer wieder mit dem Körper unsanft auf, nachdem er ein Stück in die Höhe katapultiert wurde. Würde er hier sterben? Ally! Er hatte ihr so viel zu sagen. Ein kräftiger Ruck ließ die Wirbel seines Rückens knacken. Allys Haar. Er verlor die Orientierung. Allys Lippen. Wusste nicht, ob er sich seitlich, oben oder unten stieß. Allys Körper. Wusste nicht, wie weit es noch bergab ging. Ein Mal wurde ihm fast die Schulter ausgekugelt, als sein Rucksack an irgendetwas hängen blieb und ihn mit einem Ruck bremste, bevor es weiter bergab ging. Er wollte noch einmal mit ihr schlafen. Noch einmal das Gefühl haben, das sie ihm gegeben hatte.

Dann gab es einen letzten Stoß und er schlug einen Salto, bevor er auf dem kalten Boden der Schlucht liegen blieb.

In der Position, in der er lag, waren die Rückenschmerzen nur schwer auszuhalten, doch er war nicht in der Lage, sich zu rühren. Die Arme weiterhin um den Kopf gelegt, bewegte er sich nicht. Sein Gehirn hatte noch nicht realisiert, dass er unten angekommen war. Es dauerte nicht lang und die Kälte des Untergrundes drang ihm in die Knochen. Als er die Arme herunternahm und versuchte, sich aufzurichten, brauchte er mehrere Anläufe dafür. Er konnte nicht fassen, dass er sich überhaupt noch bewegen konnte.

Es schien nichts gebrochen zu sein. Er nahm im Zeitlupentempo seinen Rucksack ab und machte eine Bestandsaufnahme. Sein Kopf saß noch an der richtigen Stelle und er hatte außer dem Hieb gegen das Kinn kaum etwas abbekommen. Die Gelenke konnte er bewegen, auch wenn es tierisch wehtat. Sein Körper brannte wie Feuer. Er ging davon aus, dass seine Haut eine einzige Schürfwunde war. Hier und da war die Kleidung blutig und klebte am Körper. Er tastete nach Allys Kette. Sie war noch da. Gott sei Dank.

Ironischerweise löste sich der Nebel bereits auf, die Sonne brach durch die Wolken und es hatte aufgehört zu regnen. Er kramte seine Zigaretten hervor und steckte sich eine an.

Kian reckte sein lädiertes Kinn. Wer auch immer ihn verarschen wollte, indem er ihm Knüppel zwischen die Beine warf, hatte sich verkalkuliert. Er würde nicht aufgeben. Auf keinen Fall.

Mit seltsam abgehackten Bewegungen und unter Schmerzen, sodass er laut dabei fluchte, stand er auf und zog den Rucksack wieder an. Die ersten Meter bewegte er sich noch vorsichtig fort. Seine Rippen und die linke Hüfte waren anscheinend geprellt. Das Humpeln wiederum verstärkte die Reibung der Kleidung auf seiner aufgeschürften Haut. Außerdem war ihm kalt.

Doch das alles machte ihm nichts aus. Er hatte sein Ziel vor Augen und je mehr Hindernisse sich auftaten, desto entschlossener war er, nicht aufzugeben. Alles, was sich lohnte im Leben, war nicht einfach zu erreichen, und es machte ihn stolz zu sehen, wie zäh er sein konnte.

Als er an dem Wegstück vorbeikam, an denen Maren und ihre Gang gesessen hatten, machte sich kein merkwürdiges Gefühl in ihm breit. Kein Surren, keine böse Vorahnung, nichts. Er hatte sich bereits gedacht, dass sein ungutes Gefühl eher mit den Frauen zusammenhing als mit dem Ort.

Und dann, endlich, kam die Baumgrenze des Forest in Sicht. Ein Blick auf die Uhr verriet ihm, dass es zwei Uhr am Mittag war. Perfekt, es würde noch eine ganze Weile hell sein. Vor den ersten Bäumen blieb er stehen. Da war er also wieder. Kian horchte in sich hinein. Er war angespannt. Das merkte er deutlich an seinen harten, schmerzenden Nackenmuskeln. Kein Wunder nach dem Sturz, der hinter ihm lag und dem Forest vor ihm. Zurückzukehren war eine Chance für ihn. Egal, wie schwer es ihm fiel, er musste hinsehen, wenn der Forest ihm etwas zeigen wollte und hinhören, was er ihm zu sagen hatte.

Kian wischte sich mit Daumen und Zeigefinger über die Mundwinkel. Wieso, zur Hölle, hatte er keinen Alkohol eingepackt?

»Weil Sie ganz genau wissen, wo Sie im Forest welchen finden, Mister Kian. Ist es nicht so?«, fragte Padraig in seinem Kopf.

Kian bekam von Kopf bis Fuß eine Gänsehaut.

Er ging los und ließ die Stimmung auf sich wirken. Wind fuhr durch die Baumkronen und das Knarzen der Tannen schien ihn willkommen zu heißen. Die Luft war kühl und roch nach Harz und Tannennadeln. Vögel waren nicht zu hören, aber hier und da raschelte es im Unterholz. Es war düster, die dichten Nadelbäume hielten das Sonnenlicht ab. Dunst stieg vom Boden auf und waberte zwischen den Bäumen umher. Es war mystisch und wunderschön. Rechts von ihm sah er ein rechteckiges Holzschild, genagelt an einen Baum. Erst sah er nur seine Rückseite. Er ging um den Baum herum und las.

Betritt den Forest, um deinen Verstand zu verlieren und deine Seele zu finden.

Wer diesen Satz wohl in das Holz geschnitzt hatte? Er gefiel ihm sehr. Genau darum war er hier. Der Forest ließ einen an Dinge glauben, an die man außerhalb niemals glauben würde.

Wenn der Verstand aus dem Weg war, stieß man dann auf seine Seele? Er wusste es nicht. Vielleicht hatte er Glück und er würde es herausfinden. Zufriedenheit breitete sich in ihm aus. Trotz der Kälte, die ihn bibbern ließ und trotz der Schmerzen: Er hatte es geschafft. Er war zurückgekommen. Trotz aller Widrigkeiten hatte er nicht aufgegeben. Er sah einen Baum, in dessen Rinde ein Kreuz eingeritzt war. Das war er gewesen. Nicht nur der Forest hatte seine Spuren in ihm hinterlassen, es war auch umgekehrt so. Um ihn herum rauschte und tropfte es. Nässe drang durch seine Schuhe und verwandelte seine Füße in Eisklötze. Seine Füße verursachten schmatzende Geräusche und jeder kleine Schritt sorgte dafür, dass die Kleidung an seinen Wunden rieb. Am liebsten hätte er sie sich vom Leib gerissen und seine verletzte Haut abgestreift. Einen Moment blieb er stehen und dachte über die Option nach, sich auszuziehen. Dann schüttelte er den Kopf. Er dachte nicht mehr klar. Wenn er sich ausziehen würde, rieb zwar kein Stoff mehr über die aufgeschürfte Haut, aber er wäre schutzlos den Zweigen, Ranken und Dornen ausgesetzt, die hier überall wucherten. Wohin ging er überhaupt? Hoffte er, so zur Hütte zu gelangen, wie es ihm zuvor etliche Male gelungen war? Nein, es war noch zu früh. Die Hütte musste warten.

Ein Bild blitzte auf. Die Hütte, die Veranda, die Hängematte. Whisky, Zigaretten und Ruhe. Nein! Er durfte nicht daran denken! Wenn er es tat, würde die Hütte wie von Zauberhand vor ihm auftauchen, so wie sie es immer getan hatte. So funktionierten die Dinge hier.

Auch wenn das Bild verschwand, er meinte den Whisky zu riechen. Meinte ihn zu schmecken! Er verzog das Gesicht, als er den Rucksack abstellte. Er trank etwas von dem Wasser, das er mitgenommen hatte, und zündete sich eine Zigarette an. Ach genau! Er wollte sich von Zigaretten und Alkohol fernhalten! Kian schnaubte. Okay, die Schachtel würde er noch zu Ende rauchen und dann war Schluss.

Plötzlich wurde er müde. Er hatte heute schon viel geschafft. Sollte er sich nicht erst einmal ausruhen? Seine Blasen versorgen, die sich an seinen Füßen gebildet hatten? Trockene Kleidung anziehen? Nein! Er hatte eine Mission. Ausruhen konnte er sich, wenn es dunkel wurde.

Was war eigentlich sein Plan? Was genau war überhaupt seine Mission? Er war doch mit einem Ziel vor Augen hergekommen, oder? Sein Kopf war wie leer gefegt. Während er sich seinen Weg durch das Unterholz bahnte, biss er dabei vor Schmerz die Zähne zusammen. Er fragte sich mehr und mehr, warum er sich das alles überhaupt antat. Wie genau sollte es jetzt weitergehen? Er wusste nichts mehr von dem, was er sich zu Hause überlegt hatte. Mit jedem Schritt, den er tiefer in den Forest drang, sank sein Mut etwas weiter.

»Scheiße«, murmelte er. Er war gerade einmal angekommen und hatte schon das Gefühl, zu versagen.

Die Klarheit, die er gestern verspürte, hatte sich aufgelöst. Der Nebel war ihm in den Kopf gedrungen, sodass er nicht mehr richtig denken konnte. Verdammt noch mal, er stolperte hier herum, ertrug Schmerzen, blieb nüchtern und wofür? Er hatte niemanden, für den es sich zu kämpfen lohnte. Was hatte er sich bloß gedacht? Kian blieb stehen. Sollte er weitergehen? Er konnte auch den Rückzug antreten, nach Hause fahren, heiß duschen, bequeme und warme Kleidung anziehen und fernsehen.

Wut stieg in ihm auf. Diese ständigen Entscheidungen, die er treffen musste, gingen ihm gehörig auf den Sack! Gehen oder bleiben? Beide Optionen waren scheiße. Am liebsten hätte er sich für eine Zigarettenpause hingesetzt. Doch er befürchtete, nicht wieder aufstehen zu können, wenn er einmal saß. Sein Rücken schmerzte höllisch.

Welche Entscheidung war die richtige? Die meisten der Entscheidungen, die er in seinem Leben getroffen hatte, waren nicht die besten gewesen. Wie sollte er sich also auf sein Gefühl verlassen können?

Kian ballte seine Hände zu Fäusten, dass sich seine Fingernägel in die Handballen bohrten. Stopp jetzt! Er atmete tief die Waldluft ein. Er musste dieses Gedankenkarussell anhalten! Außerdem sollte er weitergehen. Wenn er stehen blieb, kühlte er noch mehr aus.

Er setzte sich wieder in Bewegung und fragte sich, wo seine Unsicherheit auf einmal herkam. Er konnte stolz auf sich sein und hatte verdammt noch mal eine Belohnung dafür verdient, dass er sich erneut dem Forest stellte! Am liebsten hätte er jetzt ein Bier und ein paar Whiskys getrunken, zur Feier seines Vorhabens. Doch das konnte er nicht und das war totale Scheiße! Er rauchte, um seine Nüchternheit zu kompensieren, und bald hätte er nicht einmal mehr das. Sein Puls raste, Übelkeit bahnte sich seinen Weg von seinem Bauch bis in seinen Mund, wo sich Speichel sammelte. Er schluckte. Atmete. Schluckte wieder. Dann wurde es besser. Kam sein Zittern wirklich nur von der Kälte oder war es sein Entzug? Himmel, das konnte er jetzt nicht gebrauchen! War er in seiner Verfassung überhaupt in der Lage, hier im Forest zu zelten? Jetzt, im November? Bei dieser Nässe? Er schüttelte diese Gedanken ab. Sich infrage zu stellen, brachte ihn nicht weiter. Er würde einen Schritt nach dem anderen gehen. Langsam ging er weiter.

Seine bisherigen Pläne für sein Leben waren gescheitert. Warum plante er dann überhaupt noch? Es kam nie so, wie er es sich erhoffte. Oh ja, mit Rückschlägen kannte er sich aus. Sein Wille war stark, warum also versagte er immer wieder?

Auch jetzt konnte er sich nicht sicher sein, ob seine Strategie, sich erneut in diesen verfluchten Wald zu begeben, die richtige war. Er wünschte, er hätte seine Sicherheit vom Vortag zurück. Doch mit schmerzenden Blasen an den Füßen, die in nassen Wanderschuhen steckten, völlig durchnässt und verfroren, war es nicht leicht, zuversichtlich zu sein.

Kian blieb ruckartig stehen. Er wusste wieder, mit welchen Vorsätzen er seine Reise angetreten hatte!

Nichts verdrängen! Nicht fliehen! Sich nicht betäuben! Ihm wurde mulmig zumute. Allein daran zu denken, löste den Drang in ihm aus, einfach wegzulaufen. Das Weite zu suchen. Zu machen, dass er wegkam. Aber diese Strategie hatte nie zu etwas geführt. Wieder schoss ihm Speichel in den Mund, was ein untrügliches Zeichen dafür war, dass nicht mehr viel fehlte und er sich übergab. Tief einatmen, langsam ausatmen.

Nichts verdrängen! Nicht fliehen! Sich nicht betäuben! Wieso sollte er seine ganzen Verteidigungsstrategien aufgeben? Was sollte es ihm bringen, seine miesesten, unangenehmsten Gefühle wieder zu durchleben und darauf herumzukauen? Warum sollte das der richtige Weg sein? Den ganzen Dreck auszuhalten, würde ihn nicht befreien können. Er würde darin versinken.

Kian hielt an einem schmalen Bach an, der ihm völlig fremd war. Farne wuchsen an seinem Ufer zu beiden Seiten und dazwischen lagen bemooste Steine. Er hatte so viele Touren durch den Forest gemacht, war aber nie auf diesen Bach gestoßen. Oder doch? Unbehagen machte sich in ihm breit. Er drehte sich einmal um die eigene Achse. Ihm wurde erneut bewusst, in was für einem riesigen Waldgebiet er umherlief, mit nichts anderem als der Hoffnung, dass er diesmal am Ende seines Trips wieder herausfinden würde.

Langsam bewegte er sich zwischen den Bäumen hindurch und kämpfte sich durch das Gestrüpp. Hier und da sah er ein paar seiner Markierungen in der Rinde der Bäume.

Nachdem er ungefähr eine halbe Stunde durch den Forest gegangen war, fiel ihm auf, dass er schon länger keine Pfeile, Striche oder Kreuze mehr gesehen hatte. Er blieb stehen. Dass sein Herz schneller pochte, nahm er nur am Rande wahr. Viel mehr beschäftigte ihn die plötzliche Angst, die ihn befiel. Vielleicht war es doch keine so gute Idee gewesen, in den Forest zurückzukehren. Scheiß auf seine Selbsterkenntnisse! Was versprach er sich überhaupt davon, hierher zurückzukommen? Alles, was ihm zuvor logisch und klar vorgekommen war, stellte er jetzt infrage. Seine Unsicherheit lähmte ihn. Seine Hände zitterten, als er sich eine Zigarette anzündete.

Er durfte sich nicht selbst verrückt machen. Kalter Schweiß stand ihm auf der Stirn, den er mit seinem Ärmel abwischte. Was war gerade los mit ihm? Auf seinem Brustkorb schien sich ein Gewicht zu legen. Er schüttelte den Kopf. Er gäbe alles für einen Schnaps oder wenigstens ein Bier.

Etwas nagte in ihm, während er sich weiter in gemächlichem Tempo durch den Forest schlug. Etwas belastete ihn. So, als habe er jemanden enttäuscht.

Mit einem großen Schritt wollte er einen Bach überqueren, als er auf einem Flussstein auf der anderen Seite ausrutschte und mit dem Hintern im Wasser landete.

»Scheiße, verdammt!«, rief er.

Ganz dicht hinter sich hörte er ein Lachen und erstarrte für einige Sekunden. Dann fuhr er herum, konnte aber niemanden sehen. So schnell es auf dem glitschigen Untergrund möglich war, stand er auf, trat aus dem Wasser und scannte die Umgebung. Es war ein tiefes, ganz und gar unfreundliches Lachen gewesen, das er so deutlich gehört hatte, als stünde der Mann, der es ausgestoßen hatte, direkt hinter ihm.

»Hallo?«, rief er. Sein Herz pochte ihm bis in den Hals.

»Hallo?«, kam es zurück. Eine Männerstimme, die versuchte, eine ängstliche Frau zu imitieren.

»Fuck!« Kian keuchte.

Es war verdammt unheimlich, tief im Wald einen Menschen klar und deutlich zu hören, ohne ihn sehen zu können. Spielte ihm sein Kopf einen Streich? Die Stimme klang so nah, dass er den Mann eigentlich hätte sehen müssen. Die Zweige der Bäume sprossen erst im oberen Drittel der Stämme, boten also keinen Sichtschutz. Außerdem waren die Baumstämme zu schmal, um sich dahinter zu verstecken. Das Unterholz war hier niedrig, sodass der andere schon auf dem Boden liegen musste, damit Kian ihn nicht sah.

Das Spiel hatte begonnen. »Willkommen im Forest!«, flüsterte es in seinem Kopf.

Der Schattenmann

Immer wieder drehte Kian sich um, als er weiter durch den Wald stolperte. Schweiß lief ihm den Rücken entlang, obwohl er unterkühlt war. Wieder einmal klopfte sein Herz bedrohlich schnell. Seine nasse Hose klebte ihm am Gesäß und an den Beinen. Er bekam Seitenstechen, blieb stehen, nahm seinen Rucksack ab und beugte sich nach vorn. Alles tat ihm weh, einfach alles!

»Verdammt noch mal.« Er keuchte mehr, als dass er sprach. Doch das hinderte ihn nicht daran, sich eine Zigarette anzustecken. Scheiße. Durch seinen Sturz ins Wasser waren die Zigaretten nass geworden und nur eine war noch rauchbar.

Kian legte seinen Kopf in den Nacken und schloss die Augen, während er inhalierte. Seine letzte Zigarette. Ihm rieselte ein Schauer die Wirbelsäule hinab, als ihm bewusst wurde, wie doppeldeutig der Gedanke war.

»Sieh hin«, flüsterte es in seinem Kopf und er erschrak. Himmel, er hatte tatsächlich nicht mehr daran gedacht, dass es ja noch Padraig gab. Es knackte hinter ihm und er riss die Augen auf. Drehte sich um seine eigene Achse. Nichts.

»Komm raus! Sofort!«, schrie Kian.

»Komm raus. Sofort.« Hörte er ein Echo seines Rufs, jedoch leise und monoton ausgesprochen. Ganz in seiner Nähe.

Was sollte das hier werden? Er hörte deutlich den anderen Mann, und zwar mit seinen Ohren. Nicht in seinem Kopf, wie er Padraig hörte. Der Typ musste ganz in der Nähe sein, war aber unsichtbar. Na sicher. Unsichtbar. Kian schüttelte den Kopf und lachte auf.

Der Unsichtbare imitierte sein Lachen. Ein Kichern, das Kian die Armhaare aufstellte. Himmel, war das unheimlich! Womit hatte er es hier zu tun? Woher sollte er wissen, ob er in Gefahr war, oder nicht? Sein Körper und sein Geist waren hellwach, um sich auf Flucht oder Kampf vorzubereiten. Seine Zunge klebte am Gaumen.

Kian holte Luft und erzeugte mit zwei Fingern ein schrilles Pfeifen. Dann huschten seine Blicke umher. Ein Pfeifen ertönte als Antwort. Nicht lokalisierbar. Schweiß lief ihm an seinen Schläfen hinab. »Weißt du, was? Scheiß drauf!«, sagte er und beschloss, nicht weiter herumzustehen und darauf zu warten, ob etwas passieren würde. Er würde den Unsichtbaren ignorieren. Den Rucksack geschultert, ging er weiter.

»Scheiß drauf.« Kam es mit Verzögerung zurück.

Verdammt, es war aber auch unheimlich. Sein Herz schlug unregelmäßig. Dafür pochte es so heftig, dass er den Atemrhythmus verlor und viel zu flach atmete. Ihm wurde schwindelig. Worauf hatte er sich hier eingelassen? Zu Hause in seinem Sessel sitzend, schien es die einzig richtige Entscheidung gewesen zu sein, in den Forest zurückzukehren. Aber jetzt war er sich nicht mehr sicher.

Während er immer weiter durch den Forest ging, hörte er, dass ihm jemand auf den Fersen war. Doch jedes Mal, wenn er sich umdrehte, war niemand zu sehen. Er beschleunigte sein Tempo und spitzte die Ohren. Er sprang über einen weiteren Bach und stellte fest, dass auf der anderen Seite des Gewässers die Luft viel feuchter war und die Sicht viel schlechter. Hier herrschte dichter Nebel.

Sein Herz rumpelte und trommelte wie wild, als er etwas Bekanntes sah. Von einer Sekunde auf die andere hörten die Bäume auf und er sah etwa drei Meter von der runden, verkohlten und schwarzen Lichtung vor sich liegen, der Rest lag im Nebel. Er stand vor dem Totenacker. Er dachte an seine Mutter, die als Spukgestalt hier aufgetaucht war. Seine Nackenhaare stellten sich auf. Etwas Unheilvolles ging von diesem Ascheplatz aus.

Es raschelte in seiner Nähe und er drehte sich um. Sah er da wirklich einen Schatten zwischen den Bäumen stehen?

Angst flatterte in seinem Bauch. Grauen packte ihn, wenn er daran dachte, dass es seine tote Mutter sein konnte, die da als Schattengestalt zwischen den Bäumen stand. Wohin sollte er fliehen? In seinem Rücken war diese verbrannte, tote Fläche, vor ihm ein gruseliger Schatten. Kian biss sich auf die Zunge, um etwas Speichel zu produzieren.

»Mom?«, fragte er und kam sich sofort unendlich blöd vor. Seine Mutter war damals nicht nur ein Schatten gewesen.

»Mom. Mom. Mom.« Kam es von zwischen den Bäumen.

Diese dünne Stimme hatte etwas Unheimliches. Die ganze Echo-Sache war schaurig! Stand da wirklich ein Schatten? War es ein Mensch oder spielten ihm seine Augen einen Streich?

»Warum verfolgst du mich?« Kian bemühte sich, seine Stimme fest klingen zu lassen.

»Warum verfolgst du mich?«, wiederholte der Schatten mit weinerlicher Stimme, die an Kians Gehörgängen zu kratzen schien.

Oh, Gott, er hatte Angst. Angst, die sich weiter steigerte, als er den Schatten aus den Augen verlor. War er weg? Schlich er sich an? Er war sich nicht einmal sicher, dass er gesehen hatte, was er meinte, gesehen zu haben. Kian hatte das Gefühl, weder vor- noch zurückzukönnen. Er konnte nicht in den Aschekreis gehen. Auf keinen Fall wollte er seine tote Mutter wiedersehen. Die Angst schickte ein flaues Gefühl in seinen Magen und schnürte ihm die Kehle zu.

Der Schatten schoss neben einem Busch hervor und stieß einen schrillen Schrei aus. Kian stolperte rückwärts in den Aschekreis. Er fiel hin, krabbelte rücklings weiter, ließ das Dickicht, neben dem der Schatten stand, nicht aus den Augen. Der Boden unter ihm war heiß. Seine verletzte Haut fühlte sich an, als würde sie Blasen schlagen. Es kam ihm so vor, als habe die Lichtung bis vor wenigen Minuten noch gebrannt. Sofort lief ihm Schweiß über sein Gesicht, über Rücken und Brust. Schließlich rappelte er sich auf.

Immer wieder wischte Kian sich mit seinen Ärmeln den Schweiß aus dem Gesicht. Je länger er sich auf dem Totenacker befand, ins wilde Gestrüpp des Forest sah und mit jedem Atemzug, wurde etwas schwerer in ihm. Sein Herz sank und in ihm war grenzenlose Traurigkeit. Sein Sichtfeld verengte sich, ein Stein lag ihm im Magen, die Kehle schnürte sich zu. Kian schluchzte auf. Was hatte er aus seinem Leben gemacht? Nichts! Er hatte viel zu viel Lebenszeit verschwendet. Viel zu viele Fehler begangen, die er nicht wiedergutmachen konnte. Und Ally, sie hatte ihn verlassen. Verließen ihn nicht alle früher oder später?

Verzweiflung und Hilflosigkeit mischten sich unter die Trauer. Was er anfasste, war zum Scheitern verurteilt, dabei bemühte er sich doch! Er wollte alles richtig machen. Wollte glücklich sein. Und wurde es nicht. Wusste nicht wie. Kian schluchzte lauter. In dieser Welt war er überflüssig. Er war Ballast. Wie sollte er jemals Ruhe finden? Es hörte nie auf, anstrengend zu sein. Alles war ein Kampf. Er wollte das nicht mehr. Er wollte, dass die Schmerzen und sein Leiden ein Ende hatten. Es fühlte sich an, als breche sein Herz. Hoffnungslosigkeit, keine Aussicht darauf, dass irgendwann irgendetwas besser werden würde in seinem Leben. Er stand ganz allein da. Immer. Der Gedanke aufzugeben war verlockend. Den Kampf und das Leben einfach aufgeben. Würde er im Tod Ruhe und Geborgenheit finden? Bestimmt. Er könnte es direkt auf dem Totenacker tun. Hier und jetzt. Dann wäre alles vorbei. Kian senkte den Blick. Seine Gefühle überwältigten ihn. Diese schrecklichen, trostlosen Gefühle, die den Eindruck hinterließen, sie würden niemals mehr verschwinden. Sein Kopf tat weh. Sein Herz tat weh. Seine Seele ertrank.

»Was soll ich tun?«, flüsterte Kian.

»Wassollichtunwassollichtunwassollichtun?«, kam es aus den Büschen.

Es war ein Albtraum. In ihm war alles Qual, sodass Kian sich am liebsten sein Herz herausgerissen hätte. Er wusste, was ihm helfen würde! Er musste den Schmerz betäuben! Eine neue Welle der Verzweiflung durchfuhr ihn, weil er keinen Whisky eingepackt hatte. Tränen rannen über seine Wangen. Er brauchte den Alkohol. Jetzt dringender als je zuvor. Er schaffte es nicht ohne. Er könnte alles beenden. Keine Qual, keine Schmerzen, kein Leiden. Es machte keinen Unterschied für die Welt, ob er lebte oder starb. Alles tat weh und der Schmerz stieg weiter an. Die Frustration, die Wut, die Traurigkeit, die Schuldgefühle und das Verlangen nach Alkohol. Er hielt es nicht mehr aus.

Seine Bewegungen waren abgehackt, als er seine Taschen abklopfte. Jede einzelne Bewegung tat ihm weh. Er brauchte sein Messer. Es musste im Rucksack sein. Er näherte sich ihm Schritt für Schritt. Seine Beine knickten immer wieder unter ihm ein.

Etwa einen Meter, bevor der verkohlte Boden wieder in Waldboden überging, blieb er stehen. Er spürte, dass etwas anders geworden war. War es eine Verschiebung der Luftmassen? Vergessen waren sein Messer, seine trostlosen Gefühle und sein Vorhaben.

Langsam, den Blick auf den Boden gerichtet, drehte er sich herum. Er hob den Blick und da stand sie, etwa zehn Meter entfernt. Die Haare hochgesteckt, der blaue Rock, die knetenden Hände. Sich bewegende Lippen, aus denen kein Laut hervordrang.

Kian schnappte nach Luft. Als sei ein Eimer mit Eiswasser über ihm ausgeschüttet worden, zog sich seine Haut zusammen. Ein Schauer nach dem anderen jagte seinen Rücken entlang. Sie sahen sich in die Augen. Die Frau, die aussah wie seine Mutter, bewegte die Lippen und streckte ihre Arme aus.

Er schluchzte auf. Er war wieder elf Jahre alt und hätte sich am liebsten in ihre Arme geworfen. Doch er war auch erwachsen und wusste, dass dies nicht seine Mutter sein konnte. Sie war eine Halluzination. Er hatte von jetzt auf gleich keinen Alkohol mehr getrunken und das war, was dann passierte. Es entstanden Trugbilder, Geräusche, die nicht da waren, Gefühle, die nicht echt waren. Das wusste er doch. Das hatte sein Arzt ihm erklärt.

»Sind Sie sicher, Mister Kian?«, fragte Padraig; er klang belustigt.

Kian schüttelte den Kopf, um die Stimme zu vertreiben. Jetzt und hier glaubte er eher daran, dass seine tote Mutter zehn Meter vor ihm stand, als dass er beim ersten Mal eine Halluzination gehabt hatte, weil er zu viel trank und nun eine Halluzination haben sollte, weil er nicht mehr trank.

Der Puls donnerte an seinem Hals. Schritt für Schritt ging er auf die Frau zu, die aussah wie seine Mutter, bereit, jederzeit die Flucht zu ergreifen. Die Gestalt rührte sich nicht. Ihre Lippen formten Wörter, die er nicht verstand. Tonlos und rau erinnerten sie mehr an das Rascheln trockener Blätter.

Dann kam der Geruch. Diese Gestalt duftete nach Rosenwasser. Seine Mutter hatte jeden einzelnen Tag nach Rosenwasser gerochen, selbst an dem Tag am Strand. Seine Nackenhaare stellten sich auf. Ein klackendes Geräusch begleitete sein Schlucken; es war eher ein

Reflex. Mund und Kehle waren ausgetrocknet. Um Himmels willen, was würde passieren, wenn er seine Hand ausstreckte und versuchen würde, sie zu berühren? Würde sein Arm durch sie hindurch fahren? Würde seine Hand auf Widerstand stoßen? Ein paar Meter vor ihr blieb er stehen. Sie sprach und sprach, doch Kian konnte sie nicht hören. Sie bewegte die Lippen und streckte ihre Arme nach ihm aus.

Kian fiel auf die Knie. Tränen strömten aus seinen Augen. Er wagte nicht, seine Mutter anzuschauen. Nicht nur seine Haut fühlte sich wund an, auch sein Herz.

»Es tut mir leid, Mum. Hätte ich bloß nicht zum Strand gewollt. Hätte ich dich nur nicht überredet! Dieser verfluchte Tag am Strand! Ich hab dich so lieb. Du warst die beste Mutter der Welt.« Er hob den Blick und sie sahen sich in die Augen. Ihre Lippen bewegten sich nicht mehr. Sie stand da und sah ihn an. Erinnerungen blitzten auf, an die er seit seiner Kindheit nicht mehr gedacht hatte. Die er verdrängte, weil sie sein Herz gebrochen hatten.

Die Beerdigung seiner Mutter, als ihn seine Tante ermahnte, gerade zu stehen. Ihre harsche Stimme, die ihm sagte, er solle kein Theater machen, als er in Tränen ausbrach. Die Tobsuchtsanfälle in der ersten Zeit nach der Beerdigung, bei denen sich seine Wut entlud. Er lernte schnell, dass negative Gefühle nicht erwünscht sind. Also schluckte er sie herunter. Seitdem kam er einfacher durchs Leben. Er hielt viele seiner Gefühle zurück. Seine Tränen, seine Wut, seine Trauer und seine Liebe. Er fühlte zu intensiv und hatte Angst davor, seine Gefühle nicht dosieren zu können. Dass sie ihn verschlingen würden und er wie unter einer Lawine begraben werden würde. Also fühlte er lieber gar nichts.

Nun, hier auf dem Totenacker, während er vor seiner gestorbenen Mutter kauerte, wurde seine größte Angst Wirklichkeit. Er glaubte fast, das Krachen und Poltern zu hören, als sich die Lawine löste und auf ihn zu raste. Er fühlte sich wie gelähmt und konnte nichts dagegen tun, dass nun seine mühsam errichtete Festung in sich zusammenfiel. Er schnappte nach Luft, während Wellen voller Schmerz, voller Schuld, voller Trauer, voller Enttäuschung und Verletztheit über ihn hinweg rollten. Er krümmte sich, fiel auf die Seite, presste die Zähne aufeinander. Es war, als hörte er ein mächtiges Donnern und Getöse in seinem Kopf. Er hörte Padraigs Stimme, aber in ihm war es so laut, dass er nur Wortfetzen mitbekam. Er war sich sicher, dass der Schmerz, der in ihm wütete, niemals aufhören würde. Er war ein gebrochener Mann.

Doch er irrte sich. Die Lawine kam zum Stillstand. Sie hatte ihre Kraft entfaltet und ihre Energie verbraucht.

Kian richtete den Oberkörper auf. Er zitterte und keuchte. Sah voller Tränen in den Augen zu seiner Mutter. So tief er konnte, holte er Luft, kniff die Augen zusammen und schrie in den düsteren Wald hinein, bis seine Kehle kratzte und Schwindel ihn schwanken ließ.

Seine Mutter war verschwunden. Es gab kein Echo. Die Lichtung war still, nachdem sein Schrei verklungen war, gespenstisch still. Kian konnte es nicht fassen. Er hatte es überlebt! Alle Gefühle, vor denen er solche Angst hatte, waren auf ihn eingestürmt. Das war furchtbar gewesen. Mehr noch: grauenvoll. Aber es hatte wieder aufgehört. Er war darüber weder verrückt geworden, noch hatte ihn die Dunkelheit verschluckt. Es kam ihm so vor, als sei es Jahre her, seit er das Messer holen wollte, um seinem Leiden ein Ende zu setzen. Er schüttelte den Kopf. Er würde nicht nur dem Leiden ein Ende setzen, sondern auch dem Leben. Er würde dem Schrecklichen entfliehen, aber auch den schönen Dingen.

Vor seinen Augen sah er die Hügel der Highlands voller Heidekraut, das ruhige und glatte Wasser der Lochs seiner Heimat, in denen sich der Himmel spiegelte. Er sah Schafe und Rotwild, Bussarde, die über Wipfel flogen. Er sah Ally, die ihn anlächelte. Noah und sich, wie sie zusammen lachten. Als der innere Film anhielt, sah er sich um.

Sah die Bäume, roch die Luft, fand wieder in die Wirklichkeit zurück. Da war keine Hitze, nur ein Boden voller Asche. Kein Echo, das ihn verfolgte. Keine tote Mutter oder ein gruseliger Schatten. Nichts außer einem dicht bewachsenen Wald. Er konnte nicht sagen, wie lang er einfach nur dagestanden und versucht hatte, seine Fassung zurückzuerlangen.

Sein Herz schlug kräftig in seiner Brust, sein Geist war klar. Vor ihm stand sein Rucksack. Er trat aus dem Aschekreis und ihn überlief ein Schauer der Erleichterung. Kian fuhr sich mit den Händen über das Gesicht und durch sein Haar.

»Okay. Das war heftig. Es ist okay. Alles in Ordnung.«

Er würde später versuchen, sich einen Reim auf alles zu machen. Jetzt wollte er erst einmal weg von hier.

Er setzte sich den Rucksack auf und entfernte sich vom Totenacker. Immer wieder blickte er sich um. Kian stieß probehalber einen Pfiff aus. Der Forest blieb still.

Bist du ein Todestourist?

Seit Kian auf dem Totenacker gewesen war, fühlte er sich nackt und verletzlich. So, als könne ihn nun alles aus der Bahn werfen. Ihn begleiteten jetzt auf Schritt und Tritt Gefühle, die er sich bisher niemals eingestanden hatte – nicht nur der Tag am Strand mit seiner Mutter. Es war schlimm, aber nicht der Horror, den er erwartet hatte. Ihn beschäftigte viel mehr die Frage, wie er so vieles über Jahre hinweg wegschieben, verdrängen und vergessen konnte! Augenscheinlich hatte er alle negativen Gefühle heruntergeschluckt, die in ihm brodelten. Dadurch hatte sich ein immenser Druck in ihm aufgebaut. Es erklärte seine manchmal offene und manchmal unterschwellige Wut, seine Frustration und zuletzt die Resignation. Es war wohl nur eine Frage der Zeit gewesen, bis er dem inneren Druck nicht mehr hatte standhalten können.

Himmel, war er müde! Er schleppte sich nur noch voran. Wahrscheinlich war es besser, sich jetzt einen Platz zu suchen, an dem er sein Zelt aufstellen konnte. Während er einen Fuß vor den anderen setzte, hielt er danach Ausschau, wo zwischen den Bäumen genug Platz war, um es aufzuschlagen. Auch sollte der Boden so eben wie möglich sein.

Seine Augen waren trocken, deshalb kniff er sie zusammen. Er brauchte einen Whisky. Kramte seine Zigaretten hervor. Sie waren nass. Unbrauchbar. So eine Scheiße! Ihm fehlte sogar die Kraft, sich richtig darüber aufzuregen. Es war, wie es war. Ein Bein anheben, über die Ranken steigen, das Gleiche mit dem anderen Bein.

Der Totenacker geisterte ihm durch den Kopf. Ihn überlief es eiskalt, als er an die Gefühle dachte, die dort über ihn hereingebrochen waren. Angst, Schmerz, Trauer, Verzweiflung, Hilflosigkeit und Schuld. Zusätzlich ein Gefühl, als sei alles verloren und sinnlos. Genau vor diesen Emotionen hatte er immer panische Angst gehabt. Er hatte geglaubt, wenn er sie zuließe, würde er sie nicht wieder unter Kontrolle bringen können. Kian blieb stehen. Doch so war es nicht gewesen. Er musste überhaupt nichts kontrollieren. All die beängstigenden Gefühle hatten sich von allein zurückgezogen, als sie ihre Energie verbraucht hatten. Er konnte zwar gern auf weitere Gefühlslawinen wie die eben verzichten, aber er wusste nun, dass sie ihn nicht umbrachten. Dass die Intensität des Leids nicht ewig anhielt. Tief atmete er durch und setzte sich wieder in Bewegung.

Endlich hatte Kian eine günstige Stelle für sein Zelt entdeckt, ließ es aufschnappen und fixierte es. Kurze Zeit später kroch er hinein und stellte die neue Campingleuchte an. Er packte den Rucksack aus, um an den Petroleumheizer zu kommen. So würde er die Nacht über nicht frieren.

»So eine Scheiße! Ich glaub's nicht!«, rief er.

Er hatte den Heizer durch seinen Sturz geschrottet. Das Petroleum war nicht ausgelaufen, aber das war auch das Einzige, das positiv war. Mit zusammengezogenen Augenbrauen und fest aufeinandergepressten Zähnen versuchte er, die völlig deformierte Lampe wieder zurechtzubiegen. Zwecklos. Das war ein herber Schlag. Schließlich wollte er die nächsten Nächte im Freien verbringen.

Keinesfalls durfte er länger als nötig in der Hütte bleiben, wenn er sie fand. Die Gefahr, dass er wieder in seiner Komfortzone und in alten Mustern versank, war viel zu groß. Bevor die Wut in ihm hochkochte, dachte er daran, dass er auf dem richtigen Weg sein musste. Ihm wurden Steine in den Weg gelegt, damit er sie überwinden und daraus stärker hervorgehen konnte. Alles lief anders als beim ersten Mal und das gab ihm die Zuversicht, dass er dieses Mal sein Ziel erreichen konnte.

Kian straffte die Schultern. »Alles klar. Dann wird die Nacht wohl nicht sehr gemütlich werden und weißt du, was? Es ist egal!« Kian lachte auf, holte Luft und schrie in den Wald. »Es ist mir verdammt noch mal absolut scheißegal!«

Jetzt war ihm am wichtigsten, endlich wieder trockene Kleidung anziehen zu können. Er schälte sich aus seinen Klamotten und legte sie zum Trocknen ausgebreitet hin. Er zitterte am ganzen Körper und seine Zähne schlugen aufeinander.

Sein Rücken tat weh, da all seine Muskeln steif und angespannt vor Kälte waren. Puh, er sah schlimm aus. Blutergüsse und Schürfwunden bedeckten seinen Körper. So wie er aussah, war es fast ein Wunder, dass er nicht stärker unter seinen Verletzungen vom Sturz in der Schlucht litt.

Er war gerade dabei, sich trockene Boxershorts anzuziehen, als er einen dunklen Flecken an seiner Leiste sah. Was zur Hölle war das? Sein Blick schweifte seine Beine entlang. Etwas krabbelte auf seinem Schienbein. Er hielt die Lampe dicht vor seinen Körper. Das waren Zecken! Schnell öffnete er den Zelteingang und stolperte, nackt wie er war, ins Freie. Zweige und Äste streiften seine Haut. Er knickte sie nach unten, um sich Platz zu schaffen. Zwei Zecken schnipste er von seinen Beinen, sie hatten sich noch nicht festgebissen. In seiner linken Leiste war eine, die er nicht einfach abstreifen konnte. Er beleuchtete nach und nach seinen ganzen Körper und entdeckte in seiner Kniekehle und der Achselhöhle weitere Zecken.

»Verdammte Scheißviecher.« Kian holte sein Taschenmesser aus dem Rucksack, klappte die Zange heraus und begann, die Zecken herauszuziehen. Wie waren sie überhaupt auf seinen Körper gelangt? Er hatte lange Kleidung getragen. Als er fertig war, zog er sich endlich trockene Kleidung an, setzte sich eine Wollmütze auf den Kopf und schlüpfte in seinen Schlafsack.

Kian schreckte auf. Was hatte ihn geweckt? Seine Wirbel knackten, als er seinen Nacken dehnte. Es war nicht die Kälte, die ihn geweckt hatte. Ja, es war kalt, aber es war nicht unerträglich. Mit geschlossenen Augen lauschte er in die Dunkelheit, hörte aber nichts, was ihn alarmiert hätte. Er kratzte sich am linken Rippenbogen und zog daraufhin mit einem Zischen die Luft ein. Es tat weh. Bestimmt hatte er über eine Schürfwunde gekratzt. Schon war er wieder eingeschlafen.

Unruhig wälzte Kian sich im Zelt hin und her, dann öffnete er die Augen. Die Nacht war vorbei, es war hell genug, dass er alles sehen konnte. Ein extremer Juckreiz hatte sich eingestellt. Was war nun schon wieder los?

Er traute sich kaum nachzusehen, was die Ursache dafür war. Für einen kurzen Moment tat er sich selbst leid. Warum musste er diese ganze Scheiße durchmachen? Warum war für ihn alles, was er erreichen wollte, mit einem ständigen Kampf verbunden? Er schüttelte seine Benommenheit ab und rief sich zur Ordnung. Er würde nicht herumheulen. Er würde alle Herausforderungen annehmen. Wenn etwas leicht zu erreichen war, dann hatte man seine Ziele nicht hoch genug gesteckt.

Dieses Jucken machte ihn verrückt! Er zog den Schlafsack auf und sah auf seine linke Hand. Seine Augen weiteten sich.

»Verdammte Scheiße!«, stieß er hervor.

Die Hand war rot und geschwollen. Auf der Haut zwischen Daumen und Zeigefinger hatte sich eine prall gefüllte Blase gebildet.

Er war sehr vorsichtig, als er seinen Pullover anhob. Er wollte seine gereizte Haut nicht noch mehr reizen. Von der rechten Seite seiner Brust ausgehend, führte ein roter Striemen schräg zu seinem linken Hüftknochen. In einer Reihe hatten sich größere und kleinere Bläschen gebildet. Sie waren mit Flüssigkeit gefüllt. Kian hatte so etwas schon gesehen in seinem Job. Er musste mit Gift-Efeu in Berührung gekommen sein. Natürlich! In der Nacht war er nackt vor dem Zelt herumgelaufen. Wie bescheuert konnte man sein?

Er deckte alle Bläschen mit Kompressen ab und klebte sie fest. Die Blasen konnten platzen, dann würde sich die Flüssigkeit verteilen und neue Blasen bilden. Nein, danke.

Er biss die Zähne zusammen, als er seine Boots anzog. Seine Hacken waren wund.

Plötzlich musste er lachen. Er war so was von im Arsch! Bei seinem ersten Besuch ging es ihm körperlich besser als jetzt und das trotz seines kranken Herzens. Wenigstens regnete es heute nicht und er trug trockene Kleidung.

Das Lachen verging ihm. Wollte er sich tatsächlich weiter fertigmachen lassen? Sollte er die ganze Misere nicht als Warnung verstehen, dass er wegkam? Was gäbe er jetzt nicht alles für eine Zigarette. Draußen würde er fast an jeder Ecke welche bekommen. Nein, verdammt!

Er war hergekommen, um wirklich etwas zu verändern in seinem Leben. Wenn er jetzt nachgab und aus dem Forest spazierte, sofern ihm das überhaupt möglich war, dann war ihm nicht mehr zu helfen. Wenn er dann bei der erstbesten Gelegenheit Zigaretten kaufte, vielleicht auch ein Fläschchen Whisky, weil Zigaretten und Alkohol doch irgendwie zusammengehörten, würde er sich nicht mehr im Spiegel anschauen können. Er hätte versagt. Allein die Vorstellung ließ ihm die Kehle eng werden vor lauter Selbsthass.

Er würde es schaffen. Scheiß auf seine wunden Füße, seinen lädierten Körper, seine Pusteln! Scheiß auf alles, was ihn nicht weiterbrachte! Gab er der Angst vor Veränderung nach, wäre er ein Verlierer. Hatte er den Mut, das Risiko einzugehen, um etwas zu verändern, wäre er ein Gewinner. So einfach war das.

Stimmen drangen aus der Ferne zu ihm. Frauenstimmen. Dann ein Lachen. Er erkannte es. Maren war ganz in der Nähe. Er sollte zusehen, dass er wegkam.

Er packte sein Zelt und seine Sachen zusammen und marschierte weiter. Immer in die entgegengesetzte Richtung zu der, aus der er das Lachen gehört hatte.

Er hätte nicht in Worte fassen können, wie dreckig es ihm ging. Seine Schuhe rieben bei jedem Schritt an den Blasen. Sein Rumpf brannte, pikste, stach und juckte gleichermaßen. Der Rucksack drückte auf seine Prellungen auf der linken Seite, und er kämpfte deutlich mit den Symptomen seines Entzugs. Sein Körper spielte verrückt. Erst schwitzte, dann fror er. Sein Kopf tat weh und er zitterte. Übelkeit gesellte sich zu den anderen Symptomen. Seine Kehle war trocken und kein Wasser der Welt konnte sie befeuchten.

Den Blick zu Boden gerichtet, ging er weiter, ohne ein bestimmtes Ziel zu haben. Er dachte an seine Mutter. Die Erlebnisse auf dem Totenacker hingen ihm nach. Die Erinnerung an ihren plötzlichen Tod konnte er aber mittlerweile ertragen und das wunderte ihn, hatte er sich doch sein ganzes Leben bemüht, diesen Tag zu vergessen. Hatte seine Mom nun ihren Frieden gefunden? Konnte er seinen vielleicht auch finden? Es war ihm egal, ob das, was er erlebt hatte, real war oder nur seinem Kopf entsprungen.

Für ihn machte es keinen Unterschied. Der Prozess, wie er die Dinge verarbeitete, war derselbe.

Wie lang er nun schon unterwegs war, konnte er nicht sagen. Er brauchte eine Pause, wollte nur einen Moment sitzen und ließ sich an einem Stamm hinabgleiten. Mit dem Rucksack auf dem Rücken lehnte er sich dagegen. Neben ihm lag ein dicker Ast. Ohne groß darüber nachzudenken, zog er sein Messer aus der Lederhülle an seinem Gürtel und fing an, die Rinde vom Ast abzuziehen.

Er steckte in der Scheiße. Er ließ den Ast fallen und rammte das Messer in den Boden. War das hier irgendein Test, den er bestehen musste? Er konnte sich nicht vorstellen, dass Gus, der Arbeitskollege von Vince, Ähnliches durchmachen musste wie er, als er im Forest war. Sein Messer zerschnitt die Ranken und feinen Wurzeln neben ihm. Jeder, der herkam, hatte wohl seinen eigenen Forest, in dem er bestehen musste. Er wollte nach Hause gehen, aber das konnte er nicht. Zu Hause gab es den Schrank von Miss Lewis mit seinen Verlockungen. Es gab Supermärkte, Tankstellen, Geschäfte, in denen er an Spirituosen und Zigaretten käme. Wenn er scheiterte, würde er nicht am Rand der Klippe stehen bleiben, so wie beim letzten Mal. Das wusste er. Das Messer hackte in stetigem Rhythmus auf den Boden ein, sodass es fast etwas Meditatives hatte.

»Vorsicht, Mister Kian!«, warnte Padraig.

Im nächsten Moment spürte er einen dumpfen Schmerz im Handgelenk und das Messer flog ihm aus der Hand. Mit leichter Verzögerung registrierte er, dass es ein Tritt war, der sein Handgelenk getroffen hatte.

Vor ihm stand der Graue und trug einen mörderischen Gesichtsausdruck. Dann beugte er sich vor, packte Kian am Kragen und zog ihn auf die Füße. Der Kerl besaß Kraft, denn er schaffte es, ihn mitsamt seinem Rucksack hochzuziehen.

Kian verzog das Gesicht vor Schmerz, als durch die Reibung seiner Kleidung eine der Quaddeln platzte und er die warme Flüssigkeit spürte, die von der Kompresse aufgesogen wurde.

»Hau ab hier! Verschwinde!« Eine Faust traf ihn im Gesicht. Sein Selbstverteidigungsmodus setzte ein.

Ein Arm schoss in die Höhe, um sein Gesicht zu schützen, den anderen winkelte er an, drehte sich ein Stück und stieß ihm seinen Ellenbogen, so kräftig er konnte, in den Magen. Der Graue krümmte sich und rammte ihm seinen Kopf in den Rumpf wie ein wild gewordener Stier. Kian taumelte rückwärts, bis er schließlich zwischen einem Baum und diesem Verrückten eingeklemmt war. Er hob mit einem Ruck sein Knie, traf die Nase des anderen und war wieder frei.

Der Graue klappte zusammen, als hätte man bei einer Marionette die Fäden gekappt. Er saß auf dem Boden und hielt sich die Nase.

Völlig außer Atem hob Kian beide Hände mit den Handflächen zum Grauen und ging ein paar Schritte von ihm weg. Sein Jochbein pochte, Hitze breitete sich in ihm aus. »Ich weiß nicht, was Ihr Problem ist. Ich bin sofort hier weg.« Doch zuerst musste er sein Messer finden.

Während er noch suchte und dabei den Grauen aus dem Augenwinkel im Blick behielt, stellte dieser sich ihm in den Weg und hielt ihm sein Messer mit dem Griff voran hin.

»Danke.« Kian schaffte erneut Abstand zwischen sich und dem Irren. Er sah, dass er blutete, und zog seine Verbandskiste aus dem Rucksack. Dann reichte er dem Grauen mehrere Kompressen. Er erlebte ein Déjà-vu. Auch Coby hatte er Kompressen gegeben, um seine Blutung zu stoppen.

»Danke«, murmelte der Graue.

Die Männer sahen sich einen Augenblick an. Kian wusste nicht, was es war, aber etwas stimmte mit dem Kerl nicht.

Der andere streckte ihm schließlich die Hand zur Begrüßung hin. »Ich bin Nicolas.«

Kian ergriff die Hand. »Ich heiße Kian.«

»Wissen Sie, Kian, ich komme jeden Tag hierher und hin und wieder treffe ich auf Menschen, die herkommen und den Nervenkitzel suchen. Sogenannte Todestouristen. Genau hier an dem Baum, ist meine Frau gestorben. Sehen Sie.« Nicolas deutete auf den Baum.

Ein Stück über ihren Köpfen entdeckte Kian eine Gedenktafel aus Schiefer, auf der stand *Kitty 2019 – bis wir uns wiedersehen.*

Scheiße, war das gruselig! Er schluckte angestrengt. Der Mann an sich war unheimlich, nicht nur seine von Kopf bis Fuß graue Erscheinung! Sein Nasenrücken war scharf geschnitten, sein Kinn ausgeprägt. Die buschigen Augenbrauen berührten sich fast. Etwas Kaltes, Trostloses ging von ihm aus. An diesem Baum, an dem seine Frau gestorben war, hatte er gerade noch gelehnt. Vielleicht hatte er genau auf der Stelle gesessen, an der ihr toter Körper gelegen hatte. War die Tote ohne Organe die Frau von diesem Kerl? Nein, ihr Mann hatte kurz nach ihr auch das Zeitliche gesegnet, war es nicht so?

Die heisere Stimme des anderen riss ihn aus seinen Gedanken. »Immer wieder kommen Leute her und stören uns. Trampeln alles nieder, lassen ihre Zigarettenkippen liegen und ihre zerdrückten Bierdosen. Das gefällt Kitty nicht. Wir sind gern unter uns. Und dann kommen Sie und stechen wieder und wieder auf sie ein. Das konnte ich doch nicht zulassen. Ich beschütze meine Kitty.«

Ach, du Scheiße. Ein Irrer. Ein Schauer lief ihm über den Rücken. Besser, er machte, dass er hier wegkam.

»Sie haben dazu nichts zu sagen? Gar nichts?«, fragte Nicolas. Er sah aus, als suchte er nach einem weiteren Grund, sich auf ihn zu stürzen.

Kian räusperte sich und trat von einem Bein auf das andere. Himmel, was sollte er dazu sagen? »Nun, natürlich habe ich nicht auf Ihre Kitty eingestochen. Sehen Sie, ich saß viel zu weit links.« Ein Schweißtropfen lief ihm die Schläfe hinab. Er konnte nur hoffen, dass Nicolas es schlucken würde.

»Oh, tja. Entschuldigen Sie. Da sind wohl die Pferde mit mir durchgegangen. Ich dachte wirklich, dass Sie … also, Ihr Messer hätte …«

»Alles in Ordnung, Nicolas. Seine Frau muss man beschützen. Das respektiere ich. Ich möchte Sie auch nicht weiter stören.« Kian trat den Rückzug an.

»Sie sind in Ordnung, Kian. Respektieren uns. Kitty mag Sie. Bleiben Sie, bleiben Sie.« Er winkte Kian zu sich.

»Danke, aber ich …«

»Meine Kitty war eine wunderbare Frau. Reinlich, treu, bodenständig und eine gute Köchin. Mehr kann sich ein Mann doch nicht wünschen, nicht wahr?«

Nun, da war Kian anderer Meinung, sagte aber nichts dazu. Er wollte schleunigst weitergehen, aber seine gute Kinderstube erlaubte es ihm nicht, den älteren Mann einfach stehen zu lassen, während dieser mit ihm sprach.

»Wir sind spazieren gegangen. Jeden Sonntag. Immer im Wald. Kitty liebte diesen Wald hier. Sie fand es aufregend, dass es hier keine Wege gab und es ein Abenteuer war, wieder herauszufinden. Ich weiß ganz genau, wo es hier rausgeht, aber ich habe ihr den Glauben an ein Abenteuer gelassen.« Nicolas' Miene versteinerte, sein Blick war in die Ferne gerichtet. »Bei unserem letzten Spaziergang kam ein Mann auf uns zu und fragte nach dem Weg. Er sah harmlos aus. Trug ein Flanellhemd, Cordhosen, das weiß ich noch genau. Seine Augen waren blau. Ein kaltes Blau. Ich hätte wissen müssen, dass mit jemandem, der solche Augen hat, etwas nicht stimmt. Ich hätte es wissen müssen. Hätte meine Kitty beschützen müssen.«

Kians Herzschlag legte an Tempo zu. Sofort hatte er Coby vor Augen. Und Padraig. Auf beide traf die Beschreibung zu. Doch es war Unsinn. Es gab Tausende Männer, die Flanellhemden und Cordhosen trugen. Blaue Augen gab es auch zuhauf. Es war reiner Zufall. Natürlich war es Zufall.

»Dieser Teufel. Hat gewartet, bis ich austreten musste. Als ich zurückkam, war sie schon blau. Hat sie von hinten stranguliert. Einfach so. Mit einer Anglerschnur. Sah aus wie eine Anglerschnur. Jedenfalls schnitt sie ihr in den Hals. Erst konnte ich mich nicht bewegen. Und der Teufel grinste. Seine Zähne waren so … seine Zähne sind mir aufgefallen. Dann bin ich hingerannt. Zu meiner Kitty. Sie war tot und der Teufel war weg. Da hat sie gelegen. Direkt neben der Stelle, an der Sie mit dem Messer zugestochen haben.« Nicolas' Miene verdunkelte sich wieder.

Oh, Scheiße! Das war übel. Richtig übel. Kian wischte sich den Schweiß von der Stirn.

Diese Geschichte und wie er sie erzählte! Konnte einem etwas Schlimmeres passieren? Wahrscheinlich nicht. Nicolas hatte sich das nicht ausgedacht, es war Realität. Da hing die Schiefertafel am Baum. Zwei Mal hatte er den Grauen hier stehen sehen. Hier gedachte er seiner ermordeten Frau.

»Nicolas ...« Kian räusperte sich. »Es muss furchtbar gewesen sein. Mir tut sehr leid, was Sie durchmachen mussten. Und Ihre Frau, Kitty ... ich schwöre Ihnen, dass ich es nicht wusste. Ich bitte um Entschuldigung. Ich werde jetzt einfach ...« Kian deutete mit dem Daumen nach hinten über seine Schulter.

Nicolas reagierte nicht. Er starrte nur auf den Boden, so wie jedes Mal, wenn er ihn hier gesehen hatte. Kian stieß die angehaltene Luft aus, dann machte er, dass er fortkam.

Kian hätte am liebsten eine Stahlbürste gehabt, damit er sich ordentlich kratzen konnte. Das Jucken quälte ihn mehr, als seine Schmerzen es taten. Eigentlich hatte er vorgehabt, erst später zur Hütte zu gehen, aber weil er auf Tuchfühlung mit dem Gift-Efeu gegangen war, musste er seine Prioritäten anders setzen. Er brauchte dringend eine Dusche und den Verbandskasten. Um sich davon abzulenken, wie elend ihm war, rief er ab, was er als Sanitäter für solch einen Fall gelernt hatte. Er musste seine Haut kalt abspülen. Sie unter fließendes Wasser halten und mit Seife das Pflanzenöl von der Haut waschen. Mit Alkohol und Watte konnte er seinen Ausschlag noch gründlicher reinigen. Er würde alle vier Stunden ein Antiallergikum einnehmen, um seine Symptome unter Kontrolle zu bringen. Er meinte, ein Röhrchen mit diesen Pillen im Verbandskoffer der Hütte gesehen zu haben. Außerdem konnte er ...

Kian stolperte und konnte sich gerade noch abfangen, indem er sich an einem schlanken Baum festhielt. Sein Rücken protestierte. Er hielt die Schmerzen und den Juckreiz nicht mehr aus. Er wollte kotzen, damit die Übelkeit endlich verschwand. Mühsam und unter Schmerzen wand er sich aus den Trageriemen seines Rucksacks und ließ ihn zu Boden fallen. Der Baumstamm gab ihm Halt, als er sich nach vorn beugte und es einen Augenblick lang genoss, dass sich das Gewicht des Rucksacks nicht mehr in seinen geschundenen Körper drückte. Der Nachmittag schritt voran, er musste sich bald einen Platz suchen, an dem er sein Zelt aufstellen konnte.

Als er wieder aufblickte, konnte er seinen Augen kaum trauen. Nicht weit entfernt von ihm, sah er zwischen den Bäumen eine Veranda mit einer Hängematte und ein spitzes Dach. Er hatte sein Ziel erreicht.

Er wollte sein Zelt in der Nähe, aber außerhalb des Blickfelds der Hütte aufstellen. Also ging er wieder ein Stück in den Wald hinein, richtete sein Lager und ging zurück zur Hütte, seinen Rucksack nahm er mit.

Was sollte er Padraig sagen, wenn er ihm gleich gegenüberstand? Wie konnte er ihn dazu bringen, ehrlich zu sein und ihm zu sagen, mit welchem Zauber oder Trick er es geschafft hatte, in seinen Kopf einzudringen. Nun, er würde improvisieren müssen.

Als er die Stufen der Veranda heraufstieg, fühlten sich seine Beine an wie Gummi. Die Hängematte schaukelte leicht hin und her. Ein wohliges Gefühl durchfuhr ihn. Erinnerungen daran, wie schön es gewesen war, zu rauchen und zu trinken, soviel er wollte. Sich nicht zu reglementieren. Er hatte sich etwas vorgemacht. Nicht nur zu Hause warteten Versuchungen auf ihn. Auch hier, mitten im Forest, in einem aus Rundhölzern gefertigten Haus würde er auf die Probe gestellt werden. Er atmete tief durch, dann klopfte er an die Tür.

Mit Wasser feiert man nicht!

Kians Zittern wurde stärker, als er darauf wartete, dass Padraig ihn hereinließ. Erneut klopfte er an. Sollte er einfach hineingehen, wenn niemand öffnete?

Er hörte Schritte aus dem Inneren des Hauses. Dann schwang die Tür auf und er stand Coby gegenüber.

Er wirkte vollkommen anders, als er ihn in Erinnerung hatte. Vor ihm stand ein Mann, der Selbstsicherheit ausstrahlte. Sein Blick war nicht gerade freundlich. Einen Moment lang starrten sie sich an, dann fing Coby an zu lachen. »Ich glaub's ja nicht! Na ja, vielleicht glaub ich's doch! Der verlorene Sohn ist zurückgekehrt. Komm rein! Siehst aus, als würdest du gleich umkippen. Ich nehm den Rucksack. Was ist denn mit deinem Gesicht passiert? Ich sag ja, es ist gefährlich, allein im Forest.« Coby griff nach den Schultergurten und nahm den Rucksack mit, als er zurück in die Hütte ging.

Kian wankte zur Couch und ließ sich darauf fallen. Im nächsten Moment verzog er das Gesicht vor Schmerz.

»Na, so was. Hätte nicht gedacht, dich noch mal wiederzusehen. Und nun sitzt du da. Es ist ja wirklich schön, dich zu sehen, aber was ist passiert? Siehst nicht gut aus. Ziemlich schlecht sogar. Warte, ich hol dir was zu trinken. Du nimmst das Übliche?« Schon machte er sich auf den Weg in die Küche.

»Nein, Coby. Warte. Wasser. Ich brauche nur Wasser.«

Coby sah ihn scharf an. »Was? Du bist zurück! Das muss gefeiert werden! Mit Wasser feiert man nicht.«

Wo war der schüchterne Mann hin, der nur hin und wieder ein Schlückchen trank und sich hinter Kians Rücken versteckt hatte, wenn es brenzlig wurde? Er kannte den Coby, der vor ihm stand, überhaupt nicht.

Kurze Zeit später kam der mit einer Flasche Whisky und zwei Gläsern zurück. »So, da wären wir. Trinken wir auf die gute alte Zeit.«

Kians Zittern wurde stärker. Wie leicht wäre es, die ganze Vernunft über Bord zu werfen und einfach seinem Verlangen nachzugeben. Warum auch nicht? Vielleicht sollte er nicht ganz so streng zu sich sein und seinem Bedürfnis nach Betäubung nachgeben. So lädiert, wie er war, war der Whisky eher eine Medizin als ein Suchtmittel oder?

»Komm schon, Junge! Ein Drink wird dich schon nicht umbringen. Vielleicht doch, aber vielleicht auch nicht. Das ist Macallen, dein Lieblingswhisky.«

Er schloss die Augen und atmete tief durch. Die Versuchungen des Forest. Das erste Mal kam er her, weil er Veränderung suchte. Weil er sein Leben nicht mehr ausgehalten hatte. Weil er spürte, dass er schleunigst einen neuen Sinn in seinem Leben finden musste, wenn er nicht draufgehen wollte. Weil er die Hoffnung hatte, dass seine Probleme wie von Zauberhand durch den Zauberwald verschwinden würden. Er schnaubte. Wie naiv er gewesen war! Und jetzt? Er war zurückgekehrt, weil er Padraig dazu zwingen musste, sich aus seinen Gedanken und seinem Kopf zurückzuziehen. Wie auch immer er es gemacht hatte, es musste aufhören. Doch das war nicht der einzige Grund. Er wusste, dass er beim ersten Mal nicht sein volles Potenzial genutzt hatte. Alkohol, Zigaretten und die Hütte standen für Flucht, Betäubung, Verdrängung. Diese drei Wörter waren mittlerweile für ihn das Mantra seiner Probleme geworden. Er konnte die letzten Monate seines Lebens in diesen drei Wörtern zusammenfassen. Traurig, aber wahr. Seine Hoffnung, der Forest könne ihm helfen, war nach wie vor stark. Der Weg war hart. Aber er hoffte, an dessen Ende wieder zu sich selbst zu finden. Zu seinem eigentlichen Ich. Er wollte ein Mann sein, der seine Ängste besiegen und stolz in den Spiegel blicken konnte. Der optimistisch in die Zukunft schaute und es schaffte, anderen wieder zu vertrauen. Der sich nicht aufhalten ließ von den Knüppeln, die ihm das Leben zwischen die Beine schleuderte.

Er wollte die Leere in sich mit Dingen füllen, die ihm guttaten. Diese Ziele würde er nicht loslassen! Er würde nicht aufgeben. Seine Blessuren und ein juckender Ausschlag konnten ihn sicher nicht von seinem Weg abbringen. Bisher hatte er es abgelehnt zu trinken und das, obwohl er vor Kurzem seiner toten Mutter begegnet war, verdammt noch mal! Er würde es schaffen! Er schloss die Augen und atmete tief durch.

Es ging ihm nur um ein Gespräch. Flucht, Betäubung, Verdrängung standen nicht auf dem Programm. Den Whisky und dabei eine Zigarette rauchen. Scheiße, er wollte es so sehr! Aber er durfte es nicht gleich zu Anfang versauen. Das hatte er schon oft genug gemacht. Es ging nur darum, mit Coby zu reden, um in Erfahrung zu bringen, was hier los war.

Als er die Augen wieder aufschlug, sahen sich die Männer wortlos an. Warum starrte Coby so? Irgendetwas stimmte nicht. Er sah aus wie immer, ihm fiel wirklich nicht auf, was anders sein sollte. Entspannte Mimik, kein Zeichen von Nervosität, die Hände ruhig. Aber etwas hatte sich verschoben. Irgendetwas löste Unbehagen in Kian aus.

Coby hielt ihm immer noch das Glas vor die Nase. Er roch das rauchige Aroma und konnte den Drink fast schon schmecken. In ihm zog sich alles zusammen. Speichel schoss ihm in den Mund.

»Mein Arm wird schwer. Jetzt nimm schon. Trink«, sagte Coby.

Plötzlich packte Kian die Wut. Sein ganzer Körper brannte, stach und kribbelte. Er beugte sich nach vorn, schlug Coby das Glas aus der Hand und verengte seine Augen zu Schlitzen. Mit einem dumpfen Aufprall landete das Glas auf dem Boden, zersprang jedoch nicht.

»Verdammte Scheiße! Warum bist du so versessen darauf, dass ich diesen Scheißdrink trinke, hm? Hast du immer noch nicht kapiert, dass ich nicht will? Herrgott noch mal!«, schrie er.

Für einen kurzen Moment meinte er, ein Aufblitzen in Cobys Augen zu sehen. So, als würde ihm gefallen, dass er ihn aus der Fassung gebracht hatte. Dann wandelte sich sein Gesichtsausdruck und er sah seinen erschrockenen Blick, den er so gut kannte. Als würde eine Maske fallen, veränderte sich Cobys Ausdruck ein letztes Mal. Er grinste. Es war ein böses Grinsen. Das Kinn in Richtung Brust gesenkt, schaute er Kian unter buschigen Augenbrauen an.

»Junge, hast wohl lang keine Frau mehr gehabt, oder? Onkel Coby könnte da was Nettes in die Wege leiten. Musst nur ein Wort sagen. Hinterher bist du entspannt, das garantiere ich dir.«

Kian schluckte. Ja, die Maske war gefallen. Wovon zur Hölle redete er da? Vor ihm saß ein Mann, der ihm völlig fremd vorkam. Der unberechenbar und gefährlich wirkte. Sein Herz schlug ihm bis zum Hals. Er versuchte, sich mit dem Gedanken zu beruhigen, dass er immer noch der Jüngere und wahrscheinlich auch der Kräftigere von ihnen war. Jetzt hieß es Ruhe bewahren. Seine Gefühle verstecken. Sich keine Schwäche anmerken lassen. Also straffte er die Schultern und setzte einen neutralen Gesichtsausdruck auf.

»Wo ist Padraig, sagtest du?«, fragte Kian in ruhigem Tonfall.

»Hab nichts gesagt. Aber jetzt tu ich's. Er hat gesagt, er muss in die Stadt, seiner kranken Tante helfen. Weiß auch nicht, wann er zurückkommt. Ist mir ganz recht. Gab immer Streit. Mit Padraig komm ich nicht so gut aus wie mit dir. Hätte anders sein können, ist es aber nicht.«

Beinahe hätte Kian sich umgesehen, um zu gucken, wo der alte Coby stand. Er bekam von Kopf bis Fuß eine Gänsehaut. Es war Cobys Stimme, die da aus dem Mund des Älteren kam, nur sah er nicht mehr aus wie der geschwätzige, einfach gestrickte Coby. Kian glaubte kein Wort von dem, was Coby sagte.

Am liebsten hätte Kian seinen Nacken gedehnt und mit den Schultern gerollt, um sich schon einmal locker zu machen, sollte es zu einem Kampf kommen. Niemals hätte er gedacht, dass er darüber nachdenken würde, mit Coby zu kämpfen. Doch sein früherer Eindruck, dass das Kräfteverhältnis unausgewogen war, hatte sich verabschiedet.

Coby saß aufrecht, die Muskeln angespannt und wirkte wie ein Panther vor dem Sprung. Er musste jetzt cool bleiben. Sich nichts anmerken lassen.

»Er musste also in die Stadt. Weißt du, wo er wohnt?«

Die Männer starrten sich in die Augen.

Coby schüttelte langsam den Kopf. »Ich weiß von nichts. Nicht ganz von nichts, aber doch ziemlich nah dran. Das war's. Er ist weg.

Ausgeflogen. Adiós muchacho und auf Wiedersehen. Was willst du überhaupt von ihm?«

Kian hätte sich schütteln können. Die Stimme und Sprechweise des alten Padraigs zu hören, die aus dem Mund des neuen Padraigs kam, war unheimlich. Kurz dachte Kian an Fälle von Besessenheit, dann konzentrierte er sich wieder auf das Hier und Jetzt.

»Nichts Bestimmtes. Ich wollte mich nur noch einmal bei ihm bedanken.« Die Luft wurde eine Spur stickiger. Eine Gänsehaut überzog seinen Rücken und er wagte nicht, sich zu rühren. Coby, der an seinem Whisky nippte, bereitete ihm Unbehagen. Mehr noch, alle Alarmglocken schrillten. Sollte er ihn in ein Gespräch verwickeln? Schweigen und abwarten? Scheiße, er brauchte Zeit zum Nachdenken.

»Seien Sie vorsichtig, Mister Kian«, flüsterte es in ihm.

Kian stand auf und versuchte, locker und entspannt zu wirken, was nicht einfach war, denn sein Körper war steif vor Anspannung. »Nimm es mir nicht übel, Coby, aber jetzt muss ich erst einmal duschen und mich zusammenflicken.«

»Sicher.« Mittlerweile nippte Coby an seinem dritten Glas Whisky.

Sehr gut! Vielleicht hatte er Glück und Coby schoss sich ab, während er im Badezimmer war. Er brauchte Zeit, um zu verdauen, dass Coby nicht Coby war. Er brauchte Abstand, um eine Strategie zu entwickeln, wie er jetzt weiter vorgehen wollte. Oberste Priorität für ihn hatte es, herauszufinden, wo er Padraig finden konnte.

Auf dem Weg ins Bad holte er Alkohol, Watte und das Röhrchen mit dem Antiallergikum aus dem Verbandskasten. Er entdeckte auch eine Kortisonsalbe und schickte ein kurzes Dankgebet nach oben. Zwei Tabletten schluckte er sofort. Es wäre eine Wohltat, wenn das Jucken aufhören würde.

Er trug alles ins Badezimmer, würde sich aber vorher schnell in den Schlafzimmern umsehen, ob er etwas Verdächtiges fand oder irgendeinen Hinweis darauf, wo Padraig war. Wenn Coby ihn überraschte, konnte er sagen, er hatte nur Handtücher holen wollen. Denn die brauchte er wirklich.

Er betrat den linken Raum zuerst. Shirts, Flanellhemden, Jeans und Socken lagen auf einem Stuhl in der Ecke. Der Kleiderschrank enthielt nach wie vor Kleidung in unterschiedlichen Größen. Weder dort noch in der Kommode war irgendetwas versteckt. Er legte sich hin und sah unter das Bett. Was zum Teufel …

Dort lag ein Gewehr, ganz grau vor Staub und es wirkte, als läge es bereits seit Jahrzehnten dort. Es konnte sich also nicht um Cobys Waffe handeln. Nun ja, wenn Coby der Mörder war, zog er es eindeutig vor, seine Opfer zu erdrosseln, als zu erschießen. Jedenfalls, wenn er Kittys Mörder war. Gott! Warum malte er sich direkt das Schlimmste aus? Coby ein Killer? Andererseits … es konnte doch sein. So oder so stimmte etwas nicht mit Coby und er würde aufpassen müssen.

Wusste Padraig denn von der Existenz des Gewehrs? Bestimmt. Vielleicht hatte er selbst es dort deponiert und dann vergessen. Da die Waffe nicht gepflegt und gereinigt wurde, war sie mittlerweile bestimmt unbrauchbar. Kian zog sie hervor. Er glaubte, dass es sich um eine Winchester 70 handelte. Nicht weil er sich mit Waffen auskannte, sondern weil das Gewehr so aussah wie das, das Mister O'Reilley im Hinterzimmer des Pubs aufbewahrte. Ob es noch zu gebrauchen war, konnte er nicht beurteilen. Der Staub kitzelte in seiner Nase und nachdem er mehrmals unterdrückt geniest hatte, schob er das Gewehr wieder unter das Bett, stand auf und klopfte sich den Staub von seiner Kleidung.

Nachdem er das Schlafzimmer verlassen hatte, schlich er zum Durchgang ins Wohnzimmer und spähte um die Ecke. Coby saß vorgebeugt auf der Couch und spielte ein Kartenspiel.

Im anderen Schlafzimmer lag ordentlich gefaltete Kleidung auf der Kommode. Ein Buch lag auf dem Nachttisch. Er nahm es in die Hand. *Orientalische Nächte – pikante Kurzgeschichten.* Kian grinste, trotz der verwirrenden Situation, in der er gerade steckte. Er hätte zu gern gewusst, wer sich seine Abende mit den pikanten Geschichten vertrieb. Kleiderschrank, Kommode und der Blick unters Bett ergaben nichts. Tief atmete er durch. Um keinen Verdacht zu erregen, sollte er jetzt duschen gehen.

Dabei konnte er weiter darüber nachdenken, wie er vorgehen wollte. Eine Idee hatte er schon. Er konnte versuchen, das Tolliver's zu erreichen, um sich dort nach Padraig zu erkundigen. Er nahm ein großes Handtuch von dem Stapel im Schrank und wollte die Tür wieder schließen, als ihm etwas ins Auge fiel. Ganz unten im Handtuchstapel sah er eine kleine Ecke aus brauner Pappe. Es stellte sich als ein Aktendeckel heraus. Den nahm er an sich, legte das Handtuch darüber und schloss sich im Bad ein.

Er stellte das Wasser der Dusche an und setzte sich auf den Toilettendeckel. Dann blätterte er die Papiere durch. Seine Nackenhaare stellten sich auf und sein Herz setzte für einen Schlag aus. Es waren Vermisstenanzeigen. Er sah die Flugblätter von fünf Frauen und drei Männern, die alle in diesem Waldgebiet verschwunden waren. Warum sollte man Vermisstenanzeigen sammeln, wenn man nicht irgendwie involviert war? Sammelte Padraig sie, um eine der Personen erkennen zu können, wenn sie hier aufkreuzte? Das erklärte aber nicht, warum die Anzeigen unter den Handtüchern versteckt wurden. Als er weiterblätterte, verwarf er seine zuvor schon wackelige Theorie komplett. Er fand Zeitungsartikel, die von Todesfällen im Forest berichteten. Dabei handelte es sich nicht um Unfälle. Sondern um Morde. Alle vier Opfer, von denen in unterschiedlichen Ausgaben der Zeitung berichtet wurde, waren erdrosselt worden. Kian ließ die Papiere auf seinen Schoß sinken. Er sah Nicolas vor sich. Nicolas, dessen Frau ermordet wurde. Er ging die Zeitungsausschnitte durch und hielt die Luft an. Oh, mein Gott. Hier war sie. Der Artikel war von 2019.

Kitty Fellon, die mit ihrem Mann Nicolas Fellon eine Hiking Tour durch das Areal des National Nature Reserve West unternahm, das allgemein als Forest bekannt ist, wurde auf grausame Art ermordet. Als sie und ihr Mann kurz getrennt waren, erdrosselte der Mörder die Naturliebhaberin mit einer Nylonschnur. Kitty Fellon war nach wenigen Minuten tot. Besonders grausam ist es für den hinterbliebenen Ehemann, dass er den Mörder bei seiner Tat überraschte, es da aber schon zu spät für seine Frau gewesen war. Nicolas Fellon gab an, der Mörder sei etwa 1,80 Meter groß, habe blaue Augen und trug ein Flanellhemd

und eine Cordhose. Weitere Angaben konnte er nicht machen. Er stand
unter Schock und begab sich nach seiner Rückkehr in psychologische
Behandlung.

Der Fall Kitty Fellon ist nicht der erste dieser Art. Der Forest ist ein
Naturschutzgebiet von 179000 Hektar unberührter Natur. Wanderun-
gen durch dieses Gebiet sind von offizieller Stelle nicht erlaubt. Viele
Hiking-Fans umgehen jedoch dieses Verbot. Die Polizei weist darauf
hin, dass es im Forest bereits mehrfach zu Unfällen mit Todesfolge ge-
kommen ist. Handys haben in diesem Gebiet keinen Empfang.

Michael Coulman, der Leiter der West Devision Paramedics sagte in
einem Interview, dass es den Helfern unmöglich sei, den Standort der
Verletzten zu ermitteln. Außerdem müsste sich die Rettungsmann-
schaft ihrerseits zu Fuß durch den Forest schlagen, sodass das Risiko
für die Verunfallten unverhältnismäßig hoch wäre, an ihren Verletzun-
gen zu versterben. Dass dennoch hin und wieder ein Mordopfer oder
eine vermisste Person gefunden wurde, war nur darauf zurückzufüh-
ren, dass es jeweils Angehörige gab, die ebenfalls im Forest waren, als
etwas geschah, und die die Helfer zum ungefähren Ort des Unglücks
führen konnten, so Coulman.

Wir berichteten bereits mehrfach von Fällen, bei denen Besucher des
Forest vermisst gemeldet wurden. Sie verschwanden ohne eine Spur.
Was mit ihnen geschah, ist unbekannt.

Der Mörder von Kitty Fellon, Gregor Lubish (2017) und Cindy Pollard
(2016) konnte bisher nicht gefasst werden. Die Regierung ruft die Be-
völkerung dazu auf, die Wanderwege nicht zu verlassen und sich vom
Forest fernzuhalten.

Oh, Gott, er hatte mit Nicolas Fellon gesprochen. Dem Ehemann
dieser ermordeten Frau. Sein Atem kam in viel zu flachen Stößen,
sodass ihm schwindelig wurde. Die Hände zitterten ihm, als er sich
die anderen Zeitungsartikel ansah. Der aktuellste Mord, von dem
berichtet wurde, hatte im Jahr 2021 stattgefunden. Also nachdem
der Artikel über Kitty geschrieben wurde. Der früheste berichtete
von Cindy Pollard, bei der zur Strangulation ein Draht benutzt
wurde. Wahrscheinlich sei es eine Gitarrensaite gewesen. Ihr Kopf
sei fast abgetrennt worden, so tief hatte sich der Draht in ihr Fleisch

geschnitten. Bei den späteren Morden kamen immer Nylonschnüre zum Einsatz.

Scheiße! War es selbst dem Mörder zu ekelhaft gewesen, dass er einer Frau nahezu den Kopf abtrennte, und er hatte deshalb später zu Nylonschnüren statt zu Draht gegriffen?

Moment. Moment! Er hatte die Mappe hier versteckt unter Handtüchern gefunden. Bedeutete das tatsächlich, dass er den Mörder kannte? War es Coby? Nein, das konnte nicht sein! Oder doch?

Kian brauchte einen Whisky, und zwar dringend. Nie hatte er sich mehr gewünscht, jetzt eine Zigarette rauchen zu können, beziehungsweise viele, und dazu sein Beruhigungsmittel Nummer eins zu sich zu nehmen. Starr saß er auf dem Bett und kämpfte mit sich.

Schließlich stand er auf und stellte das Wasser aus. So schnell er konnte, zog er sich aus, um seine Wunden zu versorgen. Er reinigte sie, tupfte Salbe auf die Blasen und verband sie wieder. Das Jucken war wirklich schwächer geworden, wofür er dankbar war. Er verstaute die Papiere wieder unter den Handtüchern, lockerte seine Schultern, atmete tief durch und setzte einen lässigen Gang ein.

»Ich sollte mich jetzt auf die Socken machen. Ich komme morgen wieder, um zu sehen, ob Padraig bis dahin zurückgekommen ist.« Kian biss die Zähne zusammen, als er sich vorbeugte, um in die Schuhe zu schlüpfen.

»Was? Moment, warte! Du gehst? Das ist nicht gut, gar nicht gut. Warum willst du weg? Bleib doch hier. Draußen ist es kalt und wer weiß, was da alles lauert. Wo willst du denn schlafen?« Er war wirklich gut, das musste Kian ihm lassen. Er war wieder in die Rolle des unsicheren, harmlosen Mannes geschlüpft.

Kian schielte auf das gefüllte Whiskyglas in Cobys Hand. Die Verachtung für sich selbst traf ihn wie eine Ohrfeige. Ob Mörder oder nicht, er wollte bleiben. Wollte trinken. Wollte betäuben, vergessen, fliehen und verdrängen. Das Jucken kehrte zurück, die Schmerzen drängten sich in den Vordergrund, das Zittern setzte wieder ein. Scheiße, er war einfach nicht stark genug.

Ohne Cobys Fragen zu beantworten, nahm er seinen Rucksack, schnappte sich die Pillen, den Reinigungsalkohol und die Watte und stopfte alles hinein. Dann ging er in die Küche. Dort stand noch eine fast volle Flasche Whisky, sie wanderte ebenfalls in den Rucksack. In der Schublade, in der er beim letzten Mal eine Stange Zigaretten gefunden hatte, wurde er auch diesmal nicht enttäuscht. Wieder befanden sich Zigaretten seiner Marke darin. Er wollte sich eine Schachtel herausnehmen, hob die Stange an und fand darunter einen weißen Briefumschlag mit seinem Namen darauf. Er war handgeschrieben und so ordentlich, dass Kian wusste, dass es Padraig gewesen sein musste, der ihm den Brief hinterlegt hatte. Mit einem flauen Gefühl im Magen steckte er ihn ein, ebenso eine Schachtel Zigaretten. Dann suchte er nach einem Feuerzeug. In keiner der Schubladen fand er eins. Herrgott, es war fast schlimmer, Zigaretten zu haben, sie aber nicht anzünden zu können, als überhaupt keine zu haben. Seine Hände zitterten mittlerweile so sehr, dass er kaum dazu in der Lage war, die Schachtel Zigaretten festzuhalten.

Im Vorratsraum stand eine kleine Holzkiste im Regal. Er öffnete sie und atmete erleichtert aus. Dort waren Streichhölzer. Er nahm sich eine Schachtel heraus und sah, dass sich auf dem Grund des Kästchens noch etwas anderes befand. Er nahm die anderen beiden Schachteln Streichhölzer heraus und hielt die Luft an.

Er musste hier raus, und zwar schnell. Verdammte Scheiße, wo war er hier nur reingeraten?

Er steckte die Streichhölzer und Zigaretten ein, nahm seinen Rucksack und floh aus der Hütte. Er hörte noch, wie Coby hinter ihm herrief, ignorierte es aber. Alles in ihm war in Aufruhr. Ihm war schlecht und sein Rücken schmerzte vor Anspannung. Dennoch rannte er fast, um zurück zu seinem Zelt zu kommen. Ein Glück wusste niemand, wo er sein Camp aufgeschlagen hatte. Noch während er dies dachte, fiel ihm der Zeitungsartikel wieder ein. Klar, sollte ihm hier etwas zustoßen, er würde niemals gefunden werden.

War Padraig ein Mörder? Oder Coby …

Kian saß vor seinem Zelt an einen Baum gelehnt. Gegen die Kälte hatte er sich seinen Schlafsack bis unter die Achseln gezogen. Dass er zitterte, hatte jedenfalls nichts mit der Kälte zu tun. Neben ihm lagen sein Messer und sein Taschenmesser, damit er schnell darauf zugreifen konnte, wenn es nötig war. Hier trieb sich immerhin ein Mörder herum.

Er musste nachdenken. Überlegen, ob er nicht besser zurückgehen sollte in der Hoffnung, den Ausgang zu finden. Irgendetwas sagte ihm, dass er es diesmal herausschaffen würde.

Verdammt, er konnte keinen klaren Gedanken fassen. Er musste sich beruhigen. Er schielte auf die Zigaretten. Beim Rauchen konnte er sich immer entspannen und fokussieren. Ein Gefühl der Trauer bahnte sich seinen Weg an die Oberfläche, weil er bereits wusste, dass er schwach werden und seine Abstinenz nun beenden würde. Seine Bewegungen waren langsam, als er Allys Kette über seinen Kopf zog. Er konnte einfach nicht das tun, was er vorhatte, wenn er dabei ihre Kette trug. Die Kette stand für Ally. Für das Schöne in seinem Leben. Er betrachtete sie, dann legte er sie in seinen Rucksack.

Im nächsten Augenblick hatte er sich eine Zigarette angezündet und inhalierte drei-, viermal hintereinander tief den Rauch. Er atmete auf. Ein Schluck Whisky, direkt aus der Flasche, folgte. Es war eine Erleichterung, den Kampf aufzugeben. Ja, er fühlte sich schlecht dabei, weil er doch wirklich lange durchgehalten hatte und er seinen Erfolg zunichtemachte. Die Erleichterung war trotzdem größer. Als er sich seine zweite Zigarette ansteckte und einige Schlucke getrunken hatte, beruhigten sich seine Nerven.

Unter den Streichhölzern im Kästchen hatte eine Rolle Nylonschnur gelegen und einige einzeln verpackte Gitarrensaiten aus Silberdraht.

War Padraig ein Mörder? Oder Coby? Mittlerweile konnte er gar keinem mehr trauen. Erst recht nicht seiner Menschenkenntnis. Vielleicht nutzte der Mörder auch nur hin und wieder die Hütte, um sich zu verstecken. Aber würde er dann auch die Mappe unter den Handtüchern vergessen?

Verdammte Scheiße! Mit der Zigarette im Mundwinkel fuhr er sich durch die Haare. Wenn einer der Männer der Mörder war, wieso hatten sie ihn nicht auch getötet? Padraig war aalglatt, vielleicht wäre er in der Lage zu solchen Morden. Padraig, der in seinem Kopf herumspukte und Artikel über Tote hortete. Außerdem würde es die ganzen Fundsachen erklären. Vielleicht waren es keine Fundsachen, sondern Habseligkeiten der Mordopfer! Aber nein, dann müsste er mindestens zehn Menschen ermordet haben.

Und hatte Padraig nicht sogar dafür gesorgt, dass er schlussendlich seine Operation bekam? Würde das ein Killer tun?

Und Coby? War er clever genug, um zu morden und damit immer wieder davonzukommen? Okay, zwei Mal hatte er dafür gesorgt, dass er Stichwunden davon trug. Aber konnte das erste Mal nicht wirklich ein Versehen gewesen sein? Das zweite Mal war es die Gang, die ihm ein Messer hinterhergeworfen hatte. Coby war lediglich gestolpert und hatte es tiefer hineingetrieben. Auch da hätte er doch die Chance gehabt, ihn zu töten. Wenn er sich einen Mörder vorstellte, hatte er jedenfalls nicht einen Typen wie Coby vor Augen. Bei seinem nächsten Schluck aus der Flasche blitzte ein Bild in seinem Kopf auf.

Coby, der sich beschäftigen wollte und aus Nylon Fallen knüpfte. Genau! Deshalb war die Spule mit der Nylonschnur in der Hütte. Bei einem weiteren Schluck kristallisierte sich eine weitere Erinnerung heraus. Die Gitarre auf dem Dachboden. Sicher lang nicht mehr benutzt, aber eine weitere Erklärung. Hätte er gewusst, was für Geistesblitze ihn erfassten, indem er rauchte und trank, hätte er niemals damit aufgehört.

»Ladys and Gentlemen, ich bin wieder da.« Kian lachte, dann stöhnte er, weil er sich vornübergebeugt hatte und eine weitere Quaddel platzte.

Nach einer Stunde tat Kian seine Befürchtungen als Hirngespinste ab. Er wärmte sich an einem Lagerfeuer und war so zufrieden wie lang nicht mehr. Mehr als er hier hatte, brauchte er nicht. Die Natur, ein wärmendes Feuer, Zigaretten und Whisky. Seine Gedanken wanderten zu Ally. Na gut, wäre sie hier, dann hätte er wirklich alles, was er brauchte. Ob sie an ihn dachte? In ihm kam die Hoffnung auf, dass er vielleicht alles falsch verstanden hatte. Vielleicht war sie gar nicht mit Samuel zusammen. Er hätte sie einfach fragen sollen. Genau!

Kian straffte den Rücken. Er würde zurückgehen, wenn es hell war, nach Hause fahren und Ally anrufen. Durch diesen Gedanken wurde die Nacht noch ein bisschen schöner. Es dauerte nicht lang, bis er betrunken war und vor dem Zelt einnickte, sein Kinn in Richtung Brust gesunken. Ein Schrei schreckte ihn auf.

»Was zur Hölle …« Er hörte, dass er lallte. Sein Kopf schmerzte fürchterlich, auch sein Nacken war steif und er massierte ihn mit einer Hand.

Wieder ertönte der Schrei. Er kannte ihn vom letzten Mal. Es war, als würde eine Frau kreischen. Er machte sich nichts daraus, krabbelte in sein Zelt und schlief wieder ein.

Kian wurde von seiner Übelkeit geweckt. Er kroch aus dem Zelt und erbrach sich mehrmals. Er spülte seinen Mund mit Wasser aus und setzte sich wieder an den Baum, an dem er am Vortag schon gelehnt hatte. Gott sei Dank hatte das Jucken im Bereich des Ausschlags aufgehört. Auch die Blessuren, die er in der Schlucht davongetragen hatte, taten nicht mehr weh. Dafür schmerzte sein Kopf umso mehr. Das Hämmern darin war mörderisch. Hinzu kam, dass ihm Schultern und Nacken so weh taten, dass er den Kopf nicht richtig drehen konnte.

»Was für eine Scheiße«, wisperte er.

Neben ihm lagen die Zigaretten und die umgekippte Whiskyflasche. Da viel von dem Zeugs in den Boden gesickert war, wusste er nicht, wie viel er getrunken hatte. Still saß er da, die Beine ausgestreckt, seinen schmerzenden Kopf an den Baum gelehnt.

Seine Kehle zog sich zusammen. Die Niedergeschlagenheit erreichte einen persönlichen Rekord. Was hatte er nur getan? All seine Kämpfe, die Süchte zu besiegen, waren umsonst gewesen. Bis gestern hätte er sich erhobenen Hauptes im Spiegel betrachten können. Heute würde er ihn zerschlagen. Seine Enttäuschung über sich war maßlos. Sein Selbsthass auf dem Höhepunkt. Alles war ihm egal. Ob er hier erfror, ob ihn ein Killer erdrosselte, es kümmerte ihn nicht. Er war so müde. Wollte nicht mehr kämpfen.

Er kramte eine Schmerztablette aus dem Erste-Hilfe-Kasten und trank die Feldflasche leer. Das Wasser tat ihm gut. Hatte er nicht vorgehabt, nach Hause zu gehen? Klar, er wollte Ally anrufen. Sein Herz sank. Nein. Er würde Ally nicht anrufen. Er würde nicht lügen können, wenn sie ihn fragte, wie es bei ihm lief. Er würde ihr gestehen, dass er immer noch ein Alkoholiker war, und wer wollte sich schon auf einen Junkie einlassen?

»Verdammte, verfluchte, beschissene Scheiße!«, schrie er, dass sein Kopf zu platzen drohte.

Hatte er nicht ein Mantra? Was war mit Flucht, Betäubung und Verdrängung? Hatte er nicht vorgehabt, lediglich mit Padraig zu sprechen und sich ansonsten fernzuhalten von der Hütte? Die Hütte, von der er dachte, sie sei seine Zuflucht und er wäre dort in Sicherheit. Die Hütte mit ihren Versuchungen, die nichts weiter war als eine Prüfung, um ihm die Augen zu öffnen. Und trotz dieses Wissens hatte er wieder versagt. Wenn er jetzt ging, würde er sich mit Frank, Rudy, Stan und Calum zu Tode saufen. Denn er hätte noch einen Grund mehr, nicht mehr nüchtern sein zu wollen. Er kroch zurück ins Zelt, rollte sich zusammen und schlief wieder ein.

»Aufwachen, Mister Kian! Wachen Sie auf!«, dröhnte Padraigs Stimme durch seinen Kopf.

Kian fuhr ruckartig auf, was neue Schmerzwellen durch seinen Schädel schickte.

Dann nahm er die Stimmen wahr. Es waren Frauen, die sich unterhielten und lachten. Waren sie real? Noch während er darüber nachdachte, wurde er angesprochen. »Klopf, klopf! Wen haben wir denn da?«

Der Reißverschluss des Zeltes wurde geöffnet und vor dem Eingang sah er Maren, die ihren Kopf hereinstreckte und anfing zu grinsen. Kians Herz blieb stehen. Gerade jetzt musste er auf diese Psychopathin treffen? Jetzt, wo er sich schwach und verwundbar fühlte?

»Na so was, Daddy! Mädels, es ist Daddy!«, rief sie über die Schulter, ohne ihn aus den Augen zu lassen. »Du siehst scheiße aus, Daddy, aber immer noch gut genug für ein bisschen Spaß.«

Maren kam auf allen vieren auf ihn zu. »Wartet draußen, wenn ich mit ihm fertig bin, seid ihr dran!«

Johlen von draußen.

»Raus aus meinem Zelt.«

»Warum denn, Daddy? Hast du etwas gegen ein bisschen Spaß einzuwenden?« Maren zog ein Messer und streichelte mit der flachen Seite sein Gesicht.

Was hatte sie vor? Seine Reaktionsfähigkeit war viel zu herabgesetzt. Er hatte sie schon zu lange gewähren lassen. Alle Prozesse waren verlangsamt und das machte ihn wütend.

Maren drückte seinen Oberkörper zurück in eine liegende Position und setzte sich auf seinen Unterleib. Kian biss die Zähne zusammen und richtete sich auf. Dabei packte er sie an ihren Hüften, um sie abzuwerfen. Doch Maren hielt ihm das Messer an die Kehle und er rührte sich nicht mehr. Bewegungslos, aber bis zum Äußersten angespannt, blieb Kian auf dem Rücken liegen. Als das Messer an seinem Hals entlang schabte und hier und dort blutige Striche hinterließ, schloss er die Augen. Ihn überflutete eine ungeheure Traurigkeit. Weil er ein Versager war! Weil er nicht das Beste aus seinem Leben gemacht hatte. Weil er nicht zu schätzen wusste, was er hatte. Weil er seine Chancen nicht genutzt hatte. Weil es niemals so weit gekommen wäre, hätte er nicht getrunken und einen Kater gehabt, der ihn außer Gefecht setzte.

Plötzlich zog sich etwas um seinem Hals zusammen. Da waren Schmerzen. Druck, sodass er nicht mehr atmen konnte. Er riss seine Augen auf und tastete nach seinem Hals. Entsetzen. Er bekam seine Finger nicht zwischen den Strick und seinen Hals.

Maren beugte sich über ihn und leckte ihm über das Gesicht, während sie ihn weiter würgte. »Du bist fügsam. Wahrscheinlich stehst du drauf, du kleiner Perverser.«

Kians Starre löste sich. In einer fließenden Bewegung richtete er sich auf und rammte Marens Nase mit seinem Kopf. Sie kippte von ihm herunter und er konnte wieder atmen. Er brauchte etwas Zeit, bis die schwarzen Flecken vor seinen Augen verschwanden und um seinen Atem zu kontrollieren.

Er hob ihr Messer auf, kroch aus dem Zelt und baute sich vor den zwei anderen Frauen auf. Er setzte seinen bedrohlichsten Blick auf, den er auch regelmäßig im Pub eingesetzt hatte. Er verfehlte seine Wirkung nicht, wie er an den entsetzten Gesichtern der Frauen sah. Er deutete mit dem Messer auf die Frauen. »Lucy und Rhona, richtig?« Dann zeigte das Messer auf sein Zelt. »Nehmt sie mit.« Er trat zur Seite.

In Windeseile halfen die zwei ihrer Freundin aus dem Zelt und stützten sie. Maren hatte ihre Augen zu Schlitzen verengt. Aus ihrer Nase strömte Blut und tropfte ihre Kleidung voll.

»Die meisten Kerle stehen drauf. Was für ein Psycho bist du denn?«, stieß sie hervor.

Kian zuckte die Schultern. »Never fuck a fucker.«

Als die Gang außer Sichtweite war, suchte Kian im Zelt nach dem, womit Maren ihn gewürgt hatte. Es war eine Nylonschnur. Kalt lief es ihm den Rücken herunter. War Maren eine Mörderin? Hatte sie gerade versucht, ihn zu erdrosseln? Oder war ihr Verständnis von Erotik, einen Mann mit einem Messer zu bedrohen, um ihn zu würgen und zu vergewaltigen. Das alles konnte kein Zufall mehr sein. Waren denn alle hier verrückt geworden? Padraig besaß Draht in Form von Gitarrensaiten. Coby benutzte Nylon, um seine Fallen zu bauen. Maren hatte ebenfalls Nylon verwendet, um ihm den Sauerstoff abzuschneiden. Wer weiß, was der Graue mit sich herumtrug. Vielleicht eine große Rolle Zahnseide, mit der er jemanden strangulieren konnte.

Er setzte sich wieder vor sein Zelt, schloss die Augen und atmete mehrmals durch.

Maren war wirklich gestört. Aber war er das nicht auch? Nur auf eine weniger brutale Weise? Er wünschte, er wäre letzte Nacht standhaft geblieben. Warum schaffte er es nicht, nüchtern zu bleiben? Er war sich so sicher gewesen, nicht einzuknicken. Er wollte sich nie wieder so fühlen wie heute Morgen. Diese Traurigkeit über verpasste Chancen wollte er nie wieder spüren, doch sie war tief in ihm und hatte Wurzeln geschlagen. Kian richtete seinen Blick nach oben in die Baumkronen und Tannenspitzen. Er war irritiert. Alles war seltsam trist. Auch als er sein Zelt anschaute und das Buschwerk, war es, als würde er durch einen Graufilter sehen. Tja, es passte zu seiner Stimmung.

Das Brennen an seinem Hals erinnerte ihn daran, dass er ein paar Schnitte abbekommen hatte. Er musste sie versorgen, egal, wie klein sie waren. Eine Infektion konnte hier verheerende Folgen haben. Sein ganzer Körper fühlte sich an wie in Beton gegossen und zog ihn zu Boden. Allein beim Aufstehen brach ihm der Schweiß aus.

Im Rucksack sah er Allys Kette liegen, und als er sie wieder umlegte, fühlte er sich, als würde er einen Ehering anziehen, den er abgelegt hatte, um seine Frau zu betrügen. Er holte den Verbandkasten aus dem Rucksack, da fiel ihm der Brief ins Auge. An den hatte er gar nicht mehr gedacht! Er desinfizierte die Schnitte und pflasterte sie zu, dann nahm er den Brief und setzte sich wieder an den Baum. Er holte mehrere weiße Blätter Papier heraus, ungefähr halb so groß wie übliches Druckerpapier. Blaue Tinte und ausladende Buchstaben füllten die Seiten. Padraig hatte unterschrieben. Warum hatte er ihm einen Brief geschrieben? War es ein weiterer Zauber, sodass irgendetwas Gruseliges passierte, sobald er die Zauberformel abgelesen hatte? Unsinn, dachte er. Möglich, fühlte er.

Lieber Mister Kian,

ich hoffe sehr, dass dieser Brief Sie erreicht und nicht von Coby gefunden wird. Wahrscheinlich wundern Sie sich darüber, dass ich Ihnen schreibe. Nun, ich habe Ihnen Wichtiges zu sagen. Bitte hören Sie gut zu. Ich hatte verrückte Träume in der letzten Zeit und immer waren Sie ein Teil davon. Zwei Dinge waren in jedem Traum gleich. Erstens, dass ich das Zeitliche segnen werde, und zweitens, dass Sie in großer Gefahr sind. Halten Sie mich ruhig für verrückt, aber ich vertraue auf meinen siebten Sinn. Ich werde meine Zelte abbrechen und Schottland verlassen. Vielleicht gelingt es mir so, dem Schicksal ein Schnippchen zu schlagen.

Abseits dessen spüre ich den immensen Drang, Ihnen zwei Botschaften zu übermitteln. Erinnern Sie sich, dass ich gesagt habe, der Forest habe seine eigenen Gesetze? Entsinnen Sie sich, dass ich gesagt habe, dass es mehr gibt, als es auf den ersten Blick erscheint? Mister Kian, Sie müssen sich für das Sonderbare öffnen. Der Forest führt Sie, wenn Sie glauben!

Ich hoffe, ich erreiche Sie mit meinen Worten. Doch egal, ob Sie diese Zeilen jemals lesen werden, wünsche ich Ihnen viel Glück bei Ihrem Kampf. Verzeihen Sie mir meine vertrauliche Anrede, doch ich möchte Ihnen die Botschaften so übermitteln, wie sie mir eingegeben wurden.

Die erste Botschaft an Sie lautet: Lass nicht los – grabe, bis du die Wahrheit gefunden hast. Lass nicht ab davon, an den Forest zu glauben.

Die zweite Botschaft an Sie lautet: Lass los – du kannst nicht glücklich werden, wenn du etwas festhältst, dass dich traurig macht.

Ich wünsche Ihnen alles erdenklich Gute. Herzlich, Padraig Geffridge

Kian hatte schon viel zu lang die Luft angehalten. Jetzt stieß er sie aus. Es duftete nach Wald, Harz und Tannenzapfen. Padraigs Nachricht verwirrte ihn. Was ihn wirklich aus der Fassung brachte, waren Padraigs Worte, die er in seinem Kopf hörte.

»Mister Kian, es geht nicht darum, dass Sie nüchtern bleiben. Sondern darum, dass Sie sich nicht mehr betäuben müssen.«

Padraig hatte so recht! Kians Herz schlug schneller. Brust und Hals zogen sich zusammen. Schließlich brachen alle Dämme.

Er senkte seinen Kopf, bedeckte die Augen mit den Handballen und weinte. Weinte um seine Kindheit und den viel zu frühen Tod seiner Mutter. Er weinte um den unsicheren jungen Mann, der nicht wusste, was er mit seinem Leben anfangen sollte und schließlich Tag für Tag im Pub herumlungerte und trank. Weinte um Helen.

Weinte um Ally. Weinte darum, gefeuert worden zu sein und um Kitty und den Grauen. Schließlich weinte er auch darum, seine Träume verloren zu haben, aber letztendlich auch vor Dankbarkeit, weil Padraig ihn dazu aufforderte, an den Forest zu glauben und ihn somit darin bestärkte, an Magie zu glauben.

Noch war nichts verloren. Nichts war endgültig. Veränderung konnte immer, für jeden, in jeder Situation stattfinden.

Ja, er hatte einen Rückfall gehabt. Es warf ihn zurück, aber das bedeutete nicht, dass er aufgeben musste. Er konnte es immer noch schaffen. Hier gab es Versuchungen, draußen gab es Versuchungen. Hier gab es gestörte Menschen wie Maren und den Mörder. Doch die gab es auch außerhalb des Forest. Egal, ob er ging oder blieb, er musste damit klarkommen. Es war noch nicht an der Zeit zu gehen, er musste zu viele Dinge klären. Er wollte wieder Herr seiner Sinne sein. Er wollte wachsen, wollte siegen, wollte Veränderung und am besten fing er sofort damit an, nach seinem Weg zu suchen.

Padraig hatte recht mit dem, was er über das Betäuben sagte. Ja, verdammt! Flucht, Betäubung, Verdrängung! Und warum? Weil er sich und sein Leben hasste. Warum hasste er es? Weil er sich und anderen seit Jahren etwas vorgemacht hatte. Er schloss die Augen und lehnte den Kopf an den Stamm hinter ihm. Er wollte keinen Hass mehr empfinden. Keine Bitterkeit, keine Enttäuschung, keine Wut. Dann musste er der Wahrheit ins Auge sehen.

Die Wahrheit war, er war kein harter Kerl, auch wenn alle es von ihm dachten. Sein Problem war der Überschuss an Gefühlen. Seine Verletzlichkeit, sein Wunsch nach Liebe, sein Mitgefühl und seine Ängstlichkeit. Kian schluckte an seinem Kloß im Hals vorbei und schlug die Augen wieder auf. Scheiße! Er war ein Weichei! Aber ein Weichei zu sein, war nicht gleichbedeutend damit, schwach zu sein. Kalter Wind kam auf und pfiff um die Bäume. Kian sah die sich wiegenden Wipfel, hörte das Knarren der Bäume und das Flüstern der Tannen. Eine Kraft floss durch ihn hindurch und plötzlich fühlte er sich leicht und voller Energie. Die Gewissheit, dass er alles schaffen konnte, was er sich vornahm, durchströmte ihn. Er saß noch einige Minuten da und staunte darüber, wie klar ihm plötzlich alles schien.

Der Typ ist vollkommen irre!

Padraig hatte Schottland also verlassen. Kian hatte keine Chance mehr, mit ihm zu reden. Doch war das so schlimm, dass es Priorität hatte? Seitdem er den Brief gelesen hatte, wusste er, dass Padraig nicht sein Feind war. Er hatte ihn sogar bereits mehrmals vor Gefahren gewarnt. Das Thema konnte er somit vorerst zur Seite schieben. Was nun? Er schaute wieder auf Padraigs Brief. Die Wahrheit finden, an den Forest glauben, loslassen, was ihn traurig macht. Ging es um seine Erkenntnis vor wenigen Minuten? War das die Wahrheit, nach der er graben sollte?

Vielleicht. Vielleicht auch nicht. Was er in vollen Zügen genoss: wie energiegeladen er sich fühlte. Er würde sich durch den Forest treiben lassen und wusste, dass es kein Problem sein würde, zurück zu seinem Zelt zu finden. Er stand auf und packte seinen Rucksack. Es war ein gutes Gefühl, sich zum Handeln entschlossen zu haben statt für die Flucht. Er war entschlossen, er war bewaffnet und er hatte das Überraschungsmoment auf seiner Seite, sollte er dem Mörder begegnen.

Seine jetzige Tour war anders als alle davor. Er ließ sich Zeit und nahm den Wald mit allen Sinnen auf. Dieser Ort schien ihm verhext, aber eher wie ein Märchenwald als ein Wald, in dem der Terror hauste. Lag es an seiner veränderten Einstellung? An einer veränderten Erwartungshaltung, oder hatte er es geschafft und die Schrecken des Forest überwunden? Was auch immer es war, es tat ihm gut. Das erste Mal seit Ewigkeiten empfand er inneren Frieden. Er lächelte sogar! Aber er spürte, dass seine Zeit hier noch nicht zu Ende war.

Er dachte an Ally und daran, dass er sie immer noch vermisste. Sollte er sie anrufen, wenn er wieder zu Hause war? Wo sollte dieses zu Hause sein?

Er konnte nicht ewig der armen Miss Lewis zur Last fallen. Er würde sich nach einer bezahlbaren Wohnung umsehen müssen. Doch um die auch zu bekommen, musste er einer festen Arbeit nachgehen. Was also konnte er sich vorstellen? Sollte er etwas mit Tieren machen? Sich einen Job draußen in freier Natur suchen? Sich vielleicht selbstständig machen mit einem Hausmeisterservice? Ihm hatte es gefallen, Arbeiten für die Nachbarschaft zu erledigen. Er packte Dinge gern an. Er konnte doch …

Wie angewurzelt blieb er stehen. Ganz in der Nähe hörte er den Schrei einer Frau. Kurz darauf ertönte der Schrei eines Mannes. Ihm standen die Haare zu Berge. Es hörte sich fürchterlich an. Automatisch machte er sich zügig auf in die Richtung, aus der die Schreie kamen. Zweige schlugen ihm ins Gesicht und Dornen zerkratzen ihm Hände und Arme, mit denen er sich einen Weg durch das Gestrüpp bahnte.

Zwischen den Bäumen sah er Bewegung. Einen Kampf. Seine Augen saugten sich an der Szenerie fest. Er sah, dass der Mann der Frau gerade eine heftige Ohrfeige gab, sodass ihr Kopf zur Seite geschleudert wurde, sie ins Straucheln geriet und auf dem Boden landete. Daraufhin trat sie dem Mann mit beiden Füßen gegen die Knie. Was den ebenfalls aus dem Gleichgewicht brachte. Beide standen wieder auf und schienen sich um etwas zu streiten. Es sah aus, als ducke sich die Frau, doch als er näher kam, sah er, dass sie einen Stein aufgehoben hatte und Schwung holte, um ihn ihrem Gegner an den Kopf zu schlagen.

»Nein!«, rief Kian. Und kam mit erhobenen Händen näher.

Die beiden hielten inne.

Ihm verschlug es die Sprache. Als die Frau ihn unter wirren blonden Strähnen, die ihr ins Gesicht gefallen waren, ansah, erkannte er Rhona wieder, eines von Marens Gangmitgliedern. Sie hatte einen wilden Blick, atmete heftig und sah aus, als habe sie den Verstand verloren. Neben ihr stand Coby. Kians Blick irrte hin und her, um zu erfassen, was sich abspielte.

Rhonas Unterlippe war aufgeplatzt und blutete. Coby massierte sich, vornübergebeugt, seine Knie und war außer Atem.

Rhona hielt etwas in der Hand. Coby hatte einen langen Kratzer auf seiner rechten Wange.

Rhona stürzte auf Kian zu. »Oh, Gott sei Dank. Du musst mir helfen! Der Typ ist vollkommen irre!«, rief sie und versteckte sich hinter seinem Rücken.

Coby keuchte und hustete. »Junge, kommst keine Sekunde zu früh. Die da hat versucht, mich abzumurksen.«

»Was? Das ist nicht wahr. Du musst mir glauben! Es war umgekehrt. Er wollte mich zum Sex zwingen, genauso, wie er es bei Lucy getan hat!«

Kians Augen weiteten sich, als er Coby ansah. Als sein Blick zurück zu Rhona schwenkte, zog er die Augenbrauen zusammen.

Rhona nickte heftig. »Er hat gesagt, er hätte so oder so seinen Spaß mit mir. Verstehst du? Tot oder lebendig. Das abartige Schwein!« Rhonas Hände zitterten und sie hielt sich dicht bei ihm.

Coby schnaubte. »Na sicher. Ich sag's, wie es ist, Junge. Sie wollte mich gerade mit dem Dings da, mit ihrem Strick, um die Ecke bringen. Wenn nicht damit, dann hätt sie mich mit ihrem Messer in Scheiben geschnitten.«

Kian war überfordert. Sich Coby als Vergewaltiger vorzustellen, sprengte seine Vorstellungskraft. Mit gerunzelter Stirn sah er Coby in die Augen. Dann wanderte sein Blick zu Rhona und ihrer geschlossenen Faust. »Was hast du da in der Hand?«, fragte Kian sie.

Rhona schüttelte den Kopf, sodass ihre Haare flogen. »Du musst mir glauben. Bitte, das musst du einfach!«

Kian hielt sie am Handgelenk fest und öffnete ihre Faust. Eine Nylonschnur fiel auf den Boden.

»Nein, du verstehst das nicht. Ich hab's ihm abgenommen, ich …!«

»Jetzt halt dein blödes Maul!«, schrie Coby. Speichel flog aus seinem Mund. Er sah aus, als würde er gleich einen Herzinfarkt bekommen. Der Kopf gerötet, die Adern an seinem Hals angeschwollen. Coby schien sich nach diesem Ausbruch um einen ruhigen und vernünftigen Tonfall zu bemühen. »Glaub der Göre kein Wort! Kein einziges. Sie hatte es auf mich abgesehen. War knapp, das kann ich dir sagen. Wärst du nicht aufgetaucht, würd ich schon die Radieschen von unten sehen.«

Wieder wanderte Kians Blick zwischen beiden hin und her. Wer war Täter und wer war Opfer?

Rhona riss ihr Handgelenk aus seinem Griff und rannte los. Immer wieder stolperte sie, fing sich ab und rannte weiter.

Kian runzelte die Stirn. Rhona hatte ein Nylonseil. Aber sie oder die Gang konnten Kitty nicht ermordet haben. Das war ein Mann gewesen. Scheiße, horteten jetzt alle irgendwelche Riemen, Drähte und Schnüre, um aufeinander loszugehen? Oder war es wirklich so gewesen, wie Rhona behauptet hatte? War sie von Coby angegriffen worden und irgendwie an die Schnur gekommen?

Kian wünschte sich an einen Ort ohne Gewalt, Lügen und Rätsel. Doch er konnte sich nicht einfach umdrehen und seiner Wege gehen. Hier waren einige gemeingefährliche Kriminelle unterwegs. Wenn er selbst ihnen immer wieder begegnet war, dann würden andere Touristen es auch tun. Im Umkehrschluss bedeutete es: Wenn er wusste, was hier abging und er trotzdem nichts unternähme, wäre sein Zögern genauso kriminell wie die Handlung der anderen. Außerdem wollte er herausfinden, was Padraig mit seinen beiden Botschaften meinte.

Seine Zeit hier war noch nicht vorbei. Er seufzte.

Coby schüttelte den Kopf. »Die Gören greifen einen einfach so an. Nur aus Spaß an der Freude.«

Das allerdings war wahr. Er selbst hatte eine solche Begegnung gerade erst hinter sich gebracht. Diese Frauen waren das pure Böse. Die Frage war nur, gehörte Coby zu den Guten?

Rhona und das Nylonseil. Coby, der sich als Opfer darstellte. Sein Bauch sagte ihm, dass Rhona diejenige war, die die Wahrheit gesagt hatte. Aber konnte er seinem Bauchgefühl trauen? Bisher hatte er keine große Menschenkenntnis bewiesen. Warum hielt er sie für unschuldig? Vielleicht lag es an seinem Schubladendenken. An dem Klischee, dass Frauen Gewalt subtiler ausübten als Männer. Er kannte die mörderischen Blicke von einigen Frauen. Das Herumkritisieren und Bevormunden, das manche wie einen Sport ausübten.

Aus vergangenen Beziehungen kannte er auch das Schweigen und Ignorieren, sobald es Unstimmigkeiten gab. Natürlich kam es auch zu physischer Gewalt bei Frauen. Aber wenn sie doch mal jemanden um die Ecke bringen wollten, dann benutzten sie eher Tabletten oder Frostschutzmittel, oder? Kian schüttelte den Kopf. Frauen waren nicht immer unschuldig und Männer nicht grundsätzlich Täter.

Dieses verfluchte Nylonseil! Die Frage war, hatte Rhona es Coby abgenommen? Oder wollte Coby es ihr abnehmen?

Coby riss ihn aus seinen Gedanken. »Wenn du fertig gedacht hast, können wir ja gehen. Oder auch nicht, ist nur eine Frage.«

Kian schielte zu ihm. Diese Dummstelltaktik nahm er ihm nicht mehr ab. Doch er spielte seine Rolle gut. Da stand er mit einem Jutebeutel in der Hand, die flusigen Haare in Unordnung geraten und sah ihn mit großen Augen an.

»Komm schon. Ich lad dich ein auf ein Feierabendbier. Hast du gehört? Feierabendbier, als kämen wir von der Arbeit!« Cobys Lachen war ein heiseres Bellen.

Was sollte er tun? Mit Coby gehen? Kian hatte Padraigs Zeilen vor Augen. Der Forest würde ihn führen, wenn er an ihn glaube. Er solle sich für das Sonderbare öffnen. Ja, er würde es tun. So sah sein neuer Plan aus.

Er schloss die Augen und radierte alle überflüssigen Gedanken aus. Beim Einatmen nahm er den Wald in sich auf. Seinen wunderbaren Geruch und seinen Geist. Beim Ausatmen ließ er Teile von sich los, die lieber die Kontrolle behielten und skeptisch waren. Er war bereit.

»Okay«, sagte Kian und ging los. Er ließ sich vom Forest führen. Vielleicht würden sie bei der Hütte auskommen, vielleicht auch nicht.

»So ist's recht. Ich weiß ja nicht, was los ist, aber du hast dich ziemlich verändert, mein Freund, und das nicht wenig. Bist dir selbst nicht mehr treu.«

»Und das schließt du aus was genau?« Kian gab sich desinteressiert und versuchte, die schlechte Vorahnung zu überspielen, die in ihm gärte.

»Na ja, du hast doch deine Bedürfnisse wie jeder Mann. Ich sag mal: Bier, Schnaps, Zigaretten und so. Ich kenn dich doch. Ist jetzt alles tabu bei dir? Hast du auch das Vögeln aufgegeben?«

Kian sah ihm in die Augen. »Du interessierst dich aber sehr dafür, dass ich meine Dämonen füttere. Ich scheine nicht der Einzige zu sein, der sich verändert hat.«

Coby schlug ihm auf die Schulter und lachte. »Na darum geht's hier doch! Der Forest verändert alles! Hab mich nirgends so gut gefühlt wie hier. Du kannst hier alles machen, was du willst, und keinen interessiert's!« Cobys Grinsen war unangenehm. Während sein Mund lächelte, war der Ausdruck in seinen Augen durchtrieben.

Kians Nackenhaare stellten sich auf. Coby schien sein Unbehagen nicht zu spüren. Während sie weitergingen, war er gesprächig, wie eh und je.

»Also ich mach mir hier meine eigenen Regeln und du machst dir deine! Wenn du saufen willst, dann tu's. Hundert Zigaretten am Tag? Klar, warum nicht? Da draußen läuft die totale Gehirnwäsche ab. Tausend unnütze Gesetze und Regeln. Und wofür? Um uns kleinzuhalten. Aber hier!«, Coby deutete mit seinem Zeigefinger nach vorn und drehte sich ein Mal um sich selbst. »Hier sind wir frei! Kein Staat, keine Polizei, wir nehmen uns, worauf wir Lust haben. Wünscht sich das nicht jeder Mann? Sich zu nehmen, worauf er Lust hat?«

Kian blieb stehen. Er sah in Cobys Gesicht, der auf anzügliche und abstoßende Weise grinste. In diesem Moment wusste er, dass alles, was Rhona gesagt hatte, wahr war. Er wollte es nicht glauben, ja, er hoffte, sich zu irren. »Coby, hatte Rhona etwa recht?«

Coby sah ihn mit zu Schlitzen verengten Augen an. »Was meinst du?«

»Hat Rhona die Wahrheit gesagt?« Das vorletzte Wort hob Kian besonders hervor.

»Ach, ich glaub, ich weiß, worauf du hinauswillst.« Coby grinste und nickte. »Ja, Junge. Das mein ich ja! Du kannst dir nehmen, was du willst. Die Weiber sträuben sich und schreien, aber eigentlich sind sie ganz heiß drauf, wollen es nur nicht zugeben.«

Es herrschte Leere in Kians Kopf. Die Welt stand still. Er dachte nicht darüber nach, gab seinen Muskeln nicht einmal den konkreten Befehl dazu, seine Hand zur Faust zu ballen, auszuholen und sie in Cobys Gesicht zu schmettern.

Coby riss es von den Beinen.

»Du elender Scheißkerl!«

Ein gutes Gefühl breitete sich in ihm aus. Kian spürte den Waldboden unter seinen Füßen. Roch Harz, die Bäume und die Humusschicht des Bodens. Hörte das wilde Rauschen des Flusses ganz in der Nähe. Er fühlte die Stärke, die ihn durchströmte. Es kam ihm vor, als würde der Forest ihn mit Energie versorgen. Er hielt die Luft an. Zwischen den Bäumen in der Ferne sah er etwas glitzern. Irgendetwas blendete ihn und schlagartig erinnerte er sich an den Tag, an dem er das erste Mal die Hütte gesehen hatte. Dann dachte er an Padraigs Brief. Ein Puzzleteil fiel an die richtige Stelle. Scheiße, der Forest führte ihn wirklich!

Coby meldete sich wieder zu Wort. »Einen alten Mann zu schlagen, du solltest dich …«

Weiter kam er nicht. Kian brachte ihn mit einem weiteren Schlag zum Schweigen.

Padraigs Brief. Seine zwei Botschaften. Nun verstand er. Seine Nervosität wuchs, was würde ihn dort erwarten? Wenn Padraig recht hatte, war es die Wahrheit. Kian ging los.

Silberne Ketten, die um Bäume geschlungen waren, begrenzten ein viereckiges Feld von circa vier Quadratmetern. Er war zuvor schon hier gewesen und hatte sich gefragt, was es damit auf sich hatte.

Er sah das erste Holzschild. *Lass nicht los.* Und ein weiteres. *Lass los.*

Ihn überlief eine Gänsehaut. Kian atmete tief durch. Dann bückte er sich unter der Absperrung hindurch und trat in das Feld innerhalb der Ketten. Er drehte sich ein Mal um sich selbst, sah aber nichts Auffälliges. Neben ihm lag ein kräftiger Ast, den er sich nahm, dann stellte er sich so mittig wie möglich in das Viereck und begann mit dem Ast den Boden zu lockern.

Es war ein Leichtes, die Erde war hier nicht sonderlich fest. Also legte er den Ast weg und schaufelte mit den Händen die Erde zur Seite. Er hatte keine Ahnung, wie lang er graben musste und ob er hier an der richtigen Stelle war. Er folgte einfach seinem Gefühl.

»So ist es gut, Mister Kian. Genau hier.«

Kian nickte. Seine Bewegungen waren schnell langsamer geworden, aber er hörte nicht auf zu graben. Als Padraig geschrieben hatte, er solle nach der Wahrheit graben, war das wörtlich gemeint. Die Frage war: Was würde er hier finden?

Kian rieb sich mit dem Arm über sein verschwitztes Gesicht und ging zu Coby. Er überprüfte Atmung und Herzschlag, dann kehrte er zurück und grub weiter. Kein Wunder, dass seine Arme mittlerweile schlappmachten und sein Rücken protestierte. Er buddelte mit bloßen Händen, was um einiges anstrengender war als mit einer Schaufel. Er ließ die Schultern kreisen. Sein Blick wanderte durch das ungefähr zwei Quadratmeter große Loch. Eine Wurzel fesselte seine Aufmerksamkeit. Sie sah anders aus als die anderen Wurzeln, an denen er vorbeigegraben hatte. Seine Müdigkeit war vergessen und er grub weiter. Kurze Zeit später ließ Kian sich nach hinten sinken.

Schockwellen breiteten sich durch seinen ganzen Körper aus. Übelkeit ließ ihn würgen. Sein Puls flatterte. Was da zum Vorschein gekommen war, war keine Wurzel. Es war eine Hand. Eine Hand mit einem Siegelring, auf der der Löwe, Schottlands Wappentier, eingraviert war. Kian wusste nicht, ob er nur für wenige Sekunden wie gelähmt war, oder ob es Stunden waren.

Padraig hatte Schottland verlassen. Nur nicht so, wie Kian es sich vorgestellt hatte. Sein Schicksal hatte ihn eingeholt. Er war tot.

Tränen liefen ihm über das Gesicht. Er hatte Padraig falsch eingeschätzt und konnte ihm nicht mehr sagen, dass er sich geirrt hatte. Großzügig war er gewesen und fast unerträglich höflich. Kian dachte an seine Begegnungen mit ihm zurück und daran, dass er ihn immer wieder in seinem Kopf gehört hatte. Gerade eben erst hatte er ihn gehört! Warum? Wie konnte das sein? War Padraig bereits die ganze Zeit tot gewesen und hatte ihn als Geist heimgesucht? Sein Blick fiel auf Coby, der sich gerade aufsetzte. Aus seinem Schock wurde Wut.

Der Alte hatte ihn die ganze Zeit verarscht. Coby war es, der ihm gesagt hatte, Padraig wäre zu seiner Tante gefahren. Coby, der jetzt in der Hütte wohnte, als gehöre sie ihm. Coby, der behauptet hatte, Rhona habe ihn angegriffen. Rhona, die von Vergewaltigung sprach und der er nicht richtig geglaubt hatte. Coby hatte Lucy vergewaltigt und es bei Rhona versucht. Dann war die Nylonschnur doch seine gewesen und Rhona hatte sie ihm irgendwie abgenommen. Wenn diese Schnur Coby gehörte, hatte er dann auch die anderen Morde begangen? Nicolas' Beschreibung passte auf ihn. Warte! Ihm wurde schwarz vor Augen. Nicolas hatte die Zähne des Mörders erwähnt. Cobys Zähne waren groß und weiß und aneinandergereiht wie ein Gartenzaun. Es musste sich um ein Gebiss handeln. Sie waren tatsächlich auffällig, da kein Mensch in Cobys Alter so weiße Zähne hatte.

Und was war, als er Coby das erste Mal begegnete? War er wirklich überfallen worden? Vielleicht wurde er verletzt, weil eines seiner Opfer sich gewehrt hatte. Kian presste die Zähne zusammen. Zorn brodelte in ihm. Ihm wurde heiß, als würde ein Höllenfeuer in ihm lodern. Langsam ging er auf Coby zu.

Bei ihm angekommen, umkreisten sich die Männer. Der Ältere sah erschreckend aus, mit seinem verzerrten Gesicht, den gefletschten Zähnen und seinen glasigen Augen. Coby war nicht wiederzuerkennen. Er sah aus wie der Teufel, der er war. Irgendwann blieb Coby stehen, senkte den Kopf wie ein wütender Stier und legte die wenigen Schritte bis zu Kian zurück. Mit voller Wucht rammte er Kian seinen Kopf in den Bauch.

Kian stolperte ein paar Schritte rückwärts. Er bekam keine Luft mehr. Hölle, tat das weh! Ihm blieb keine Zeit, sich zu erholen. Mit einem Schrei rammte Coby ihn erneut, diesmal mit seiner Flanke und trieb ihn immer weiter rückwärts. Um nicht zu fallen, wich er zurück. Coby hatte ihn so weit zurückgedrängt, dass er ins Leere trat. Blitzschnell griff Kian nach Cobys Kragen, um irgendeinen Halt zu finden.

Doch er konnte den Absturz nicht mehr verhindern und zog Coby mit sich hinab.

Er überschlug sich ein Mal, rutschte über spitze Steine, knorrige Wurzeln und durch Dorngestrüpp und landete im Matsch neben dem Fluss.

Im ersten Moment war er nicht in der Lage, sich zu bewegen. Er war einfach froh, dass der Abhang nicht allzu hoch gewesen war und er sich nicht das Genick gebrochen hatte. Ein Zerren an seinem Hosenbein veranlasste ihn, sich aufzusetzen. Er schaffte es, wenn auch unter Stöhnen und Ächzen. Coby klammerte sich an seiner Hose fest. Er lag auf dem Bauch und hatte sich eine Beule auf der Stirn zugezogen, die jetzt schon groß wie ein halber Golfball war.

Kian trat mit seinem Schuh nach Cobys Hand, bis der ihn losließ. Dann rappelte er sich auf und sah, wie viel Glück er in Wirklichkeit gehabt hatte. Denn ein Absturz nur zwei Meter weiter rechts oder links hätte ihn in den Fluss katapultiert, der in wilden Strömungen an ihnen vorbeirauschte. Er stand auf dem kleinen Stück Boden zwischen Fluss und Hang und sah sich um, an welcher Stelle er am besten wieder nach oben kam.

Coby krallte sich wieder an ihm fest, um sich an ihm hochzuziehen, doch Kian riss sich von ihm los. Dann begann er den Aufstieg. Es war gar nicht so schwer wie befürchtet. Es gab viele Wurzeln, auf die er seine Füße stellen oder sich hochziehen konnte.

Er hatte es geschafft. Er war oben. Für einen Moment blieb er liegen, bis er Cobys Schrei hörte und danach einen dumpfen Aufprall.

Kian spähte über die Kante des Abhangs und sah Coby auf dem Rücken liegen. Es schien so, als habe er Mühe zu atmen. Seinen alten Job hatte er noch nicht abgestreift, deshalb beobachtete er sehr genau, wie es um Coby bestellt war. Gut. Er atmete wieder.

Coby rappelte sich auf und gab sich unterwürfig. »Junge, du musst mir helfen. Du willst den alten Coby doch nicht hier unten zurücklassen?«

Kian zog seinen Kopf zurück und dachte nach. Er sollte einfach machen, dass er fortkam. Coby war ein Vergewaltiger und wahrscheinlich auch ein Mörder. Er sollte keinen Finger für ihn rühren!

»Mister Kian, wollen Sie, dass er so stirbt? Denn das würde er. Können Sie wirklich damit leben? Hören Sie nicht auf Ihren Verstand, sondern auf Ihre Seele.«

Ihn überlief eine Gänsehaut. Padraig war immer noch da. Und er hatte recht. Wollte er sich nicht vom Forest führen lassen? Er schloss die Augen, ignorierte Cobys Plärren und nickte schließlich.

Er beugte sich wieder nach vorn. »Hier rechts von dir gibt es feste Wurzeln, die du zum Klettern benutzen kannst. Es ist fast wie eine Treppe.«

Er sah Coby dabei zu, wie er sich in Stellung brachte. Er würde nicht warten, bis er oben war, sondern sich gleich auf den Weg zu seinem Zelt machen, wenn er sah, dass Coby klarkam. Er knirschte mit den Zähnen. Die Sache mit dem Karma war schön und gut, aber am liebsten hätte er ihn einfach dort unten versauern lassen, bis er die Polizei hierhergeführt hätte. Doch dort unten war er in Lebensgefahr. Wenn der Fluss weiter anschwoll, würde er über das Ufer treten und Coby mit sich reißen. Coby kletterte ein Stück, rutschte ab, fiel herunter. Nächster Versuch. Immer wieder fiel er in den Schlamm. Wie konnte das sein? Die Wurzeln waren gut zu erreichen.

»Diese verdammten Wurzeln sind viel zu rutschig! Sie bringen mir nichts. Ich komm einfach nicht hoch«, rief Coby. Dann senkte er den Kopf und stemmte seine Hände in die Seiten.

Der Forest schien gegen Coby zu arbeiten. Eine grimmige Zufriedenheit überkam Kian.

Coby sah zu ihm auf und Kian sah, wie viel Mühe er sich damit gab, möglichst harmlos zu wirken, was bei ihm alle Alarmglocken schrillen ließ. »Okay, Junge. Oben muss mein Beutel liegen. Da drin ist eine Wäscheleine. Damit könntest du mich hochziehen.« Schweiß stand Coby auf der Stirn. Er wusste, um was es hier ging.

Ein Teil von Kian wollte einfach gehen, aber er konnte es nicht. Es ging nicht. Also ging er zu Cobys Beutel, nahm die Wäscheleine heraus und steckte sich das Messer, das er ebenfalls dort fand, in seine rechte Hosentasche. Wie auf Autopilot kehrte er zurück, schlang die Leine um einen Baum und warf das andere Ende Coby zu.

Er zog, Coby kletterte.

Dann war es geschafft. Rechts von ihm ließ Coby sich auf den Boden fallen.

Kian setzte sich einen Moment, um Atem zu schöpfen. Er fuhr sich durch die Haare. Jetzt war es aber an der Zeit, sich aus dem Staub zu machen. Als er im Begriff war aufzustehen, konnte er es nicht. Es war zu spät.

Es ist noch nicht vorbei …

Coby hatte Kian die Wäscheleine zwei Mal um den Hals gewickelt und zog sie immer weiter zu.

Es tat weh. Unglaublich weh. Schwindel. Die Welt wurde dunkel. Blut rauschte in seinen Ohren. Keine Luft durch die brutale Enge seines Halses. Sein Herzschlag kräftig. Dann unregelmäßig. Seine Fingernägel, die seinen Hals aufkratzten. Brennende Lunge. Verzweiflung und Angst. Dann eine Idee. Schnell, er brauchte Luft. Blindes Tasten in den Taschen. Wo war es? Er starb, das wusste er. Seine Bewegungen wurden langsamer. Unkoordinierter. Augen, die sich zurückdrehten. Den Mund weit offen. Da! Er hatte es. Hoffnung. Letzte Kraft. Ihm blieb nur ein Versuch.

Kian drehte am Rädchen seines Feuerzeuges, bis eine Flamme zu sehen war. Sein Arm wog eine Tonne, als er ihn anhob und an seinen Hals führte. Anfangs wunderte er sich. Sie tat gar nicht weh. Die Flamme, die an seiner Haut leckte. Er wurde schwächer. Es war nur noch eine Frage der Zeit, bis er das Feuerzeug nicht mehr halten konnte.

Hinter ihm grunzte Coby.

Eine der beiden Schnüre um seinen Hals riss. Dann kam der Schmerz. Er war so intensiv, dass er schreien wollte, aber das konnte er nicht. Als befände sich Beton in seiner Lunge, gab es kein Ein- und kein Ausatmen. Alles war Stillstand. Seine Hand mit dem Feuerzeug zitterte. Er roch den Gestank verbrannter Haare und verbrannter Haut. Spürte einen entsetzlichen Schmerz und hatte das Gefühl, sein Hals bestünde nur aus rohem Fleisch, das gerade geröstet wurde. Seine Hand ließ das Feuerzeug los, seine Kräfte waren erschöpft. Es war so weit. Er starb. Als er mit seinem ganzen Gewicht nach vorn kippte, geschah das Wunder. Die zweite Schnur riss und er war frei. Erst nach und nach war er in der Lage, mehr als ein kurzes Luftschnappen zustande zu bringen. Jeder einzelne

Atemzug schmerzte. In seiner Lunge brodelte Lava. Er öffnete seine Augen und sah pulsierende dunkle Flecken, die ihm die Sicht erschwerten. Sein Kopf schmerzte, wie er es noch nie erlebt hatte. Seine Kehle war wund, das Schlucken tat weh. Doch die Verbrennung spürte er nicht. Es war, als seien sein Hals, sein Kinn, der Unterkiefer taub.

Etwas berührte ihn am Bein. Eine tastende Hand klopfte ihn ab. Er hörte, wie jemand etwas Unverständliches murmelte.

»Es ist Coby, Mister Kian. Es ist noch nicht vorbei.«

Kian wollte sich aufrichten, doch seine Muskeln zitterten und versagten ihm den Dienst. Das erste Mal seit der ganzen Zeit, in der er Padraigs Stimme in seinem Kopf hörte, antwortete er ihm stumm.

»Zu schwach, um aufzustehen. Ich komm nicht hoch.«

»Nehmen Sie erst einmal Ihr Messer! Los!«

An der rechten Tasche machte sich Coby zu schaffen und wurde fündig. Kians linke Hand ertastete sein eigenes Messer und fast zeitgleich zogen Coby und er ihre Messer aus seinen Hosentaschen und klappten sie in einer Bewegung auf.

Kian befand sich in der schlechteren Position, denn er lag auf dem Rücken, während Coby neben ihm hockte. Das Messer lag locker in Cobys rechter Hand, die Unterarme hatte er auf seinen Knien abgestützt.

»Tja, Junge. Die Nummer mit dem Feuerzeug, also Hut ab. Wir wären ein gutes Team gewesen. Im Rudel jagt es sich sicherer. Aber was soll's. Der Nächste kommt bestimmt.«

Noch während Coby sprach, mobilisierte Kian all seine Kraft, richtete sich auf und schwang gleichzeitig sein Messer von links in Richtung von Cobys Rumpf.

»Ohooo!«, Cobys Stimme klang spöttisch. Er lachte und donnerte seinen rechten Unterarm gegen Kians linken. Der Schwung des Aufpralls reichte, damit Kian das Messer aus der Hand flog.

Kian nutzte es, dass Coby abgelenkt war, riss sich Allys Kette vom Hals und rammte das spitz zulaufende Ende des Büffelhorns in die schlaffe Haut unterhalb von Cobys Kinn.

Glauben Sie an das Übernatürliche?

Kian blickte über den Kopf seines Therapeuten hinweg auf das große gerahmte Poster mit den weisen Worten Sokrates an der gegenüberliegenden Wand. So wie er es immer tat, wenn er hier war. Mittlerweile zum neunzehnten Mal innerhalb von vier Wochen.

Fokussiere all deine Energie nicht auf das Bekämpfen des Alten, sondern auf das Erschaffen des Neuen.

»Wie fühlen Sie sich, Kian?«, fragte Doktor Cleaver, so wie er es immer am Anfang tat.

»Gut. Ich habe keinen Grund, mich zu beschweren.«

»Haben Sie darüber nachgedacht, worüber wir in der letzten Sitzung gesprochen haben? Sie haben gute Fortschritte in Ihrer Entwöhnungstherapie gemacht und ich denke, wir können gemeinsam den Entlassungsfragebogen durchgehen, wenn für Sie nichts dagegen spricht.«

Er lächelte. »Es spricht absolut nichts dagegen.«

Nach Cobys Tod fand Kian so komplikationslos und schnell einen Ausgang aus dem Forest, als hätte man ihm den Weg mit blinkenden Neonpfeilen gewiesen. Er verließ den Forest kurz vor Little Bishop und schleppte sich zu einer Polizeiwache. Von dort wurde er ins Mount Leicester Hospital gefahren, wo er dann behandelt und vernommen wurde.

Die Suche der Polizei lief auf Hochtouren, doch der Forest war ein zu großes Gebiet, als dass sie Coby gefunden hätten.

Als es sein Gesundheitszustand zuließ, sollte er die Beamten zu der Stelle führen, an der er Coby zurückgelassen hatte. Da er sich nicht sicher gewesen war, ob er bei einem Fußmarsch durch den Wald die fragliche Stelle gefunden hätte, fuhren sie mit einem Boot den Fluss ab. Dann fand Kian die Stelle, an der er nach seinem Absturz mit Coby gelandet war.

Von dort aus konnte er die Ermittler zum Ort des Geschehens führen. Doch Coby war weg. Die Beamten fanden nichts, was auf einen Kampf hindeutete. Auch Padraigs Leiche war verschwunden.

Die Hütte fanden sie. Sie wurde auf den Kopf gestellt und die Frauen-Gang zur Fahndung ausgeschrieben. Doch Kian sah, wie die Beamten ihn anschauten. Sie glaubten ihm kein einziges Wort.

Während die Ermittlungen noch liefen, wurde er in die stationäre Rehabilitationsklinik eingewiesen, in der er sich nun befand. Denn die Ärzte im Mount Leicester hatten ein Delirium bei Alkoholentzug diagnostiziert.

Obwohl er längst nicht alles erzählt hatte, glaubten seine behandelnden Ärzte, er habe unter Halluzinationen durch den Alkoholentzug gelitten. Sollten sie. Er wusste, was er gesehen und erlebt hatte. Es gab keine Leichen? Nun, der Forest hatte sie sich geholt. Der Forest hatte seine eigenen Regeln und Gesetze und er kümmerte sich um einen, wenn man sich auf ihn einließ.

Jetzt saß er also hier, in Doktor Cleavers Büro, und das, wenn Kian seinen Job gut machte, zum letzten Mal. Er konnte es kaum erwarten, hier herauszukommen. Denn Ally war zurück.

Sie hatte ihn mehrmals angerufen und Kian brachte nicht den Mut auf, das Gespräch anzunehmen. Was, wenn sie ihm alles Gute wünschte und die Sache mit ihnen einfach sauber zu Ende bringen wollte?

Dann fiel ihm ein, dass er jetzt ein anderer war. Jemand, der sich nicht fürchten musste. Jemand, der okay war, so wie jeder Mensch okay war. Jemand, der durch die Hölle gegangen war und immer noch aufrecht stand. Jemand, der als Quarterback ins Rennen ging und nicht am Spielfeldrand stand.

Er hatte sein Handy genommen und sie angerufen. Einfach so.

»Schön. Zuerst einmal Kian, es gibt hier kein Richtig oder Falsch. Der Fragebogen dient nur dazu, festzustellen, was Ihre tiefen Überzeugungen sind und an welcher Stelle Sie sich befinden. Antworten Sie so spontan und ehrlich wie möglich, in Ordnung? Legen wir los. Hat Sie das National Nature Reserve auf unerklärliche Weise stärker gemacht?«

Kian räusperte sich. »Ja. Na ja, ich denke, ich bin nicht stärker geworden durch den Forest, sondern ich war bereits stark, habe es aber nicht gesehen. Ich war nie so labil, wie ich dachte.« Er dachte: Einen Scheiß war ich. Der Forest hat mich geführt, mich gestärkt, mir die Augen geöffnet.

Sein Therapeut nickte. »Es sind die Grenzerfahrungen, die uns zeigen, was eigentlich in uns steckt.«

»Wenn ich mir durch den Kopf gehen lasse, aus wie vielen beschissenen Situationen ich innerhalb der letzten Monate wieder herausgekommen bin, habe ich tatsächlich den Eindruck, dass ich mit allem fertig werden kann.« Er dachte: Und das ist nicht gelogen.

»Glauben Sie, dass die starken Gefühle, die Sie in Teilen des Waldes überfallen haben, übernatürlichen Ursprungs gewesen sind?«

»Orte haben Einfluss auf unsere Gefühle. In Kirchen fühlen sich einige wohl, andere unwohl. Genauso ist es mit Friedhöfen. Manchmal habe ich wahrscheinlich so eine besondere Atmosphäre gespürt. Ich denke aber, als ich so starke körperliche Symptome bekam, lag es an meinem Entzug und hatte nichts mit dem Forest zu tun.« Er dachte: Ich bin fest davon überzeugt, dass der Forest die Gefühle widerspiegelt, die in uns sind. Du wirst das niemals nachvollziehen können, wenn du es nicht selbst erlebt hast.

»Hören Sie noch Padraigs Stimme?«

»Nein.« Er dachte: Ja.

»Haben Sie Ihre Mutter, seitdem Sie ihr auf dem Todesacker begegnet sind, noch einmal wiedergesehen?«

»Nein.« Er dachte: Nicht gelogen. Aber es heißt Totenacker, nicht Todesacker.

»Meine letzte Frage: Hat der National Nature Reserve einen anderen Menschen aus Ihnen gemacht?«

»Ich bin ein anderer Mensch geworden, das finde ich schon. Ich habe gedacht, der Forest würde mir dabei helfen, aber letzten Endes blieb doch die ganze Arbeit an mir hängen.« Kian lachte. Er dachte: Ein wenig Ironie, ein kleiner Witz und wir können alle beruhigt nach Hause gehen.

Noah und Ally warteten bereits auf ihn, als er die Klinik verließ. Die Begrüßung von Noah fiel recht knapp aus, was der ihm aber nicht übel nahm. Kian sog gierig Allys Anblick in sich auf, als sie plötzlich losrannte und sich in seine Arme warf. Freude und Erleichterung jagten seinen Puls hoch. Kian vergaß seine Eifersucht, konnte sich nicht einmal mehr an den Namen des Konkurrenten erinnern. Denn er war derjenige, der gewonnen hatte.

Auf dem Sammelparkplatz in Little Bishop, nur etwa zehn Meilen von ihrem gemeinsamen Zuhause entfernt, stiegen Kian und Ally aus ihrem Auto. Beide trugen Wanderschuhe, Outdoor-Jacken und Basecaps. Während sie ihre Rucksäcke aus dem Kofferraum holten, deutete Ally mit ihrem Kinn auf eine kleine Gruppe von Touristen, die vor einem hölzernen Wegweiser in der Frühlingssonne standen.

»Oh, wow, die Tour heute scheint ausgebucht zu sein. Ist das nicht toll?« Allys Strahlen sorgte bei Kian immer noch für weiche Knie.

Er fasste sie um die Taille und zog sie an sich. »Und wie toll es erst wird, wenn die Tour heute zu Ende ist.«

Ally lachte und zog Kian hinter sich her zu den wartenden Abenteurern, die am Treffpunkt der Tour ›Forest Experience‹ standen.

Kian begrüßte die Truppe. »Hi, ich bin Kian und das ist Ally. Schön, dass ihr mit uns gemeinsam den Wald um den Forest herum erkunden möchtet. Bevor es losgeht, möchte ich euch wichtige Informationen geben. Diese Tour führt nicht zu den Schauplätzen der Verbrechen, die sich im Forest ereignet haben. Wenn ihr also damit gerechnet habt und das euer einziges Interesse sein sollte, dann könnt ihr am Informationsschalter das Ticket zurückgeben und bekommt euer Geld erstattet. ›Forest Experience‹ bringt euch in ein abgesperrtes Gebiet, auf das private Abenteurer keinen Zutritt haben. Leute, so nah werdet ihr dem Forest ohne großes persönliches Risiko nirgendwo sonst kommen. In großen Waldgebieten kommt es vor, dass Menschen verunfallen, sich verletzen und keine Hilfe rufen können, weil ihr Handy keinen Empfang hat. Oder sie verirren sich und verschwinden ohne jede Spur. Aber ich kann euch beruhigen, mit uns verschwinden nie mehr als ein oder zwei Teilnehmer pro Hike. Damit eure Chance am Ende unserer Tour frisch und munter zurückzukehren steigt, bitten wir euch, trennt euch nicht von der Gruppe und verlasst nicht die Wege, die wir nutzen werden. Ally und ich haben ein Auge auf euch.«

Nun übernahm Ally das Reden.»Hey, ich freu mich sehr auf die Tour mit euch. Von mir werdet ihr die Legenden, die über den Forest kursieren, kennenlernen. Es wird spannend, mysteriös und ein bisschen gruselig, das verspreche ich euch. Unsere Strecke verläuft in großen Bögen, sodass sich Abschnitte, die zum Nature Reserve gehören, mit den Abschnitten abwechseln, die dem Forest zugeordnet sind. Seid ihr gespannt, auf welchen Abschnitten ihr eine Gänsehaut bekommen werdet, und ob ihr spüren könnt, wo der Wald aufhört und der Forest beginnt?«

Ally und er hatten gemeinsam mit der Leitung des National Nature Reserve das Projekt der geführten Wanderungen zum Forest ins Leben gerufen.

Die Idee dahinter war, so die Anzahl an Neugierigen zu minimieren, die auf eigene Faust loszogen und sich damit in Gefahr brachten. Der Projektstart war sehr gut gelaufen und die Anzahl an Anmeldungen für die ›Forest Experience Touren‹ stieg stetig an. Es sah so aus, als seien Allys und sein Job erst einmal sicher.

Seitdem Kian als Guide arbeitete, war Padraigs Stimme in seinem Kopf immer leiser geworden, bis sie schließlich ganz verschwand. Er wusste, sie war keine Projektion gewesen, wie Doktor Fleishman gemutmaßt hatte. Padraig hatte einen Weg gefunden, mit ihm in Kontakt zu treten. Dass er sich nun zur Ruhe gesetzt hatte, deutete Kian so, dass er ihn nicht mehr brauchte und Padraig dies wusste.

Am Abend saß Kian mit Ally auf ihrer gemeinsamen Terrasse auf einem Liegestuhl und hielt sie fest umschlungen.

Wenn sie nach Hause kamen, redeten sie oft über alles, was sie erlebt hatten und worüber sie nachdachten.

Es war in einem dieser Gespräche vor wenigen Wochen, in dem Ally etwas gesagt hatte, das, wie er fand, den Nagel auf den Kopf traf. In ihrer Unterhaltung ging es darum, wie groß Kians Sehnsucht nach Veränderung gewesen war, bevor er in den Forest ging. »Ich finde, Sehnsucht nach Veränderung ist ungenutzte Energie. Wir sollten weniger Energie in unsere Sehnsucht stecken und mehr davon in die Taten, die zur Veränderung führen, oder nicht?« In diesem Moment wusste er, dass er sie liebte. Die Gespräche über Allys Zeit in Nepal wurden weniger. Ebenso die Gespräche über Kians Zeit im Forest.

Er hatte nie klären können, woher die Schreie kamen, die er manchmal in der Nacht im Forest hören konnte. Bis heute wusste er auch nicht, was sich in dieser furchtbaren Plastiktüte befand, die oben in einem der Bäume hing und warum sie ihn so in Panik versetzt hatte. Ebenso fand er keine Erklärung, was es mit dem Totenacker auf sich hatte. Doch all das war für ihn auch nicht wichtig. Es gab Dinge, die waren einfach nicht erklärbar und machten so die Welt geheimnisvoller.

Die beiden größten Veränderungen, die Kian durchlaufen hatte ... da war er sicher: zum einen die Erkenntnis, dass er trotz seiner dunklen Seiten liebenswert war. Und zum anderen, dass er stärker war, als er es für möglich gehalten hätte. Starke Menschen hatten Zugang zu ihrer hellen und ihrer dunklen Seite. Sie kennen beide. Sie spüren beide. Sie akzeptieren beide.

Als Kian das erste Mal vom Forest hörte, stand er hinter der Theke und ließ beim Polieren ein Glas fallen.

Für kurze Zeit war er ein Teil des Forest geworden und der Forest war nun ein Teil von ihm geworden.

Die Autorin

Folgeschäden einer Operation am Kleinhirn und chronische Schmerzen, unter denen A. Baron seitdem leidet, bildeten den Anfang ihrer Autorenkarriere. Das Schreiben war Teil ihrer Therapie in einer Schmerzklinik. Nun schreibt sie täglich viele Stunden und liebt, was sie tut. »Das Lesen und Schreiben sind meine wirkungsvollsten Therapien.« Aufgrund dessen und weil sie in einem Artikel gelesen hat, dass sich zu gruseln fast ebenso entspannt wie zu meditieren, ist ihre Idee geboren, ihre Bücher und Lesungen als ›Thriller-Therapie‹ anzubieten. Somit mögen all ihre Leser und Zuhörer dem Alltag entfliehen, sich zurücklehnen und den wohligen Nervenkitzel genießen.

Website: https://abaron-thriller.com/

Meine Bücher

›186 Tage‹ Psychothriller

Marc: Groß, attraktiv, charmant – und kennt alle Tricks, um Frauen zu manipulieren.
Katy: Hübsch, lebensfroh, verliebt – und entwickelt sich ganz und gar nicht so, wie Marc es gern hätte.

Gaslighting, wenn Wahrheit und Schein nicht mehr zu unterscheiden sind, beginnt das Spiel ...
Ein Ultimatum.
Eine toxische Beziehung.
Ein Mord.
Schleichender Wahnsinn.

Was, wenn deine große Liebe schreckliche Geheimnisse vor dir verbirgt?
Was, wenn geschickte Manipulationen dich an deinem Verstand zweifeln lassen?

Was, wenn deine aufgestauten Gefühle eskalieren?
Die ungewöhnliche Liebesbeziehung von Katy und Marc steuert unaufhaltsam auf einen Abgrund zu.

Ein Psychothriller, der unter die Haut geht. Das Böse kommt schleichend und spinnt seine Fäden um Katy, eine lebenslustige Frau, die bei der Suche nach der großen Liebe auf Marc trifft. Er scheint der perfekte Mann zu sein. Bis er es nicht mehr ist. Katy verstrickt sich immer mehr in eine Beziehung, in der psychische Gewalt, emotionaler Missbrauch und Isolation sie in einer Abwärtsspirale in den Abgrund reißt. Mehr und mehr verwischen die Grenzen zwischen Opfer und Täter. Denn wie viel Schmerz kann ein Mensch ertragen, bis er zurückschlägt?

›Ich **komme näher**‹ ist mein erster Psychothriller.

Eine junge Frau. Ein anonymer Verehrer. Ihre Angst. Seine Obsession. Er ruft Tag und Nacht an, hinterlässt ihr verstörende Nachrichten, er beobachtet jeden ihrer Schritte und folgt ihr, wohin sie auch geht. Bis ihm all das nicht mehr reicht ... Lou ahnt nicht, wie weit ihr Stalker bereit ist zu gehen, um sie ganz für sich allein zu haben. Sie sieht nur einen Ausweg – ihn mit seinen schlimmsten Ängsten zu konfrontieren. Tiefgründig, erschreckend und mit einer Prise Humor präsentiert sich die Geschichte rund um die Hauptfigur Lou, die versucht, aus den Fängen eines Stalkers zu entkommen. Eine alte Geschichte? Ganz und gar nicht: Lou erfährt von der größten Angst des Stalkers und setzt sie gnadenlos gegen ihn ein. Aber ob das reicht?